重中之重

王 成 刚 著

湖南人民出版社·长沙

主要人物

卫　丞　麓山大学特种液压实验室负责人，物理学、材料学双博士

方锐舟　麓山重工党委书记、董事长

金燕子　麓山重工高级焊工、技师马大庆的爱徒

盛传学　麓山大学副校长、麓山重工原总工程师

明德江　麓山重工党委副书记、总经理

邱沐阳　荆南省副省长、省国资委党组书记

董孟实　麓山重工技术员、工程机械博士、金燕子男友

方　霏　方锐舟的女儿

宋春霞　麓山重工试验车间主任、全国劳模、卫丞的母亲

张　彬　麓山大学特种液压实验室助理、卫丞的助手

马大庆　麓山重工高级技师、焊工大工匠、卫丞的继父

胡登科　麓山重工工会干事、安全员高级技工、方锐舟的外甥

卫冲之　麓山重工臂架泵车项目部原总师、卫丞的父亲

马　炎　麓山重工机修工、马大庆的独子

朱可妮　金燕子的闺密、下岗女工、"金饭碗"饭店店长

韩雨田　荆南省省委副书记、省长

曹　惠　千鹤人寿保险副总、方锐舟的妻子、方霏的母亲

肖月琴　精神病医院护士长、胡登科的妻子

万宝泉　麓山重工办公室主任

金显贵　金燕子的父亲、"金饭碗"饭店的厨师

郦养正　玉衡液压公司董事长

欧文斯　国际跨国公司海彼欧亚太区 CEO

马　修　欧文斯的助理

目　录

一

明媚的阳光洒进麓山大学的校园。卫丞戴着一副略显古板的眼镜，在黑板上进行复杂的高等数学题演算，教室内鸦雀无声。直到他将第四块黑板全部用完，演算终于完成。

自信满满的卫丞扭过头来看着教室里面瞠目结舌的学生，不解道："很难吗？函数、倒数、微分、定积分、不定积分、空间解析几何和向量代数，这些是学好物理的基础啊。"

坐在前排的同学举起手里的《古典文学》，一脸茫然。卫丞一愣，赶紧看了看自己的课表，上面写的是2-302教室，再一扭头看门牌，这里是4-302教室。门口站着一位女教师，手里抱着的讲义正是《古典文学》。

办公室里，盛传学正对着一摞学生的抗议信和专家打分的教学质量评议表数落卫丞："上一回你上课，把物理系全班同学都给讲跑了；这一回，又跑到文学院把人家给讲傻了。学生抗议，专家不满，给你打不及格，合情也合理。"

卫丞不安地摆弄手里的柱塞泵教学模型。盛传学拉开抽屉，从里面拿出好几本国外的专业期刊。

"你能写出这样高质量的论文、做这样复杂的试验，但确实不适合教书，我这里有一个产学研高压柱塞泵的项目，你来牵头做。"卫丞正犹疑，盛传学指了指他手里的柱塞泵教学模型，说他这个物理学和材料学双料博士的最大优势，是交叉型学科思维，由他来解决工程机械"卡脖子"的问题，把握大。

盛传学将一摞材料递给了卫丞。卫丞迅速翻了一遍，视线落在了"麓山重工"四个字上，他赶紧把资料丢在桌子上，摇了摇头。

"是这个科研项目太复杂？"

"复杂的不是技术，是人心。我不想跟这个公司的人有什么关系。"

盛传学翻开产学研项目书最后几页，指着新任党委书记、董事长方锐舟的名字说："是他点了你的将。"卫丞不解。

"卫丞，你不仅要有解决复杂技术问题的能力，还要有跟人打交道的能力，尤其是跟方锐舟，这样你才能了解你爸。"

残雪掩映的麓山大学一隅，伫立着现代化的液压特种实验室。一转眼，卫丞已经在这里工作了四年。他凝视着正在做试验的高压柱塞泵，不时凑近仔细听，伸出手感受泵的震动。他刚嘱咐助手张彬将动力部分的柴油发动机推到最大功率，咆哮着的发动机就冒烟了，试验被迫停止。又是这台荆柴的发动机出问题，麓山重工还没拨付这个阶段的经费，没钱换进口的，只好赶紧找人修。

"你不看新闻啊，ST荆柴已经不干发动机了，他们被中南信托借壳上市后，干金融了。"卫丞一愣，诧异地看着张彬手机里的股市K线图，ST荆柴变成了荆柴，一串红柱节节高升。

张彬递上一张请柬，传达盛校长让卫丞去技工大赛当评委的指示，而且要"照顾"麓山重工的选手。卫丞指了指远端正在做最后一千小时长试的柱塞泵试验台麓山一号："我哪有时间去啊？先去麓山重工要了经费再说吧。"张彬耐着性子劝说："我听说麓山重工扭亏无望，也在学荆柴的路子，你这时候得罪他们，一旦不给咱钱了，这长试就得夭折。"

说着再次把请柬递了上来。卫丞考虑再三，接过了请柬。

纷飞的雪花簌簌落在麓山重工的厂区内，路边那些有年头的梧桐树和崭新的各式工程机械挤满了有限的通道。空中回荡着有关"ST麓山重工披露筹划重组"的新闻。厂区内空地上工人正在操练齐步走和队列，部队教官喊着"向前看"。队列中，青工马炎一肚子牢骚："工人没活干，立正稍息向后看，钱在哪啊？"马炎身边的女朋友朱可妮使劲揪了他一把："知足吧，没让你下岗。""我是没下岗，可拿着这点喂鸟的工资，我还得给他方锐舟烧香啊。"朱可妮对着喇叭努努嘴，示意他听广播里麓山重工转金融的消息。马炎说朱可妮顶着张漂亮脸蛋倒是能站个前台，卖个保险，他一个维修工能干什么呢？朱可妮看见远处方锐舟的车驶来，示意马炎别说了。

方锐舟的车一路开上了办公大楼的门廊。车还没有停稳，身穿厂服的办公室主任万宝泉就从副驾驶座跳下来，迅速拉开车门，麓山重工党委书记、董事长方锐舟从车里走下来，低头看着手里的平板电脑，上面正播放着"ST麓山重工披露筹划重组"的新闻。他穿着锃亮的皮鞋走在通往会议室的走廊上，随手把平板电脑递给了万宝泉。万宝泉抱着平板电脑，快走几步，示意工作人员拉开门。一身西装的方锐舟走进了会议室，穿着厂服的全体干部都起立相迎。

方锐舟看都没看大家，径直走到了董事长专座上，他接过万宝泉递过来的茶杯，用余光瞟了瞟唯一没有站起来的总经理明德江。方锐舟坐下之后，众人才陆陆续续坐下来。他拿起万主任递上来并翻好页的文件问："筹划重组新闻都播了，为什么第二批清退员工的名单迟迟不贴出去？什么原因？谁的责任？人力资源部，陈铭川，解释一下。"

陈铭川有些紧张，躲避着方锐舟的视线，又看了一眼面无表情的明德江，解释说是因为距离上一批清退人员的时间太近，人数又比上一次多，担心职工闹事。"担心闹事就不干事了？担心闹事就不执行'重工换金融'的计划了？你要是怕，可以把自己的名字加在第二批清退员工的名单里。"陈铭川被方锐舟训得极为尴尬，看了一眼依旧不动声色的明德江，赶紧点头，又提出裁员补偿的经费还没有落实。方锐舟叫财务老蔡解释一下，蔡部长酝酿了半天说："账上的钱只够升级研发国 IV 标准发动机了。"方锐舟抬起头，质问技术部主任郝思泽，环保部现在要求执行的是"国Ⅲ标准"，怎么改了。郝思泽解释这个政策是针对全国的，北京市去年就要求必须达到国 IV 标准了。方锐舟决定先停下国 IV 技改，再熬一年。

可这还是不够，方锐舟又示意把这个月的奖金停发，再不行，停发工资。

这时，明德江突然发言："方董，麓山重工可是从新四军麓山兵工厂创建发展过来的，干了 70 多年的工业，突然转向干我们不熟悉的金融，下岗这么多人，留下的只发基本工资搞军训，这已经牢骚满腹了，再停发工资，会伤了大家的心。"

方锐舟喝着茶，乜斜一圈鸦雀无声的会议室，又看了看向自己权威发起挑战的总经理明德江："工程机械已经连续断崖式下挫五年了，公司今年的产值预计只有五年前的五分之一，这个现实无法改变谁都伤心。但相比，在这个时候，个别高层干部，到处拉关系走后门要逃离麓山，换把交椅接着当官，这就不是伤心啦，这是没良心！"

明德江的脸黑了下来。方锐舟继续说："我表个态，公司不脱困，'重工换金融'重大重组计划不成功，我绝不离开这里！大不了，做一个'末代董事长'，让全公司一万多职工天天戳着我方锐舟的脊梁骨骂好了。"

大家面面相觑，谁也不说话，都看着方锐舟。

"总之一句话，甩掉一切包袱，停掉一切不必要的开支，确保'重工换金融'计划顺利执行。请各位，好自为之。散会！"明德江一句话拦住了刚要站起来的方锐舟："麓山一号的科研经费是否也在暂停之列？"万宝泉赶紧跑回来打圆场："明总，麓山一号可是董事长抓了四年的重点项目。"

"如果一定要暂停，也是没有办法的办法，生不逢时，那就是命。"

人力资源部的人急匆匆地将两张告示贴在了厂区的通知栏里。第一张上面写着"因经营困难，本月工资奖金暂缓发放"，第二张是"第二批清退员工名单"。马炎在"第二批清退员工名单"上找到了朱可妮的名字。

他一口黏乎乎的痰使劲地吐在了停发工资的通知上，弯腰在通知栏另一侧底下捡起一块石头离去。通知栏另一侧贴着张有些褪色的告示：试验车间焊工金燕子被公司选派参加"星光杯"技工大赛。

"星光杯"技工大赛现场，金燕子暂列第四名。操作台前，几名戴着护目镜的选手正在比赛，金燕子的防护面罩上画着一只燕子。

不理会评委的催促，她依旧拿着砂纸慢条斯理地打磨钢丝截面，并凝视着自己的焊枪。她戴好蓝头盔，合上面罩，拿起焊枪屏住呼吸，果断出手，啪一下就焊好了。

评委们相互传看着金燕子的焊接品，交口称赞，果然是"金一枪"啊。

金燕子抬头看大屏幕上显示自己的总分已经上升到第三名，不禁有些得意。

下一轮是立焊比赛。坐在评委席上的卫丞通过手机观察着他实验室里正在进行的麓山一号35兆帕柱塞泵疲劳长试，并不断发信息指导试验进程和方案修正。

他抬起头看见焊花飞溅到金燕子的衣领里，站起来连忙喊停，可他的好心并没有人搭理，就连金燕子本人也继续焊接着，手上的焊枪并没有动一下。卫丞大声呼喊依旧无人应答。一直到焊完之后，满头大汗的金燕子摘下面罩对着他大吼："你这样大喊大叫很干扰我比赛，你看这！"她气呼呼地指着一处有些不整齐的焊点。

卫丞刚要辩解就见金燕子挽起袖子，露出胳膊上深深浅浅的暗色伤疤。"干焊工的谁没被烫过？我刚才要是停下来，接口温度就变化了，焊接质量就无法百分百保证，要想焊好就要在接口处重新升温，这不要花钱啊？这不要花时间啊？"金燕子的话让卫丞很是尴尬，下意识地把面前的杯子整整齐齐地摆好，很别扭地坐了下去。金燕子嘀咕着："怎么什么人都能当评委了？"最终，金燕子在她的强项上只得了第二，总成绩依旧第三。

方锐舟的办公室里摆着一张四年前拍摄的"麓山一号产学研合作签字仪式"的照片。他把照片拿了下来，扔进抽屉里，若有所思地站在书柜前，直到敲门声响起，他才从沉闷的情绪里恢复正常。

万宝泉推门进来，小心翼翼地看了眼方锐舟的表情，立刻作出义愤填膺的样子。"董事长，明总不了解麓山一号跟您的渊源，科研费还是别停了。"方锐舟没有说话，只是斜了一眼万宝泉，万宝泉立刻变了一张脸，仿佛刚才啥事都没有发生过，转而说起了省国资委通知开会的事情。方锐舟摆摆手打算用出差敷衍过去，万宝泉压低声音说，是省委任命副省长邱沐阳为省国资委党组书记的会，说着赶紧把打印好的邱沐阳简历递了上去。这位邱书记在央企干过，又留过学，是个厉害人物，要顺利推进"重工换金融"，他可得罪不得。方锐舟看着简历上邱沐阳的照片，若有所思。

邱沐阳戴着蓝色安全帽，眉头紧锁，看着临时停车场里停满了麓山重工从客户手中拖回的设备。除了行业周期因素之外，前些年的激进销售政策也带来了今天的麻烦。接了这个摊子的邱沐阳，更麻烦。方锐舟为保住麓山重工拼了五年，可看不到希望，为了求生想出了"重工换金融"的方法。令邱沐阳有些不解的是，既然看不到希望，方锐舟为什么连续四年坚持搞麓山一号的研发。一旁的秘书周涌带来了麓山一号项目将要暂停的消息。

电铃一响，"星光杯"技工大赛的最后一项，柱塞泵泵体的沙眼补焊开始。

工作人员抬上来液压泵，参赛选手正要比赛，没想到卫丞却站了起来，说："各位评委，柱塞泵泵体的沙眼补焊是淘汰技术，我建议没有必要比。"

金燕子瞪着他大声喊道："为什么？"无视金燕子的怒火，卫丞冷静地陈述："凭你的技术，这个泵焊好了，能承载的最大压力不过是原来的60%，使用寿命不会超过150小时。"金燕子急了："我们不是来比记参数的，是来比手艺的。"

"你既然是麓山重工的，就应该知道超高压泵、阀就是工程机械的CPU和芯片，请问CPU和芯片需要补焊吗？之所以要补焊，是因为这些关键零部件咱们需要进口，一旦出了问题，太贵了换不起，只能补焊。"金燕子和众人被说得面面相觑，一时间比赛现场鸦雀无声。

"靠补沙眼的手艺是补不齐我们跟外国的技术差距的。"

金燕子把面罩给扔在工作台上，直视卫丞："你凭什么更改规矩？"卫丞把手机举给大家看，最后对准了金燕子："就凭这个马上要研制成功的、不用补焊，并拥有完全自主知识产权的35兆帕柱塞泵。"

大家都愣住了。

评委们协商一阵后决定继续比赛，但调整了一下这个项目的比分权重。

比赛结束，金燕子最终获得第二名，她气呼呼地追上卫丞，一把将他拉开的车门又给重重地关上。金燕子把第二名的证书举在他眼前，他下意识往后撤了半步："保持安全的社交距离，一米二。"

金燕子看了看两人之间的距离，更加生气："拜你所赐，第一名的两万块奖金没有了，你不该赔吗？"

卫丞不想搭理金燕子，用力拉车门却依旧拉不开，恼怒变成了刻薄："你刚才烫的是眼睛？烫成了见钱眼开的马王爷？"

"马王爷不缺钱，我缺。公司效益不好，最近连着三个月没发奖金了，今天工资又要停发了，你说我怎么活？光合作用啊。"

听到卫丞提及麓山一号的研发经费从没停过，金燕子气道："原来我们工人停发的工资奖金，都给你这种瞧不起工人，只会吹泡泡的'砖家'啦！马王爷这脑门上长的是鸡眼吗？"

"低维度的人，往往嘲讽别人，快乐自己。麓山一号还有一千小时就要成功了，你们公司的命运也许会因为这项技术而改变，包括你。"卫丞话音未落，电话响了。"什么？！麓山重工的科研经费暂停支付了？！"他顾不上金燕子，立马开车走了。

卫丞赶到麓山重工四处寻找着方锐舟的身影，他看见打着电话的方锐舟从一个旧车库走出来，跑了过去，举着合同，焦急地恳求不能终止麓山一号最后一千小时长试。

"办公室谈吧。"方锐舟转身就走，着急上火的卫丞赶紧追了上去。

方锐舟将茶递到一直举着合同的卫丞手边。卫丞推脱不了，只能放下合同，接过茶杯。方锐舟笑道："看样子放下也不是很难。"卫丞将端到嘴边的茶杯赶紧放在桌子上，站了起来。方锐舟笑了笑，挥手示意他坐下，从桌子上把"重工换金融"的计划推了过去。卫丞只是看了一下，并没接。"这不叫放下，叫放弃。"

方锐舟敲了敲桌子上的计划书，说："上万职工少一碗饭，跟少一个科研项目，我只能选先吃饭。"突然，一块石头砸碎了窗户的玻璃，将桌子上的茶杯全都打翻了。卫丞立刻站了起来，冲到窗边往下看，但方锐舟却只是晃了一下身子，便抓起电话叫安保。卫丞阻止他："不要因为一块石头这点小事，干扰履行合同的大事。我们真要闹到上法庭，您肯定败诉，这才是大事。"

　　方锐舟放下电话，指着那块石头和一地的玻璃渣说："这还是小事吗？我支持你打官司，不过最好在'重工换金融'改革成功之后再去告，否则，赢了，也没钱赔你。"

　　卫丞怒道："工程机械这碗饭你吃不好，改成金融，这碗饭就能吃好了？牙口不好，吃什么都不香。"

　　"你跟你爸太像了，总是一根筋，可往往天才和疯子之间，就是因为多了这根筋。"

　　"别提我爸！"

　　方锐舟似乎被戳到痛处。

　　卫丞盯着方锐舟："你当初为什么要出钱搞麓山一号？"方锐舟放下杯子，边从桌面上捡起飞溅来的玻璃碴边说："三十多岁的人了，别老这么玻璃心，容易碎。"

　　卫丞转身出去后，万宝泉带人跑了进来。方锐舟对他说，再放卫丞进厂就去守门岗。

　　试验车间里，董事长外甥胡登科拉着横幅，宣传"重工换金融"，说当工人没出路。马炎上来一把揪住他的衣领，问朱可妮为什么被清退。胡登科嚷嚷着："你们家朱可妮符合公司关于清退的规定啊。"

　　"放你的七小对罗圈屁，仗着你舅舅是董事长，当了个手不沾油的狗屁烂干事，就敢戴白色头盔冒充干部是吧？"

　　胡登科挣脱了马炎满是油渍的手，把自己的衣襟整理了一下，拿出一颗槟榔丢进嘴里，边嚼边说："我也是有本本的高级技工，你继母就是我师父。"

"别叫我师父。"一身工装、戴着白色安全帽的宋春霞走了过来。

"当工人凭手艺挣钱吃饭不丢人。今天谁要是擅离岗位，耽误生产，那就是自动放弃一线岗位，清退名单可以更换。"说着，宋春霞看了一眼周围，双手一背转身就走，大伙只好转身往回走。胡登科急了，跑上去拦着众人。"重组这件事，不是您能拦得住的。"他又对其他人说："公司给了她儿子卫丞一大笔钱弄麓山一号，连续给了四年，现在屁都没看见。当爹的当年糟蹋了臂架泵车，当儿子的接着糟蹋我们的血汗钱！"胡登科的话引起一片哗然，宋春霞压抑着自己的怒火。马炎忍不住了，上去就要揍胡登科，却被早有防备的胡登科推倒在地。这一下惹怒了宋春霞，她一把将胡登科摁在墙上。"把你刚才放的屁给我咽回去。"没想到胡登科嘴里的槟榔一下子卡在了咽喉里，呼吸困难……众人见状，赶紧叫了救护车。

金燕子比完赛回到了车间女工休息室里，朱可妮正对着镜子给她身上烫的水泡做处理。水泡被针扎破的一瞬间，金燕子痛得一哆嗦，可她此时更心痛眼看要到手却飞了的两万元奖金。

朱可妮给金燕子贴上纱布，开始收拾自己的东西准备离开麓山重工。现如今当工人要钱没钱，要未来没未来，她想趁着年轻，换一种生活方式。

金燕子有些为难，她马上就能干到技师，再加把劲就能戴白头盔，进管理层了，现在放弃，损失太大了。朱可妮收拾好东西，把自己那顶蓝色的头盔扔进角落里。

处理完伤口，朱可妮便走了，留下金燕子一人对着自己的蓝色头盔惆怅。电话响起，看到父亲的名字，刚才还沮丧的金燕子掐断了电话，放下蓝色头盔。

戴着不知从哪儿弄来的白头盔，金燕子从办公大楼走出来，动作娴熟地把自己的白衬衣领子往外翻了翻，拿出手机拨通了视频电话。这时，卫丞也从办公大楼走了出来，看见戴着白头盔的金燕子，有些纳闷。金燕子看着视频里戴着厨师帽、一脸胡子拉碴的父亲说：

"老爸，对不起啊，公司正在技改，忙晕了。我现在可是白头盔、白衬衣，看明白了吗？钱你们踏实拿着，你女儿能挣啊。爸，我这还有一个资产重组的会，先不跟您聊了啊。"挂断电话，金燕子长舒一口气。

卫丞从她身后走了出来，有些不屑地说："我以为你有多爱公司，多爱手艺呢，看来是爱演戏。"金燕子有些慌张："我马上就可以评技师了，白头盔迟早的事，是你误会了！"

卫丞坐进车里，说："误会是建立在信任之上，我们之间没有信任，也就没有误会。"语毕，卫丞升起窗玻璃，一脚油门冲了出去。他那改装车的巨大声浪气得金燕子直跺脚。

省国资委的会议室里一片掌声。坐在台下的方锐舟和明德江各怀心思，看着台上起立对大家鞠躬的副省长兼国资委党组书记邱沐阳。

"改革进入深水区，全省百万国企职工都在看主席台上的人怎么办，尤其是作为支柱产业的装备制造业，连续五年遇到行业'寒流'。这时候不仅需要我们有最大的决心和耐心，更需要我们最冷静、最努力，去谋划、去推动改革发展，国企之责，时代之重，不容半点差池。我宣布一条纪律，从今天起，国企不脱困，干部不异动。"

明德江大吃一惊，方锐舟嘴角一挑，却带头鼓掌了。

会议结束，方锐舟走出会议室。刚上车，明德江在后面追了上来，拦住他："邱省长今天讲话的针对性很强啊，咱们要不要找找他，单独汇报？"

"'重工换金融'是上过省政府常务会议的，韩省长是举过手的，为什么还要汇报呢？"

"都是庙里的菩萨，咱们都得拜。"

方锐舟有些不悦地看着明德江，半晌才微微点头："为了'重工换金融'，我可以拜，但为了个人成功上岸，另谋高就，我不拜。"方锐舟毫不介意明德江的难堪，升起车窗又降了下来。

"明总，再找找别的门路吧，全省200多个正厅级单位呢。"

说罢，方锐舟摇起车窗，准备离开。恰巧万宝泉打来了电话，告诉他胡登科被宋春霞打进了医院。方锐舟一听示意司机赶紧送他去医院。

看着医生用镊子把槟榔渣从胡登科喉咙里夹出来，宋春霞在一旁松了一口气，一边鞠躬一边赔着不是。胡登科靠在急诊室的病床上直哼哼："别跟我赔不是啊，我又不能免除您的处分。"

方锐舟黑着脸走进来，说："你说要给你师父处分？给全国劳模处分？"吓得胡登科一骨碌从床上下来。

宋春霞正色道："董事长，正因为我是全国劳模，更应该严肃处理，该处分就处分。"

方锐舟拦住宋春霞，转向胡登科继续往下说："过去我当徒弟的时候，干不好，师父真拿脚踹！今天你师父敲打你两下，你还来劲啦？就赖在医院不走啦？回去上班。"胡登科吓得赶紧点头，推门出去了。

方锐舟说起现在卫丞继续搞科研的利害关系，让宋春霞劝劝卫丞暂停项目。宋春霞不敢答应，毕竟自己跟马大庆结婚之后，卫丞就不太听她的了。方锐舟毫不掩饰："成不成的您先说，但请放心，我方锐舟不会因为这件事给您小鞋穿，更不会给您处分。"

试验车间的热加工班组，一个老工人在巡视大家干活。他双手背在身后，拿着一个旧面罩，上面还写着"马"字，身边的焊花飞溅，电流声不断。

马大庆凑到一个焊工身边，举着面罩看了看，立刻喊停："你这也叫焊？猪八戒用猪蹄子夹着九齿钉钯缝出来的缝儿，都比你的整齐、好看！砸了，重焊。"

那焊工一下子急了，哀求地看着他。马大庆从边上拿起一个十磅大铁锤，就要砸。赶上来的金燕子一边拦住他，一边喊着："师父，别闪着腰，一会儿我帮他重焊就好了。"金燕子抓住马大庆手里的大铁锤，踢了踢焊工，他赶紧点头赔不是，马大庆这才把大锤给放了下去。

金燕子从口袋里拿出两瓶眼药水递给马大庆："这种进口眼药水，对您的电光眼特别有效。"马大庆依旧气呼呼道："当焊工的谁还没有个电光眼啊，不用。"但金燕子还是不由分说地把眼药水塞进了师父的口袋里。马大庆的气这才顺了一点。

马大庆问起了金燕子的比赛，得知爱徒只得了个第二，大惊。自己的绝活，徒弟的强项啊，还有人能赢咱们？金燕子想到这事便气不打一处来，说因现场有评委叽叽歪歪他们的绝活是淘汰手艺而临时更改了规则。马大庆问了嘴是谁。

金燕子有些支支吾吾："跟我师娘的……前夫一个怪姓，卫，卫丞。"

马大庆欲说又止的神态让金燕子觉得诧异，这个卫丞不会真是主任的亲儿子吧？

宋春霞回家后准备了一桌饭菜，她拉开抽屉，从里面拿出一摞卫丞从小学到大学的奖牌和照片，想着方锐舟的话，被卫丞的来电打断了。宋春霞赶紧调整心情，让自己挤出笑容。

"儿子，你到哪儿啦？饭菜我已经都做好了。"

"妈，我实验室还有工作，您能下楼来说吗？"

宋春霞赶紧跑到客厅的窗户边往下看，果然看见卫丞的汽车在楼下。

她回头看了一眼满桌子的饭菜，揪下围裙，捋了一下散乱的头发就冲出门去。宋春霞快步下楼走到卫丞的车边上，卫丞冲着母亲试图挤出笑模样。

宋春霞踌躇道："你的那笔科研经费能不能先缓缓，不起诉公司。"

"是方锐舟逼您来说的吧？"

宋春霞连忙道："不是，公司很多职工等着工资过日子，还房贷、车贷，孩子上补习班，看病……工厂不能只讲科研，还要讲人情。"

"讲人情有用的话，博览会上'断臂事件'能把我爸逼疯吗？能让你们离婚吗？"卫丞突然说不下去了。宋春霞在一边看着儿子，心情沉重。

"我爸疯了，他方锐舟去看过一眼吗？支付过一次费用吗？"

"你爸这病没法算工伤，你让方锐舟怎么出钱啊？"

卫丞知道自己需要钱，父亲更需要钱，这都需要做完这个试验。自己搞科研不是为了钱，但项目成功是为父亲翻案的本钱。他不想说下去，拉开车门，从里面拿出一罐茶叶递给宋春霞："饭我就不吃了，这是给马师傅买的茶，他干了几十年的焊工，多喝点茶对嗓子好。"

"马师傅？这么多年了，你就不能改个口吗？"

卫丞一脸为难，身后传来马大庆爽朗的声音："叫啥都是个代号，茶叶我收下了啊。"说着把茶叶罐接在手里，笑呵呵地看着卫丞上车开走，随即笑容凝固。

"你怎么没跟卫丞说处分的事？"见宋春霞不愿让儿子为难，马大庆劝道，"那你也就别逼着他改口了。处分那张纸，只有80克，没咱俩9块钱的结婚证重。你那桌菜，这小子不吃，是他没口福，我吃。"马大庆说着，拽着宋春霞的胳膊就往楼上走去。

实验室里一千小时长试的倒计时牌在闪烁。卫丞将60颗咖啡豆用铅笔均匀地分成10溜，一溜一溜地倒进咖啡机里萃取。机器的研磨声掩饰不住他心里的不自信。助理张彬正在打手机游戏，顺口问起了麓山重工的科研经费。卫丞喝了一口极浓的咖啡后，摇了摇头，掩饰自己的不安。

张彬见状把手机一放，抄起桌子上一摞催款单递到卫丞面前：试验设备租赁费，机构专业检测费，评估费，产品生产加工费，这些可是天天都要钱的。他又追问道："那这个月大家的技术补贴、劳务费总能发吧？"卫丞一脸为难，端着咖啡又要喝。

张彬上前夺下他的杯子，说："他们要是不高兴了，拉个电闸，弄响一下烟雾报警器，咱们这个长试就玩完了。"

话音未落，外面的汽车警报声响起，格外刺耳，吓得卫丞立马站起身冲了出去。

二

卫丞慌张地从楼里跑出来，一看是金燕子坐在小电驴上踢他的车，便走过去看自己的车漆，金燕子晃晃脚示意自己穿的是球鞋："软的，踢不坏。"

"你鞋底上石英砂的硬度是6—6.5，普通的铁硬度是5.5，车漆的硬度一般也就是1，最高不过3。况且我这空气套件是碳纤维的。"碳纤维比铁硬吗？金燕子不懂。

卫丞眼皮一翻，不屑搭理她，转身就走。金燕子追上去拦住他说："正事还没说呢。你妈，我们主任，劝你暂停那个研究是有苦衷的。"

"我怎么不知道。"

"你知道什么？你要是真把公司告了，你妈这个全国劳模就会因为今天动手收拾胡登科背上处分，你这个当儿子的应该知道怎么做。"金燕子说完就骑着小电驴要走，卫丞伸手按住了车把。

"我要是继续做研究呢？"

"我要是你妈，今天就把你撞成……碳纤维零件！"说完她掉转车头，加速冲走了。

卫丞看着金燕子的背影，拿出手机调出母亲的电话号码，犹豫一下之后，还是放弃了。他又想到张彬拿出的一摞催款单，决定回家想想办法。

这是一间极为简单的卧室，除了一张床，一个小床头柜，一个没有关好门的衣柜，什么都没有。睡不着的卫丞打开灯，焦虑不安地拉开床头柜，从里面又翻出一个"苯二氮䓬"药瓶，倒出来两颗，没有喝水就吞咽下去了。他起身走进书房，屋里只有一张爱因斯坦和牛顿"拔河"，裁判是祖冲之的PS图片，一盏桌灯，一把造型奇特的碳纤维椅子和一张碳纤维书桌，几乎没有什么家具。机械狗牛顿歪着头看着卫丞从抽屉里把房本和几张银行卡拿出来，工工整整地摆在桌子上。端详许久之后，卫丞拿起电话拨通了房屋抵押贷款中介的电话。

千鹤人寿公司富丽堂皇的大堂内装饰着"凤凰温泉老年社区"的灯箱海报。副总经理曹惠一边往外走一边接受记者的采访。面对记者对合作方光明地产的质疑，曹惠保证千鹤人寿参与养老社区项目绝不是炒房炒地。

打发完记者，曹惠从大楼里走出来刚要上车，身边传来一声熟悉的"舅妈"。胡登科佝偻着背，手背上还贴着止血胶带，说他因为帮着方锐舟在车间宣讲"重工换金融"的好处，被宋春霞给打了，方锐舟不但没处分宋春霞，倒把他骂了一顿。曹惠了解情况后气愤不已："这种傻事以后别干了，你替方锐舟想，他啥时候替我们想啊。你找我到底什么事？"胡登科小声说明来意，原来是想借点钱买公司的股票，要是重组成功，可就赚了。曹惠果断拒绝，胡登科有些失望，勉强挤出笑容。曹惠让他先回去，表示今天会和方锐舟谈谈给他转个办公室的岗位。

方锐舟的专车驶进了厂门。他一边看着一段马炎砸玻璃的监控视频，一边向坐在副驾驶座的万宝泉询问他这么做的缘由。万宝泉说马炎是为了他女朋友被清退而泄愤，嚷嚷着要把马炎开除。

"你敢！"

万宝泉吓得赶紧闭嘴。

大楼前的马路边上，宋春霞早就等着了。方锐舟招呼"宋劳模"去办公室谈，宋春霞摆摆手。

"车间里全是事，就一句话。对不起董事长，孩子轴，我没劝得了，处分的事不为难您，该怎么办就怎么办。"

"我不是说了吗，成不成没关系，也没有处分这么一回事。"

宋春霞感激地点点头离开了，方锐舟也转身进了大楼。

方锐舟把邱副省长来公司调研的行程安排表扔在办公桌上，用手指叩击着，咚咚咚直响，让坐在桌前的明德江很不舒服。

"明总，你让麓山一号发明人卫丞谈科技创新，让宋春霞谈职工对'重工换金融'的看法！你要干什么？！你是想把大力推进'重工换金融'变成诉苦大会、破坏大会吗？！"

明德江憋得脸通红，也把茶杯重重蹾在桌子上："锐舟同志，请你调查清楚再发脾气、拍桌子。麓山一号不是我非要安排的，是邱副省长钦点的。"

明德江坚持宋春霞是全国劳模，按照惯例，上级领导来调研，她应该在场。可宋春霞19岁进厂干工人，精通车铣刨磨钳，让她说热烈拥护"重工换金融"，可能吗？

"明总，什么都按照惯例就没有改革开放了！"

明德江脸色越来越难看，他站了起来："如果什么都一味地打破惯例，看似步子快了，但谁能保证'重工换金融'的方向是对的？"

方锐舟顺着他的话说道："按照惯例，总经理应该是我一人兼任的，但我打破惯例，你当了。按照惯例，亏损企业主要领导要降薪，可你的年薪一分钱都不少吧。明总，'重工换金融'您可以不出力，但不能成为阻力。"

明德江看着霸道的方锐舟，将桌子上的行程表拿在手里离开了，干脆任由方锐舟自己决定。方锐舟有些恼怒地揉着自己的太阳穴，拿起手机调出盛传学的电话……

盛传学看着卫丞用自己房屋做的抵押贷款合同很是不安。他知道卫丞需要钱，可不是他不给，学校的钱都是按年度计划拨付的，不是他一个人说了算。他放下贷款合同，看着双手捧着茶杯有些拘谨的卫丞。

"我需要这个能证明我实力的技术专利，带着我爸爸体面地离开这里，离开让我们家压抑了这么多年的麓山重工。"

盛传学劝着眼前的这个年轻人："凡事别这么极端，容易偏执。"

卫丞双手离开了杯子，倔强地抬起头："搞科研的不都需要偏执吗？我听说刚任命为省国资委书记的邱沐阳副省长要去麓山重工调研，其中就有麓山一号这个项目，您带着我去见他吧。"盛传学说他并不知道这次调研。卫丞看着盛传学，突然站了起来："一旦让方锐舟把'重工换金融'在邱沐阳那里给说拍板了，我们再说什么都像要饭的了，我得去找他。"

盛传学一把抓着卫丞的胳膊，把他拽回了椅子上。这时，盛传学的电话响了，是方锐舟。盛传学挂断手机，看了看方锐舟发来的视频，皱起眉头，顺手把手机给了卫丞，上面是宋春霞掐胡登科脖子以及马炎砸玻璃的视频。

"你妈妈打人挨处分的事，方锐舟给按下了，你继父的儿子马炎砸他玻璃这件事，他也不了了之。"

方锐舟的目的很明确，麓山一号的事，等邱副省长调研之后再研究。卫丞在亲情和试验之间做着艰难的选择。

有些事该面对的，躲不掉。

宋春霞从万宝泉手机里看着马炎砸玻璃的监控画面，满脸愁容，连连向万宝泉保证会狠狠批评马炎，赔偿损失。万宝泉笑着说是方董不同意按规定开除马炎，要感谢方董得拿出实际行动，邱副省长来公司调研"重工换金融"，要知道该怎么说。

"那我只能跟你保证，真话我可以不全说，但假话我一定全不说。"

万宝泉皱起眉头，拿出一份打印好的讲稿，递给宋春霞："什么真啊，假的，照稿子念就行。"

宋春霞没接，为难地看着万宝泉。难道她要替全车间的职工撒谎吗？

穿着厂服的方锐舟、明德江领着麓山重工一众干部在厂史馆前等待着。邱沐阳的车缓缓停在了他们面前。车门一打开，方锐舟便带头鼓掌。

"热烈欢迎邱省长莅临麓山重工大力推进'重工换金融'计划。"

邱沐阳对着欢迎的人群摆了摆手说道："不是大力推进，只是调研，是给省委省政府做最后决策提供科学依据。"

"对，此项大事，必须科学决断。"方锐舟引着邱沐阳走进厂史馆。

麓山重工厂史馆，其实就是一个山洞，原来叫"白鹤洞"。1944 年，新四军麓山兵工厂就是在这个白鹤洞建立的，到今天 72 年了，发展成为今天的麓山重工。邱沐阳一行在改建的山洞里参观麓山重工的厂史，感慨万千：

"学史明志，知史厉行。你安排的这堂课，很及时。"

方锐舟顺势谈道："要保住'麓山'这块红色招牌，保持国企国资增值，就需要我们当干部的锐意改革、勇于创新，顺应市场变化，及时做出战略调整。"

邱沐阳不动声色地看着厂史照片，走到了厂史的现代部分。装修后的山洞变成了现代化的光电世界，各种产品模型、专利技术都呈现于此，工程机械各个品种都差不多齐了。他问方锐舟，这时候放弃这些，改金融，会不会有些可惜。

方锐舟立刻表态："麓山重工资产负债率超过 81%，上年亏损 27 个亿，再加上银行贷款利息，已经不堪重负。况且行业下行的寒冬完全没有回暖迹象，我们退出工程机械行业，朝着金融＋环保科技的新方向发展，是目前唯一可走的路。"

邱沐阳转向明德江："德江同志，干部的思想统一吗？"

明德江满脸堆笑地表示，既然省政府常务会议举手通过并上报省委了，那全公司就不仅思想统一，而且目标统一、行动统一。方锐舟对明德江的圆滑和不想担责任的态度很是鄙视。

邱沐阳问道："咱们的宋劳模在哪里？"

"邱省长，我在这。"

邱沐阳赶紧上前主动伸出双手，热情地跟宋春霞握手。这份客气让宋春霞有些始料不及。

"哪个时代都需要劳模精神。而您这位车、铣、刨、磨、钳、焊全都精通的大工匠，对今天工业中出现的技术和工人之间的矛盾，有着破题的示范作用。"

宋春霞很受感动，准备向领导作汇报。她拿出稿子，又掏出老花镜，但因手抖不小心掉在地上，镜片摔裂了。她还是把眼镜捡起来戴上，透过裂开的镜片念稿子："尊敬的邱省长，尊敬的……"

"不念了，你把稿子给我。"

邱沐阳打断了宋春霞的汇报，不由分说地把稿子从她手里接了过来，看都没有看就交给了身边的秘书，招呼方锐舟回去开会。

宋春霞目送邱沐阳一行离开，悬着的心终于放了下来。方锐舟看了她一眼，她的心又悬了起来。

张彬走进实验室，把自己的笔记本和笔一起丢在了桌子上，夹在本子里的"凤凰温泉老年社区"的宣传单掉了出来。卫丞对此毫无反应，他正死死盯着长试平台上计算机传感器显示的各项监控指标，不时做着记录和调整。2号试验的三大摩擦副偏高，容积效率下降率小于2%。这个试验数据比国家标准高了很多，但他追求的是世界标准。1、3号试验比较稳定，只要顺利完成长试，就可以宣布达到国际标准了。但前提是不能停电，也不能停工。

卫丞坐在那里看着试验，张彬念叨着让他和大家好好解释，稳定军心。突然，卫丞站起来就往外走，完全不理会张彬的询问，只丢下一句"去插标卖首"。

麓山重工的会议室里，副省长邱沐阳和省国资委、金融公司的相关领导正在听取方锐舟代表公司作的汇报。"重工换金融"就是把亏损的重工资产置出，注入盈利情况更好的金融资产。方锐舟信心十足地表示，如果方案通过省委和北京专家组、证监会的最后论证，重组成功之后，ST麓山重工不仅有信心摘帽，更有能力保住"麓山"这块牌子。

而邱沐阳思考的是，麓山重工这么多非金融专业的职工，尤其是一线工人该何去何从。

"重组后职工能保留多少？"

明德江抢答："最多一半。"这意味着六千多职工要下岗。

现场的氛围一下子变得冰冷，很多人都低下了头。一半人下岗，这个影响太大。

方锐舟打破沉寂，说道："九十年代咱们公司搞过一次下岗，今天无非'从头再来'一次。改革嘛，需要魄力，也需要有人做出牺牲，等企业好了，可以再招人嘛。"

邱沐阳没有接方锐舟的话，用铅笔在宋春霞那份发言稿上重重圈出了"我们都非常支持重工换金融计划"那句话。

宋春霞把检讨书贴在了车间通知栏里，许多人都围了上来。马大庆看了一眼，转身就走，被金燕子追上来拦住了。金燕子不明白，公司也没说要给她处分，宋主任没必要这么做。马大庆却明白宋春霞的心思："当车间主任跟那些坐办公室的可不一样，她首先还得是个工人的样。活干砸了，她可以罚工人的钱，她自己干错了，不能说公司没处分自己就不站出来认错。"

可这件事明明是胡登科惹的，金燕子有些不忿，伸手要撕掉检讨书，被马大庆给拦住。

"刚才她在省长面前，没按'本本'说所有职工都支持'重工换金融'。"

"没错啊，我就是不甘心拿着技师的本本去当前台接待小姐。再说了，主任也没说反对啊。不能说真话的时候，能不说假话，这已经很了不起了好吧！"

马大庆看了一眼检讨书，自豪地背着手离开了。

金燕子掏出电话，有二十多个未接来电。

"你谁啊？"

"我是卫丞。"

卫丞的车被麓山重工大门的保卫拦住不让进，他十分恼火，但也只得将车开走。他突然想到一个人，立刻将车停在路边。他从后座上拿出"星光杯"技工大赛的资料袋，迅速翻到焊工参赛名单，找到了金燕子的名字，以及后面的联系电话，拨了过去。

"你真遇到车祸了，被撞成零件需要我来焊吗？没空。"金燕子说完就挂断电话，但是卫丞的电话又打来了。

"你想继续当技师，戴白头盔，还是想去卖理财产品，当迎宾小姐？我想让省长阻止'重工换金融'，这样就能帮你继续当技师了，但你先要想办法把我弄进来。"

金燕子没有直接答应他。挂了电话，她将宋春霞贴在通知栏里的检讨书拍照发给了卫丞，她想让卫丞帮他妈。

公司一偏僻围墙处，金燕子非常麻利地爬上围墙边的大树，再上到围墙上，卫丞早在外面等候。金燕子从工具包里拿出一根打了扣的长绳子扔了下去，催促卫丞爬上来。卫丞却纠结起来，迟迟未动。

"不爬，那你等我去开台吊车来啊。"

金燕子说完就要走，卫丞赶紧喊住："爬爬爬，现在没什么比见省长重要！"

麓山重工的会议室里很是压抑，正讨论着麓山重工科研团队和科技成果积累该怎么处置。方锐舟提出一部分置换，一部分暂停。至于研发了四年的麓山一号，方锐舟叹气，说："能一步跨入高压泵的世界门槛，我也想做完啊，但现在只能暂停，等有了钱，再说。"

突然门被撞开，一名穿着一身厂服、戴着白色安全帽的人闯了进来，所有人都惊呆了。只见他摘下白色安全帽，露出一张年轻的脸，是卫丞。

"我要告状！"卫丞将手里的柱塞泵科研合同举得高高的。

方锐舟阴着脸看了眼早就吓得一头冷汗的万宝泉。万宝泉赶紧上去一把拦住了卫丞，要撵他出去。

"人民政府的副省长怕见人民吗？"

方锐舟端起茶杯喝了一口水，重重盖上茶杯盖："人民都是你这样假冒公司员工，拦轿告状，击鼓鸣冤，博眼球吗？万主任，请他去法院告状！"

万宝泉带着人把卫丞往外推。卫丞边挣扎边大声说："法院审理不了麓山重工缺少核心技术的'芯脏病'。"众人看看卫丞又看看邱沐阳副省长，邱沐阳依旧没有表态。方锐舟赶紧给明德江使了一个眼色。

明德江上前劝着卫丞去隔壁休息室等，卫丞开口说道："邱省长，你不是要了解麓山一号吗？我是这个项目的负责人，也是专利人，这里没有人比我更了解了。”

邱沐阳的秘书周涌示意卫丞到前面来说。卫丞误以为他是邱省长，道了句谢，引来一阵轻笑。

看着微笑但威严的邱沐阳，卫丞微微皱起眉头。

“麓山一号如何，让数字说话。”卫丞利落地把手机拿出来，将实验室里麓山一号高压柱塞泵耐久长试的画面投影在大屏幕上，现场一下子安静了。

数据图上显示连续运行时长 3984.3h，压力 ≥ 35MPa，转速 1500r/min，连续高压冲击 16 万次，容积效率下降率 < 2%。这个数据已经比国家标准高了一倍。

“我们还有 1000 小时就可以达到国际标准，但方董事长拒绝拨付经费。”卫丞顿了顿，“90% 的中高端泵、阀都被像海彼欧这样的跨国公司把持，麓山重工不干，我们不干，卡脖子舒服吗？”

卫丞走到桌前还想接着说，被放下茶杯的方锐舟给打断了。他指了指会议室上方悬挂的横幅——“重工换金融”计划汇报会。“卡脖子难受，饿肚子更难受。只有保住了麓山的‘壳’，才能有钱，有钱了再搞科研嘛。”方锐舟的一番话引发众人对卫丞的不满。

邱沐阳按下了两人的争执，推荐双方一起去跟银行谈谈知识产权质押贷款，暂渡眼前的难关。方锐舟点了点头。

卫丞仔细地把桌子上的杯子摆好后，抬头看着邱沐阳：“如果您能把您的私人电话号码给我，就更好了。”现场响起一片交头接耳声。

邱沐阳被“神经病”卫丞给气笑了，写下自己的电话号码，递给了卫丞。

“我争取不打您的电话。”卫丞点了下头，转身退出了会场。

一头大汗的万宝泉跑到方锐舟身边，说他已经查明是金燕子帮助卫丞混进了办公大楼。

卫丞心事重重地走出大楼，金燕子骑着小电驴追了上来："不打声招呼就跑啊，什么素质啊？说说吧，结局怎么样？"卫丞不想说话，黑着脸低着头加快脚步。"冷静冷静，大局已定，对不？"卫丞胡乱点点头就往前走，金燕子心里挺高兴，加速追上去，拦着让他说说怎么阻止了"重工换金融"计划。

"没阻止啊。"卫丞泼了她一头冷水。听到卫丞说没拿到钱，金燕子噌的一下就窜到了卫丞眼前，让他紧张起来。

"那你说大局已定。"金燕子狠狠瞪了卫丞一眼。这时有铲车来搬运放在地上的发动机大木箱子，上面印刷着"LS60-3 柴油发动机，国 III"字样。

"唉，怎么还用国 III？没有国 IV，都进不了北京。"

"不知道！"金燕子骑着小电驴走了。

胡登科在家里翻来翻去，终于找到了家里的房产证。妻子肖月琴冲上去一把夺去了他手里的房产证，不让他抵押家里的房子去买麓山重工的股票。胡登科指了指女儿小溪弹钢琴的照片，心痛地说："我不能让我女儿永远弹别人家的钢琴。"他想夺过房产证，肖月琴迅速闪开。

胡登科急了："邱省长今天都没有否定'重工换金融'，再不抄底买，等披露洽谈内容、停牌的时候就晚了。"可肖月琴认为方锐舟到今天也没松口说这件事百分百成功。

"他说，违纪，不说，才是真帮咱们。"

肖月琴可不相信："他们要是真帮，'断臂事件'都过去这么多年了，怎么还不让你当个主任啥的？还是一个破干事。"

刚才还赔着笑脸的胡登科突然一拍桌子站起来。

"你懂个屁！这事以后不许提！"他上前一把夺过房产证，冲出门去。

为了让忧虑的宋春霞心情好起来，马大庆决定做一桌好菜。他端着热气腾腾的菜放在桌子上，马炎急不可耐地拿起筷子就要夹着吃，被他一巴掌打在手上。马大庆狠狠瞪了儿子一眼，又瞧了一眼虚掩的门。

马炎扯着嗓子喊："劳模，吃饭了。"

马大庆更加火了，拿着筷子照着马炎再次打去，马炎成功躲开。他自己又喊了一遍："老宋，吃饭了。"

宋春霞心事重重地走出房间，看到一大桌好吃的，满是疑惑。马大庆扬起一张笑脸："为你今天不说假话、不说昧良心的话庆祝一下。"一旁马炎吐槽："连不说假话都要庆祝，那为什么还要主动贴检讨书啊。"马大庆一拳敲在儿子身上，宋春霞端起碗盛饭，装作无事人一样。马炎去拿汤勺，敲门声传来，他顺手打开门，一看是卫丞。

马大庆立马热情地招呼卫丞一起吃，不由分说地把马炎位置上的碗筷给挪到一边去了。

卫丞有些拘谨地说道："谢谢，我来是说个事。"

马大庆看了一眼有些紧张的宋春霞，又看了看不情不愿、一脸不屑进厨房拿新碗筷的马炎。

"马炎砸方锐舟玻璃这事，本来方锐舟已经按下了。可我的试验今天出了问题，再不找省长解决，整个试验就要完，所以我冲进了他们的会议室，估计得罪了方锐舟，马炎的事也恐怕要……"卫丞还没说完，气愤的马炎冲上来把替他拿的碗筷当着他的面砸在地上。

"哥们敢砸他方锐舟的玻璃，也就敢砸自己的饭碗。不用你可怜！"

马大庆拦住马炎："你砸玻璃跟人家卫丞有什么关系啊，别往人家身上赖。"

马炎不服："赖？我这么多年什么事赖过这位学霸啊？但他也不用猫哭耗子，因为这屋里的所有人跟他的试验比，都不值一提，对吧。请，出去。"马炎用力将卫丞推出了房门。马大庆抄起凳子就要打马炎，被宋春霞死死拽住胳膊。

简易的出租房内，金燕子正神采飞扬地打着游戏，她在美国读博的男朋友董孟实打来了视频电话。两人没说几句，在快餐店打零工的董孟实要继续开始忙活了，视频被匆匆挂断。

董孟实正在整理客人留下的小费，外面传来急促的刹车声。他听到一声惨叫，从店里跑了出去，看见一名被撞倒在地的女孩。董孟实一边拿出电话拨打911，一边摘下脖子上的方巾和腰上的皮带为她进行止血包扎。他看到女孩掉落在地上的钱包打开着，露出一张留学生特有的"紧急联系人卡片"，卡片上写着"方霏"以及姓名为"艾丽斯"和"曹惠"的两个联系人的电话。董孟实拿出手机正要拨打，钱包里一张合影吸引住了他，照片上的父亲正是方锐舟。

急诊室外，董孟实手里拿着紧急联系人卡片犹豫着，思量半晌后拨出了艾丽斯的电话号码。

液压实验室外的院子里站满了讨薪的技术员和工人，气氛很沉闷。

卫丞的车冲进院子，满脸焦虑的他走下车，看了看技术员和工人，又看了看研究员庄北辰，有些失望。张彬上前想要安抚，却被卫丞一把推开。

"这是大家花费了四年的心血，咱们怎么可以因为一点补贴、加班费、奖金没按时发就停机了呢？这是对技术的亵渎，是犯罪！"卫丞眼睛里布满血丝，有些失态。这些和自己并肩作战的同伴为了生活不得不找他讨薪。

张彬立马说："还没停呢。"

"但我今天拿不出钱，就停机，对吗？"

"头，以前总认为干科研是有面子的事，可非要变成讨薪丢面子的事，我们也不愿意啊。"庄北辰看着他说道。

"钱，我今天确实拿不出来，但省长说可以办技术专利抵押贷款，我跟麓山重工约好了去银行办理，钱一定不会少大家的。请求大家，再坚持坚持，千万别停机。"

三

方锐舟皱着眉头看着技术中心主任郝思泽递上来的辞职报告。公司处在生死存亡的关键时刻，他却在这时候提出辞职。

"公司死了，破产企业的技术中心主任就不值钱了；公司活了，都去干金融了，我肯定靠边站，还不如早走。"郝思泽有些犹豫地拿着笔解释，方锐舟一把接过笔就签字了。

"一切妨碍'重工换金融'的，我都舍得。"方锐舟坚信麓山重工还会继续创造奇迹。

明德江办公室里，万宝泉站在办公桌前，任凭明德江抱怨方锐舟搞一言堂，一声不吭就批了技术中心主任的辞职报告。

看到一言不发也不搭理自己的万宝泉，明德江有些无奈地坐回了椅子上，问他来意。万宝泉指了指明德江桌面上需要他签字的一份《关于给予马炎开除处分的决定》。

明德江正要签字，万宝泉却拦住了他："方董说，人力部门太小题大做了，撤回。"

拿着笔的明德江随即把笔一丢，苦笑道："红脸白脸他都唱啊。"

麓山重工的通知栏里，张贴着金燕子破格晋升技术工程师的公示报告，但是万宝泉的办公室里却传出了金燕子的争吵声："万主任，人力说有人反映我有问题，不能破格了，我有什么问题？"

万宝泉故弄玄虚地让金燕子去问卫丞。金燕子撞开门，气呼呼地从楼里冲出来，一把将墙上的公示报告给扯了下来。

手机一响，是父亲发来的微信语音，还有一张新房的设计图。父亲喜悦的声音传来，让金燕子给新家的设计把把关。

金燕子只能强作欢颜地回了一条语音信息："行，你们开心就行，钱我过两天就给您打过去啊。"眼泪已在眼眶里打转，她将公示报告一点点撕碎，扔进了垃圾桶。

回到车间的金燕子顶着蓝色头盔焊起了工件，宋春霞拿着面罩凑近看了看。金燕子摘下面罩，满头大汗，抱歉地看了看宋春霞，打算重焊。

"只是长相一般，质量还行，不用重焊。"说完宋春霞拿出一份签好字的《破格晋升技术工程师申请报告》递给金燕子。

"人家不会批的。"金燕子有些丧气。

宋春霞告诉金燕子，一次不批，就申报两次，两次不批，就申报三次，绝不能让卫丞的事连累她。"咱当工人的评个职称，谁不是汗珠子摔八瓣还要拿桶装啊，他们吹空调的不心痛，我吹电扇的心痛。"

金燕子侧过脸，努力不让眼泪掉下来。

宋春霞继续开解她："有了技师证书，就算换个地方干，工资也能高不少啊，今后再努力当上高级技师，就有机会进管理层，坐办公室、吹空调。别傻，赶紧回去填表。"

金燕子还要推拒，宋春霞一把卸下金燕子的面罩和焊枪，拽起她就走。

万宝泉指挥着工人刚把方锐舟办公室的大玻璃换好，方锐舟就走了进来。见他一直看着手里的报告，万宝泉便赶紧招呼工人一起离开，谁知被叫住了。方锐舟把手里的报告递了过去："不是说好了这次重组不让千鹤人寿参加吗？怎么还给省政府、国资委写报告要求加入呢？你是不是拿了曹惠的好处？"

万宝泉连连否认，说这是公司行为，不用过度强调回避制度。见方锐舟盯着自己，万宝泉更加紧张，连忙表示会再去沟通一下。

方锐舟这才松了一口气，对着门口挥了挥手，万宝泉赶紧往外走。这时敲门声响起了。他抬头一看，是宋春霞，立马去拦，方锐舟的声音正好传来："请进。"万宝泉不好再说什么，只得让宋春霞走了进去。

方锐舟坐在办公桌后，问："你儿子、你继子和你都挺会'找事'的。这回又是什么'好事'啊？"

宋春霞递上了金燕子破格晋升技术工程师的申请报告，然后从她的教育和职业经历说到技工大赛获奖，力荐金燕子破格晋升技师。

方锐舟始终没有接报告，等她说完淡淡地吐出一句："公示期间有人举报，我也没有办法。"

宋春霞有些感慨地说道："董事长，不给年轻人一些机会和上升通道，咱们留不住孩子。现在，公司年轻人越来越少了，明天还有没有年轻人愿意干工人都不好说。我年龄大了，下岗不怕，可孩子们还年轻，有一个好职称，也方便他们找工作啊。咱们都是有孩子的人。"

宋春霞把报告放在桌子上之后，走了出去。方锐舟正盯着报告，他的电话响了，号码显示是"曹惠"，他有些厌烦地挂断了。可刚挂断，电话又响了。

"我不是说了上班的时候不要打电话吗？！"

"你女儿出事了！你忙，我也不奢求你能去美国看女儿，就是想跟你说，离婚的事不是我拖着不办，等女儿的事处理好了，我马上签字。"

卫丞拉着张彬一起赶到了银行，没过多久便垂头丧气地走了出来，麓山重工临时跳票不来做担保，打了他们一个措手不及。卫丞拿出电话，翻到邱沐阳的号码，还没打就被张彬按住了："越级了懂不懂。"

卫丞不甘心，翻了一下手机，给方锐舟打电话，打不通。他转头看张彬想找他借钱，被毫不留情地拒绝："我所有的钱都替我妈买了凤凰温泉老年社区啦。"张彬展示着手机上的销售图跟合同。

卫丞见状不好再纠缠。拿不到贷款，大家要是再说停机，自己就是磕头也拦不住了。

张彬突然想到什么，将手机里一张外国人的照片给卫丞看："对了，这个美国 Max 液压研究院的高级顾问欧文斯先生这两天在找你，好像对麓山一号很感兴趣。"

卫丞想了想，决定约见一下欧文斯。

咖啡厅里，欧文斯跟卫丞彬彬有礼地握了握手。

卫丞开门见山地问道："您愿意出资让我的耐久长试进行下去？"

"不是我出资，是海彼欧集团。"欧文斯更正了卫丞的说法。卫丞有些惊讶地看了看张彬，麓山重工跟海彼欧可是竞争对手。

欧文斯表明了他的来意——买断麓山一号的专利权。

"你的身份是大学副教授，不是麓山重工的人，搞技术的人应该更多关注技术本身。"欧文斯说着从包里拿出一封信，放在卫丞眼前，"这是我给你写好的去 Max 液压研究院的推荐信。"卫丞一下子呆住了，这正是他梦寐以求想要去深造的地方。

张彬目不转睛地看着卫丞。这时服务员端来咖啡，卫丞接过咖啡一饮而尽，起身离去。

张彬一脸遗憾，拿着推荐信也跟着离开了。

精神病院里，年轻护士小杜拿着卫冲之的催款单急匆匆地走过来，喊道："卫冲之,又乱写乱画!"一个头发花白戴着眼镜的病人对她的喊声充耳不闻,始终面对着一个臂架泵车模型,念叨着"我没错,我没错",手里的笔在玻璃上留下一长串计算公式。

小杜护士冲上去就要擦,卫冲之急了,抱着臂架泵车模型哇哇大哭起来。小杜护士吹响了哨子,两名男护工跑了过来,刚要带走卫冲之,赶来的护士长肖月琴制止道:"他情况特殊,只要他不往医院外边跑,不吵不闹,都随他。"又指着小杜手中的催款单说:"刚刚付过了。"卫冲之突然非常老实地坐下,开始背起圆周率。

夕阳中,卫丞一个人站在精神病院前的大树下,静静地看着二楼病房内在窗户上不厌其烦演算公式的父亲卫冲之。卫丞顺手拿出手机准备给父亲拍照,发现有20多个张彬的未接来电。卫丞没有在意,电话又响了,还是张彬,他只好接了。张彬质问他为什么拒绝欧文斯的好意。

"我要是把专利卖给海彼欧,这不是帮着老外掐死了麓山重工吗?"
张彬一听急了:"咱们不要用道德来绑架和裁决,行吗?"
卫丞看着趴在窗户上抱着臂架泵车模型,嘴里不停说"我没错"的父亲,松了一口气:"比道德更厉害的裁决,是问你自己,心痛不心痛,我有点痛。"

"那你就等着试验停机,大家散伙吧。"张彬挂断电话,赌气地盯着依旧在运转的试验台和倒计时牌。

卫丞透过手机摄像头久久凝视着夕阳余晖下苍老的父亲偶然闪现的笑脸,按下了快门。

麓山重工下班铃响了,大量职工涌进职工食堂。金燕子接过大师傅递过来的盘子,诧异地看着"两荤两素"的饭菜。她从两道荤菜里夹出仅有的两块肉,对着马大庆叹气:"师父,咱这伙食,完全朝着斋饭的方向奋勇向前,我请您去外面吃吧。"

马大庆瞥了一眼徒弟，问："有事求我。"

金燕子满脸堆笑："师父明鉴，我想跟您借点钱，老家盖房。"

马大庆犹豫着要开口，就被从后面进来的宋春霞给打断了："多少也不借，你不知道你师父那点钱是给马炎结婚买房子的？"

宋春霞把辣椒酱递给马大庆，指挥他去打饭。金燕子低着头趁机要溜，被她拦住了。

"借多少？我有私房钱。"

金燕子正要拒绝。

"两万够不够？三万？"

金燕子抬起头，万分感激地看着宋春霞，半晌才点点头。突然外面一阵喧嚣，一辆装着大 LED 显示屏的车开了过来。上面的画面正好是她看见过的"柱塞泵耐久长试"，她顿时瞪大了眼睛。

卫丞站在大屏幕边上，戴着"小蜜蜂"跟围上来的职工做演讲："大家好，我是麓山一号的设计师。目前公司缺钱，使得最后一千小时的试验无法进行下去，我今天是来众筹资金的。"

"我们的饭菜都这德行了，哪有钱给你啊。"胡登科的吆喝引得很多职工附和。挤在人群里的金燕子不解地看着卫丞。站在人群最后的宋春霞掏出钱就要往前走，却被马大庆拽住了。

"你现在拿多少钱给他都会被胡登科他们说成演戏，适得其反。"马大庆说着，将她推进了食堂。

卫丞把自己的房产抵押证明举在手里给大家看。金燕子大吃一惊，而胡登科则掏出手机拍了起来。

卫丞继续说道："这是我私人的房产抵押证明，我已经将我所有的钱投入到研发中，但还是不够。我希望大家支持我把试验做完，咱们有这个拳头产品，就不用'重工换金融'了，大家也就不会下岗了。我向大家借钱，每人借四百，把试验做完，利息只能比银行略高一点。"

说得万分恳切的卫丞并没有赢得职工们的支持。胡登科继续拍摄。冷漠的现场让端着碗一口没吃的宋春霞更加着急，一旁的马大庆却不急不忙地给她夹菜。

　　现场的反应完全出乎卫丞的意料。就在不少人要走的时候，张彬冲了进来，他一把夺过卫丞的"小蜜蜂"："大家等等。其实卫丞完全可以不求大家，因为就在上周，跨国集团海彼欧愿意出大价钱收购这项专利。"张彬说着从包里拿出那封推荐信展示给大家看，"但是卫丞没有答应。"

　　"为什么？不爱钱，爱麓山重工吗？"金燕子喊道。

　　卫丞却一脸认真："爱钱啊，但我爸我妈都是麓山重工的老员工，他们是真爱麓山重工，我想帮他们，把这份爱变得有价值。"

　　"那你就不怕你把房子抵押后，试验失败吗？"金燕子追问。

　　"不怕也不会，因为这项专利有着过去咱们公司两代人十多年的技术积累，成功只是水到渠成。"

　　职工们交头接耳起来，胡登科悄悄把拍摄的视频发给了方锐舟，又向工商局匿名举报。

　　金燕子有些仰慕地看着卫丞，又看了看远处的宋春霞和马大庆，随即拿着手机上去刷众筹的二维码。胡登科思量一番，声称花四百买条活路也值，于是也去"认筹"。虽然有人跟着上前刷二维码，但总归是稀稀拉拉的。筹钱最终惨淡收场。

　　卫丞将汽车开进了实验室的前坪，他和张彬疲惫而焦急地下车，却发现院子里停了一辆工商局的执法车，很是纳闷。庄北辰迎了上来，低声说："头，工商局的人等你半天了。"

　　卫丞有些摸不着头脑，庄北辰支支吾吾也说不明白。张彬在一旁插话："话越少，事越大。"

能有什么事？卫丞径直往里走去。

实验室里，卫丞吃惊地看着工商局秦科长手机里面自己众筹的视频。"你的'众筹'被人举报了。这涉嫌民间借贷中的恶意举债、非法逃避债务行为。请你跟我们回局里配合调查，这里也先停下来吧。"

试验绝不能停！想到这里卫丞据理力争起来。秦科长示意工作人员拿着封条封门，张彬和庄北辰立马上前阻拦。

"你们这是要阻碍行政执法啊？贴！"

封条贴在门上的那一瞬间，一直压抑着情绪的卫丞再也无法平复，冲上去一把将封条夺了过来，失控大喊："你们知不知道这个试验值多少钱？知不知道这个试验关系到多少人的命运？"卫丞红着眼睛，愤怒地将封条给撕烂了。工商局以妨碍执法为由，将他带走。

方锐舟收到通知，让他去邱省长办公室一趟。他赶到时，邱沐阳还未回来。秘书请他到办公室里稍坐片刻。方锐舟一个人坐在邱沐阳的办公室，看着手机里播放的卫丞的演讲视频，脸色越来越难看。

一辆黑色轿车在办公楼前停下来，邱沐阳下了车往办公楼走去。这时电话响起，邱沐阳一看是卫丞发来的视频，工商局在封实验室。邱沐阳越看眉头皱得越厉害，他吩咐身旁的秘书周涌立刻核实情况。在邱沐阳看来，再有什么问题，也不能停试验。

方锐舟听到门外有动静，赶紧关掉视频，站起身。邱沐阳一进门就问起方锐舟知不知道卫丞实验室被封，方锐舟立刻将这件事与胡登科发送的视频联系了起来，但又不敢十分确定，于是回复说他去核实了解一下。邱沐阳转而又问起麓山重工没去帮卫丞办知识产权质押贷款的事。

方锐舟解释道："因为麓山一号还没有拿到正式的专利证书，银行说，不合规矩。"

"那麓山一号最后一千小时长试怎么办？"邱沐阳又问。

"邱省长，恕我直言，目前对于麓山重工来说，重中之重是北京的评估小组赶紧进驻，只有这样，证监会的反馈意见才能早点到，否则'重工换金融'就没法向前推进一步啊。"

"咱们办国企，是要参与国际竞争。咱们手里要是没有关键技术，没有持续的创新能力，怎么争？"邱沐阳看了方锐舟一眼。

"咱们办企业的第一要务不就是挣钱吗？有钱了，大家才能过点好日子，长点肉。"

"长肉很重要，但也不能不长骨头啊，否则这么大一个国家，怎么撑得住站得稳呢？我希望你当企业家，而不是生意人。"

"邱省长，您看得远，也看得准。但对于一万多等着发工资奖金的职工来说，再美的风景，也不如手机信息显示'工资到账'四个字。麓山一号我会再想办法，但北京专家组还请您早点批复。"

邱沐阳喝了一口水，缓缓放下杯子，看着方锐舟，笑了。

"另外，我给省政府和国资委专门写了一份报告，恳请你们千万不要让千鹤人寿参与这次重组。"方锐舟说着从包里拿出一份报告递了上去。邱沐阳看到了方锐舟的亲笔签名，没有当即表态。

卫丞被张彬接出工商局。出了大门，张彬还在愤愤不平，斥责方锐舟在下绊子、捅刀子，卫丞让他别说了。他却异常认真："不说就不存在了吗？不说咱们就有钱继续试验了吗？头，要不就答应欧文斯，答应海彼欧算了。"

卫丞看着张彬："答应他们，今天参与众筹的工人们又算什么呢？"

卫丞走出工商局大门，发现马大庆站在外面正等着他，赶忙上前。马大庆从口袋里面拿出一张银行卡递了过去。

"您这是干什么？"

马大庆又把卡递过去，说道："帮不上大忙，但能帮一点是一点。再说，这些钱你妈妈是同意的，密码是你妈的生日。"

卫丞仍不肯接。

"这不是给，是借，是你说的众筹。当时现场那种情况，我跟你妈不能带头，希望你理解。"马大庆硬生生把卡塞进他手里。"早点回家。"马大庆说完，笑呵呵地骑上一辆老旧的电动车远去。卫丞看着手里的银行卡，心里憋屈，是自己太不会理解别人了吗？

邱沐阳办公室的墙上挂着一幅"大道行思"的书法作品，此刻他正坐在下面看着周涌手机里卫丞"众筹"的视频。周涌汇报说匿名举报的人叫胡登科，是麓山重工的一名工会干事，也是方锐舟董事长的外甥。邱沐阳有些诧异，端起茶杯没滋没味地喝了一口。周涌又问要不再查一下胡登科的"幕后指使"。

邱沐阳摆了摆手，指了指桌子上那份方锐舟亲笔签名请求省政府、国资委不要让千鹤人寿保险参加麓山重工重大重组的报告。他认为，方锐舟还不至于干这样的事。

天色已暗，天边晚霞映照着麓山小区。吃着蛋筒冰激凌的小溪骑在胡登科脖子上哼着《土耳其进行曲》，父女俩无比开心，只是胡登科哼唱错了，被女儿拍了一下脑门。跟在后面背着小溪书包的肖月琴一肚子牢骚。胡登科对着妻女畅想，等"重工换金融"一成，那股票可就涨停涨停涨停，就可以买琴买琴买琴。这时，妻子拽了拽胡登科，对着站在小区门口的方锐舟努了努嘴，胡登科愣住了。

"谁让你举报的？！"方锐舟大声呵斥。

胡登科还想以举报卫丞煽动大家反对"重工换金融"计划为由给自己邀功，却被方锐舟呵斥："你还有理了！有理你怎么不实名举报啊？

就你这点小伎俩，公安分分钟识破，你就得倒霉。"

胡登科挺起胸："只要能顺利推进'重工换金融'，我不怕。"

"我怕！别人会问，你胡登科背后是不是我方锐舟指使啊？！"胡登科吓了一跳，这才紧张起来，连忙表示要去自首。

"邱省长都过问此事了，你解释得清吗？"说罢，方锐舟挥手让他下车。胡登科不敢再多说话，忐忑不安地下车关上了车门。方锐舟靠在头枕上，紧锁眉头。这时电话响了，传来邱沐阳的声音："刚才常务会研究决定，随北京评估组进麓山重工的还有省里的审计组，把家底摸清，问题摸准，总是好事，请配合他们工作。"方锐舟应下，脸色阴晴难定。

金燕子满怀期待地对着镜子摘下蓝色头盔，戴上白色头盔。正左看右看，听到门响，她赶紧摘下白头盔，假装换衣服下班。宋春霞走到金燕子身边，把一个厚信封递给她。

金燕子不解，问："这是啥？"

宋春霞没有解释，而是拿起白色头盔看了看。金燕子打开信封，发现里面是两万元钱。

"燕子，你那个技师破格的事，上面还是没批。"

金燕子有些失落，打断了宋春霞安慰她继续填表申请的话，说："不用了。人家不想给，伸手也是要不来的，而且还打脸。主任，谢谢您，还有您的钱，我一定抓紧时间还给您。"金燕子强作欢颜，对着有些愧疚的宋春霞笑了笑，换好衣服出去了。

门关上的那一刻，宋春霞把手里的白头盔使劲地扔进了铁皮柜子，发出巨大的声响。

"谁是谁的主人翁啊！"

金燕子回到简易的出租房内，看了看桌子上、地下放着的东倒西歪的啤酒瓶、外卖盒以及汇款凭证，没有心思收拾。她径直走进浴室，站在花洒下，打开开关，任热水哗啦啦地流着，将自己从头到脚淋湿，忍不住伤心地哭起来。想到自己高考失利上了高职院校，勤勤恳恳工作，评个技师却屡屡受挫，金燕子越哭越委屈，整个身子蜷缩下来，蹲在浴室的角落里，看着浴室玻璃上映照的霓虹灯影。这个到处都是浪漫色彩的大城市和贫穷又平凡的自己有什么关系呢？为什么要当工人啊？为什么？！金燕子把头埋在胳膊里，任由热水冲刷着头发。

机器狗牛顿趴在狗窝里睡觉，突然睁开眼睛，跑向大门。卫丞一身疲惫地进来，牛顿上前讨好，被他用脚给扒拉开。卫丞倒在沙发上，将欧文斯的推荐信和继父的银行卡扔在茶几上。他又起身从抽屉里拿出"苯二氮䓬"药瓶，倒出两颗吞下。他侧头看着窗外灯红酒绿，繁华的城市夜景一点点变模糊。

"我是不通人情！因为我的世界需要横冲直撞！"

满头大汗的金燕子穿着瑜伽裤，在破旧阳台上，看着老旧街道上市井烟火百态，拼命地扭着呼啦圈。直到实在是扭不动了，她瘫坐在地上大口喘气。

"我是打不死的也不能死的金小强。"

金燕子爬起来继续扭起呼啦圈。

方锐舟带着万宝泉等人去检查接待北京评估组的办公场地是否已安排好。他看了看门口挂着的很讲究的评估组牌子，交代万宝泉把牌子换成打印纸，别搞形式主义。万宝泉向他请示邱省长派的审计组办公地点怎么安排。方锐舟环视一圈，视线落在了对面另一间会议室的大门上。

马大庆黑着脸背着手走进了休息室，把面罩往桌子上一扔，端起大搪瓷缸子咕咚咕咚喝了起来，然后环视了一下都在看着他的工人。大家都明白了，赶紧站起来出去了。

马大庆这才招呼金燕子进来。金燕子走到他跟前，把一张辞职报告递了过去。

"就这么不想当工人了？"

"嗯。"

"活不下去了？

"跟您这一辈比，单纯地活下去，确实容易了，生活也比以前更好了。但我这些年也只是活着罢了，自由、尊重、社交都跟我，跟工人没关啊，一句话，活得没意思。"

马大庆实在找不到反驳金燕子的理由，沉默半晌才抬起头问金燕子有什么打算。听到金燕子下家都没找好就敢辞职，他觉得现在的年轻人办事也太草率了。

金燕子不以为意："现在活着可不挺草率的嘛。不过，人家白领一草率就逃离北上广深，我们蓝领想草率往哪里逃啊，只能逃离工厂。"说着拿出一支准备好的签字笔递到师父手里。

"师父，告别必须草率，这样心里才不会太难受。您也就草率地签字吧。"

马大庆拿着这支轻飘飘的签字笔，却觉得比几斤重的焊枪还难握稳。"反正车间现在也没什么活，你就先休假，试试看再说。"马大庆把笔和辞职报告一下子都拍回金燕子手里。

金燕子还没来得及说话，一脸春风的马炎从外面闯了进来。他对着金燕子炫耀地眨巴一下眼睛后，将一张楼书递给了马大庆。他和朱可妮的婚房经过千挑万选之后，终于定下来了。马大庆看着楼书点了点头。

马炎立刻凑上来："您把那个房钱给我呗，有了房，我立刻结婚。"

马大庆却说朱可妮刚下岗，结婚的事等稳定点再说。

"什么叫稳定啊，咱们公司的工人除了能稳定下岗，稳定拿白条，我还真找不着什么稳定的了。您赶紧把钱给我，人家等着呢。"

"钱，钱我借给你哥了。"

刚才还嬉皮笑脸的马炎一下就火了："我跟卫丞谁是您亲生的啊？啊！"

马炎把身上挂着的维修工具一下子扔在桌子上，冲了出去。金燕子也只好收起辞职报告，看了一眼腰杆挺得溜直、完全不退让的师父，叹口气，追了出去。

柱塞泵长试正在进行，卫丞用铅笔来回拨拉着一组6颗的咖啡豆，眼睛却盯着计算机屏幕核实数据。张彬拿着一摞欠款单坐在他身边。

现有的资金撑不了几天了，可卫丞不想动马大庆的钱。北京的评估组已经进了公司，大局已定。要么断臂求生，要么去找欧文斯。卫丞手里拿着咖啡豆还在数着数，张彬看在眼里，无奈地叹了一口气。

卫丞拿出马大庆给的卡递给张彬，说能撑几天是几天吧。张彬犹豫一下，还是接了。此时庄北辰从外面跑进来喊道："卫头，上次踢你车的那个女孩带了一个男的来找你。"

卫丞把已经数好的60颗咖啡豆给搅乱了，起身就走。

卫丞从屋里走出来，就看见金燕子在拉拽马炎。马炎喊着让周围的人评评理。看见卫丞出来，金燕子劝马炎离开。

"你让他说，憋了十来年了，他需要发泄。"

马炎看不得卫丞一副天生高人一等的样子："自从你来到我家，你要买书就买书，你要买衣服就买衣服，要寄宿就非不住在家里，什么都先紧着你，我倒成了捡来的！但凡咱们俩一吵架挨打的就是我！你以为你的双博士学位只是你刻苦读书读出来的吗？屁！是我们全家省吃俭用供你出来的！"

马炎的这一通骂让卫丞颜面扫地，他紧紧揪着裤线克制着自己即将崩溃的情绪。

"说你两句就受不了了？你不是有大本事吗？你自己的问题，你自己解决好了，不要把我们拽上，我们没有能力填你的坑。金燕子就因为帮你，两次评技师都给人黑了，被逼着要辞职了。"

卫丞看了看金燕子，迅速躲开两人的目光，朝着张彬一伸手。张彬有些犹豫，禁不住卫丞的执拗与催促，从口袋里拿出卫丞刚给他的那张银行卡递了过去。卫丞接过直接伸到马炎面前："钱我没动，你拿走吧。"

"你以为我来管你要钱的吗？你太小看我马炎了，没这笔钱，我一样买房子结婚，一样要比你过得好。因为你只会读书，不会做人。"马炎看都不看卫丞手里的银行卡，转身离去。

金燕子只得尴尬地跳上自己的小电驴，跟了上去。

卫丞追上来把卡塞进金燕子口袋里，问道："你放弃白头盔的梦想时，会难过吗？"

金燕子故作无所谓的样子，说："没时间难过，还得傻不拉几地活呢。"

卫丞似懂非懂地点点头，有些蹒跚地走回了实验室。

回到实验室的卫丞把自己一个人关起来，电脑屏幕里还是监控柱塞泵试验的画面。桌上的手机震动起来，是欧文斯的来电。卫丞没理，仍是来来回回数着咖啡豆。突然他停下手里的活，拉开门。担心卫丞想不开的张彬就站在门口，门突然打开险些让他摔倒。

"立刻准备材料，咱们正式起诉麓山重工。"

张彬仍不死心，想劝说卫丞再考虑考虑，手机突然震了一下。他低头看了看，然后拿起手机展示欧文斯发来的信息。

"我们愿意提高收购专利价格，希望跟卫先生再次洽谈。"

只有打了官司，才能在道德层面说服自己跟欧文斯合作是"逼良为娼"，良心上才会不那么痛。卫丞把咖啡豆扔在嘴里嘎巴嘎巴嚼着，苦涩弥漫了他的口腔。

四

办公楼里面对面的两个会议室，一边贴着"审计组"，一边贴着"北京评估组"。审计组这边安安静静，而评估组这边不时传来笑声。带着笑意的方锐舟从北京评估组出来，关上门，瞟了一眼对面的审计组，没了笑容。

方锐舟进了审计组的房间先冲着正在材料堆里的审计人员打招呼。突然，他看了旁边宣传部门负责拍照的人一眼。

"审计这么重要的地方也能随便乱拍吗？"

宣传部门的摄影师赶紧关了相机，和其他工作人员一起退了出去。

"公司条件有限，把大家安排在评估组对面工作，实属无奈，还请大家体谅啊。这不对面的评估组快要结束了，我就把感谢一并送来了。"方锐舟说完，万宝泉就把水果、茶点一一摆上。

审计组的孙组长发问道："我们来审计，就是挑毛病的，人家都烦死我们了，您怎么要感谢？"

方锐舟从容回应道："审决策，审业绩，审财务数据，审非财务信息，哪一项都是帮着公司尽快完成'重工换金融'计划，避免国有资产流失，当然要感谢。"

孙组长点点头，拿起一本账册，指着发动机国Ⅳ排放技术研发和升级的专项资金，问："怎么挪用了？"

方锐舟看了一眼孙组长递上来的账本，如实回答："是挪动了一些，给麓山一号了。"说完瞟了一眼万宝泉。万宝泉赶紧拿过一张单子递给了孙组长看："我们也没办法，这个卫丞逼人太甚啊。"

孙组长看着人民法院送达的卫丞起诉麓山重工的起诉书副本，话到嘴边又忍住了。

卫丞坐在实验室里，面无表情地看着桌子上摆着的起诉书、立案通知书以及欧文斯送来的购买专利的合同，一点点旋转着手里的钢笔，竭力将笔帽、笔夹和笔尖扭在一条直线上。终于，他拔出钢笔，打开欧文斯的合同，准备签字，只听见砰的一声，门被庄北辰撞开了。

"麓山重工打款了。"

张彬追问原因，而卫丞将钢笔重新插回笔帽里，仔细扭正。他把欧文斯的合同扔给了张彬，关掉手机，伸了一个懒腰，走出门去。

他迎着有些刺目的阳光，离开了实验室。

金燕子理了理身上的汽车 4S 店销售制服，将销售顾问胸卡摆正，笑容灿烂地拍了一张自拍照，发给了董孟实。正美滋滋的她，看见门口进来一个挂着大金链子的胖顾客，赶紧低下头试了好几次微笑，才迎了上去。

胖顾客瞟了一眼一脸假笑给自己拉开车门的金燕子，坐进了样车。金燕子赶紧从另外一边坐进了副驾驶位置，开始热情地介绍："咱们这车身，全是激光焊接，变形小，强度高，钢度提升30%，也就是安全性高。"

胖顾客完全没有顺着金燕子手指的方向看，而是始终盯着她露出来的大腿。金燕子下意识把短裙往下拽了拽。她正准备介绍分期付款，胖顾客来了一句"我全款"，她有些失望，但还是点头，拿着笔在单子上画了一个勾。这时，胖顾客把手伸过来，碰了一下她的腿。她赶紧往边上躲，但是车内空间有限，躲不开。

金燕子偷偷按下车窗，哪知道胖顾客的咸猪手又再次伸来。忍无可忍的金燕子看都没看，手握着笔对着咸猪手扎了下去。接着，一声惨叫传遍了展厅。

不理会 4S 店经理不问青红皂白的责骂和胖顾客的叫嚣，金燕子在众人错愕的目光中走出了销售大厅。那经理只得自己不停地给胖顾客鞠躬道歉。她摘下销售顾问的胸卡，连同那支带有血迹的签字笔一起，潇洒地扔进了垃圾桶。

她一个电话拨给了朱可妮："小猪，为了隆重庆祝姐们儿第一次被炒鱿鱼，我必须吃顿鱿鱼披萨庆祝一下，你快点来。"说完骑上自己的小电驴，迎着风，冲了出去。

金燕子刚在披萨店里点完吃的，便收到了朱可妮发来的因有事来不了的信息，她顿时有些失落。一个坐在她背后的人开口说话了："你一个人能吃得完 9 寸的披萨吗？"

他扭过头，恰巧与金燕子对视，她一惊："怎么是你？"

卫丞放下手里的刀叉，继续说道，"因为帮我，你的技师没评上，现在被迫改行，我应该请客。"

"好啊。"金燕子毫不客气地点了一堆吃的。

卫丞起身买完单就走了出去。他站在门外，透过窗户看着金燕子大快朵颐。她竟然把一个披萨和一大堆烤翅、烤虾、牛肉酥全部消灭干净了。吃饱了的金燕子打了一个嗝，卫丞赶紧躲到一边。他扭过头，发现金燕子的小电驴上面贴着 4S 店内部停车证，皱起了眉头，迅速拿出手机打开地图。

吃撑了的金燕子揉着小肚子走出店门，发现卫丞正在外面等她，赶紧收腹，故作矜持。

"作为 4S 店的销售顾问，大中午骑着小电驴到离 4S 店 12.7 公里的地方吃饭，连路程带吃饭时间，耗费 3 个小时。你是不是失业了？"

金燕子顺着卫丞手指的方向看见了自己小电驴上的贴纸,辩解道:"我喜欢这里的口味不行吗?"

"行,而且是鱿鱼口味。按照你的脾气,应该是你炒了老板的鱿鱼。"

东拉西扯一阵后,卫丞邀请金燕子来他的实验室工作,还能帮她把技师职称解决了。

"不去。"金燕子骑着小电驴就要走。卫丞还想继续劝说。

"我为什么一定要当工人呢?我就不能换一个活法吗?我也想贴美甲,想穿得时髦,想让别人叫我小姐姐。"金燕子撕下内部停车证的贴纸,骑着小电驴走了。卫丞看着她远去的背影,有些不解。

秘书引着盛传学走进邱副省长的办公室,邱沐阳热情地请盛传学坐下,亲手把一杯茶摆在了盛传学的眼前,又从桌子上一大摞麓山一号的材料中拿起一本,指给盛传学看,略显激动地说:"四年时间心无旁骛地做一件事,不简单。"

盛传学回忆起过去,不禁感慨道:"不止四年,要是算上他父亲,大概十多年了,现在要放弃,心痛啊。"

"你这个老总师,话里有话啊。"邱沐阳递上来一份盛传学写给省政府的报告,题目就是《重工换金融,我们失去了什么》,"所以你给我来了一个万言书,反对重工换金融。"

"对。越是脱实向虚、玩概念的时候,国企的管理者、经营者越应该想想国家要装备制造业干什么,国家会因为有你的实业而强大,社会因为有你的技术而进步,人民因为有你的稳定而富足。"盛传学略显失望又不失傲气地看着始终微笑着的邱沐阳,"但你那天去麓山重工时却没说这些。我知道,领导的艺术就是不轻易表态,关山难越,谁悲失路之人。"

邱沐阳坦承:"我更喜欢万里赴戎机,关山度若飞。工人们不关心我怎么表态，看中的是我拿出的药方有没有疗效。"

盛传学有些惊讶地重新打量起眼前这位不动声色的邱副省长。

汽车行驶在江桥上，鳞次栉比的高楼大厦从车窗外掠过。车上，省委副书记、省长韩雨田正在看《关于"重工换金融"计划再思考》的调研报告。看完后，他把调研报告徐徐放下，看向一侧满面期盼的邱沐阳，说："思考得很深，也很尖锐。"

邱沐阳提议再上一次省政府常务会议，重新研究一下。

"沐阳啊，你这段时间的工作很扎实，尤其是对麓山重工解困想了很多。但这件事已经在省政府常务会议上通过了，我也是举了手的，回头再研究讨论，那是不是说明之前的研究很轻率，我举手也有责任呢？"

"可我调查后，发现公司有很多人不赞同'重工换金融'啊。"邱沐阳继续说道，"韩省长，您跟我进行出任国资委书记的任前谈话时，特别叮嘱要让国资国企健康发展，麓山重工去干金融，企业看似活了，但我省经济支柱之一的工业却实打实死了。趁着省委还没有做最后决策，能把这个调研报告交给胡书记看看吗？"

韩雨田吃了一惊，看了看焦急的邱沐阳，说："那你得罪的人可就太多了。"

"捂着帽子当官不得罪人，拎着帽子干事，肯定要得罪人。"

韩雨田拿起眼前的调研报告，问落款要不要改成省国资委，邱沐阳回绝了。他看向坚定的邱沐阳，只好点点头。

金燕子和朱可妮靠在出租屋的长沙发上，各自刷着手机，谁也不说话，桌子上摆着吃剩下的快餐盒。朱可妮用脚碰了一下金燕子，指了指桌上的快餐盒，金燕子瞟了一眼也不说话，举起拳头，两人便隔空锤子剪刀布。金燕子输了，只好爬起来去收拾桌子，一边说："一辆车都没卖就下岗了，还要给你买吃的，最后还要当老妈子，你良心死机啦。"

朱可妮扒拉着脸上的面膜，回应道："我这不是没找到合适的工作嘛，你就不一样，凭你的手艺，在哪个工地、工厂里不能挣钱啊，有钱人要慷慨点。"

金燕子沉默了一瞬："可是董孟实不想让我再干工人了。"

朱可妮想想也对："人家留美博士的老婆是一个焊工，确实不般配啊。"

金燕子一听，上去就拧朱可妮，两人打闹起来。

而此时，董孟实在美国快餐厅外的草坪上，边吃着工作餐，边对着笔记本电脑检查毕业论文。终于完成了自己的博士论文，董孟实非常兴奋，退出文件，桌面正是金燕子在4S店自拍的照片。看着照片，董孟实有些陶醉。快餐店老板凑了过来："这就是你一直保密的女朋友？汽车销售顾问？"董孟实开心地点点头。店老板指了指董孟实的书籍，又指了指电脑桌面，竖起拇指："你们很般配。"

暖阳西沉，刚下班的董孟实挂断视频电话。得知金燕子辞去了汽车销售顾问的工作在家做吃播，他心情有些沉重。他走到餐厅门边低头骑上自行车，正要蹬出去，差点撞到人，赶紧转开车把，连连说"sorry"。他抬头一看，站在车前的竟然是方霏。

方霏从包里拿出一个包装精美的纸袋递了上去，说："今天特意来感谢你，赔你那条给我止血的皮带。"董孟实犹豫半晌也没接。方霏向前一步，把皮带硬塞进了他包里。

"幸亏上次感谢金是我妈妈给你的。"方霏说得很轻巧，但"感谢金"三个字却让董孟实觉得很憋屈。他竭力让自己不在意曹惠到快餐店找上他表示感谢的同时敲打他要"懂事"的那番话。

"那笔钱我没要。"董孟实看着方霏说，"你妈妈说得对，我们面对的世界是不一样的。"

倒计时牌归零的那一刻，实验室里的香槟打开了，大家欢呼着庆贺麓山一号所有技术参数全部达到国际标准。只有卫丞呆呆地看着已经归零的倒计时牌，手里的钢笔微微扭动着。

在大家期盼的目光下，他慢慢地取下笔帽，握着钢笔，在完成报告上签下了自己的名字。

告别实验室里还在庆祝的伙伴，卫丞一个人来到父亲的医院。他跟父亲坐在医院的一个长椅上，灿烂的阳光透过树叶斑驳地洒在父子俩身上。两人中间是一张35兆帕柱塞泵图纸，上面是用10颗大白兔奶糖摆成的数字"35"。卫丞在一边喝着酒，卫冲之则死死抱着臂架泵车模型，不时偷偷拿一颗糖塞进嘴里。卫丞干脆把糖都推到卫冲之面前，卫冲之开心得像个孩子，捧着所有的糖激动地抛洒到半空，大笑起来。突然卫冲之瞪大眼睛，脸色大变，好像受到了巨大的惊吓，他从长椅上滚落在地，抱着自己的头，"啊啊"大叫。

卫丞赶紧抱着父亲安慰他："爸，你没错，你没错。我的柱塞泵长试成功了，下一步申请了专利，我就能变现，就能带着你离开这里。"

蜷缩在卫丞怀里的卫冲之没有听见，只是瑟瑟发抖……

麓山重工的试验车间里，一堆人围着看一名工人烧电焊。火花停了，工人摘下面罩，竟然是满脸大汗的金燕子。她自信地收起焊枪，看都不看自己的作品。工友将信将疑地用铁锤敲了一下焊渣，露出漂亮的鱼鳞般的焊缝，引起大家一片惊呼。

"师父从来不许我说'不行''不会''不能'，说一个'不'字，就让我拿焊枪在墙上练习划道一百米，胳膊都练肿了。"

"我看是嘴皮给吹肿了吧。"

宋春霞走过来，让大家该干嘛干嘛去。在外面碰了一鼻子灰的金燕子又回到了厂里上班，她的技师资格办不下来，宋春霞感觉对不住她，这次来是要告诉她卫丞正在办公室等她办理借调手续。

金燕子不敢相信自己听到的，跟着宋春霞去了办公室。看完了借调报告，她缓缓放下，诧异地看着面无表情的卫丞。

"你不是说你的泵再也不用补焊了吗？为什么借调我去你那里？"

"你的焊工技术牛啊。用你的本事换来的尊严是最能让人尊敬的。"

卫丞从衣服口袋里拿出钢笔，递上去，金燕子没有接。卫丞扭开笔帽，将笔再次递上去，坚定地说："想戴白头盔，技师这个台阶必须迈上去！我能解决你的技师职称。签字吧。"

金燕子还是没动，卫丞不看她，把笔放在借调函上。突然金燕子拿起笔签下了自己的名字，用劲太大，笔尖把纸给划穿了。卫丞心疼笔，瞪着眼睛看。金燕子有些不好意思："焊枪拿惯了，劲没把握好。"

"咱们以后是雇佣关系，雇佣关系的第一条是分清我是甲方，你是乙方。"卫丞收起笔，拿着借调函就要走。

"你说我借调回来之后，是不是车间就没了。"金燕子突然感慨道。

"能保住实验室就很不错了，'重工换金融'看来是拦不住了。"卫丞叹了一口气，头也不回地走了。

方锐舟坐在办公室里，一边吃着食堂配送的晚餐，一边略显紧张地盯着墙上电视正在播出的财经新闻。

听到"ST麓山重工今天正式披露重组预案，按照规定停牌"，他紧绷的脸一点点松弛下来，露出笑容。他靠在了椅背上，闭上了眼睛。

这时手机响了，方锐舟拿着瞟了一眼，立刻坐直了身躯，上面是曹惠发来的离婚协议书，她已经签好了字，问他什么时候去办离婚。

刚才还兴奋不已的方锐舟又垮下了脸，他扭头看着桌子上女儿方霏的照片，拿在手里，扯出一张纸巾，一点点擦拭起来……

拿到专利证书的卫丞和张彬从省专利局走出来。卫丞无法抑制内心的喜悦，张彬却在看"ST麓山重工停牌"的新闻。"重工换金融"迈出了实质性一步，不可逆了。

"邱副省长都管不了的事，咱们说什么都是杞人忧天，不如把自己的事干好。"

张彬被卫丞说服，放下手机，接过证书欣赏起来："这就叫只有'偏执狂'才能成功。"

"偏执狂不是因为偏执得够疯狂而成功的，而是因为成功有时候需要偏执狂的不信邪、不合群、不动情。对了，有件事必须先说清楚，专利证上虽然没有你的名字，但这里有你的心血，一旦专利转让成功，我一定支付你的费用。"

听了这话，张彬有些腼腆地笑了笑。

卫丞开车带着张彬到了一个工地，远远就看见安装上新泵的麓山挖机跟另外一台海彼欧挖机。

金燕子戴着蓝色头盔和印有安全员字样的袖章，正在跟工程师对挖机进行检测。她抬眼看见了正走过来的卫丞，喊道："站住。"

卫丞和张彬吓了一跳，见金燕子从旁边的工具箱里取了两个红色头盔跑过来。张彬不以为然，金燕子却十分坚持，进工地必须戴上安全头盔。卫丞拿起头盔戴好，往里走，张彬无奈也只能跟着戴头盔。

"你为什么要跟海彼欧挖机竞争呢？原来公司的挖机装上了他们家的泵阀，也赢不了原装机。现在换上你的，我怕你输了哭。"金燕子一脸严肃提出质疑。见卫丞不快，张彬赶紧上去批评金燕子："你刚来就跟领导对着干啊。"

卫丞拿出钱包，又伸手管张彬要钱包，凑出 2000 块钱现金。他又摘下金燕子的蓝色头盔戴在自己头上，对着周围的工人和挖机手摇了摇钞票。

"各位，比赛之前打个赌怎么样？我出 2000 元赌国产的赢。"

大家不认识卫丞，看到他头上的蓝色头盔判断他就是一个普通工人，于是也就没有了忌惮，纷纷拿出钱来押注。结果却是一边倒，没有一个人押国产挖机能赢。卫丞看向金燕子："我参加可是为了挣钱啊，不是捧臭脚啊。"金燕子说着从包里拿出 200 元，但却押卫丞输。

两个戴蓝头盔的挖机手爬上挖机，金燕子突然找了一名戴黄色安全帽的挖机手，替代了开麓山挖机的那名戴蓝色安全帽的挖机手。卫丞一脸不解，刚想问，金燕子却已经把手里的小红旗举了起来，两台挖机启动，金燕子将手里的小红旗使劲往下一挥，挖掘竞赛开始。

工人、技术员都围着看两台挖机开足马力比赛，金燕子不时看着手中的计时器，手里的红旗紧紧攥着。张彬则带领技术人员用便携式液压试验仪密切监控挖机和泵的技术指数。在一边车里坐着的卫丞看似漠不关心，实则不时关注比赛情况，有几次差点跟金燕子的视线相对，都赶紧躲开了。金燕子反倒走到车边，问："想不想知道进展。"

"现场这么安静，应该差距不大，谁输谁赢不好说。"

金燕子还想扯几句闲篇，被卫丞打断："比赛已经超时了 30 秒。"

金燕子一愣，赶紧看了看手里的计时器，抓起哨子使劲吹，一个劲地挥舞小红旗跑向比赛现场叫停。卫丞听着挖掘机的发动机熄火了，下车走向现场。

现场一片安静，卫丞故作无所谓地看着张彬带人对挖机各项技术指数和油耗进行计算，金燕子则带人用皮尺丈量挖机的工作土石方量。

"麓山一号泵内无非正常压力内泄和磨损，容积效率正常。油耗两台装备差不多，14 升对 13.5 升，跟挖机手习惯有关，可以忽略。"张彬说完，所有人的视线一起看向拿着计算器算土方的金燕子。

金燕子算完了，皱了皱眉头，看了看大家，看了看卫丞，举起手里的计算器和本子，又看向投注的众人说："对不起，他把我们的钱给赢了。"

紧张半天的卫丞被金燕子的大喘气给折腾得不知道该不该笑，但是输钱的人却一个个愁眉苦脸。金燕子说着"愿赌服输"，从负责管钱的人手里拿过账本和装钱的头盔，走过去递给了卫丞。

"把钱都退给大家吧。胜之不武。"

"有作弊吗？"金燕子问道。

卫丞把手边的蓝头盔和黄头盔互换了一下之后，对金燕子笑着微微前倾身子，象征性地鞠了一躬。金燕子笑了，拿着装钱的头盔转身给大家退钱。

张彬仍是一头雾水。卫丞指了指手边的一黄一蓝两个头盔，说："黄头盔挖机手看似是最普通的老挖机手，但在刚才的比赛中，他比你那个操作规范的蓝头盔挖机手多挖了 11 次，人的因素决定了输赢。"

他们都不知道，有一台手机拍下了竞赛的画面以及装着麓山一号的挖机情况。

海彼欧跨国公司亚洲总部内正在召开会议，投影屏幕上显示的是中国房地产和基础建设的上涨曲线图，欧文斯正在做报告。

"先生们，如果这样明朗的经济形势还不能让我们加快在中国的销售力度和降价力度，那么一旦中国的同行缓过气来，尤其是能生产出解决关键技术的泵、阀后，他们就会不再满足赚几个辛苦钱，而是会顿悟美国让制造业回流，德国推出工业 4.0 的重要性……"

在与会者相互交流之时，欧文斯接到助理马修递上来的平板电脑，看了一眼之后，指了指大屏幕，让画面投影出来，正是刚才卫丞他们比赛的画面。

"我们的对手，来了。"

邱沐阳一个人在办公室里看着电脑上最新的房地产和基建工程数据，又看着电视上海彼欧宣布主力产品降价销售的新闻，不由得焦虑起来。敲门声传来，邱沐阳头也没抬说了句"请进"。进来的是省长韩雨田，邱沐阳赶紧站起来迎了上去。

韩雨田指了指电视上的新闻："这几年海彼欧也下挫严重，他们率先提出降价，是回笼现金的无奈之举吗？"

邱沐阳摇头："我觉得是他们看到市场回暖的信号，主动出击，抢占市场份额。"邱沐阳把电脑屏幕转过来，画面上方锐舟正说着房地产行业和基建工程的复苏将带来工程机械行业复苏。

"我是来转达胡书记的指示。"韩雨田说。

刚刚还有些欣喜的邱沐阳突然有些不安和忐忑。

"书记问，报告为什么以沐阳同志个人的名义，而不是国资委呢？我说，沐阳同志考虑到这个计划省里和北京的有关方面都讨论了很多回，大方向也都认可，现在已经进入停牌阶段，以国资委的名义发出一些不同的声音，有些不合时宜，以个人名义，方便大家说真话。书记说，人云亦云是从众，是没有思考能力的，更是没有担当的。让我再次召开政府常务会议重新研究，形成决议后，报省委。"

如释重负的邱沐阳连连表态，一定会做好这次汇报。

"但也要做好通不过的准备。"韩雨田补充了一句。

邱沐阳点点头，说："毕竟让举过手的同志再一次举手否定自己是很难的。"

"也包括我。"

邱沐阳刚刚释然一些的心又揪了起来。

事不宜迟，邱沐阳找上卫丞，要谈一谈。卫丞带着图纸和数据到了他办公室。两人后来说到了上次的挖机比试，邱沐阳决定去现场看一看。

从办公室出来的邱沐阳跟着卫丞戴着安全帽来到了当初比试挖机的场地，到处看了看。两人往回走时，他感叹道："图纸上的数据永远没有实践中的真实啊。你的麓山一号装在自己的挖机上，跟海彼欧挖机比，在油耗和土方量上小胜了。"

卫丞并未满足，说麓山一号的其他数值跟世界一流还有一些差距。邱沐阳很是欣赏地看着不骄不躁的卫丞问道："麓山重工还能做成一流的自己吗？"

卫丞并不愿再谈麓山重工："重工换金融，它已经不是自己了，何谈一流？"

"你愿意让麓山重工重新回到主业上朝着一流奋斗吗？"

卫丞看着殷殷期盼的邱沐阳，摇了摇头："对不起，麓山干金融还是干重工这件事，我不想搅和进来。我只是一名科研人员，我的使命是干高精尖。"

"卫丞，你眼中成功的麓山一号是存在于专利证书上，是在电脑里、图纸上、样品展厅里，还是在700多万台工程机械上呢？高精尖不单是高高在上的，也是要能弯下腰，融入生活里，进而改变世界的。"邱沐阳看着内心不安的卫丞，摘下头盔放在他手里，拍了拍他的肩膀，离开了。

五

清凉的月光下，厂区显得格外寂静，卫丞加快脚步来到试验车间外，隐隐约约看见车间里有灯光，便寻光而去。

在试验车间内，马大庆和宋春霞正围着一件轴承座的加工思路进行讨论，两人一会看着锻铸件，一会指着图纸。

马大庆不肯收拾因前面工序控制欠佳留下的烂摊子。宋春霞有些赌气地使劲敲打着工艺图纸，不小心敲在铸件上，痛得一哆嗦。刚才还梗着脖子的马大庆，心疼地赶紧抓住宋春霞的手，给她轻轻地揉了揉。

"没准这是咱们俩当工人干的最后一个活了。"宋春霞感叹道。

马大庆连忙安抚她："我干我干，先铆后焊。"

宋春霞无奈地摇摇头，心里有些委屈地看着冷清的车间，视线慢慢扫过身边一台台设备："我了解这些机器设备，比了解儿子都多啊。"

马大庆的目光落在宋春霞脸上，说："看了一辈子了，还看不够啊？从被人尊敬的工人老大哥，干成现在这副穷德行，年轻人比赛似的逃离工厂，你还没干够啊？"

"不是没干够，是我不理解，国家真的不要工人了吗？工人不需要手艺了吗？真的敲一下键盘，什么都能变出来吗？我没有改变公司的新技术，也改变不了公司转型干金融的决定，但……"宋春霞一下子哽咽起来。

马大庆跟哄小孩一样把自己大茶缸子递了上去，接过她的话："但你想的是，一个全国劳模应该体面地退休。体面不是大家记得你的劳模奖章，而是你的手艺能够传下去，工厂没了，传给谁？"

宋春霞被马大庆说到心窝里，为了掩饰自己的难过，假装喝水，但端着杯子的手有点抖，她用另外一只手扶着来控制。这一切被隔着不远的卫丞看在眼里。

省政府会议室里正在召开常务会议，省委副书记、省长韩雨田宣布会议进入最后一个议题：关于麓山重工重组的再研究。

邱沐阳略显紧张地坐在他对面。听到与会的几位副省长对这件事再次被提上来议论纷纷，邱沐阳有些不安。

韩雨田摆了摆手，说道："沐阳同志在担任国资委书记后，在具体抓办麓山重工重组这件事上，有一些新的观察和思考，核心就是麓山重工重组要不要叫停。"

韩雨田没有制止大家的议论，而是看着比刚才显得镇定了不少的邱沐阳，开口说道：

"麓山重工停牌了，弓是越拉越满，箭似乎也不得不发了，但越是这个时候越需要冷静，否则箭射出去，就回不了头了。停牌不等于停止思考，先让邱沐阳同志谈一下他个人的思考。"

众人的目光都聚焦到邱沐阳身上，他诚恳地说："思考最多的就是三件事：其一，省里还要不要坚持将装备制造业作为产业支撑？其二，我们要不要扭转实体产业'脱实向虚'的倾向？其三，麓山重工重组后，六千多职工和由此波及的其他产业链中上万名职工的下岗之痛，我们能承受吗？总之一句话，我省经济高质量发展的重中之重是什么？"

副省长们表情凝重起来，思考着邱沐阳的锥心之问。

卫丞来到了省政府会议室外，工作人员带着他和他准备好的两台柱塞泵进了休息室。门关上后,卫丞又重新关了一次门,确认门关好之后才坐在沙发上,耳边传来隔壁会议室里邱沐阳和其他领导的辩论声。他有些紧张,用手敲击着面前两台柱塞泵,一台是麓山一号,另外一台是海彼欧。

这时,方锐舟得知卫丞要去省政府开会,打来电话表明立场:"我看了你的后续计划,还要做极端气候试验,我已经跟财务说好了,你什么时候要,什么时候打款。'重工换金融'不会干扰你的科研,也希望你的科研不要干扰我。"说完就挂断了电话。

卫丞愈发紧张,他看看四周无人,拿出随身携带的小药盒倒出两颗药丸,直接咽下。

副省长们还在争论着麓山重工重组的方案。通过资产置换短期内改善上市公司业绩以实现保壳的目标,这样做已有先例。但邱沐阳在意的是保壳成功之后。他指着投影上出现的金融业和实体经济的占比曲线图说:"近两三年以来,金融业占 GDP 的比例快速提高,但制造业比重却在快速下滑,这种变化是不正常的。实体经济越来越差,虚拟经济越来越好,长期下去会掏空实体经济,提早进入产业空心化的时代。"

有副省长提出,这并非一个麓山重工就能改变。而邱沐阳坚定地反问:为什么不从麓山重工改变起呢?

会议室的投影上出现全国房地产投资指数和基础建设复工复产的数据,两条曲线都呈现上扬趋势,机械工程行业复苏在即。邱沐阳打开了另外一张数据图,上面显示的是从 2008 年开始的工程机械销售数量图以及使用寿命分析表。2008 年开始大规模销售的工程机械,这两年基本到了报废年限。

"我只能说,我们已经处在黎明前的最后一丝黑夜中。越难的时候,越要走下去,振兴实体经济的主战场在制造业,振兴制造业的核心是创新,是新技术。麓山重工即将拥有按照国际标准自主研发的高压柱塞泵麓山一号，下面请麓山一号的发明人卫丞来给大家详细谈一下。"

会议室门打开了，卫丞和工作人员将两台柱塞泵用小车推到了大家面前。卫丞揭开其中一台上面的盖布介绍道："各位领导好，这台高压柱塞泵是从海彼欧进口的。十年前，麓山等国产整机厂的生产计划是由海彼欧等外国公司决定的，因为他们配给我们多少油缸、泵、阀，我们才能生产多少整机。"

他又揭开盖在麓山一号上的布，继续说："但今天因为有了它，我们不'缺芯'了，也就不缺'翻盘'的可能，仅价格就能有20%的优势。"

眼见下面一片沉默，卫丞更加紧张了。韩雨田递给他一杯水示意他不要着急。

"各位领导，说句不该说的，中国这么大，少几个理财产品可以，但少了高水平的装备制造业，肯定不行。只会玩钱，没有核心技术和大工匠的企业是得不到尊重的。"

大家的目光全都集中在卫丞那无比诚恳真切的脸上。邱沐阳喝了一口水，站起来做最后的陈述。

"要想麓山重工这棵大树长得枝繁叶茂，需要根系的发达和健康，而这个根就是人和技术，是老一辈积累的'工匠精神'和年轻一代的'创新驱动'，这两点是钱买不来的。"说完，他如释重负地坐下来。

时间已经是中午12点30分，会议来到最后的表决环节。卫丞走出会议室，而邱沐阳略显紧张地环视现场众人……

回到休息室的卫丞端坐着，目不转睛地盯着墙上的时钟走到12点32分。他竖起耳朵认真地听，休息室和隔壁的会议室都非常安静，连大钟指针走动的声响都无比清晰。会议室里终于传出来掌声，一直屏着呼吸的卫丞终于松了一口气，对着麓山一号打了一个响指，随后给方锐舟发了一段语音："方董，我还是把我该说的都说了……"

麓山重工的"重工换金融"，被按下暂停键。

方锐舟阴着脸疾步冲进公司会议室，摆摆手示意众人坐下，但余光注意到明德江的位置是空的。万宝泉赶忙解释说明总腰伤住院了，方锐舟质疑道："是今天，或者说是几个小时前刚住的院吧。"万宝泉有些尴尬，只能点点头。方锐舟手里拿着的茶杯重重蹾在桌子上。"万主任，代我去医院看望一下明总，提醒他，腰不好，扛不了事，就多歇息。"

方锐舟扫了一眼众人，谁都不敢说话，他自己打破了现场的沉默："省委并没有拍板，我们就还有机会。我宣布三条：一、各地拖回来的设备，按照残值的80%快速回收货款；二、原来采用两成首付、三年按揭的，改成五年，把逾期率控制在2%，降低风险；三、除了销售部门外，所有部门都成立催讨欠债小组，工资奖金就以追缴货款的数额按比例发放。"

方锐舟冰冷的视线在低下头的干部头顶一一扫过，他大声喊道："都把头抬起来。我们死不了！"

得知麓山重工换金融的计划搁浅，胡登科料定抵押房子买股票的钱都打了水漂。挂在他家墙上的那张结婚照被飞来的水杯给砸了一个正着，碎玻璃的声音裹着肖月琴连哭带骂的吼声，让胡登科坐在一旁不敢抬头。

"胡登科，婚离定了。那个该死的股票你就是千刀万剐，也得给我割肉套现赔我一半。"肖月琴提着小箱子，推着大箱子，从一片狼藉的屋里往外走。

胡登科伸脚想要拦一下，肖月琴愣是拿着大箱子从他脚面上轧了过去，胡登科痛得一哆嗦。

方锐舟正在堆放麓山重工设备的临时停车场内做销售。

邱沐阳走过来说道：“这些设备你收过首付款，所以二次打折销售，也不算亏。”

方锐舟看见邱沐阳出现在这里，有些惊讶，问：“邱省长，你怎么来了？”

“常务会议之后，我请你来办公室谈谈，你一直说忙，现在看来你确实很忙，收欠款、去库存、降成本，每一项工作都忙在了点子上。”

“'急刹车'时期的头等大事是凝聚人心，我哭也不管用，全公司一万多职工要是都跟着哭了，下回常务会议，您就要做检讨了。”

“所以我们更要好好聊聊，开诚布公。”

“我尊重常务会议的决定，但依旧坚持自己的观点。”

邱沐阳看着态度坚决的方锐舟，只能苦笑。

卫丞正在办公室全神贯注地做设计，满头大汗的金燕子抱着一大摞书走了进来，直接堆在卫丞桌子上。她放下卫丞的“麓山大学”借书证就往外走。卫丞打开借书证对着书看，发现不对，叫住了金燕子。

“你等等。数控编程、自动焊机这些书我没借啊。”

“我、我借的。”

卫丞扫了一眼桌子，没发现有那些书，原来是金燕子装在了自己包里。她支支吾吾道：“你们大学的书又好又多，就是不外借，所以……我一定爱惜啊。”

卫丞不懂她为什么对那些书感兴趣。

金燕子解释：“不学这个，高级技师就拿不到。”

“你是我见过的，唯一一个这么想当工人的女生。为什么？”

金燕子一脸幸福，说：“当初进公司就是因为我男朋友在这当技术员，现在我男朋友博士留学回来了，他回公司肯定被重用，我得加油，配得上人家。”

顺利拿到博士学位证的董孟实到快餐店与老板告别。他从老板手里接过支票，跟老板拥抱了一下之后往外走，却发现方霏正在老座位上等他，他拢了拢衣服遮了一下方霏送给他的那条皮带。

方霏听说他要回国了，便开心地邀请他乘同一班飞机。董孟实看着对自己眨巴大眼睛的方霏，一时不知道该如何拒绝。

从美国飞来的国际航班降落在机场。到达厅内人声鼎沸，推着行李的董孟实焦急地看了看没有电的旧手机，此时方霏走了过来劝他一起先回市里。

董孟实婉拒："接我的人应该在路上了，你先走吧，耽误你这么多时间，不好意思。"方霏见无法说服董孟实，只好点头，转身跑向自己的母亲。董孟实也推着行李车离开了，他没有发现方霏不时回头看他。

金燕子一个人在偌大的机场到达厅寻找着已经三年没有见面的董孟实，担忧、愧疚、不安、喜悦……各种情绪缠绕着她。她仔细而小心地搜寻着，终于在人群中找到了那个她渴望的身影。

董孟实和金燕子四目相对，一时竟不知道要说什么。

"燕子？"在听到董孟实声音的那一刻，金燕子积攒了三年的眼泪终于克制不住，喷涌而出，一句话也说不出来，只能冲上去抱着他，咧开嘴哭得委屈。两个人携手走出机场，上了出租车。

车里，金燕子挽着董孟实的手，头靠在他的肩膀上，感到无比甜蜜。

"孟实，我陪你先回趟老家，给父母报个平安吧，假我都请好了。"

"人穷莫走亲，富贵不还乡。我现在欠老家那么多钱，口袋里没有钱拿出来，怎么回去？"

金燕子没觉得有什么，但董孟实不这样认为："对于你的不幸，大家都会立刻围拢上来，一通貌似关心地打听，然后心满意足地离开，你就成了他们理解中的'笑话'。燕子，鼓鼓的钱包，会有一万种理解，但瘪的钱包，只有一种理解，那就是穷。所以我回国，还没有跟我爸妈说。"

金燕子抬起头，有些吃惊地看着无奈而苦恼的董孟实。

安顿下来的董孟实接连面试了两家公司都以失败告终。看他非常失落地从一家公司的大门走出来，等候在外面的金燕子赶紧跑上去，好一阵宽慰。待董孟实情绪好一点了，金燕子说出了心里的疑问："你在麓山重工工作过，有过不错的工作成绩，大家知根知底，为什么不回麓山重工呢？"

董孟实想起方霏母亲曹惠的那一番话，对回麓山重工有所顾忌。于是他搪塞道："我不是担心以后干金融，专业不对口吗？"

"省政府都给踩停了，干不成金融。"看着金燕子满心期待的样子，董孟实答应去公司问问。

回到麓山重工的董孟实把领带紧了紧，深吸一口气准备进办公大楼。这时，一辆黑色轿车开了过来，在他身前停下，后排下来的是脸色不好的方锐舟。董孟实想躲已经来不及了，他跟方锐舟的视线相遇，连忙打了个招呼。方锐舟刚想跟他说什么，就被赶上来的万宝泉给打断了："北京市环保局对在京销售的国Ⅲ标准的设备立案了。"

方锐舟看不得万宝泉慌里慌张的样子，喝道："紧张什么？你请明总盯着这件事，立案、调查、结案、听证会、复核、审议的任何一个环节，都有机会摆平。"说完他转向董孟实，说："小董啊，回来这么久了，怎么才来公司报到啊？"

"处理了一些私人的事，耽误了些时间。"

方锐舟满脸笑容地跟董孟实握了个手，进了大厅。董孟实站在门口愣了半天才缓过劲来，快步走进办公大楼。

人力资源部部长陈铭川一边接着电话，一边看着董孟实的简历，以及当年他办的停薪留职资料。他放下电话，把董孟实的资料摆整齐，说："公司不景气，只能安排你回技术中心当一名普通的工程设计师，待遇嘛，也比你想的差很多。"

刚才还满怀希望的董孟实瞬间坠入冰窟。

在办公楼门口等待许久的金燕子，看着一脸沮丧的董孟实从大楼出来，立刻换上一副乐天派的样子迎了上去。

"我不是跟你说了，不要来，来了你又能帮上什么忙呢？"

金燕子有些委屈："我是帮不上什么忙。"

正说着，董孟实的电话响了，是方霏的号码，他有些尴尬，赶紧侧身接起电话。

"有份外语培训的兼职工作不知你愿不愿意干？如果愿意，你来找我一下，地址发给你。"

"好。"

董孟实挂了电话，回过头看着金燕子解释道："朋友介绍了一份工作，我去看一下，你先回吧。"

感觉自己挺没有用的金燕子点点头，目送董孟实远去。

董孟实来到麓山重点高中校门外，给方霏发了消息。方霏一路小跑穿过走廊，来到校门口。

董孟实差点没认出来从学生变成老师的方霏。他接过方霏递来的"托福、雅思"培训学校的聘书，有些犹疑地说道："你知道我是学工程机械的，这个工作……"

方霏体贴地接过话："我还知道，你没有拿救我的事向我爸谋求好职位，有骨气。但有骨气并不妨碍你多挣点钱，生活本该体面点。"

董孟实对于方霏贴心的话非常受用，有些感激地点点头，接过聘书。

医院的单间病房里，一身病号服的明德江正打着电话。

"周秘书，邱省长什么时候有时间听我汇报工作啊？我可是从来都旗帜鲜明地反对'重工换金融'的……"

听到邱省长要他安心养病的话，明德江难掩失落，就在他脱下病号服准备换常服的时候，敲门声传来，原来是万宝泉。他提着果篮，笑呵呵地走进来，诧异地看着换衣服的明德江："明总，您这是要出院吗？"

明德江赶紧坐在床上，掩饰自己的尴尬。万宝泉说北京环保局对麓山在京销售的国Ⅲ标准的设备进行了立案调查，需要他跑一趟北京做沟通解释。得知这个消息，明德江赶紧拉过被子盖在自己的身上。

"恐怕我这身体还不能出院啊。"

试车台上的金燕子正指挥着挖掘机的挖斗做各种动作，但是尾喷管却一个劲地吐着黑烟，卫丞捂着鼻子走过来叫停。金燕子因试验还没做完而不让停，但驾驶员在卫丞的坚持下停了挖掘机，这让她憋了一肚子气。

麓山重工的挖掘机全是用的国Ⅲ的发动机，卫丞要求换成国Ⅳ的。金燕子急了："公司负责国Ⅳ研发的郝主任都辞职了，我到哪里给你弄啊。"

此时，张彬拿着手机有些慌张地跑了过来，带来了一个内部消息：北京市环保局可能要对麓山重工在京销售的四款没有达到国Ⅳ标准的设备进行500万元的处罚，并责令停止销售。交罚款，麓山重工能凑得出来，但消息传出去口碑就砸了。更关键的是，全部更换国Ⅳ发动机，一下子也拿不出这么多钱。麓山重工刚被叫停"重工换金融"，这回没等停就先死了。

站在一旁沉默不语的卫丞，突然转身要走，金燕子一把拉住他。

"你实验室还需要人吗？我男朋友，留学回来的博士。"

卫丞拒绝了，金燕子不死心，掏出手机打开董孟实的简历强行递到卫丞眼前。卫丞无语，正要拨开她的手，无意中看见了"SCR"字样。

"你把简历发我，还有他的论文。"

大概看了一遍董孟实写的《车载电控系统与SCR配合分析》论文，卫丞心里有了主意，他往方锐舟的办公室走去。方锐舟正指着万宝泉大声呵斥，将北京市环保局的处罚通知摔在桌上。他越说越气，指着万宝泉骂他愚蠢，让他出去。低着头退出来的万宝泉，在门口正好撞见卫丞。

"你又来捣什么乱啊？"

"我是来帮忙解决国Ⅳ危机的。"卫丞走进来，方锐舟示意万宝泉关上门。

卫丞拿出手机，找到董孟实那篇关于解决氮氧化合物SCR技术的论文交给方锐舟看。"方董，麓山重工原来国Ⅳ升级改进的核心部分，是针对发动机控制系统的电脑更换相应的传感器和催化器的车载诊断系统OBD，而你们公司一位叫董孟实的工程师在美国留学时发表的这篇论文很实用。如果能把电控OBD与SCR这两项整合好了，成本控制做好，应该一万块钱多一点就能解决一台发动机，而且还可以成为新技术的突破点，继而转换成销售的卖点。"

方锐舟惊诧于卫丞的变化，问："你这回不跟我唱反调啦？"

"李世民之所以伟大，是因为他容得下唱反调的魏征。"卫丞顿了顿继续说，"我不是魏征，我刚才只是点了一个题，但难点是你要能舍得下面子，弯得下腰，亲自把郝思泽请回来。"

为了麓山重工，方锐舟表示什么都舍得。

郝思泽正在为谋求一份技术副总监的工作而与应聘公司的HR一起用餐，坐在餐厅包厢里正在碰杯致意。刚要喝，门开了，方锐舟走上前一把夺过他手里的杯子。

"堂堂麓山重工的技术中心主任就给个副总监当，太小看人了，不去。"

正要开口说话的郝思泽被方锐舟打断："思泽，是我不对，给你赔不是。"说完他拿过酒瓶，直接对着嘴就喝，一口气喝了半瓶，吓得在场的人大气不敢出。

有些头昏的方锐舟，扶着桌子，红着眼睛看着郝思泽。"我这个道歉你接受不接受？不接受，我把剩下的喝了。"

郝思泽只得连连点头表示接受，随即方锐舟一把抓住他就往外走。

"那好，跟我回麓山重工。"

董孟实对方霏介绍给他的新工作已经逐渐上手了。这天，他正收拾好英语培训讲义要离开教室，发现方霏站在门口对他莞尔一笑。她说董孟实的课被经理赏识，请他担任专职教师，这样收入会更有保障。

董孟实有些犹豫，半晌才抬起头对着方霏微笑了一下，说："这份工作对于我来说，只是让自己的生活体面点，但不是我的事业。"他始终怀揣着投身工程机械的梦想，坚信装备制造业是中国乃至全世界的朝阳产业。

方霏对董孟实更为欣赏，称赞道："难怪有人说，事业是男人的脊梁。"她的肯定，让渴望被尊重的董孟实很享受。

这时董孟实的电话响了，一看是方锐舟的信息："速来我办公室。"

受方锐舟之托，穿着崭新工装的董孟实和穿着旧工装的郝思泽出现在麓山重工的总装车间。两人在车台上研究着电控 OBD+SCR 的配合，他们的计划是将尿素加到车里，将排放尾气提高到国 IV 标准。

六

热闹的串串店里，金燕子笑得花朵一般，一口气把一杯啤酒全部喝干净，然后反扣杯子。董孟实并不开心，劝道："别和车间里那些工友学喝大酒，太那个了……"

金燕子脱口而出："哪个啊，这是豪爽啊。"看到董孟实阴着的脸，她突然意识到自己说错话了。

为了庆祝董孟实重新回到麓山重工，还加入了重要的项目，金燕子张罗了这顿饭。董孟实看了看夜市这简陋的环境，端起酒杯也一口喝干净。金燕子随即又倒了第二杯酒。

董孟实从包里拿出两支名牌口红，递了上去："我托运的行李刚到，这是给你的礼物。"

金燕子拿着口红爱不释手："我在柜台试过，三百多一支呢，没舍得下手。"

董孟实让她现在试试。金燕子心疼口红刚抹上就会蹭没了，太浪费，还是先喝酒吧。她把口红放进自己口袋，嚷着"感谢方董慧眼识英才"跟董孟实碰杯，又要干。

董孟实拦住了金燕子的杯子，摆了摆手，说方董绝不会有闲心看他的论文。金燕子端着酒杯，突然大笑道："我知道了，是卫丞，那天我给他看你的简历，他非要你的论文，看来是他把你推荐给方董的。"

董孟实不信，金燕子来了精神头，凑近要解释，一身服务员装扮的朱可妮端着一盘子食物走了过来。金燕子连忙表示够多了，吃不完。朱可妮大手一挥，道："我请客行吗？"

董孟实说了声谢谢。

金燕子看了看接受了朱可妮请客的董孟实，欲言又止，朱可妮被清退后还在打零工，怎么好意思让她请。她从口袋里面拿出来一支口红，递给朱可妮，说是董孟实从美国带回来让她转送的。朱可妮眼睛一亮，但是并没有伸手接，金燕子不容拒绝地把口红塞给了她。

麓山重工发来了关于妥善解决国Ⅳ标准的情况说明，邱沐阳正在办公室研究。秘书周涌走了进来，告诉他明德江来了。邱沐阳点点头，周涌便出去把一脸谦卑的明德江请了进来。明德江是来"告状"的。

"邱省长，您知道我是一直反对'重工换金融'的，但方锐舟在公司里搞一言堂，没人听我的。现如今，常务会议做出踩刹车的决定，可方锐舟依旧不执行决定，大会小会说自己没错，这不是公开跟您和省政府作对吗？"

邱沐阳不以为意，但明德江还在控诉着方锐舟"无组织原则性"，被他打断了。

"德江同志，国企改革从来就不是一蹴而就的事，它的复杂性和规律性都需要我们在实践中摸索。你是从机关调到麓山的，而方锐舟是从麓山重工的技术岗、销售岗一点点干起来的，你们俩对麓山重工的认识是不一样的。"

邱沐阳指了指旁边的沙发，引导明德江坐了过去，继续说道："在省委没有做出最后决定之前，锐舟同志没有破罐子破摔，而是保留自己的意见，坚守岗位，追缴欠债，化解环保危机，确保公司稳定，从这一点上来说是值得肯定的。"

明德江紧张得汗都出来了。邱沐阳从桌子上拿出一份材料，递给他。明德江一看，是政府为了支持麓山改革准备集中采购市政环卫专用车辆。他感激不已，连忙表示正想着把总公司下属的麓山环保机械公司做大做强做优。

"跟锐舟同志好好研究一下，赶紧报一个方案上来。"

明德江得了邱副省长的指示，赶紧回公司召开市政环卫专用车辆设计讨论会。但他没有与方锐舟通气，决定自己干一次漂亮的。

方锐舟一边看着材料一边往自己办公室走去，万宝泉提前几步去把门打开。就在他走到门口的时候，突然发现隔壁明德江办公室的门微微开着，里面有很多人在开会。方锐舟感到奇怪，问："病号肯出院了？"万宝泉听见便说要去叫明德江，被方锐舟拦住了。

方锐舟嘴角挂着讥笑，不屑地说："不会干事的人一旦铆足了劲瞎干事，往往比会干事的人不干事，效果还要糟心。"

方锐舟正要进办公室，就见董孟实气喘吁吁地跑了过来。看见方锐舟，董孟实赶紧问好，还向他解释是明总通知自己来参加市政环卫专用车辆设计的讨论会，说着便把手机里的会议通知递了过去。方锐舟接过来看一眼，微微一皱眉头。万宝泉倒是急了："这么重大的事，明总居然也不跟董事长报告一下？"

方锐舟没说什么，示意董孟实去开会，便进了自己的办公室。

万宝泉打听了一圈，拿着会议记录和清单，急匆匆走进了方锐舟的办公室。"明总召开的这个会议，研究了扫路车、垃圾车、垃圾压缩车等十多个车型，是个大单。"

方锐舟瞟了一眼万宝泉放在他桌子上的会议材料，推到了一边。万宝泉有些纳闷，说出了自己的疑惑：明总从哪里接到的这么大的订单？

"邱沐阳给的，算是邱省长对麓山重工的特殊照顾吧。"

万宝泉有些不相信地摇着头，给方锐舟倒水，递过去，说道："那邱省长也应该把这个单子交给您啊。"

方锐舟无意在这件事上和明德江争个高下，这件事再大，能有"重工换金融"的事大吗？股票马上要复盘了，垮了还是涨停才是大事。

打发走了万宝泉，方锐舟看了看清单，犹豫片刻之后，拿起了手机。

卫丞正在家里整理父亲在医院各处演算公式的照片。他一边观察照片上的公式，一边在电脑上飞快地运算着，发现他爸当年的分析和设计并没有错。

响起的电话铃声打断了卫丞的思绪。是方锐舟打来的，卫丞还以为是国IV又出事了，但他多虑了。方锐舟先是感谢卫丞推荐了董孟实。卫丞说，董孟实的能力远不止这些，工程机械才是他的主阵地。方锐舟没等卫丞说完，提出要跟他见面聊。卫丞本想拒绝，可方锐舟拿合同规定说事，合同确实有明确规定，他有义务接受方锐舟的当面问询，并答疑解惑。

"见面地点，我发你手机。"方锐舟说完便挂断了电话。

不一会，地址就发了过来。

精致的茶坊包厢里，卫丞和方锐舟面对面坐着。方锐舟端起茶杯，慢慢品了一口。

"好茶可遇不可求，人才也是不可多得，我想请你出任公司技术中心第一副主任，负责液压系统，未来可出任项目总师，薪酬你只管开。"

其实，方锐舟清楚，让卫丞心里最放不下的，是毁了卫冲之的"断臂事件"。

谈及此事，卫丞情绪有些激动，杯中的茶汤也溢了出来。方锐舟把卫丞手里的茶杯拿了下来，续满茶汤。

"咱们应该朝前看，咱们合作得越好，你爸爸才会越欣慰。"

"还他清白，才是最大的欣慰。"卫丞紧紧盯着方锐舟说。

方锐舟叹了口气，说："你跟你爸一样，凡事太较真，神经绷得太紧，容易断。"

卫丞在这件事上很执着："你如果能让我调阅当年'断臂事件'的全部技术档案，彻底弄清楚这件事跟我爸爸到底有多大关系，他到底有没有错，我的神经一定不会断的。"

"当年所有的泵阀都是进口的。出事之后，海彼欧和其他几家供货商都把泵、阀收走检测去了，公司没有实物。"

卫丞追问："当时参加展会的技术档案和现场照片、视频总是有的吧。"

方锐舟的解释是，海外展会上出这么大一件事，根本顾不上管那些，都在想办法封锁消息，化解风险和不良影响，等处理完这些后，那些资料都找不到了。

"看样子，还是有人怕了。"

"怕？怕我会在四年前点你的名字来干麓山一号？自掘坟墓吗？怕？十年来我会一直干到一把手，没人举报吗？"

卫丞并不退让，举起茶盏，敬了方锐舟一下便一饮而尽，然后规规矩矩放好茶杯，掏出一百块钱放在桌子上，起身要走。

"我答应你。但我也有个前提条件。"

卫丞重新落座，凝视着方锐舟。

"你去玉衡液压公司定制生产200台麓山一号，我要用它替换进口泵后，装机销售。"

卫丞想要拒绝，麓山一号在极端气候条件的整车测试还没有做，不能定型生产。方锐舟看出他的想法，说："不行的话，那就当我没说。"

卫丞那一刻犹豫了，手又不停地摆弄起茶杯，眼睛盯着那张百元钞票。

宋春霞耐心地给已不认识自己的前夫卫冲之换上新衣服，精神病院的护士长肖月琴在一旁陪着。卫冲之乖得像个孩子，手里拿着大白兔糖纸正在认真折着别人看不懂的符号。

"你知道他拼的这些是什么吗？"

肖月琴使劲摇着头，认为那是乱画的，眼神中带着不屑。

"这是球窝加工计算铣刀最小直径的公式。"宋春霞解释说。肖月琴觉得不可思议。

"有些记忆是永远抹不掉的，背圆周率就是我和他一起生活的记忆。"

"但这个记忆并不愉悦，甚至是痛苦的。"卫丞的声音传来。

宋春霞抬头，看见倚靠在门口的儿子卫丞，心里一揪。

宋春霞和卫丞走出精神病院，坐在外面的长椅上。她瞟了一眼身旁心不在焉啃着手指的儿子，问道："有心事？"

卫丞说出了和方锐舟的约定，很快他就可以看到当年他爸出事时的技术档案了。宋春霞扭头看着有些紧张的卫丞，忽然明白了儿子的心思，他是怕真相真的就是卫冲之的责任。她不想让儿子生活在偏执之中，于是劝他："就算查出来'断臂事件'跟你爸无关，他的病就好了？他就能出院过上正常人的生活？"

"这事关乎我爸的尊严。我拼了四年，就是在等这个机会。"卫丞执拗地说。

"与其说你拼了四年，不如说你恨了四年。这四年来你封闭自己，隔绝跟外界的联系，放弃了生活，连我这个当妈的都没进过你房间几次……"宋春霞说着伤感了起来，"你爸当年要是也像你这样偏执，我不会爱上他。"

"儿子，你现在肚子里的学问比你爸都多，但爱却比你爸少。恨多了，爱就走不进来了。"宋春霞说完，站起身来就走。坐在椅子上的卫丞憋红了脸，手指不断抠着椅子的扶手。

"那我爸出事之后，您要是爱他，为什么要离婚？"卫丞还是没忍住发问了。

宋春霞停住，沉默一瞬，说出了憋了很久的心里话。原来，"断臂事件"发生之后，陷入事故阴影中的卫冲之变得沉默寡言，非常偏执。他担心将来自己神经出问题，不能做理智的决定，连累妻儿，所以坚持跟宋春霞离了婚。

宋春霞始终没有回头，她不想让儿子看见自己的泪水。卫丞听完这番话，呆呆地愣在那里。这时，肖月琴和护工追着卫冲之跑了过来。卫冲之笑呵呵地跑到卫丞身边，神神秘秘地从口袋里面掏出上次卫丞留给他的大白兔奶糖，递给卫丞。卫丞哽咽着剥开糖纸，把糖含在嘴里。

"甜吧！他们说是儿子送给我的。我儿子叫船长。"

"船长也要睡午觉啊。走啦。"肖月琴走上来说。

卫丞难过地看着一脸满足的卫冲之被肖月琴和护工给拽走了。

"船长，我也想知道'断臂事件'到底跟你爸爸有没有关系，但我不希望你丢掉爱，失去对温暖生活的向往，而满心苦涩去找寻对于你爸爸来说并不那么重要的答案。"

卫丞看着母亲远去的背影，用力咀嚼着大白兔奶糖。

环卫专用车辆项目的预付款单子被公司财务打了回来，明德江只能在办公室里对董孟实发脾气。董孟实抱着笔记本电脑站在桌子对面转述公司财务的解释，以公司现在的财务状况，为节省开支少不了拆东墙补西墙。明德江气不过，那也不能砍掉他的项目，伸手就要拿电话找人。

董孟实阻止了他，打开电脑上的一张 PPT，展示他的解决方案：将现有的重型底盘置换成中、轻型底盘；将特种载重轮胎置换成普通轮胎，然后进行轻量化后的设计和改造，既解决了库存，也花不了多少钱。

明德江吃惊地看着 PPT，又看了看董孟实。"这倒是个解决问题的办法，但这些钱都补到什么地方去了？"他坚持要让财务来说清楚。

敲门声传来，方锐舟推开了虚掩着的门，说："我来解释会更清楚。"他示意董孟实先出去。明德江生气地坐在了椅子上，完全没有给方锐舟让座的意思。

方锐舟自己在一旁坐下，直言这笔钱用到麓山一号替换进口泵的海外项目上了。听罢，明德江大怒，指责他一声不吭，独断专行。方锐舟说他也没有提前告知环卫专用车辆项目一事。

"把钱投入到打开国外的挖机市场，会不会太冒险？"明德江软了下来。

"没打开，输了，算我的。但是打开了呢，那就比生产环卫专用车辆更具有爆款属性，有爆款，股票复盘就能涨，涨就意味着麓山重工死不了。"

在明德江看来，方锐舟还是在赌"重工换金融"不会停。

"向死而生。"方锐舟漫不经心地将一语双关的话丢给了明德江，转身走了。

"对了，跟你说一声，董孟实我要回来了。"方锐舟不容置疑地说完，开门走了。

董孟实坐在方锐舟的办公室里，认认真真地看着眼前一大摞关于麓山一号的设计图纸，不时击节叫好。方锐舟则喝着茶静悄悄地观察着他。

"这套设计理念非常先进，在完成全部试验后，只要在加工上有先进的精铸和数控设备做保障，其量产的品质完全不输给任何一个国外品牌。如果在极端天气条件下的整车试验做成功了，那麓山一号可就是世界一流水平了。"

正说着，方锐舟手机响了一下，他拿出来一看，是卫丞发来的信息：麓山一号在没有完成全部试验之前不宜量产。

方锐舟把手机放在桌子上，抬起头，微笑地看着有些忐忑的董孟实，问他能否在最短时间内完成量产 200 台麓山一号的任务。董孟实不知道该如何回答。

"你知道穷人最缺什么吗？"

"缺钱。"

"不，是缺野心。缺成为富人的野心，缺成为人上人的野心。你光有博士学历和你自认为的能力，但没有成为总工程师的野心，不行。"

方锐舟一边说，一边给董孟实的杯子倒上热茶。董孟实看了一眼方锐舟，端起茶杯喝了一口水，尽管很烫，但他还是硬生生地咽了下去。

晚上回家和家人共进晚餐后，方锐舟便进了书房通过视频跟国外经销商洽谈海外销售业务。

敲门声响起，方锐舟挂断视频电话。方霏端着茶壶走了进来。方锐舟非常开心地享受着女儿给自己倒的茶，慢悠悠品着。

见父亲心情好，方霏问起董孟实的情况，方锐舟只回答了两个字"不错"，便再未多说。

接受了任务的董孟实一刻不敢耽误，早早开始跟进玉衡液压量产200 台的生产进度。

此时的玉衡液压精铸车间里，下线的麓山一号正在数控镗铣上精加工。董孟实正在跟技术人员对着电脑图纸研究问题。远处玉衡液压的董事长郦养正由程副总陪着走了过来，他仔细看了看下线的麓山一号，满意地点点头。

董孟实立马过来跟他们沟通，想让工厂再加快一下生产进度。程副总直白地表示麓山重工给的钱太少，还是看在方锐舟跟郦董交情不错的分上才接了这个活。

一旁的郦养正突然问："这是你设计的？"

"不是，是卫丞。"

郦养正追问道："他是卫冲之的什么人？"

"是他儿子。"

郦养正一愣，又弯下腰看麓山一号，然后接过图纸对着看了看，随后便立刻吩咐程副总给麓山重工安排加班。他又依依不舍地看了一眼麓山一号，转身离开。董孟实对这突然发生的一切有些摸不着头脑。

试验场上的金燕子戴着蓝色头盔，她有些紧张地坐在挖机驾驶室里操作着。一旁的卫丞瞟了她一眼，继续指挥：

"接右泵，10挡油门，AEC关，憋挖斗。"

金燕子嘴里念念有词地操作着，挖机抬大臂，收小臂。

张彬拿着便携压力监测仪从车边上走出来，报告着检测结果：最大溢流压力一级是33.5MPa，二级是35.2MPa，各项指标跟省检测中心的报告一样，成分分析、指标检测、性能测试显示的结果都是优异。

"太好了。"竖着耳朵听的金燕子一激动，碰了一下操作杆，挖机的挖斗横摇过来，吓得张彬和卫丞急忙蹦到一边。金燕子赶紧刹车，连连道歉。

"你再激动也不能把我俩用挖机给活埋了吧。"张彬在一边拱火，"头，她的那个技师证估计还得重考。"

金燕子熄了火，蹦下挖机冲了过来，对着张彬直作揖："行行好，我还等着这个证回公司上班呢。"

卫丞把金燕子渴望已久的技师证递给了她，顺手把一项白头盔递上去，笑道："急着回去当主任啊。"

金燕子先接过了技师证，然后说："哪有，我男朋友负责麓山一号替换进口泵的工作，马上要出口，我得去帮忙啊！"

卫丞看着金燕子哈着气仔细擦拭着技师资格证，脸色沉下来，突然提高音量："我说的话怎么就没人听啊，量产就是早产！"

卫丞突然发飙，把白头盔砸在地上，金燕子被吓了一跳。

麓山重工的装配车间里，装配工人在董孟实的组织下将挖机上的进口泵替换下来，装上国内液压厂刚刚定制生产回来的麓山一号泵。胡登科正好从旁边路过，也抻着脖子在看。

董孟实见状便说："胡干事，您这位老装配，来我这里屈就一个项目主管吧。"

胡登科笑得很勉强。他虽然很眼馋，可这手生了，干不了了。

董孟实凑过来小声对他说："踏上这个台阶，升主任才名正言顺啊。"

胡登科只是笑了笑，转身离开，可是走几步还偷偷回头看，让董孟实有些不解。

董孟实把每一台新到货的麓山一号都送上专业测试台检验。他撕下检测报告看了一眼，没问题的就贴在机器上，换下一台。

金燕子从后面跑了上来，一把拽住董孟实："孟实，说点事。"

董孟实头也不抬："正赶活呢，有事回去说。"

金燕子想起突然发飙的卫丞，问道："卫丞说麓山一号的试验都还没做完，你怎么就装车了呢？"

董孟实有些不满："卫丞好像不是我领导吧。"

金燕子继续说道："卫丞说万一出事了，那就……"

"那也不用他负责。"董孟实有些不悦，"能不提卫丞这两个字吗？"

金燕子也来了脾气："那麓山一号的研发我也参与了，我也有一份责任，我能提意见吗？"

"这是公司的战略，我们不需要有意见，我们只需要执行，更何况你也只是一名焊工。"董孟实不再理会一脸焦急的金燕子，而是指挥大家干活。他又转身看着金燕子，催促她赶紧从卫丞那离开，先来总装车间干质检专员，就不用拿焊枪了。

金燕子没有再说什么，只看了董孟实一眼，便离开了。

听说麓山一号的试验未全部完成就装了车，盛传学立马找上了方锐舟，在办公室里对他一顿数落。待他说完，方锐舟从包里拿出两张支票递上去，说按照合同约定，麓山重工在支付完学校和发明人的专利使用费后，便对卫丞的专利拥有了优先使用权。说完，方锐舟便站起身来要走，被盛传学给拦住了。

"老方，这个专利不是不让你用，但你至少要等卫丞把所有试验都做完吧，你不能谁的意见也不听。"盛传学不满老友这么多年我行我素的风格。

方锐舟却依然不为所动："万人大厂，没有强势人物是不行的。"

方锐舟正准备离开，没想到与迎面进来的卫丞撞了一个满怀。

"支票放在那里了，应该够上高原做极端气候条件的试验了。"

卫丞很是不解："你既然支持做试验，为什么不能等试验做完了再量产呢？你曾经的理想不也是要把中国机械制造做成世界第一吗？"

"哪个理想的背后不是厚厚的钞票支撑着啊，趁我还拿得出支票，赶紧去做吧。"说完，方锐舟又扭头看了一眼有些沮丧的盛传学，走了。

卫丞将信将疑地低头看着桌子上两张支票，问："我还要继续做吗？"

盛传学回答道："别问我，问你自己。"

回到家的卫丞一个人面对着那张全家福的照片，对着旁边的帆船模型吹气，在盛传学办公室里的对话还缠绕在他心头。

这时张彬打来电话，着急地说："赶紧来实验室吧，大家都不太想上高原做试验了。"

卫丞挂了电话，拿出药瓶，吃了两颗药之后，深吸一口气，起身出门去了。

卫丞走进实验室的小会议室，大家都已经坐好了，金燕子因为还没办完手续也还在。

"为什么不愿意上高原做整车试验？"

庄北辰有些不情愿地说："极端气候试验是属于海彼欧那种世界一流产品额外附加的，那指标近乎苛刻，咱们国产装备有必要吗？尤其是这个前途莫测的麓山一号。"

卫丞问还有其他意见没，没人说话。

金燕子开口了："做事总要有始有终吧。"

张彬觉得这和她没有任何关系，想打断她，卫丞却让金燕子继续说下去。

金燕子看了看大家，特别认真地给大家鞠了一个躬。

"我是焊工，从焊枪落下去的那一刻起到收尾，就算焊花飞溅进了脖领子也不能停，因为每一条焊缝就是我的脸，歪了，有气孔，皱皱巴巴，那都不叫完美。麓山一号辛苦做了四年，为什么不咬咬牙，上一趟高原，让它完美呢？就像你们的试验报告一样，总是要精确到小数点后四位、五位，大家干的不就是追求完美的事吗？"

金燕子的话把众人都给说愣了，现场很安静，卫丞歪着头看着她。

金燕子接着便主动请缨，说自己虽然帮不了大家做试验，但有劲能吃苦，也不怕冷，帮大家扛东西、搬工具、做饭都没问题。卫丞把钢笔帽一点点扭紧，敲了敲桌子，发出不大但清晰的声响。

"西藏确实很冷，也很苦，但放弃一流的追求，跟放弃成为最好的自己一样，我只做一流的自己，绝不做二流的别人。所以我一定要去做，哪怕试验团队只有我跟她。"

金燕子一下就脸红了。大家你看看我，我看看你，渐渐有人举手报名。卫丞和金燕子对视一眼，又迅速闪开。

寂静的装配车间里孤单地亮着几盏灯，胡登科独自一人正看着新装配好的挖机。

他走到工具箱边上，看着一排排的工具箱和各种总装设备，念念有词。

"推力螺母11个，操作总成、制动总成油管11根，方向机转向拉缸总成2个，球笼转轴左753、右650……"

"有些事情要学会忘记。"

不知从何处走出来的方锐舟把胡登科吓得够呛。

方锐舟听说了这个外甥押上房子抄底麓山重工股票的冒险行为，又气又急，质问他为什么这么做。

"别的股票打死我也不敢，但那是您我小舅管的公司，所以我、我敢。"

"可万一'重工换金融'错了，你可就赔死了。"

"您当一把手这么多年，就没错过，这回也不会。"

方锐舟心生一丝感激："那咱们就再挺一下。"

胡登科苦笑着点头……

胡登科回到家，一顿乱翻，终于在抽屉里找到了自己的高级技工资格证。他擦了一下灰，退下上面的皮筋，资格证里夹着一张他跟卫冲之在博览会开幕前装机时候的工作照以及一张相机的闪存卡。他端详着相片和闪存卡，思绪万千。

外面传来急促的敲门声，胡登科赶紧把东西收好，塞进自己的双肩包里，开门一看，是西装革履的银行经理。

"胡先生，我们已经通过电话或短信的方式，多次通知并提醒您按时还款，可是您已经连续3次没有按时还款了。如果6次逾期不还，您这套房产会被冻结，直至法拍。"

胡登科赔着笑连连保证："最近手头有点紧，下个月，一定还。"

方锐舟端坐在办公室里，看着眼前呼哧带喘跑进来的董孟实。董孟实拘谨地把身上沾着油污的工作服捋平，不好意思坐下。

方锐舟指着对面的位子说："我这个座位上好久没有沾油污了，沾一点好，坐。"

方锐舟把一张任命他为项目经理的红头文件样稿递了过去。董孟实一看，连忙感谢方锐舟的提拔，并表示保证完成换泵工作。

方锐舟又问他对卫丞要上高原做极端条件试验的看法。董孟实直言："学术上，佩服；现实上，不挣钱，不是公司的当务之急。"

"那全局上看呢？"方锐舟又问。

董孟实有些不解地看着深藏不露的方锐舟。

方锐舟缓缓说道："走到这一步不容易，必须支持。况且，一旦试验成功，全局上看，是爱国牌，是能拉升股价的，所以你要多一个心眼，别到时候一问三不知。"

董孟实点头表示明白。

刚成为项目经理的董孟实正在指挥试车员对换装麓山一号的挖掘机进行调试。

试车员和检验员按照董孟实的指令操作挖机。董孟实拿着尺子量了一下铲斗与地面的距离，一米五。接着他指挥试车员将发动机熄火，锁定液压操作杆，观察十五分钟。下一台车也同样如此。

董孟实往后面一台挖机走去，看着这边的试验报告，满意地签了字，一抬头看见了在一边等候的金燕子。她来告诉董孟实，上高原试验的时间定了，下周出发。董孟实扫视了周围一圈，其他工人和技术员都识趣地离开了。

"我的话反正你也不听。那你上高原做试验，他卫丞总要给你买一份意外伤害险和医疗保险吧。"

金燕子说今天一早张彬就去买了。董孟实敦促金燕子立刻给张彬打个电话，看看保险买成了没。电话打过去，还真传来了不好的消息，只有她和试验工人的保险没买成。金燕子有些惊愕，她看向似乎早就知道结果的董孟实。

为了金燕子和试验工人的保险资格，卫丞和张彬找上了曹惠。精致简洁的办公室里，曹惠一边接电话，一边上下打量着卫丞和张彬。挂了电话，她把手里的保险申请书放在了桌子上，面带歉意地拒绝了他们的请求，理由是试验工人属于拒保范畴。

"不给上高原从事一些有危险性质工作的工人买保险，这涉及工人的权益保障。"卫丞据理力争。而张彬搬出了"这是跟麓山重工合作的项目"和"金燕子是方锐舟手下的职工"的理由试图讲讲情分，都行不通。曹惠非常坚决地把保险申请书退给了卫丞。

卫丞起身怒道："那好，工人被歧视，我只能去向全国总工会举报此事！"

"这是你的权利，请便。"

曹惠站起身来，做了一个送客的手势，卫丞和张彬无奈而气愤地离开了。曹惠吩咐秘书以后谁再打着方锐舟的旗号来都一律回绝。秘书应下，然后转达了保监会的通知：汇报"凤凰温泉老年社区"项目的投资和参股情况。

七

周日，金燕子和另外三名参加高原试验的工人来到卫丞的办公室。张彬一边把合同依次发到金燕子和三名工人手里，一边解释着因为保险公司拒保，为了不耽误工作，他按照技术员的标准写了这个跟保险公司一样的合同。

坐在远处的卫丞始终低着头，在纸上写写画画。

张彬向他们保证，万一出了什么事，技术员和管理者赔多少，四人赔的只多不少！但是四个人依旧谁也不拿笔，卫丞瞟了一眼金燕子，问她怎么办。

金燕子别开脸不看他。大家心里不痛快，不是要钱不要命，是对保险公司的歧视生气。今天能解决四个工人的问题，全国还有两亿工人呢，他们怎么办？

想着想着，金燕子直视卫丞说："告他们，只要你卫丞敢去全国总工会告保险公司，我马上签字。"

张彬看了一眼卫丞。卫丞放下笔，把笔记本电脑打开，递给了金燕子。屏幕上是全国总工会受理举报的回执。金燕子惊道："你真告了？！还是方董老婆的公司？"

"消灭歧视，就得有气势，我就不信方锐舟会以这件事为由把资金抽回去。"

对视片刻，金燕子拿起笔，飞快地签下自己的名字，另外三位工友也随后签字。卫丞小声说了一句"谢了"。金燕子拿着合同，笑了一下，又赶紧忍住了。

签完合同的金燕子早早地去到培训学校门口等着男朋友。下课铃响了，董孟实背着双肩包走了过来。

她心疼地说："周六公司加班，周日还在这挣钱，不要命了。"

"老家还欠着钱呢。"

金燕子有些歉意地看着董孟实，说："对不起，我还是没拿到正式保险合同，但还是要上高原。"

董孟实没有回应，而是转身打开自己的双肩包，从里面拿出一双看起来就很昂贵的登山鞋递给金燕子："你上高原那种地方干活，最需要保护的就是这双脚，该花的钱必须花。"

金燕子心怀感激地看着董孟实，眼眶都湿润了。董孟实之前并不同意她去，但又十分清楚她答应要去做的事谁也阻止不了。

他又拿出两份保险合同和签字笔递给金燕子："我跟领导请示了，你是公司的职工，还是要签正式合同，通融了一下关系，按技术人员签。"

金燕子连忙摆手说她不是技术人员。董孟实抓着她的手硬是签了字，然后将合同收好。他低头看了眼手表，快到方霏约他看音乐会的时间了，便跟金燕子说他约了人，又叮嘱金燕子一定要去买防紫外线的眼镜，便准备离开。金燕子满脸笑容地看着董孟实，催着他别迟到。董孟实跑了几步，突然站住回身，说："你从雪山下来，咱们结婚。"

金燕子幸福地傻笑起来。不远的拐角处，方霏坐在出租车里看到这一幕，捏紧了手里的音乐会门票，示意出租车司机送她回家。

情绪低落的方霏推开了家门，发现父母已经等候多时了，母亲早已做好了一桌丰富的菜肴。系着围裙的方锐舟端着一个插满蜡烛的生日蛋糕走进餐厅，蛋糕上写着"祝我们亲爱的女儿生日快乐"。三人将蜡烛吹灭了，方锐舟打开灯，发现女儿眼角竟然有些泪花。

方霏拿着刀切蛋糕的时候，手控制不住地抖，眼球也开始颤动，一下子切偏了。方锐舟和曹惠赶紧来到女儿身边，问她怎么了。方霏摇了摇头，只说自己累了想回房间休息。

两人陪着女儿回了房间。看着女儿躺在床上睡着了，守候在她身边的曹惠不停地擦拭着眼泪。方锐舟端详着手里的进口药瓶，又拿着医疗报告看，神情更加凝重。看完报告，方锐舟轻轻拍了拍曹惠，示意出去说话。

两人轻手轻脚地退出了女儿的房间，带上门，方锐舟质问曹惠："怎么回事？不是说在美国治疗得差不多都好了吗？"

"差不多不等于根治。多发性硬化症这种中枢神经系统脱髓鞘疾病很难根治，复发率也很高，这是全球性难题。方霏原来还只是眼球震颤，现在手也抖了，到了最后一步声音震颤，那就离瘫痪不远了。"曹惠说着说着哽咽起来。方锐舟死死攥着药瓶，按着隐隐作痛的太阳穴。

曹惠注意到沙发上有手机震动，她掀开女儿的外套，看见来电显示为"董孟实"的手机和两张没有撕掉票根的音乐会门票，对方锐舟说：

"你必须警告他，离方霏远点。"

董孟实反复拨打方霏的电话，一直无人接听。音乐会已经开始，他只好悻悻回家。

回到出租屋，董孟实疲惫地走进浴室，打开花洒。热气腾起，水淋在他头上。不久，他推开窗户，一阵寒风吹来，浑身一颤，他反手关掉热水，打开冷水。瑟瑟发抖的董孟实，瞪着眼睛淋着冰冷的水。

"妄念，妄念！"

平板车正在总装车间外托运改装好的挖机，董孟实不时拿出手机看，上面没有来电，也没有信息。他略感失望，抬起头看见方锐舟走了过来，便带着重重的鼻音问好。

方锐舟沉默片刻，打量着擦鼻涕的董孟实，让他回去休息。董孟实摇摇头，表示一点小感冒自己能扛得住，又请方锐舟进去检查工作。

方锐舟拒绝了，说："今天不行，我得去一趟医院，我女儿发烧了，现在正吊水呢。"一边说，还一边观察着表情微微有些变化的董孟实，随后嘱咐他一会儿协助卫丞去取上高原的试验挖机。

方锐舟上车离开后不久，卫丞来了。董孟实指了指远处路边停放的滞销挖机。卫丞有些不满："你给我已经调试好的新挖机不行吗？这些闲置的搁路边这么久，要出毛病的。"

新挖机等着卖钱，而卫丞他们做试验是花钱的，当然要先紧着挣钱的来，董孟实指着闲置挖机坚定地说："你可以自己更换麓山一号、检车加保养。要，就去取，不要，就走人。"

"要了。"

总装调试车间内，卫丞、张彬和金燕子一脸愁容地看着那台"耷拉着头"的闲置设备。金燕子拿着卷尺量了一下挖机铲斗和地面的距离，又量了一下两根油缸伸缩的长度。5分钟内，斗齿下降超过155mm，超过规定下落距离95mm。主泵检测正常，主溢流阀检查也在 37 ± 0.5Mpa 的正常值。只能是油缸问题了。

卫丞问："密封件更换了吗？"

"我们接手的时候，刚换的新密封件，没有问题。"张彬回应道，又接着说，"燕子，你男朋友怎么回事？能不能善良点啊？"

金燕子看着两人愁眉不展的样子有些内疚，她把手里的本子一放，就要去找董孟实换一台，被卫丞拦住了。金燕子心里着急，上高原的票已订，所有后续工作的时间表也做好了，这里要是耽误，那计划可就全乱套了。她说："董孟实不能只想着自己完成任务，也要替我们想吧。"

卫丞却说："他已经是在替我们着想的好人了。能够60%为他人着想，40%为自己着想，他就是一个及格的好人。"

金燕子来到试验车间搬救兵。她拿着手机拍摄的装配问题给宋春霞看时，身后胡登科正扛着梯子走过来，在墙上悬挂"安全生产"的宣传横幅。

宋春霞看了看，也被难住了。机械部分她倒是懂，液压部分她并不在行。忽然她想到了什么，大声喊道："胡登科，胡登科！"站在梯子上的胡登科被吓了一跳，差点摔下来。

"胡登科原来就是液压装配的好手，你让他看看。"

金燕子看着还没缓过来的胡登科，一脸怀疑。

"对啊，当年公司效益好的时候，只要有自己的车在外面参加展会，他都是跟会的，人家可是出国开过洋荤的。胡登科，快下来。"

胡登科站在梯子上有些难为情地说："主任，过去的事，那是不锈钢钢丝穿豆腐，提不得咧。"

任金燕子怎么喊，胡登科就是不下梯子。

"多少年不干了，全都忘了。对不起，对不起啊。"赔着笑的胡登科不再理会金燕子和宋春霞，继续悬挂横幅，钉钉子时手一下没有扶稳，榔头砸在了手上，痛得钻心。

午休时间，工人都吃饭休息去了，只有卫丞一个人还在总装车间里看着技术资料，不停测量着液压数据。金燕子端着两份盒饭走了过来，卫丞看了眼自己的脏手推说不饿。

"看来你只适合在书房和研究室生活。脚上没点油泥，手上没点油渍，脸上没点油光，你还真就干不了工程机械，因为你没法跟工人打成一片。"

金燕子说着拿出湿纸巾递了上去，"吃在一起，才能打成一片。"

卫丞看了看周围和远处都在吃饭的工人，接过金燕子递过来的湿巾，使劲擦了擦手，接过饭盒，抬头却看见挖机上不知什么时候贴了一张纸条。卫丞上前揭了下来，纸条上的字是用特别工整的仿宋字写成的。

"检查一下导向套和活塞上的密封件是否被内螺纹以及倒角刮坏。"金燕子念出纸条上的内容。

卫丞放下饭盒，跟着金燕子一起冲到已经拆解的油缸前，拿出手电对着内部开始检查，果然发现导向套和活塞上的密封件被刮坏裂开，而内螺纹和倒角也在装配的时候被工具划伤了。

卫丞忖度，这人是高手，会写这种"手写印刷体"的人，干过描图、制图，年龄应该不小。

为公家办事，为什么要藏起来呢？两人都猜不出是谁。卫丞环顾静悄悄的车间，没有答案。

精神病院空荡荡的餐厅里，卫冲之面对宋春霞摆在面前丰盛诱人的餐食，咽了咽口水，但双手始终放在两腿之上，动都不动一下。宋春霞摆好餐具，把勺子和筷子又仔细擦了一次，递给卫冲之，他依旧没有伸手。她只好将勺子和筷子摆在他的面前，然后冲着门口的卫丞点点头。卫丞按响了电铃，一短一长。听到电铃响声的卫冲之，这才拿起筷子和勺子，狼吞虎咽起来。

得知这顿饭是马大庆做的，卫丞有些讶异，他从没听宋春霞说过。

"这么多年来都是他做的，你爸爸情绪稳定的时候，吃了他做的饭就会好些。他就是那种人，做了不一定说，但说了一定做。"宋春霞又拿出一双筷子，扭开一个保温桶递给了卫丞，手微微有些颤抖，说，"你要上高原了，老马知道你不肯来家里吃饭，就做了你最爱吃的叉烧饭，让我约你来这里吃，也算是饯行吧。"

母亲把筷子强行递到他手上，卫丞无奈地端起保温桶。

对着马上要上高原的儿子，宋春霞怎么叮嘱也不够，卫丞一一答应着。宋春霞又想起什么，说："还有，金燕子从高原下来没准就要结婚了，磕了碰了就麻烦了，你要多照顾她一点。"

"那她就别去了呗。"

宋春霞说："为了当新娘子就不上高原，那不是金燕子。"

董孟实的出租屋内，穿着围裙的金燕子端上四样拿手好菜，董孟实接过菜，放在了餐桌上。董孟实边摆着碗筷边说道："说好了我给你饯行，怎么还让你当厨娘了呢。"金燕子招呼他坐下，她豪迈地咬开两瓶啤酒，给董孟实倒上。

"你们试验的时候，你给我拍几张试验内容、数据的照片。"

金燕子有些纳闷，董孟实说："向卫丞虚心学习行不行？"

金燕子一乐，跟董孟实碰了一下杯。

经过漫长的旅途，卫丞他们到达了高原工地。

缺氧的卫丞把模糊的雪镜擦干净，看见金燕子喘着粗气卸货的身影。旁边地上放着十几个纸箱子，上面印着"广泰便携式制氧机""援藏物资""中华全国总工会"等字眼。

金燕子拿着扳手先是把固定挖机的绞索松开，又抱着一个大纸箱子，从里面拿出红、白、蓝三色头盔。其他技术人员、工人，很多都因为强烈的高原反应和恶劣的天气，没有力气干活了。

金燕子吐出嘴里的沙子，按照白色的是技术人员、红色的是管理人员、蓝色的是普通工人——对应分着头盔。一个工人边戴蓝头盔边怯怯地问："那些制氧机我们能用吗？"

金燕子底气十足地说："全国总工会援助的，我们工人不能用，谁能用？你去找张彬领一个。"

金燕子把一顶红色头盔递给卫丞，被拒绝了。他皱着眉说："不用分这么细吧。"

"用颜色区分不同工种有助于管理，别矫情。"金燕将红头盔塞给他。

卫丞转过去对着试验人员，先是把嘴里的沙子吐掉，然后大声喊道："这里环境恶劣，我们没有理由分这个该谁干，那个该谁干。所以，高原试验组的头盔全部换成红色，人就算丢了也醒目好找。"大家鼓掌通过，只有金燕子，瞪着卫丞。

"你眼睛怎么这么红啊？"卫丞问。

"给你气的。"

"是雪盲症。"卫丞判断。

金燕子指了指自己戴着的UV400的高级偏光镜。卫丞上下打量着她，看见她脚上的鞋，上去一把摘下她的眼镜，然后把自己的眼镜也摘了下来，叠在一起看了一眼，说："鞋舍得花钱买真的，眼镜就买地摊货啊。"

金燕子不服气自己花了199元买的眼镜被说是假的。卫丞想了一下，掏出一张一百元，又看向张彬，示意他把探伤用的紫外灯拿来。张彬打开紫外灯照在钞票上，钞票上有荧光亮了，便让金燕子戴上她自己的墨镜看有没有荧光。

金燕子戴上一看，竟然还看得见荧光，又心里没底地接过卫丞递上来的眼镜再一看，荧光没有了。张彬解释说，真的UV400偏光镜可以滤掉95%的紫外线，所以戴上就看不见钞票上的荧光水印了。

卫丞把钞票收好，从金燕子手里把那副假偏光镜拿过来，抠掉了两个镜片。金燕子急得要上手去抢，就看见卫丞把自己眼镜夹片夹在了她的镜框上，然后递给她。她不肯要。卫丞坚持道："在这里，我倒下，可以进帐篷，你倒下，我们没有帐篷，好吗？"说完头也不回地往旁边搭建的临时帐篷走去，边交代大家抓紧时间给驾驶室、油缸加装防护罩，准备隧道试验。

金燕子拿出手机拍下了试验装备，发给董孟实。

方锐舟来到总装车间，一边看着生产线，一边看着进度表，很是满意，夸赞身边的董孟实。两人正说着，方锐舟看见一名装配液压泵油缸的工人戴着手套，疾步上前喝道："谁让你戴手套的？还是棉纱手套！你不知道装配液压元件是不能戴手套的吗？"不听工人辩解，方锐舟要他立刻离开工作岗位。那人还想争论，被董孟实给拉开了。

"董经理，你果然很忙啊。"这时两人身后传来了方霏的声音。方霏边与父亲打招呼边往董孟实身边走。董孟实对着她使劲摆手示意她离开。

方霏看着有些慌乱的董孟实笑了，伸手把父亲头上的头盔摘了下来，戴在自己头上，继续往他那边走。董孟实只好说："我这里干活呢，下班咱们再聊，行吗？"

"你忙你的，我主要是了解一下我们班来这里参加社会实践的重点应该放在哪里。技术改变命运，你觉得可以吗？"方霏一边说，一边拿着相机拍摄。此时，一个电葫芦起重机吊着一个两米多长的油缸过来。方锐舟立刻喊道："方霏，你往后靠一点。"

话音未落，电葫芦的钢丝突然断裂，油缸一下子掉了下来，正拍照片的方霏却浑然不觉。董孟实立刻扑上去，推开方霏，自己却被落地弹起的油缸砸倒。

负责检修电葫芦的工人正是马炎。此刻，他满头大汗趴在进口挖机后面进行维修。拧紧扳手后，把手里的密封圈举给挖机老板田奎荣看了看。

"田老板，你这个二手进口挖机没什么大毛病，就是这个坏了，换一个就好了。"

田老板很满意，拿出一千块钱给马炎。马炎刚把钱塞进口袋，电话响了，他一看是车间的电话就给挂了，刚要走，电话又响了，是父亲马大庆的。

"你维修的那台电葫芦把人砸了！给老子滚回来！"

马炎刚才还嬉皮笑脸，瞬间变了脸色。

赶到总装车间的马炎钻进安全线围着的事故现场，又看了看自己维修过的电葫芦。安全员判断是维修时疏忽大意造成的恶性事故。至于最后判定是几级事故，要等省安全生产监督管理局的人来鉴定。

马炎脸色煞白，身后的马大庆早就憋不住火了，上去就是一脚，踹在他的后背上。马炎一个踉跄摔倒在地，又马上爬起来。马大庆指着他大骂，还要动手，被赶来的宋春霞死死抓着不放。

马炎含泪道："是我的错，我认。"

马大庆一下子挣脱宋春霞的手，抄起旁边的一个拖把，劈头盖脸地就打在根本不躲的马炎头上，血流了下来。

宋春霞惊呼："马大庆，你疯了。"

马大庆指着马炎痛斥："他今天侥幸只是砸伤了人。明天呢？后天呢？迟早也要害死人的。他就不配当工人！"

"我早就不想干了。"

马炎连拽带拉地把工装给扯了下来，丢在地上，低头冲了出去。

方霏看着趴在病床上，背后固定着石膏夹板的董孟实，泪水涟涟。门外，方锐舟焦躁地打了个电话，进来就让方霏赶紧回家，方霏一点点蹭着往外走。方锐舟看不下去，直接把女儿给推出门，然后反锁。

方锐舟向病床上的董孟实说明了事故责任人是维修工马炎，但又说这次不能开除马炎，甚至连安全事故都不能算。

董孟实一听，非常吃力地扭转身子，看着平静的方锐舟，吃惊地张大了嘴巴。

万宝泉领着省安全生产监督管理局的检查组成员，在戴着安全员袖章的胡登科陪同下，进行事故核查。

检查组打开电葫芦，只见里面电机生锈，绞盘断齿。胡登科解释说公司连续亏损五年，没有钱更换这些老化严重的设备，才造成设备事故。检查组又提出查看监控设备，胡登科又说监控去年就坏了，一直没钱换新的。万宝泉抢在检查组开口之前说道："没钱就是挡箭牌吗？主观上找问题，就是你们的安全意识淡薄了，要检讨，深刻检讨。"

检查组的成员相互看了一眼，在一边的胡登科一脸痛心疾首的表情。万宝泉赔着笑向检查组提出，如果勘验完了，能不能恢复生产，免得耽误了好不容易拿到的订单。检查组的人点头离去。

一旁看了半天的马大庆上前把胡登科给拽到一边，质问他怎么能撒谎。

胡登科怪他狗咬吕洞宾，不撒谎，马炎就得被开除。

"可是故意隐瞒和销毁证据，这是犯法啊。"

"您是盼着公司被这件事弄得再停工、停产、停发工资奖金吗？马师傅，您看看大家，有一个站出来非要给公司抹黑的吗？"马大庆朝胡登科手指的方向看去，压根就没有人往这边看，只有几个工人把安全线给扯了。

明德江的办公室里挂满了环卫机械的图。万宝泉递上来一份设备事故认定通知单，被明德江丢在桌子上。既没有当事人马炎写的情况说明书，也没有宋主任的签名，就让他在通知单上签字？明德江可不想背这个锅，这要是被查出来，他还能正常退休吗？一旁的万宝泉说："明总，马炎的情况说明书好办，难办的是宋春霞。"

明德江说方董既然决定瞒着这件事，就一定有瞒的好办法，便让万宝泉去问问他。说完他便不再搭理万宝泉，转身开始研究环卫工程机械了。万宝泉只能无奈地退了出去。

万宝泉拿着材料去宋春霞的办公室找她签字，马大庆和马炎父子俩也在办公室里。宋春霞摘下老花镜，把手里的设备事故情况说明书、工伤认定书和工伤赔付协议放在了桌子上，沉默地看着坐在不远处低头不语的马大庆，以及头上裹着纱布的马炎。

万宝泉把签字笔递了上去，故意抖着笔杆让她签字。宋春霞没有接笔，而是伸手把茶杯端起来，喝了一口水，问："马炎，这个设备事故情况说明书是你写的？"

马炎低着头不答话，万宝泉叹了一口气，说："宋大劳模，宋大主任，这时候你还关心谁写的干吗？安全过关就行。再说了，这又不是开除马炎要您签字，您怎么还犹豫不决呢？"

"既然你们写好了，我就没有签字的必要了。"

宋春霞把情况说明书等又推给了万宝泉。万宝泉连忙推回去，连连说手续不到位，设备事故变成生产责任事故，全公司都要跟着倒霉。马大庆在一旁则帮着宋春霞说话，全国劳模不应该说假话、签这种假字。

"对对对，宋主任一辈子都只说真话，不说假话，上次公司安排您给邱省长汇报的讲话稿，您就可以一个字都不说。"

宋春霞一惊，马大庆更是气愤地瞪了歪着坐的马炎一眼，马炎赶紧坐直。万宝泉的目光也转到马炎脸上，说："你马炎不出这个事，谁都不用说假话，包括董事长啊。"

万宝泉把签字笔扔在了桌子上，宋春霞放下茶杯拿起笔，如有千钧。

马大庆快步上前，一把按住宋春霞的手，一个劲地摇头。对视片刻，宋春霞推开了马大庆的手，就要签字，马炎上去一把夺过了情况说明书，把大家吓了一跳。

"我辞职。"马炎说着便把情况说明书给撕了。

高原上，隧道内的光线昏暗，卫丞团队正在做极端气候测试。周围噪声很大，戴着头盔口罩的卫丞和张彬正在一边观看挖机的工况，一边通过笔记本电脑监视传感器传回来的各种数据。洞内的氧气含量比洞外低，还好挖机没有憋车。卫丞吸了一口氧，交代张彬高地热导致的高温环境下，湿度和粉尘太大，进气系统和空滤要注意。

金燕子端着从镇上做好送来的饭菜走进隧道。放下饭菜，她用手擦了一下被沙尘包裹的温度计。

"洞内 30℃，洞外零下 23℃，有谁买挖机这么折腾的？"

卫丞扭头看见不知何时进来的金燕子，赶紧把小氧气瓶藏了起来，说："你买的手机都防水，可你真的用水洗吗？我们必须拥有这些苛刻的指标，才能跟世界一流品牌平起平坐。"

金燕子不接茬，招呼大家吃饭。卫丞摇摇头。

金燕子刚要回嘴就被张彬拽住，偷偷指了指卫丞藏起来的氧气瓶，告诉她卫丞高反很严重，是真的吃不下饭。

张彬对着金燕子挥挥手，她有些不安地离开了，但还是拿手机拍了几张设备施工的照片和数据。卫丞见状问她在干什么。

"我，孟实……"

没等金燕子说完，卫丞便让她去问董孟实省委对"重工换金融"有没有拍板决定，别到时候干了一半要他们撤回去。

金燕子收起手机，有些尴尬地点点头往回走，没走几步又停下了，拿出一个墨镜夹片递给卫丞，说："我去县里买的，用荧光和钞票都验证过了。"卫丞拿着墨镜夹片，笑了。

　　大雨中，一辆黑色轿车从省委大门开出来。省委副书记、省长韩雨田和副省长邱沐阳坐在后排，想着各自的心事。见邱沐阳闷闷不乐，韩雨田问他，是不是在担心停止"重工换金融"后麓山重工领导班子面临的后续问题。

　　邱沐阳依然力挺方锐舟："这个决定对方锐舟的冲击肯定非常大，但我觉得他是能够快速走出来，并执行好省委、省政府的这个决定的。"

　　"这几年对他的非议可是不少，尤其是在'重工换金融'这件事上，他搞一言堂，继续使用的风险不小啊。"

　　邱沐阳决定要跟方锐舟谈谈。

八

麓山环保机械公司的车间外正在举行交车仪式，麓山重工技术中心主任郝思泽在台上用PPT讲解着这些设备的优点。

台下的明德江心事重重，不时看看邱沐阳。邱沐阳看方锐舟不在，便问起为什么不等他忙完海外销售回来后再举行这个活动，明德江回答说市环卫局等着要车，只能尽快举办。

看着低头研究产品说明书的邱沐阳，明德江小心翼翼地打听起省委常委会对"重工换金融"的结论。邱沐阳把手里的说明书一合，正准备说话，此时台上的主持人宣布交接仪式开始，他便鼓起掌，示意明德江上台。

在热烈的掌声中，交车仪式圆满结束。

夜幕降临，忙完海外销售的方锐舟和万宝泉推着箱子急匆匆从机场到达大厅走出来。

万宝泉抱怨明德江今天就把环卫设备的交接仪式给办了。方锐舟不耐烦听这些，只问他有没有打听到省委常委会的决定。

答案只有十个字，"会议还研究了其他事项"。

方锐舟愣在原地，百思不解。这时电话响了，他低头一看是邱沐阳。邱沐阳说有事想商量一下，今晚在白鹤洞等他。

方锐舟放下电话，预感并不好，旁边的万宝泉也不敢问，只能跟着他往外走去。

接机的车赶来，两人上了车，直奔白鹤洞麓山重工厂史馆。

从机场到白鹤洞，方锐舟一路上越想心情越沉重。下了车，他走到了麓山重工厂史馆前，周秘书已经在这里等候。

方锐舟深吸一口气，径直走进去。走到最后一个展厅，方锐舟才看见背着手看展览的邱沐阳。他刚想打招呼，邱沐阳指着图片先说话了。

"2号、4号、5号厂区是你当上副厂长的时候盖的吧。"

"经济刺激的大环境下，不扩大产能不行啊。"看着展厅里的图片，两人回忆起了麓山重工一路走来的辉煌和困境。

还是方锐舟先开了口，问："省委的决定出来了？"

邱沐阳点点头，说："为贯彻中央振兴实体经济，扭转'脱实向虚'倾向的要求，省委决定停止'重工换金融'。"

方锐舟一时不知道说什么好，只是呆呆地看着展馆中心摆放的当年新四军用过的手工台钻。展馆里静得让人压抑。只要公布"重工换金融"重组计划停止，股票跌停不可避免。就算省里可以给予一些财政补助，也补不齐公司的亏损。

邱沐阳提到环保机械销售还不错。

"那不是主业，它既救不了股票，更摘不了帽！"

方锐舟的情绪有些失控，他平复了一下情绪，问什么时候需要他交辞职报告。

"没有人说要免你的职，也没有人让你辞职。"

方锐舟不敢相信邱沐阳的话。

"不需要有人为'重工换金融'这个错误买单吗？"

"'重工换金融'不是错误，它只是麓山重工改革的一个选项，只是我们通往罗马的另外一条路径，只是把'摸着石头过河'与加强顶层设计结合起来的一次大胆尝试。改革者，不能只论成王败寇。"

听了邱沐阳的话，方锐舟眼中闪动着泪花。

想到被省委踩了刹车的"重工换金融"，方锐舟越想心里越难受，他甚至无法直视周围这些"成就"。

见他这副悲戚的神情，邱沐阳说："看来思想转弯的难度还不小。"

"让我这个'重工换金融'的倡导者，去掘自己的墓，不是难度的问题，是要不要把自己埋葬的问题。我要见韩省长。"

韩省长事务繁忙，焦虑的方锐舟只能在他行程间隙找上他。

省政府大楼内的电梯打开，方锐舟跟着不时看表的韩雨田从里面出来，边走边请求着不要停止"重工换金融"。两人说着来到大楼外面的门厅，早有秘书和车辆在等候。韩雨田叹了一口气，心痛又无奈地看了一眼不甘心的方锐舟，劝他回去。

"只要保住'重工换金融'，可以把我换了。"

面对执拗的方锐舟，韩雨田瞪了他一眼。

"方锐舟，你是在威胁组织吗？"

韩雨田上了车就走，车子缓缓开进大雨中。但方锐舟却不放弃，冲进雨中狂追，一路喊着"我爱麓山重工，我不想当末代董事长"。

揉着太阳穴的韩雨田看着方锐舟追上来，只能叫停了车。车窗摇下，浑身淋湿的方锐舟扒在车门上，恳求地看着韩雨田，欲言又止。

韩雨田拿出一把伞走下车，在他身边撑起来。

"我们对麓山重工的爱，一点也不比你少。今天上午，书记在常委会上还说，卡特、小松、海彼欧这些世界'百年老店'跟咱们麓山重工都步入暂时困难，这不是工程机械市场不行了，而是一个调整、提高、蓄能的过程，要有充分的信心，更要脚踏实地务实前行。"

韩雨田把伞塞给方锐舟，自己拉开车门上了车。方锐舟看着韩省长的车远去，脸上的雨水往下淌。

麓山重工的董事会会议室里气氛凝重，方锐舟有点发愣地坐在那里看着手里的笔记本，明德江只得咳嗽了一声以示提醒。方锐舟示意他先说。明德江顿了一下，马上站了起来，慎重地宣布了省委、省政府停止"重工换金融"重大资产重组计划的决定。

方锐舟扫视了一下会议室，有的叹气，有的不解摇头，唯有明德江脸上挂着笑容，省里下拨的公司财政环保补助资金2亿元马上就要到位，正好可以用于壮大他主导的环卫机械板块。

"重工换金融"被叫停，麓山重工的股票也将面临考验。复盘之后，股票暴跌是可以预见的。明德江提议加大对环卫机械的投入，最好独立运营，多数人都在看方锐舟的态度。

"我不同意。"方锐舟坚决反对，"要聚焦主业，环卫这一块最终是要剥离主体的。"

"方董，'重工换金融'既然宣告失败了，你是不是今后也要多听听我们的意见啊，不好再这样'武断'了吧。"明德江毫不退让地回敬道。

"在正式披露'拟终止实施重大资产重组事项的进展公告'之前，在座的各位需要严格保密，谁泄密，谁进班房。散会。"明德江说完，挺直腰杆，抢先第一个走出会议室。与会者第一次目送明德江，都有些不习惯。

众人散去，空荡荡的会议室里只剩下方锐舟孤身一人。

出了院的董孟实还戴着护板，他一只手颤颤巍巍去提烧开了水的壶。啪的一下，水壶翻了，开水飞溅，把他烫得一哆嗦。

"你别动。"

董孟实扭头一看，提着两大袋东西的方霏，不知道什么时候已经开门进来了。在方霏的提醒下，被扶上床的董孟实才想起自己在医院拜托她帮忙取衣服时告诉了她备用钥匙的位置。很快，方霏就把房间打扫得干干净净，将买的水果和牛奶摆放整齐，又给他点好了外卖，叫人修好了空调，还叫人送来了取暖器。一股暖流袭来，但董孟实心里有一种说不出的异样的感觉。

一连几天，方霏都来照顾董孟实。

在家养伤的董孟实吃力地来到卫生间，看着镜子里那张胡子拉碴的脸，又看向方霏精心摆放整齐的洗漱用品，不敢伸手去拿。手机突然震动了几下，是金燕子发来的几张高原试验照片。顾不得其他，董孟实赶紧下载，然后一张张仔细放大了看。

白雪皑皑的山顶被夕阳镀上了一层金色，山谷内，试验挖机正在进行挖土施工。众人紧张地测试着，眉毛上已经结了冰也仿若未觉。金燕子看了一眼旁边显示为零下30℃的温度计，继续挖土做试验。

卫丞看了看手中的计时器，吧嗒一下按停了，指挥大家熄火，开始数据采集，大家各自忙开了。金燕子熄火后，拿手机拍摄数据发给了董孟实。张彬把收集的数据递给了卫丞，卫丞看了一眼，拿出手机一边自拍一边大声宣布：

"各位，我们这次在海拔4500米的高原上进行的挖掘机极端天气试验检测，其中零下40℃ 24小时的高原冷启动、高原作业效率都达标，谢谢大家！我们赢了！"

现场爆发出一片热烈的欢呼声。金燕子走到卫丞身边，表示祝贺。这时，张彬拿着海事卫星电话跑到卫丞身边转述了气象局的电话通知：今晚有暴风雪，赶紧撤回营地。

卫丞看了看天，皱紧了眉头，决定让张彬带人先走，留一台车给他，他要赶在大雪来临之前完成数据收集。

看着天色不妙，张彬试图劝阻，卫丞却坚持道："我们存在的价值就是用真实的数据说话，赶紧走。"

张彬带着大家纷纷上车离去，卫丞扭头发现金燕子还站在那里不肯走。

"我是操作员，你不走，我怎么走？"

"挖机我会开。"

金燕子掏出挖掘机操作证晃了一下："你有吗？想无证驾驶啊。看我干吗？有什么数据要采集，赶紧的，我不想跟暴风雪搏斗啊。"

卫丞被金燕子给气笑了，赶紧工作。他突然想到什么，把刚拍的那一段视频发给了方锐舟，但是信号不稳定，视频发送的进度条走得很慢很慢。

白鹤洞厂史馆外有一排参天的香樟树，带着方锐舟的思绪回到了过去——风华正茂的年纪他和盛传学、卫冲之三人有说有笑地种下了这排树。

他不禁感慨："赢了一辈子，这回输了。"这时手机响了，是卫丞发来了视频，画面中意气风发的年轻人正在高原的雪山上宣布"我们赢了"。方锐舟苦笑一下，准备回信息，但却停住了，突然狠狠拍了一下大树。

"我们？不，你小子赢了就行。"

戴着安全头盔的卫丞开着越野车在风雪漫卷的大山里穿行，车身被侧风吹得抖动越来越剧烈，同样戴着安全头盔的金燕子死死抓着扶手和防护钢梁。

驶过大风口，卫丞以为安全了便要摘下头盔，外面传来轰隆隆的闷响。金燕子紧张地问："什么声音？"

"不好，是滑坡！"

卫丞脸色骤变，加速往前冲，但是已经来不及了，崩塌下来的石头把车辆给掀翻，车子一路滚到了路基下面。

大雪依旧下个不停，山体滑坡清晰可见，深沟里摔坏的越野车翻倒在乱石中，周围一片死寂。车门已经变形，破裂的前挡风玻璃上隐约看得到点点血迹。

突然，车里有人用脚使劲踹挡风玻璃。踹了好几下之后，金燕子终于把前挡风玻璃给踹掉了。

她满脸是伤，顶着裂开口子的安全头盔松了一口气，看了看旁边的卫丞，他的腿部出血，头盔也撞碎了。

"忍着点，这里没法固定你的伤腿，咱们要先爬出去啊。"

忍着剧痛的卫丞竭力让自己表现得轻松，但一动就痛得直咧嘴。

"你别动，我来拉你。"

金燕子利落地拿着碎玻璃片割下安全带，拴了个扣，一边套在自己的肩膀上，一边拷在卫丞的双腋下，拖着卫丞开始向外爬。

她感觉到自己肋部剧痛，肩上一泄力，卫丞也跟着抖了一下，伤腿别住了，他痛得忍不住叫了出来，随后立刻收住声音。金燕子倒是觉得他叫出来更好，可以缓解疼痛。卫丞依旧强忍着，实在忍不住时才呻吟了一声。金燕子正要劝，突然听见卫丞大喊：

"一！"

金燕子侧脸看向卫丞，只见他双手死死抓着车窗，她突然明白了他的意思，把安全带调整了一下位置。

"二！"

她用脚蹬住车窗，双手扣住变了形的引擎盖。两人一起喊出"三"的同时也一起用力，终于把卫丞给拖了出来。

离越野车不远处的一个小石窝窝里，金燕子拆了车辆的三角形安全标志牌，正在给卫丞腿部骨折的位置进行固定。卫丞催着她打电话求救。她把绳子用力系紧，痛得卫丞龇牙咧嘴。她从破烂的口袋里掏出两台摔坏的手机扔在了卫丞眼前。卫丞有些绝望地看着外面越来越黑的天以及呼啸着的风雪，他让金燕子不要管他先走。金燕子没理他，把一根冰冻的火腿肠递过去，说一人一根，然后自己一瘸一拐地往破车处走。她艰难地拆下一个车座拖到卫丞面前，又拆下座椅上的垫子，垫在卫丞的屁股和腿下。

"这样熬下去我们只会冻死。"

金燕子不搭理他，一个人又费劲巴拉地把电瓶和变了形的引擎盖给卸了下来，这一回她明显感受到腰腹部的疼痛越发厉害了。她把座椅上和垫子上的布抽出线，然后用石头给磨成绒，再用电瓶短接打火引燃，最后把整个车座都给点着了。

金燕子看着海绵燃烧后冒出的黑烟，揶揄道："有点不环保啊，但你不会冻死的。"

见到此情此景，卫丞感慨："看来知识有时候并不等于能力。"金燕子打断卫丞的感慨，让他赶紧把火腿肠烤烤吃了。

"你的也一起烤呗。"

"我在车里就先偷吃了。"

金燕子感觉口渴，抓了一把雪吞了下去，然后在旁边低洼处寻找着还能用的东西。远处传来凄厉的嚎叫声，让卫丞和金燕子一惊。

不好，是狼！

两人紧张地往远处看去，山梁之上出现了狼的影子。

救援中心指挥部外，张彬焦急地看着举着望远镜观察雪山的杜队长。但天气太过恶劣，直升机无法起飞；路上多处塌方，救援队也上不去。

张彬急得冒烟："这也不行，那也不行，他们只有死路一条了呗。"

杜队长没有答话。张彬见他无动于衷，便嚷着要上吉普车自己去救人，被他一把抓住。

"你开这车上去就是送死！二中队，跟我上！"杜队长招呼来一辆六轴的山地特种车和一辆半履带山地救援车，六名救援队员跟着上了车。张彬一边爬上车，一边连连道谢。

"先别谢我，先要祈祷他们还活着。出发！"

特种车和救援车迎着风雪冲了出去。车内的张彬双手合十，默默祈祷着……

金燕子站在卫丞身边，手里拿着呼呼冒火的座椅垫子，来回地摔，嘴里大声喊着"走开！滚啊！"，卫丞则拿着石头使劲敲打用来挡风的汽车引擎盖。但是围在火堆外面的四头狼并没有退却的意思。

"书上不是说狼怕火，怕铁器敲打的声响吗？"

卫丞面色凝重："是有这个可能，但如果这几头狼一个礼拜没吃东西，那就没用了。"

"我不想成为狼的晚餐。"

"那咱们就只能弄出更大的声响，比如爆炸声。"

他们打算把车点着，引发爆炸。为了不让金燕子被狼从背后袭击，两人只能背靠背绑起来。卫丞从火堆里拿起一个大火把，把背靠在金燕子身上。金燕子感到一阵温暖，接过卫丞递来的安全带，把自己和他绑在一起。

金燕子开始往前走，一只手拿着火把，另外一只手向后抓住卫丞的腰带。卫丞使劲用火驱赶着几次扑上来的狼。金燕子用火把猛地打退一只扑上来的狼之后，扭头看向卫丞，他那条断腿出血越来越多。

目测了一下到越野车的距离，金燕子说道："差不多了，我能点着车了。"

卫丞喘息着："不能差不多，咱们只有这一次机会。"

"明白。"

金燕子和卫丞又竭力往车的方向移动了两米。她把备用的一个布条点着塞进了汽车破损的油箱，火焰忽的一下就升腾起来。几只狼面对突如其来的大火，被吓住了，再也没有发起攻击。

趁隙，金燕子和卫丞又用相同的方法撤回原地。卫丞把丢在地上的引擎盖立了起来，招呼她躲在后面，说道："这把火能让狼群的大脑短路四分钟以上。"

"四分钟之后呢？"金燕子问。

"爆炸。"

此时汽车整个底盘燃烧起来，轮胎承受不住那么高的温度，接二连三地开始爆裂，伴着巨大的声响，好多个着火的小碎片弹射出来。狼群四散而去。

碎片崩到汽车引擎盖上发出砰砰的声响，过一会安静了下来，金燕子才从引擎盖下面钻出来，问刚才是什么东西爆炸了。卫丞指了指轮胎。金燕子定睛一瞧，四个轮胎炸了三个。她看了卫丞一眼，书读得多，还是有用啊。卫丞看着剩余的能烧的材料，估摸着最多还能烧一个小时。

路基塌方处，两辆特种山地车停了下来。路基下面就是万丈深沟，山地车也过不去了。正当大家一筹莫展的时候，搜救犬突然从车里跃出，冲着远处使劲嗅着鼻子，接着发出一阵狂吠。张彬和杜队长赶紧拿着望远镜冲着搜救犬狂吠的方向望去，但远处一片漆黑，什么也看不见。

杜队长听到狗叫，明白它一定是看见闻见了什么，于是大声指挥让两人留下看守车辆，其余人带上装备开始徒步搜救。他们带着各种营救装备往深沟里走去。

车辆的残骸已经盖上了一层雪花，金燕子和卫丞蜷缩着相互挤在坑里，全身都覆盖上了雪花。两人的嘴唇冻成了乌紫色，正瑟瑟发抖。

金燕子气若游丝地说着自己的梦想：25岁，戴白头盔，成为爸妈的骄傲；35岁，上厅堂下厨房，成为董孟实的骄傲；45岁，成为孩子的骄傲。可她的愿望一个都还没有实现。卫丞听着越发愧疚，轻轻说：“对不起，是我连累了你。”

两人谁也不说话，金燕子吃力地伸手过去，揪住卫丞的脸，但她的手指已经用不上力了。

卫丞忽然说：“你听。”

金燕子不理他。

“你听到狗叫了吗？”

金燕子突然又有了点精神：“不会是狼又回来了吧。”

枪声传来，哨声传来，呼喊声传来，人影渐渐清晰起来……他们获救了。

高原上炫目的阳光透过窗玻璃照在手术室外。卫丞坐在轮椅上，腿上带着夹板，脸上头上都上着药，打着绷带，旁边还挂着吊瓶。张彬苦口婆心地劝着他回病房休息。卫丞没有搭理，只是把金燕子买的那副假的防紫外线眼镜戴在自己脸上，依旧看着窗外的太阳。

手术室的门开了，主刀医生和护士来到门口呼叫金燕子家属。卫丞一边应声一边焦急地让张彬推着自己来到门口。医生宣布金燕子已经脱离危险了，内脏出血也止住了。

“她能活下来简直就是奇迹，这也得益于患者顽强的求生欲望。”

医生边说边指了指护士递过来的一个小塑料标本袋，里面是一些黑乎乎的絮状物质：“这是在她胃里发现的苔藓。”

"苔藓？！"

护士拿出另一个标本袋，说在金燕子的衣服口袋里发现了新鲜苔藓。

卫丞从护士手里要来标本袋，小心翼翼地打开。原来金燕子根本没吃火腿肠。大颗的泪珠滑落下来，卫丞赶紧戴上墨镜加以掩饰。但这一切都被张彬看在眼里："给你妈打个电话报个平安吧。"

"算了，别让他们瞎担心了。给盛校长和方董打个电话，所有责任，我承担。"

张彬想着今天是周一，麓山重工股票复盘，不是个好时机。卫丞却不在乎。张彬不解地看着坚定的卫丞，只好点点头，拿出手机。

明德江带着所有干部都坐在会议室里，注视着前面大屏幕上即将开盘的股市。他有些紧张，不时转动着手机。突然有人的手机铃声响了，吓了他一跳。

"是谁？"

众人吓得赶紧四下看，只见方锐舟打着电话昂首阔步地走进来。

"麓山一号极端气候条件下试验成功的重大利好为什么没有发出来？什么？明总没有审过？"

方锐舟放下手机看着明德江，未曾想对方振振有词："既没有数据支撑，又没有卫丞的认可，你让我怎么签字？发假消息？"看着装模作样喝茶的明德江，方锐舟摸出烟卷，准备点火。但打火机还未按下，股市开盘了。

麓山重工开盘就下跌了 4%，让在场的人全都傻眼了。眼看 K 线朝着跌停线一头扎下去，方锐舟原本自信的脸色一点点暗淡下去。明德江也低下了头。

万宝泉急急忙忙跑进来，冲到方锐舟跟前，小声说道："卫丞他们出事了。"

办公室里，宋春霞放下杯子，看着坐在对面的胡登科，费挺大劲才把水咽下去。胡登科跑来，一开口就要借六十万。

"你看我像有这么多现钱的人吗？"半响，宋春霞站起来去倒水，胡登科坐在那里越发忐忑不安。

"你打牌也不能输这么多吧，你老婆还不得跟你离婚啊。"

胡登科应道："'断臂事件'的真相应该值这个钱吧。"

端着水瓶倒水的声音加上车间的嘈杂声，宋春霞似乎没有听得太清楚。

"'断臂事件'怎么了？"

宋春霞回了神，端着杯子直愣愣地往一直不敢看她的胡登科走过去。快承受不住心理压力的胡登科呼的一下站起来，刚要开口，被从门外跑进来的马大庆打断。马大庆焦急地对宋春霞说："卫丞和金燕子在高原受伤了。"

宋春霞惊得一个踉跄，马大庆抢先一步上前挽住了她的胳膊。

她得知卫丞的腿断了，坚持要去看儿子，马大庆苦口婆心劝她别去。坐在角落里的胡登科却伤心地抽泣了起来。

"股票没救了，我的房子飞了啊……"

麓山一号完成整车极端气候试验和卫丞他们为保护试验数据在高原雪山遇险的消息同时传开来。

方锐舟带着董孟实赶到了卫丞和金燕子养伤的医院。病房里的记者围了几圈。在掌声和闪光灯下，方锐舟把鲜花和慰问金送到了坐在轮椅上的卫丞和躺在病床上的金燕子手里。他起身对着记者说："大家不要拍我，要拍我们的英雄，要采访他们的事迹。"

一位记者请两人再靠近一点，卫丞没有动，张彬上前把轮椅往金燕子那边推了推。另一位记者凑过来请卫丞摘掉墨镜。卫丞也拒绝。

这一幕落在记者身后的董孟实眼里。一旁的方锐舟看了他一眼，对着他指了指手表。

董孟实明白了他的意思，跟在场的记者说道："请各位抓紧时间，我们还要去极端气候试验现场采访。"

董孟实从助手那边接过一辆轮椅，推到金燕子身边，准备把她抱下来。还没等有些为难的金燕子表态，一旁的卫丞就发出了责难。

"刚做完手术，不能随便移动！"

董孟实说有医生随行大可放心，卫丞不依不饶就是不让移动金燕子。董孟实正要发火，被金燕子拽住了，她一个劲地冲他摇头。正僵持着，方锐舟走过来说："卫丞说得对，确保我们英雄的身体健康是第一位的。不知道你方便跟我们去现场吗？你是专家，讲解透彻。"卫丞立刻表示他累了，去不了。

大家都很尴尬，方锐舟微笑着走到卫丞身边，把手机上的股票行情给他看，低声说："我知道你不愿意做形式主义的事，但这事关麓山重工能否顺利重启，麻烦你牺牲一下。"

卫丞也压低了声音说："董事长，搞科研的永远用数据说话。大量的数据还没整理出来，你让我去说什么呢？"

董孟实走过来接过话："董事长，咱们不打搅他们休息了，专业上面的东西，我试着说说看。"

卫丞和金燕子惊愕地看着自信满满的董孟实，方锐舟却笑了。

九

天空碧蓝如洗，雪山下，"热烈庆祝麓山一号整车极端气候试验圆满成功"的横幅挂在麓山重工挖机的铲斗上。董孟实正在给记者和与会嘉宾讲解着麓山一号的测试结果。

讲解完毕，方锐舟带头鼓掌，众人也纷纷鼓起掌来。董孟实感激地看了看方锐舟，接着邀请众人参观试验样机。记者和嘉宾纷纷上前围着两台试验用的挖掘机左看右看。

方锐舟走到董孟实身边，递上一杯冒着热气的茶。董孟实有些受宠若惊地接过茶道谢。方锐舟举着试验数据单问："卫丞的试验数据给过你吗？"

董孟实摇摇头，表示只弄到了一部分，另外一部分是自己的推算。方锐舟有些失望，因为这个数据并不是精确的试验数据。他又问道："那你觉得这个试验到底是成功了，还是不成功的呢？"

董孟实有些紧张，说："这……公司需要成功，股民需要成功，我只不过是把成功的'未来时'变成'进行时'。"

方锐舟突然笑了，他对董孟实能从全局出发考虑问题感到欣慰。

最后的合影环节，众人迅速围拢过来拍照留念，彩花礼炮齐鸣。人群中的董孟实笑容灿烂，春风得意。

千里之外的荆南省政府大院内，邱沐阳陪着韩雨田边散步边讨论着麓山重工复盘后的表现。麓山一号在高原试验成功等几个利好消息遏制了股票进一步下跌的趋势，至于能不能反弹，谁也说不好。

韩雨田停下了脚步，说："股票的涨跌有时候会掩盖问题，影响我们对一名干部的正确判断。尤其是这段时间，明德江等同志的不满情绪不小啊。"

邱沐阳也跟着停下来，说："方锐舟确实有很多缺点，尤其是太霸道。但我认为，重大重组的计划突然停下来，要化解这个巨大的惯性，并稳住局面，麓山重工需要强势人物坐镇指挥。"

韩雨田看了一眼目光坚定的邱沐阳，没有表态。

高原上空悬挂着巨大的月亮。方锐舟一个人站在医院天台上，突然他的手机响了一下，他缓缓低下头，搓了搓冻僵了的手，拿出手机看了一眼消息，是女儿方霏请求他多照顾一点背伤未愈的董孟实。方锐舟毫不留情地戳破女儿的幻想，回复说董孟实在照顾自己的女朋友，让她别瞎操心了。

方锐舟发完信息，突然感觉有一件大衣披在自己身上，扭头一看竟然是董孟实。

董孟实睡不着，他的命运跟明天的股票紧密相连。他是怕股票再这么跌下去，方锐舟一旦滚蛋，他也将前途难料。方锐舟看穿了他的心思，他便很爽快地承认了。

"你倒是不遮掩。滚不滚蛋，我说了不算，明天股票涨不涨，我说了也不算，只能尽人事，听天命。"

"人事人事，没有人，哪有什么事。无论是明总还是什么其他人，都开不好麓山重工这辆车。"

"你今天话太多了。"

董孟实被方锐舟严厉批评了一番，低下了不甘心的头。看他这委屈的样子，方锐舟欲言又止，只用力拍了一下他的肩膀，径直走了。天台上只留下孤零零的董孟实，他仰视冰冷的月亮，抱紧了双臂。他不想永远待在月亮背面，那里照不到阳光。

　　第二天，董孟实看见麓山重工大涨的股票，吹着口哨，推着轮椅上的金燕子在医院院子里散步。这是金燕子见他回国后头一次这么开心，董孟实告诉她要给她换单间，董事长特批报销她住单人病房的费用。

　　"我真的这么重要？"金燕子有些不敢相信。

　　董孟实一脸轻松，说："当然，要不董事长能为了你专门飞一趟吗？"

　　金燕子看着他，有些迟疑地说："但卫丞说，董事长是为了股票来的。还说，你也会这么说的。"

　　刚才还笑呵呵的董孟实脸色一沉，让金燕子不要再提卫丞。他从背包里面拿出一台新的白色手机递给金燕子。她接过手机，问起原来手机里的数据还能不能导过来。董孟实只说维修店的师傅认定手机损坏太严重，没法恢复，便推着她去看单人病房。

　　这时，张彬推着卫丞急匆匆来到董孟实跟前，拦住了去路。轮椅上的卫丞冲着董孟实大吼："谁让你发布试验数据了？我的数据还没整理出来，你就抄些数据来欺骗大家，你的博士论文是不是也是抄的啊？"

　　董孟实一听也火了，两人吵了起来。

　　"别吵了！"金燕子大喊一声，问到底是怎么回事。卫丞看都不看她，把一台黑色手机丢过去，让她自己看。金燕子拿着手机，没想到竟然面部识别成功，来不及惊讶，就看见一系列关于麓山重工高原试验成功的推文和新闻报道。

　　董孟实不紧不慢地说："卫丞，你为什么不看看今天麓山重工的股市行情呢？"

　　"我跟你谈的是科学的真实性！"

"我跟你谈的是生活的真实性！"

卫丞说着就要上网公布数据，澄清真相。董孟实则痛斥卫丞自私，不顾这样做会让麓山重工从涨停到跌停。卫丞被气得够呛，张彬一个劲地冲着他摇头。

看着卫丞落败于自己的样子，憋了很久的董孟实大感畅快。他甚至直言，大家愿意看到的真相才是真相，涨停就是真相。

董孟实否认了对他杜撰数据的指控："你们每一次试验，燕子都拍照发给我了，别忘了我是工程机械的博士，对这些数据进行整理，并做出前瞻性预测还是会的。"

卫丞看向金燕子，双眼射出冰冷的寒光，恨不能刺穿她。他不待张彬推轮椅，自己就掉转头，愤然离开。

董孟实看着手下败将仓皇离去，脸上不禁露出一丝喜色，只是没想到金燕子一直在盯着他看。

金燕子看着眼前利用自己、踩着别人往上爬的董孟实，感到十分陌生。

见董孟实还要狡辩，金燕子说出了另一件事："你的伤我问了师父，是马炎的责任，但你却为了董事长愣说是设备事故，你的腰就永远挺不直了吗？我不需要住单间，因为我永远都记得当年董学霸跟我说，他坚信用双手和大脑，改变命运。"金燕子越说越委屈，眼泪哗哗直流，她自己把轮椅转过去要走，却被董孟实一把拉住。

"我们俩的爱情也正是因为你的这份崇拜而起，是不是这份崇拜今天已经转移给卫丞了呢？否则，你的新手机怎么会在他手里呢？！"

"不是我的……"

金燕子正要解释，董孟实打断她："不是你的手机，刷你的脸能解锁？"

金燕子惊愕地看着他，难以置信地说："你……变了。"

"我是变了，是因为现实最大的谎言就是公平，可我们一生下来就注定不公平。不公平逼着我去适者生存！"

两个人瞪着对方，泪水却同时落下，没有人退让。

高原又开始飘雪了……

医院天台上，卫丞坐在轮椅上，身上落了不少雪花。他接到了盛传学的电话，耳机里传来盛传学的骂声，怒斥他轻率地发布了似是而非的数据。卫丞低声说着"对不起"。

盛传学颇有些恨铁不成钢地喝道："你别跟我说对不起，跟你这四年说对不起，跟你爸爸说对不起。卫丞，在科学技术的道路上，他们喜欢天天打鸣的公鸡，但我们自己要成为四年不飞、一飞冲天的雄鹰！"

盛传学怒气冲冲地挂断了电话，卫丞久久没有动，怆然涕下……

麓山重工厂史馆的展厅里，麓山一号成功完成高原极端气候试验的灯箱片被安放在最后一个橱窗内。

方锐舟擦了一下橱窗玻璃，扭头看了看邱沐阳，说："邱省长，对省委、省政府停止'重工换金融'，我接受。"

"同一个地点，"邱沐阳看了眼表，"也差不多同一个时间，你的态度为什么会截然不同？"

方锐舟拿出手机，打开当日的股市行情，看到麓山重工两年多来第一次涨停，这让方锐舟相信，股民的目光比他更长远，他们看到了核心技术的真正价值。

邱沐阳感叹："让你服软认输，可不容易啊。"

方锐舟还有没做完的事，他当然不肯轻易认输。改革者不一定都能成为先驱，必定有人会成为"先烈"，他虽然做好了当"先烈"的准备，但麓山重工的危机并没有解除，他还不能现在就被免职。

方锐舟看向邱沐阳，提出了自己的目标：把卡麓山重工脖子的核心技术做到自主可控。

第二天，方锐舟往会议室走。万宝泉依旧在门口提前拉开会议室的大门，众人依旧起立迎接，但他明显感觉到今天参会的人已经不多了。

方锐舟坐在自己的位置上，看了一眼明德江，只见他依旧坐在自己的座位上喝着茶。方锐舟把已经拿出来的香烟又给收了回去。明德江见状，说股票涨了，抽支烟不碍事。方锐舟说："摘帽之前，戒烟。"他把香烟盒使劲一攥，揉成团扔进了烟灰缸里。

"股票涨了，并不是我们的目标，它只是起到了一个压仓缓冲的功能。如果年底之前，我们依旧在主业上没有业绩，财务报表不好看，一切都是空欢喜。"

说完他习惯性地扫了与会者一眼，大家纷纷打开笔记本准备记录，唯有明德江纹丝不动。

方锐舟提出，要购买麓山一号的专利，为下一步提升产品竞争力做好技术储备。

明德江立即跳出来反对："麓山一号确实重要，但一年之内根本产生不出效益，有这些钱，完全可以扩大环保机械公司的规模。"

明德江的话引来了不少人的点头称赞。方锐舟的情绪越来越糟，手里的笔已经把本子给划破了。他据理力争道：

"放弃'重工换金融'的目的就是聚焦主业，这就需要我们增加机械板块的研发及生产投入，这需要大量的现金流。我们没有摘帽前，银行肯定指望不上，那么就只能出售环保机械板块。"

明德江再也无法控制自己的情绪，一下子站了起来："锐舟同志，你这是在打击报复吧。你知道今年环保机械能挣多少钱吗？"

"我首次将环保机械定为未来主体业务板块之一是2012年，那时候您还在机关。四年多来，该板块增长平平，这次是政府帮忙，干好了，年利润应该在 6.3 亿左右。"

明德江对方锐舟如此了解环保机械板块的情况有些惊讶，但还是不肯轻易罢休，便追问既然有这么高的利润，为什么还要卖？方锐舟指出环保机械的蛋糕并不大，麓山重工的营销经验也不足，远比不上主业未来能带来的可观利润。

最后，明德江说："我选择务实。那些天上的星星以后再摘不迟，但年底如果股票没有摘帽，你头上的帽子不会再有人帮你保第二次啦。"

明德江的话得到大多数人的支持。方锐舟的提议竟然没有通过，这是他当一把手以来头一遭，这样的打击令他始料不及。

"散会！"方锐舟说完，气冲冲地第一个走出了会议室。

飞机缓缓滑行，在机场降落。

张彬推着坐在轮椅上的卫丞跟着大伙往停车场走，董孟实面无表情地帮金燕子推着行李，跟在后面。接卫丞他们的大巴车和接董孟实的小轿车一前一后停在路边。到了大巴车前，卫丞停了下来，扭头看了看走到小轿车边的金燕子和董孟实。一旁的张彬一同望去，看见麓山重工的接待用车，念叨着董孟实要升官了。卫丞没有说话，被大家给抬上了大巴车。

金燕子让董孟实帮她把行李放回去，她要去实验室一趟。董孟实的脸色更加不好看了，阴阳怪气地说："上人家的车容易，下车就不容易了。"

金燕子对董孟实说的一番刻薄话很是不满，但又内疚自己的"内奸"行为，急着把借调结束手续给办了，好早点离开。董孟实又问保险的赔付怎么办，金燕子哪好意思去要。

这时，坐在大巴车上的张彬接到母亲打来的电话：凤凰温泉老年社区停工了。

曹惠坐在办公室里，看完了手机里凤凰温泉老年社区停工的新闻，恼怒地把手机扔在了桌子上。她站起来在屋子里来回踱步，又拿出一台手机，打给了光明地产的负责人。

"廖总，你怎么能让凤凰温泉停工呢？我们签合同的时候你是怎么答应我的，每年保证15%的增长率，而且还要有真金白银的分红送给我千鹤人寿，否则就要进行赔偿。这才好了一年啊。"

电话那边的廖总推脱说是房地产监管太严导致资金链断裂，反倒要曹惠追加投资。曹惠斩钉截铁的拒绝惹怒了他。

"那咱们就要谈谈合同之外的事了。"

曹惠生气地挂断电话，浑身无力地靠在椅子上，无意中看见摆在桌子上的"凤凰温泉老年社区"项目书，一把抓起来给撕了。每撕一下，她的目光都变得更加决绝。

回到麓山重工，董孟实被叫到方锐舟的办公室，坐在他对面。海彼欧等主泵进口供应商集体涨了价，为了早日大批量生产，购买麓山一号的专利迫在眉睫。但方锐舟要求聚焦机械板块，加大对麓山一号投入的提议在会上被否决了。

董孟实喝了一口茶，犹豫片刻，说道："那就把卫丞做特殊人才引进公司，当个技术中心副主任，再操作专利转让，阻力就小得多了。"

方锐舟恍然大悟道："对啊。"随即一愣，看着董孟实说："要是把他引进来，那可是你最大的竞争对手啊。"

董孟实强作镇定，说："咱们技术中心有70人，平均年龄超过了45岁，总设计师60多岁了，只有6个人是30岁以下的。引头狼来，刺激一下大家，顺便解决知识断层问题，不好吗？"

方锐舟对董孟实非常满意。董孟实竭力让自己放松，但内心却始终纠结着。

董孟实走出办公大楼,迎面来了两个人,胸前佩戴着保险公司的工牌。与两人聊了两句,董孟实称赞保险公司工作效率高,没想到两人是来通知他为金燕子代签的那份保单涉及骗保。

董孟实不解,金燕子确实受伤了,怎么能是骗保呢?原来合同上金燕子填的职业是"技术人员",而经过调查,她实际上是操作员。

董孟实拦下了要去找金燕子的保险员,示意这个问题他来解决,但需要点时间,到时候会联系他们。等两个保险员一走,董孟实便立刻去找曹惠了。

董孟实一个人坐在曹惠办公室外的接待间里,不时看看手表,10点了。他又看看里面曹惠模模糊糊的身影,只得继续焦急等待。

终于,董孟实被秘书请了进去。

"曹总,你们工作人员说我骗保,不是的,是他们不给工人买保险,我是……"

曹惠挥手打断了董孟实的"诉苦",告诉他骗保的严重后果。

"不过,"她话锋一转,"签名人是金燕子,你可以免责的。"

听懂了她的暗示,董孟实立刻拒绝了这个提议。

曹惠端起水杯上下打量着这个有些意气用事的年轻人,说:"你救了我们家方霏,我理应帮你,也能摆平这件事。"不等董孟实说感谢,她提及了丈夫方锐舟对他的欣赏,又挑明了女儿方霏对他的爱慕。

董孟实一惊,惶恐地看着笑容可掬的曹惠。曹惠从桌子上拿起一张女儿的病历复印件以及"多发性硬化症"的介绍资料递给了他。

"你看完之后,我们再谈。"

看完了曹惠递给他的资料,董孟实的额头上微微沁出汗珠。手机不停地震动，他偷看了一眼，是金燕子打来的，就给挂断了。曹惠看了一眼手表，又看了一眼有些不安的董孟实，决定给他时间好好想想。

看着曹惠离去的背影，董孟实擦了一下汗，这才拿出手机，点开了金燕子的消息。

来到董孟实家的金燕子，发现了很多令她感到陌生的东西，其中就有写着方霏名字的空调维修单。她需要一个解释。面对金燕子的质问，董孟实气得差点摔了电话，哽在胸口的闷气憋得他张大嘴喘息着。

敲门声传来，董孟实赶紧坐好，调整情绪。门开了，曹惠走了进来。董孟实问："我、我能回去想想吗？"曹惠点点头。

热情的曹惠把浑身别扭的董孟实送出门，叮嘱他别让她和方霏等太久。董孟实挤出笑容点点头，转身离开。

这时，省总工会权益保障部门接到全国总工会的指示，前来调查卫丞举报的不给上高原的工人买保险、工人被歧视的问题。曹惠推开办公室的门，请他们进屋里说。

出租车行驶在繁华的街道上，车内的董孟实却没有一点欣赏夜景的心情。他垂着头丧着脸接了一个他犹豫几次才不得不接的电话，父亲着急他和金燕子的婚事，听到他说先不打算结婚，便又催促他能不能把出国读书借的钱先还一部分。董孟实打断了父亲的话，说这就转钱过去。他挂断电话，叹了一口气，用手机银行将10万块钱转给父亲，但被提示余额不足，最后改成8万元才转账成功。

董孟实看着"转账成功"的字样，心里百味杂陈。

独自一人到医院复查的卫丞不想去挤电梯，吃力地拄着拐上楼梯，拐头一滑，险些摔倒，幸亏身后有一只脚踩住了滑动的拐头，一只手抓住了他的胳膊。卫丞感激地扭头看，扶他的人正在把拐杖捡起来。

金燕子抬头一看，发现竟然是卫丞，想躲已经来不及了。卫丞想说谢谢两个字，但也只是动了动嘴唇，却说不出来。

金燕子主动为了之前偷拍试验照片的事道了歉。卫丞脱口而出："是很不对。"

卫丞躲避着金燕子的目光，说起她拒收保险合同赔付款的事。

"都'很不对'了，还有脸要啊。"

卫丞一本正经地说："咱们不是小孩，对和错要分得清，钱我会打到你的卡上。"

"当孩子多好啊。"金燕子有些伤感，让刚走出几步的卫丞又停了下来。

他看看四周，问她董孟实怎么没陪着一起。金燕子找了个借口说他忙。卫丞显然没那么好糊弄："忙？董孟实是一个非常心细的人，能追到高原陪你，今天也一定会来陪你复诊。应该还是上次咱们三个人之间的误会没有解开。"

金燕子被卫丞说破，但依旧逞强地昂着头。

"不要指望我去给你们俩当和事佬啊，我的颈椎也不好，低不了头。"

卫丞又指了指金燕子脚上的那双登山靴，说："这双砸坏了的登山靴你费这么大劲洗干净修好，不是给我看的。我说过，董孟实是个及格的好人，他60%为他人着想，40%为自己着想。你是个大气的人，别因为赌口气，把60%变成了40%，博弈论称之为零和。"

卫丞说完，继续拄着拐杖爬楼梯，金燕子愣在了原地。

卫丞走出医院时电话响了，一看是方锐舟的短信："关于专利购买一事来办公室洽谈。"他先是决定不去，没走两步又迟疑起来，最终还是决定去找方锐舟。

坐在方锐舟办公室里，卫丞看着《关于转让麓山一号技术专利合同》，而方锐舟看着他，为发布不准确的高原试验数据向他致歉。

卫丞把合同放在了桌子上："购买专利的前提条件是我要进公司当中心副主任？"

方锐舟一心想把液压系统这一摊子交给卫丞，说："将来成立分公司，你可以跟你父亲当年一样，挂项目总师。"

卫丞不想卷入麓山重工的纷杂事务，问只单纯转让行不行。方锐舟坚持说只有卫丞成为公司一员，很多事才好办，包括这一笔专利费。卫丞直言自己等着这笔钱带父亲出国治病已经等了十年，不能再等了。

他把合同退还给了满腔热忱的方锐舟，拄着拐杖走了出去。那"砰"的一下关门声让方锐舟有了一些怒气。

海外销售技术办公室，董孟实走到自己隔间前，发现几个工作人员把自己门上"项目经理"的牌子给摘了，心生怒气，上前阻止，才得知是明德江要把这里改成"环卫机械技术办公室"。工作人员把新的牌子挂在了门上，让董孟实有什么问题去问明总。董孟实窝着火没处发，气呼呼拿着外套就往外冲，跟正往里走的万宝泉迎面相撞。

这一撞倒撞出了个好消息，万宝泉告诉董孟实，经过公司党委会研究决定，任命他为科研技术中心副主任。万宝泉正是来请他现在去进行任职谈话。

董孟实一下子愣在原地，半晌才转过身来，看着笑眯眯的万宝泉。万宝泉向他透露，这个位置原来是给卫丞的，没想到董事长给他了。董孟实那一刻有种起死回生的感觉，双手紧紧握起了拳。

在科研技术中心众人的鼓掌声中，董孟实坐在了新办公椅上。技术人员把一大摞扩大技术产能的方案摆在了他的桌子上。等郝思泽带着一众人退了出去，人逢喜事的董孟实打量起自己的新办公室，看着外面70

人的大团队，成就感喷薄而出。他拿出手机给金燕子发了语音消息："我赢了卫丞。"

董孟实发完信息之后，把手机放在桌子上耐心等待。不一会手机屏亮了，他以为是金燕子回的消息，仔细一看却是曹惠。

"恭喜董主任，不知道你想好了没有。想好了，晚上来家里吃个饭。若没想好，我也没有时间等了。"

董孟实看着手机不知如何回答，金燕子的短信来了。

"我需要结婚证来证明我赢了爱情。"

董孟实看着两条信息，不知如何是好。

金燕子正在超市采购食材，准备去董孟实家涮火锅跟他和好。她发完信息等了半天也没有等到董孟实的回复，本想再发一条，忍住了，又从生鲜柜里拿了一大包肥羊卷。

超市电视机上正在播报"凤凰温泉老年社区"项目老板跑路的新闻，吸引了很多人的注意，金燕子称重计价之后抬头看了眼电视，从画面中看到了一个熟悉的身影——张彬。她立马拨打张彬的电话，无人接听。

拄着拐杖的卫丞陪着盛传学在校园散步。盛传学指着一处长椅，示意两人坐下说。

"让你进公司，然后再购买专利，确实是无奈之举。"盛传学说道。

"那我就更别麻烦他了。"

盛传学躲开了卫丞的视线，问他是不是要把专利卖给海彼欧。

卫丞回答说："上次研发受阻的时候，人家主动找上门要买，我拒绝了。"

"现在该人家拒绝了。"

卫丞有些不解。

盛传学解释道："研究受阻的时候人家购买是为了不让你这个专利做成，把潜在的对手消灭在萌芽状态。现在你做成了，他们为什么还要呢？"

懊恼的卫丞用拐杖使劲砸在椅子上，发出很大的声响。盛传学顺势劝他再考虑一下方锐舟的方案。卫丞想也不想就拒绝了。

"方锐舟说得对，你的理想主义仅仅局限在父子情深。"

对盛传学的话，卫丞有些不服气。

"你只能听奉承话吗？卫丞，你的天赋是用来救公司，做技术型英雄的。"

卫丞不解地看着盛传学摇着头。

"那个从小叫我船长的爸爸，一直是我心目中高大的英雄，但出事之后，除我之外，谁还会把他当做英雄呢？他变得那样渺小，那样可怜，甚至是不正常的人，是疯子。我的首要任务是救爸爸，不是当英雄。"

说完，卫丞愤然而起，拄着拐杖离开了。

十

得知董孟实当上了技术中心副主任，曹惠邀请他来家里吃饭庆祝。

董孟实沉默地坐在方家的大餐桌旁，跟着曹惠、方霏母女举起红酒杯。三个红酒杯碰在一起发出声响，一如方霏开心的笑声。董孟实看着曹惠喝了之后，自己才一饮而尽。

方霏脸上满是得意，说："妈，我早就说孟实有能力，这回你信了吧！"曹惠对女儿点点头表示同意，又别有深意地看向董孟实。董孟实避开了她的目光。

突然，方霏惊呼一声，急急忙忙起身去厨房看烤箱里的蛋挞。曹惠看了眼女儿的身影，说："我的宝贝女儿从没下过厨，这是她第一次用烤箱，第一次做蛋挞，都是为了你。"

"方霏是个好女孩。"

"我是过来人，我看得出，你也喜欢方霏。"曹惠说道。

董孟实没有承认，也没有反驳，只是沉默。

曹惠往厨房看了一眼后，从衣服口袋里拿出一个戒指盒打开，里面是一枚白金戒指。她将戒指推向董孟实，扫了眼他一脸震惊的表情，说："小董，你是个聪明人，应该能分辨跟谁在一起才是最佳选择。"

董孟实看了看戒指，又看了看厨房里的方霏。

曹惠持续劝他，说方霏能否过得幸福、金燕子骗保的事能否顺利解决，都取决于他的决定。

方霏端着蛋挞从厨房出来，董孟实望着她开心而美好的样子，连忙掩饰好情绪。曹惠使了一个眼神，他犹犹豫豫地说："这是……送给你的礼物。"

董孟实迎着方霏期待的目光，咬了咬牙，下定决心，拿起戒指递过去，"这是……订婚戒指。"

方霏喜极而泣，扑过去抱住董孟实。董孟实僵硬的手举在半空。回忆起和方霏相遇以来的种种，心意逐渐坚定，手慢慢落在方霏腰间，抱住了她。

董孟实将戒指戴在了方霏手上，两人相视而笑。等女儿看向自己后，曹惠才满意又激动地拉住了她的手说："我这辈子最后的心愿完成了，我可以安心离开了。"

方霏感到一丝不安，问母亲要去哪。

"你们有你们的日子，妈妈当然要离开了。"

曹惠拿出一串钥匙递给董孟实，交代说："我也没有什么送你的，这是我跟方霏她爸爸当年分的福利房，方霏出国后，重新装修了，一直闲在那里，你可以搬过去住，省点房钱将来买钻戒。"

董孟实接过了钥匙，拉起方霏的手，点了点头。这时门打开了，方锐舟走进餐厅看着眼前的一幕有些不解。

方霏骄傲地把手上的戒指展示给父亲看。

方锐舟惊讶地看向妻子："曹惠，你同意了？"

"你不是让我尊重孩子的选择吗？好了，你们接着吃饭，我要赶飞机。"曹惠说完拉开门走了，方锐舟看着眼前发生一切还是没缓过神来。

董孟实的出租屋里，金燕子守着一桌子菜和热气腾腾的涮羊肉火锅，时不时看看手机和房门，却始终没等到董孟实的电话。她关掉火锅电源，犹豫半天还是给董孟实发了一个信息，问他什么时候回家。不一会儿董孟实回信了，她满心欢喜地打开一看，竟然是"对不起，我们分手吧"八个字。

如雷轰顶的金燕子呆呆地坐在那里，嘴唇不停地抖动，她想给董孟实打电话，可是手越抖越厉害导致按不下通话键。她啪的一下放下手机，端起红酒杯，透过红酒看着周围的一切都变成了红色。她将杯里的酒一饮而尽之后，一根一根地把点着的蜡烛吹灭，然后看了一眼手机上那刺眼的八个字，心如死灰。

晚班的地铁到达人民路站，卫丞拄着拐杖吃力地站起来，旁边有好心人要扶，被他拒绝。他要往车门走，就从车窗中看到了坐在车厢角落独自哭泣的金燕子。卫丞想走过去，刚迈出的腿却停了下来。他拿出手机，准备拨打董孟实的电话，但又放弃了。

列车到了终点站，车厢里空荡荡的，只有隔着几个座位而坐的卫丞和金燕子。列车员催促着车里的乘客快下车时，金燕子才醒了神，擦了一把眼泪，慌乱起身下了车，走向对面的末班车。卫丞跟在后面，从车厢的另一张门出来，也上了同一列地铁，但始终盯着因哭泣而不时抖动的金燕子。

列车开进市中心的站点，车门打开，稀稀落落的人下车，一双穿着白袜子的脚走出了车门，踏在冰冷的地砖上。金燕子手里提着那双山地靴大步向前，完全不顾别人投来的异样眼光。在她身后，卫丞还一直跟着。只见金燕子来到垃圾桶前，把靴子扔了进去，然后深呼出一口气，转身离开。

卫丞看了看垃圾桶里的靴子，又看了看那双穿着弄脏了的袜子的脚，心里很不是滋味。他怕金燕子出什么意外，便一路在后面偷偷跟着护送她回了家。

回到家的卫丞一个人坐在地板上，背靠着沙发，呆呆地看着眼前的帆船模型和卫冲之的缴费通知单。他手里的笔在纸上写满了 ideal。

机器狗牛顿摇头晃脑地走过来，扫描一下纸上的单词，发出声音："ideal，理想，是对未来事物的美好想象和希望，也比喻对某事物臻于完善境界的观念。"

"金燕子的理想是戴白头盔，我妈的理想是成为大国工匠，我爸的理想是生产出世界第一的臂架泵车，我的理想是什么？"

卫丞有些迷茫。他翻阅着笔记本电脑里的相册。突然，邮件来了，是他心仪多年的世界一流材料制造研究院 Max 的 offer。他对着牛顿问："你说我是去麓山重工干项目总师呢，还是拿着 offer 带着我爸走呢？"

牛顿开始胡言乱语。卫丞烦躁地用脚踢开它，它闪身跳开，卫丞的伤腿被拽拉，痛得龇牙咧嘴。

他揉着腿，无意中看见自己放在窗台上培养的那片苔藓似乎活了，赶紧凑了过去仔细看，枯黄的苔藓内长出了丝丝绿色。卫丞很开心，拿着喷壶小心翼翼给苔藓喷水。可高兴劲没有维系多久，又陷入无奈之中。

"现实的伤口没有愈合，理想也就只能看着很美好了。"

深夜的机场，一个留着大波浪长发、穿着夸张的女人来到边检处。她递上护照和登机牌，武警翻开护照，上面显示的身份信息是香港人李文丽。在系统上进行比对之后，武警抬头看了看对方，说："李女士，不好意思，你的护照有点问题，请跟我来值班室一趟。"

女人摘掉眼镜，故作吃惊地看着武警，她正是曹惠。

曹惠被请进了值班室，两个身着便装的人向她出示了检察院的证件和传唤证。她似乎早已料想到会有这么一天，镇定自若，问对方能否给她前夫打个电话，被拒绝了。两名女检察官上前收走了她的手机和包后，将她带走。

在凤凰温泉老年社区售楼中心维权无果的张彬，突然想到了一个人。他跑到麓山重工方锐舟的办公室外蹲守着，见电梯门打开，方锐舟拿着一摞技术资料往外走，便冲了上去。方锐舟还以为是卫丞回心转意了叫他来的。

听张彬说明来意后，方锐舟刚才还有些开心的表情迅速消退。

他告诉张彬可以控告千鹤人寿和房地产商，张彬却并不想打官司，只想拿回钱。

张彬一个劲地作揖，含着眼泪哀求道："我只想拿回钱。您夫人是投资方，您帮我问一问，求求她！……我一定帮您说服卫丞。"方锐舟看不下去了，拿出手机拨打曹惠的电话，竟然关机了。

张彬急道："她不会也跟光明地产的廖总一样卷款跑了吧。"

方锐舟忙喝道："你胡说什么！她是去北京保监会了。张彬，不要乱说话，你的钱我一定想办法让曹惠退给你，行吗？"

张彬连连道谢。

这时，一直在不远处焦急等候的万宝泉终于跑上前，低声报告办公室还有客人在等。方锐舟觉得奇怪，今天并没安排见客，说："推掉吧。"转身就要进电梯，被万宝泉拦住了。

万宝泉哀求道："这个我真推不掉。"

方锐舟看了眼很是为难的万宝泉，又看了看不远处自己的办公室，似乎明白了什么。

走进办公室，方锐舟盯着眼前两位穿便衣的检察官手里的证件，有些不敢相信。他们请方锐舟去检察院协助调查。

方锐舟把手里那一摞技术资料放在桌子上，说："这是扩大产能的技改图纸，我今天要审阅完，否则会耽误生产，能否请两位在接待室等我一刻钟左右。"

两位检察官商议了一下后，表示同意，方锐舟万分感谢地连连点头，然后迫不及待地铺开技术资料，拿起红蓝笔就开始研究。

两位检察官开门出去，正巧郝思泽一脸惊慌地走进来。方锐舟没说其他的，只是立马叫他坐过来谈起了工作。

董孟实和方霏从大包小包里把东西拿出来，摆在装修过的老房子里，开始憧憬未来幸福的生活。敲门声传来，方霏一乐，以为是她爸给他们送被褥来了。她笑着打开门，没想到一群人拿着搜查令直接伸到她的面前，吓得她不敢动弹。董孟实在屋里见没动静了，便问她怎么了，见没有回答，走过来一看，也吓了一跳。出现在门口的是省反贪局的侦查员，接到搜查令过来搜查。

在问清楚董孟实和方霏的身份后，侦查员要求两人交出钥匙配合搜查。方霏不知出了什么事，惊慌不已。董孟实下意识地把惊慌失措的方霏揽在自己身边，将钥匙交了出去。他余光瞟见，侦查员拿着金属探测仪往屋里走。

董孟实揽着方霏走到屋外，方霏边哭边打电话，打给她爸，没人接，打给她妈，手机关机。董孟实推测应该是她妈妈出事了，方霏不愿相信。

"反贪局拿着搜查令上门，就一定是掌握了证据。"

方霏指责董孟实是胳膊肘往外拐，推搡着他，却突然发了病，吓得董孟实赶紧一把抱住她。

救护车将方霏送到医院。经过紧急治疗，方霏病情逐渐稳定，很快便躺在病床上睡着了。护士长过来告诉董孟实方霏没什么大事，让他把方霏的病历本带过来。董孟实请护士长帮着照看一下，便快步离开了。

方锐舟办公室的门再次打开，他看了看手机上女儿的未接电话，犹豫了一下，把手机放回了口袋，抬头却发现办公室外的走廊里已经站了很多人，对面明德江办公室的门也开着一条缝。他苦笑一下，让大家不要围观，该干什么干什么去。待人群散去，方锐舟这才扭头冲着两位检察官说："走吧。"

看着方锐舟跟着检察官离开，站在过道上的万宝泉有些慌神了，赶紧去敲明德江的门，着急忙慌地问董事长不会真有事吧，明德江的视线从慌了神的万宝泉脸上，落在了对面方锐舟办公室的门上，说："24小时后没回来，事就不小。"

检察院审讯室里，曹惠一副受了冤枉的样子。

"我承认我在公司入股光明地产时，有些独断专行，没有察觉他们激进的背后隐藏着巨额亏损，但说我贪污受贿，你们要拿出证据来。我贪了多少钱？钱在哪里？"

一名检察官在审讯室外的监控室盯着，侦查员急匆匆赶了回来，他们的搜查并没有结果。

坐在检察院办公室里的方锐舟捧着茶杯说道："我跟曹惠已经离婚了，而且在离婚前，我们已经分居三年了。凤凰温泉老年社区这件事，她从来没有跟我提过，当然，我也不知道她的财务情况。"

检察官又问孩子出国留学的钱是从哪来的，方锐舟面带愧色地说："我工资奖金都给曹惠了，她负责孩子的开支，钱应该够吧。"

检察官继续问他为什么从来不让千鹤人寿跟麓山重工做生意，方锐舟说是为了避嫌。

夜色下的小区很安静，董孟实匆匆往家走。他到了家门口，打开门进了屋，松了一口气，这才打开廊灯，却被吓了一跳。只见沙发上坐了一个人，他仔细一看，是方锐舟。

董孟实很是紧张，四下看看。

"没别人，就我一个。"

董孟实不明白董事长为什么坐在这里。方锐舟说只是想回到自己曾经住过的地方坐坐，在这里找找曹惠当年的影子。那时候，他们日子过得挺好的，怎么会变成今天这个样子？

方锐舟痛苦地低下头，看着眼前的全家福。董孟实试图宽慰他："也许是一个误会呢？"

"检察院都来搜查过了，还能是误会？我只当你在给我宽心，而不是自欺欺人。"

方锐舟问起女儿，董孟实瞒着他说她学校搞活动，要晚点回来，并强调检察院的人没有找她。

方锐舟盯着董孟实半晌，才移开视线，站了起来，说："她没事，我就可以回去了。孟实，这件事肯定会多多少少连累你，你现在可以选择离开。订婚这个东西，法律上没有意义。"

"您没事，我就没事。"方锐舟打断了他的话，让他别急着表态，再好好想想。他把房门钥匙放在了桌子上，转身再看了一眼房子，推门离开了。

董孟实松了一口气，缓缓坐在了椅子上。

噩梦中方霏叫了两声"孟实"便惊醒了，发现董孟实不在，便问护士长能否出院。护士长让她再等等，她认为董孟实不会再来了，坚持要出院。

正当她拔掉输液针准备下床时，董孟实提着两个保温桶，背着一个大包，从外面走了进来。他看到方霏手背上在流血，便飞快地放下东西，拉开抽屉取出棉签给她止血，然后将她扶上了床。董孟实跟她解释，他是回去找她的病历本。他将保温桶打开，端上了清淡的海鲜粥和馄饨。

方霏接过董孟实反复擦拭过的勺子，眼泪喷涌而出。

就在方霏吃东西时，门口传来敲门声，两人一看，是穿着便装的检察院侦查员。他们又来找方霏核实情况，董孟实只好离开房间。

他在病房外来回踱步，电话响了，是明德江打来的，问他作为技术中心副主任，为什么没出席扩大产能技改设计会议。董孟实连忙道歉，解释说他在病房陪护方霏，忘了请假，这就赶去开会。明德江让他不用过来了，好好陪"董事长"的女儿，便挂断了电话。

这时病房的门开了，侦查员从里面出来，董孟实来不及多想，冲到了方霏身边，看着她哭肿的眼睛，心疼不已。他试探性地问方霏被问了什么，方霏哭着说："来来回回就是钱钱钱，就跟我妈贪污了几千万一样。"

"几千万？"

"是啊，这么多钱，他们都找不到，我就更不知道了。"

董孟实故作镇静，一边招呼方霏继续吃饭，一边若有所思。

麓山重工办公楼的电梯门打开，万宝泉按着开门键，请明德江先走。满面春风的明德江走出电梯后，万宝泉才跟了上来，小心翼翼地打量着他的表情，拍起了马屁："明总今天脸色不错，中气足，血气旺啊。"

"马上要退休了，旺什么旺。"

万宝泉赶忙说："您可不能退休，尤其这个时候，麓山重工全体干部职工都盼着您这位务实家来拯救陷于水火之中的公司，民心所愿。"

明德江走到自己办公室门口，拿出钥匙，下意识地看了眼对面方锐舟办公室紧闭的门，抬起手腕看了看手表。

离 24 小时不远了。

突然对面办公室的门开了，方锐舟从里面走出来，把两个人都给紧张坏了。

明德江立刻开口："万主任，我早就说过，不要信谣传谣，董事长肯定没事的。"万宝泉只能哑巴吃黄连,一脸苦相。

方锐舟看着两人笑了,说:"谣言真的不可怕,但真的谣言才可怕。"

万宝泉连忙附和:"对对对,谣言止于智者。"

方锐舟摇头:"不不不,谣言始于盲人,但止于聋人,没听见就好了。"

卫丞决定要去 Max 研究院,想到自己出国后房子会闲置很长一段时间,便计划跟马炎商量借给他做婚房。打了他几个电话都没人接,卫丞便去找金燕子看能否帮忙联系上他。

卫丞来到金燕子家门口,敲了敲门。门开了,金燕子开口便问他怎么知道自己住这里,卫丞谎称是从保险资料上知道的地址,说着走进了金燕子的房间,四下看着,问起她的闺密朱可妮。

"搬走跟马炎住在一起了。怎么,你看人家相亲相爱、相互依偎浑身难受是吧。"

"你难受吗?我是说闺密情。"他话锋一转,便说是来请金燕子帮忙找一下马炎,有点事要跟他当面谈。金燕子便骑着她的小电驴带着卫丞去了马炎和朱可妮上班的串串店。

穿着外卖骑手服的马炎骑着电动车在狭窄的街道中灵活穿行着,隔着老远就连按喇叭带扯嗓子喊。

"劳驾借个光,送餐超时了啊!"

正在串串店打工的朱可妮,听到马炎的喊声,把早就准备好的保温桶提了出来。马炎飞车赶到,刹住车之后,既没熄火下车也没摘头盔,只是冲着朱可妮苦笑:"我再送几单,回来再吃啊。"

朱可妮上去就把电动车钥匙给拔了,说:"人家有钱,吃澳洲龙虾,咱们没钱,吃小龙虾,各有各的活法。"

马炎想起自己对岳母娘许下的买房承诺,心里过不去,面上显了出来。

"马炎，咱们活在这个世界上，不妨碍别人，别人过得再好，咱们也不沾光，别人就算笑咱们，又没掉一块皮，管他呢！吃！"

朱可妮拉着他走到一边，把湿手巾和筷子递了上去，马炎接着正要吃，店员又在叫来了送外卖的单。马炎连忙应声，放下筷子，拿着单子和饭盒就往电动车那边跑，哪知，朱可妮不慌不忙摇响了手里的车钥匙。万万没想到，他掏出备用钥匙，发动车就跑了，走时还做了一个鬼脸。

"给老婆赚钱使我快乐啊。"

马炎刚开出去，迎面遇到了金燕子，坐在她身后的卫丞探出头来说："我找你有事。"

"咱们俩没事。"马炎说完就要走，卫丞一把揪住马炎的衣服。

"关于你婚房的事。"

"跑到这里来嘲笑我是吗？"马炎打开卫丞的手，一加油门冲了出去。

金燕子也埋怨卫丞话说得有点过了，卫丞解释说他是想把自己的房子给马炎当婚房，哪里过分了。

金燕子瞪大双眼，完全不相信卫丞说的话："你真要出国了？"

金燕子在串串店里一边吃着麻辣烫，一边看着啥也不吃的卫丞。朱可妮坐在一边有些尴尬。金燕子吐槽卫丞是在穷讲究，朱可妮拿脚踢了她一下，瞪了她一眼。卫丞随口问起马炎的工作情况，得知马炎跑一单只能挣七块钱，他惊讶地看了看表，这都快两点了。朱可妮一点都不觉得奇怪，当外卖骑手，三点吃午饭是常事。

金燕子撸了根串串后，一抹嘴说："七块钱怎么了，不偷不抢，老百姓的钱包里，没有一块钱是容易挣的。小猪，你先去忙吧。"

见朱可妮走了，金燕子这才凑近卫丞，压低声音接着说："很多骑手是根本干不了三年的，因为身体受不住，不是伤就是病。所以啊，我点外卖从不催单，尤其是遇到恶劣天气，我还会在备注里写上：骑慢点，注意安全，我不催单。"

金燕子把一串麻辣烫塞给了卫丞，他还是拒绝。

她把串再次塞了过去，说："你跟马炎吃不到一起，也就聊不到一起。"卫丞被她说动了，拿着那串麻辣烫开始小心翼翼地吃起来。

他们一直在店里等马炎。卫丞又看了眼手表，三点钟了。

刚刚送单回来的马炎看到卫丞扭头就走，被朱可妮揪住了胳膊。她指了指卫丞眼前吃剩下的一大把竹签子，以及用来擦辣出的鼻涕眼泪的一大堆纸巾。马炎这次走到卫丞身边，端起朱可妮送来的饭，开吃。

金燕子嘱咐两人说话谁也不许阴阳怪气。她敲了敲桌子，看到卫丞点头，马炎也点头后才离开。

桌前就剩下他俩。卫丞劝马炎回工厂干，自己可以帮忙。马炎一想到现在不比在工厂挣得少，还自由，并不愿意回去。卫丞继续劝他："金燕子说这活干不了三年，凡事看远点。"马炎扭头瞪了远处观战的金燕子一眼。

金燕子扯着嗓子对他们喊："宁可送外卖也不当工人，是马炎的错吗？"

马炎并不在意，送外卖也许是干不了三年，但见的人多、事多，哪天一不留神，遇到咸鱼翻身的机会，他就发财了。

卫丞不爱听，但还是忍住了，他拿出一串钥匙摆在了马炎的眼前。

"在你没发财之前，我那套房可以借给你跟小猪结婚。"

马炎放下了手里的碗筷，问卫丞住哪儿。卫丞说自己被 Max 研究院录取了，准备带父亲出国，房子空着正好给他用。

他看着特别真诚的卫丞，拿起那串钥匙看了看，把钥匙推给了卫丞，谢绝了他的好意。

卫丞还想要劝，马炎却有自己的坚持。

金燕子上前拽起卫丞要走。这时卫丞电话响了，是张彬。他接起电话，听着听着冒出一连串问句："什么？方锐舟的老婆被抓起来了？方锐舟也被检察院'请'去了？"

金燕子瞪大眼睛，盯着卫丞。等他挂了电话，问："你还出国吗？"卫丞叹了口气对她说："你应该给董孟实打个电话，他现在的处境，更难。"

金燕子面无表情地说两人已经分手，各不相干。闻言，朱可妮和马炎都很震惊，卫丞却毫无表情。

一辆出租车停在了麓山大学特种液压实验室外，张彬一下车就往里赶。卫丞推开手边的电脑，看着失落的张彬摇着头，说："盛校长说对了，海彼欧不会再要我们的专利了。"

张彬连忙说那还是卖给麓山重工吧。卫丞却摇了摇头，麓山重工买他们专利的前提条件是他必须成为公司的职工。可他拿到了 Max 的 offer，还要带父亲出国，这个条件是做不到的。

"钱、钱够吗？"

张彬试探地看着卫丞。敲门声传来，两人一抬头就见方锐舟站在门口。

"你还没'进去'啊，我那笔钱怎么办？"张彬看到方锐舟就有气。

方锐舟想单独和卫丞谈谈，但生气的张彬并没有离开的意思。卫丞推了他一把，请方锐舟进来。方锐舟走到卫丞桌前的椅子上坐下。

"您找我什么事？"

方锐舟是来请他帮麓山重工做一份未来液压公司整体设计的框架技术方案。卫丞说，这是要收钱的。这正中方锐舟下怀，他打开手边的平板电脑，展示了设计液压精铸的总体构思，向卫丞阐述他的整体要求。卫丞看着他很是惊讶。

"老婆被查，你还能静下心来干这个？而且，你这个液压公司的技术要求是要跟海彼欧这样世界一流的公司竞争的啊。"

"领导既然还让我干，那我就总要为麓山重工留点什么。摘星脱帽，那是长肉，掌握核心技术，那才是长骨头。搞研发的，骨子里要有英雄情结，比如你爸。"方锐舟怀念起老朋友，拿出一张老照片递给卫丞，是当年他、盛传学、卫冲之三人的合影，三人背后是一幅字"争峰"。

"当年你爸爸也是这样。我们的臂架泵车被国外全面压制的时候，是他奋不顾身带团队研发了 61 米臂架泵车。"

时光回到十二年前，卫冲之面对一墙的国外各种臂架泵车图纸沉思。负责销售的副厂长方锐舟则凝重地看着总师盛传学，又给自己倒了一杯酒，一口喝干。

方锐舟说："老卫，我们 42 米的车跟老外 51 米的车，摆在一起，人家就算比我贵 30%，顾客也买账啊，没有这 9 米，你让我怎么卖？"

盛传学安慰他：37 米、42 米、51 米各有各的市场定位。

"我也不要多了，老卫你就给我多一米，实在不行跟老外一样，都 51 米，我价格比他优惠 20%，我也能有市场份额啊。"方锐舟不肯死心，继续念叨。但这多个一米两米的不是小孩过家家，不是说加上去就能加上去的。

就在盛传学和方锐舟激烈争论的时候，一直盯着泵车图纸看的卫冲之突然说："我接受新臂架泵车项目总师的任命。"

盛传学和方锐舟转过头来看着卫冲之。卫冲之补充道："而且是 61 米，5 轴。"方锐舟激动地冲上去一把将卫冲之抱了起来，但盛传学却站在一边，一脸焦虑。

"传学，你看见没有，英雄不是强迫出来的，也不是天生的，而是在危机出现的时候会挺身而出的那个人。"方锐舟放下卫冲之，面对他夸张地做出膜拜的样子：

"61米，5轴。听着我就热血沸腾，老卫，你只要造出来，我要不把它卖个全国第一，不把公司卖进上市，我方锐舟光屁股在厂里跑一圈！"

盛传学想劝他们保守一点，泵送高度定在51米，跟老外差不多就行。

卫冲之不同意，说："我就是听不惯是个人一开口就是'美国的、德国的、日本的、法国的'，就是没有中国的，好像我们永远只能做老黄牛，永远只是学徒工。不行啊，我就是想争这口气。"

方锐舟坚定地表示支持，而盛传学所担心的是，老外都没有做到的事，我们做了61米，符合行业标准吗？卫冲之依旧坚持要做。这一行的标准目前都是外国人定的，他们要怎么干，怎么对他们有利，中国人就得亦步亦趋跟着，他就是要争得这口气，争中国工程机械的话语权，让中国人站在行业最高峰来给外国人定标准。

方锐舟大声说："争峰。"

盛传学也被说服了："争峰。"

正当壮年的卫冲之眼神坚定，满怀希望："对，人这一辈子，总得有一件事让自己奋不顾身吧。"

卫丞听完方锐舟的回忆，又看了看他递过来的老照片，决定帮麓山重工做液压公司的框架技术方案。方锐舟提出能不能让董孟实也加入这个项目，卫丞调侃道："我负责请他，您负责他的工资奖金就行。"

肖月琴在病房里进行交接班，但卫冲之不理她，只歪着脑袋看着护士擦他窗户上的公式和方程式。突然，卫冲之指着窗外说："他又来了。"肖月琴走到窗户边往外一看，只见胡登科正在跟拦着他的护士辩解着什么，她立刻怒不可遏地转身冲出去。

站在精神病院门外，胡登科正在苦口婆心地给拦着不让他进去的小护士解释着，肖月琴冲出来把他拽到了一边，惹得小护士们发笑。

她没好气地问胡登科来干什么，胡登科从自己包里拿出了房产证，递到她面前，指着上面两个人的名字，说："你的房子我赎回来了。"

肖月琴以为是舅舅方锐舟给的钱，胡登科却摇摇头，指了指楼上窗户里的卫冲之，说："他儿子帮的忙，股票好几个涨停板。"

肖月琴道："那你可得感激卫丞，他不是整天打听他爸爸出事的原因吗？你知道多少就跟他说说呗。"

"我不是跟你说了，我什么也不知道。"胡登科说得有些勉强。

肖月琴急了："曹惠可是出事了，谁保证得了方锐舟就没事呢？他们要是都出事了，你还替他们保守这个秘密，那就是蠢得做猪叫啊！"

胡登科依然坚称自己什么也不知道。

十一

胡登科走进食堂，发现周围的人对他指指点点，如芒在背，但也只能低着头强忍着。轮到他打菜，大师傅瞟了他一眼，打菜的大勺子一抖，明显少了很多，舀了一勺土豆烧排骨还要故意把排骨给抖掉。胡登科急道："唉，这是土豆烧排骨，您不能给我打成土豆烧土豆吧。"

大师傅头也没抬地说："不服啊，不服找你舅舅告状去啊，下一个。"

胡登科气得手直哆嗦，堵在打饭的档口争辩着。

"他老婆的事跟他有什么关系啊，跟我有什么关系啊！我今天还就要吃到排骨了！"

大师傅将勺子一搁，说："你们得势的时候，我们吃什么了？吃亏！怎么，眼看着树倒猢狲散了，你还狂啊，你这号小贪污犯不该吃点亏啊！排骨，没门！"周围排队的很多职工都跟着起哄，胡登科忍无可忍把盘子里的菜泼向了大师傅，结果引发大乱，很多工人一拥而上把他给围了。

胡登科挨了一拳，摔倒在地上，他师父宋春霞上前把他搀扶起来，他想挣脱却挣不开她的手。

宋春霞拉着擦着鼻血的胡登科在众目睽睽之下走向打饭的档口，请大师傅打两份排骨。

现场鸦雀无声，大师傅看着不怒自威的宋春霞，说："宋劳模，上回他害您差点挨处分，您还帮着他呀。"

宋春霞却说，徒弟挨打，当师父的不能眼瞎，坚持请他打两份排骨。

大师傅欲言又止，手上并没有动作。

宋春霞挺直了背，对大师傅说道："仗势欺人不对，欺软怕硬也不光彩，如果你不敢去打方锐舟，就请给我打排骨，只有土豆，我也会翻脸。"

大师傅只能重新打了两份饭、两份排骨。宋春霞把其中一份递给胡登科，自己端着一份，在人们惊诧的目光中往餐桌走去。

胡登科端着饭盒，看着排骨，再也忍不住噙在眼眶里许久的泪水。

"师父。"

"憋回去！"

整个餐厅里的空气仿佛凝固了，众人都屏气看着师徒二人坐在那里吃饭。

董孟实从病房回来，低着头往小区走，听到有职工在议论方锐舟和曹惠是故意装穷，不知道藏了多少钱。他赶紧避开，快速进屋之后，转身轻轻地关上了门，不敢发出一点声响。他看着屋里被搜查后凌乱的样子，无奈地摇了摇头，赶紧又把窗帘一一拉好，这才有了一丝安全感。

在查看被搜查过的那些地方之后，董孟实脑子里回想起当初他看见办案人员用探测仪的场景，于是贴在墙上敲击墙壁，又转了一圈，但一无所获。

董孟实倒了一杯水，有些绝望地坐在沙发上。一切就这样没了吗？他不敢想下去，喝了一口水，很烫，慌乱之下将杯子掉在地上，摔碎了，水流了一地。人倒霉，喝口水都烫嘴。他气得闭上眼双手捂着头。半晌之后，他抬起头来，深吸一口气，竟意外发现洒在地上的水没有流散开，而是聚集在电视机柜那一块地板上，形成一处小小的水洼。

董孟实来了精神，缓缓站起来，四下看了看。他跑到厨房拿出拖把，将地拖干净之后，趴在地上看了半天，看不出什么异常。于是又从鱼缸里拿出一个玻璃球，放在地上，玻璃球竟然滚动起来，滚到电视机柜下方就不动了。他又把玻璃球拿到另外一个位置放下,玻璃球再次缓缓滚动,也同样在电视机柜下方停了下来。

董孟实看着停下来的玻璃球,脑子里回想起曹惠说屋子重新装修过。装修三年了,地基下沉了?他又拿着玻璃球在各个房间里试过,都没有出现刚才的现象。回到客厅,他死死盯着电视机柜下那块地面。

卫丞拄着拐走出办公室,四下寻找着张彬的身影,发现他趴在桌子上睡着了。卫丞走过去,正要拍桌子,突然停住了手。只见桌子上摆着《经济法》《民事诉讼法》等书籍,里面还夹着凤凰温泉老年社区的招商认购书。

卫丞有些不解地看着。抱着一摞资料的庄北辰走过来,见此情景,把他拽到一边,小声告诉他张彬的钱都被方锐舟老婆弄的凤凰温泉项目给骗走了。他还没说完,就被张彬踹了一脚,赶紧跑了。

"曹惠不是给抓了吗?吃进去的迟早要吐出来。"

张彬对卫丞的口头安慰无动于衷,站起来就往外走,精神有些恍惚,一个趔趄差点摔倒。卫丞连忙扶了一把,告诉他刚才接了方锐舟那个液压公司整体技术框架设计的活,能挣钱。一想到方锐舟老婆骗了自己,居然还要替他干活,张彬不愿意干。卫丞劝道自己也不想干,但要出国,就只能看在钱的面子上接了。

张彬怒气消了一些,重新回到了座位上。他又想到,卫丞要出国,接这个活光靠他们几个人也不够。卫丞提出让懂液压研究的董孟实来帮忙,张彬想起董孟实在高原试验一事上的种种不光彩行为,一肚子怨气。

"他不参与分设计费,工资奖金麓山重工出,他只出力。行了吧?"

董孟实找公司技术员借来了一台超声波相控阵探伤仪,他看了看技术参数,便打发走技术员。他提着箱子正要离开办公室,卫丞就从门口走了进来,说:"超声波相控阵探伤仪,你这是要查混凝土还是复合材料啊？"董孟实不知道他来干什么，不动声色地把超声波相控阵探伤仪的箱子放在了桌子后面。

卫丞表明了请他加盟的来意，说着便从包里拿出一本《麓山重工液压分公司整体技术框架设计书》，递给了他。董孟实看了一眼，走过去把房门关上。

董孟实坦言："曹惠一出事，董事长在公司的威信大跌，我这个副主任估计也没有几天干头了，哪有心情干这个啊？"他叹了一口气，提着箱子就往外走，身后传来卫丞的声音："我不是来求你的，我是来帮你的。"

"我还没有沦落到需要你可怜和施舍吧。"

卫丞用手杖蹾在地上发出很大的响声，打断了董孟实的话："一个搞技术的被官场那一套搞得失魂落魄，你还真有点可怜。"

"我是可怜，可怜到我连愤怒都无处安放！"

董孟实重重地摔上门，眼里满是愤怒。

走出董孟实办公室，卫丞拨通了方锐舟的电话，告诉他董孟实拒绝参与。

董孟实提着箱子匆匆回去，打开后把超声波相控阵探伤仪放在客厅地面上进行探测。他把每一组探测数据都输入笔记本电脑，并在每一个关键点上进行标记。渐渐地，客厅地面呈现出一个一米多见方的矩形图，电脑上也显示出这个矩形边缘的不整齐。

董孟实一屁股坐在地上，擦了擦汗。开门声突然响起，吓得他浑身一哆嗦。

"谁？"

"你在这里干什么？"方霏惊诧地看着地上用记号笔标记出来的网格线，以及董孟实手里的超声波探伤仪，又瞟了一眼笔记本电脑里的三维立体图。董孟实赶紧跑去关好门，又撩开窗帘一角看了看外面，才转身问方霏怎么就下班了。

方霏没有告诉他自己被学校停课的事，搪塞说校长让她去教育局送一份文件，就提前走了。

董孟实看着方霏发红发肿的眼圈，没有说什么，只是拉着她坐在了沙发上，平复自己紧张的心情。

"我下面说的一切，你先听，不要说话，尤其不能大声说话。"

方霏看着一头大汗又神神秘秘的董孟实，紧张地攥着拳头，深吸一口气后点了点头。

屋子里窗帘紧闭，董孟实和方霏坐在沙发上，屋里静得能听到方霏急促的呼吸声。

董孟实告诉方霏自己可能找到了反贪局没搜查到的钱，他指了指地上的图形，又指了指笔记本电脑里面的三维图，说："反贪局拿的是金属探测仪，但这种砖混结构老房子的地面是没有铺钢筋的，就只有混凝土，所以他们忽视了。"他走过去继续向方霏解释，这个矩形外面的混凝土厚度是8cm，中间的厚度是10—14cm，不均匀，应该是后面铺的。他拿出玻璃球当着方霏的面演示了滚动效果。这块地面内低外高，后铺的厚的混凝土为什么会发生沉降呢？答案只有一个，这个矩形里面的地基不结实，装有特殊的东西。

董孟实拉着方霏冰冷且发抖的双手，温柔地看着她。方霏终于反应过来，问："你是说，这里有我妈藏着的钱？"董孟实冷静地点了点头。方霏急得站起来就要找东西挖，被董孟实又给拉住。董孟实蹲在她的面前，拉着她的双手，摇着头说："如果这底下藏的真是你妈妈贪污的钱，你想好了怎么处理吗？"

方霏犹豫了一阵，还是决定要挖出来，先不想那么多。董孟实继续劝阻她："挖了，如果里面没有钱，好说。可一旦有钱，你是跟检察院说啊还是隐瞒不说？说，就是给你妈妈定罪；不说，迟早会被发现，你本来没事也变成有事了。"

方霏闭了一下眼睛，又蜷缩回沙发里了。

"如果这下面真的是钱，那也是你妈妈为你未来生活着想才弄的，她不能陪你一辈子，多给你留点钱也是一种保障，包括我，也是一种她选择的保障。"董孟实说完感到一丝苦涩。

方霏动情地说她从没奢望过董孟实能保护她到老，她只想真切地谈一次恋爱，真心地爱一个人，只要他安全，一切就都值得。

"如果这下面是钱，你就去给检察院检举，也算立功，以后谁都不会为难你了。"说完她的泪水簌簌下落。

董孟实连连摇头，说："不不不，我跟曹惠的女儿订婚，又举报曹惠，人家怎么看我啊？吃里扒外、两头占便宜，这事我不能干啊。即便是被迫要说，这笔钱对你爸爸的帮助也许比我更大。"

方霏被董孟实的话感动了，更加坚信自己没看错这个人。

蒙蒙小雨中，一辆黑色轿车在江桥上行驶着。雨雾中的城市，灯火斑斓，模糊不清。车内，韩雨田看着一份报告，不住点头肯定麓山重工停止"重工换金融"后持续向好的经营状况，这个敏感期算是度过了。坐在一旁的邱沐阳点出方锐舟在这个敏感期发挥了稳定大局的作用。

敏感期过了，危险期又来了。韩雨田并不乐观，从有关方面报告的情况来看，方锐舟的妻子曹惠，贪污受贿基本可以定性。好在方锐舟本人没有被牵连进去。

邱沐阳如释重负地松了一口气，认为方锐舟还能接着干。韩雨田扭头看着他，邱沐阳突然明白，这是要换掉方锐舟。

韩雨田看着车窗上雨水倒映的五彩光影，把情绪一点点收拢回来，说道："你以为我愿意换方锐舟吗？他是为麓山重工而活的。虽然没有规定说夫妻有一方犯罪另外一方就不可以提拔任用，但是从实际工作来看，很多时候需要综合考虑。"

邱沐阳还想说什么，韩雨田通知他先找好接替方锐舟的人选。

液压实验室的大办公室内安安静静，大屏幕上投影着各种液压设备和各种管网的设计图，卫丞抱着笔记本电脑认真地设计、核算，旁边的张彬一个劲揉着太阳穴。他把笔一扔，抱怨卫丞把设计标准定得太高了，活儿根本干不完，他甚至半开玩笑地说没法活着挣到这份钱。

张彬站起来就要离开，卫丞拦着他不让走。张彬无奈地说："三天没回家换衣服洗澡了，人都馊了。你自己闻不出来吗？"

卫丞不好意思地闻了闻衣领和腋下，被酸臭味冲得一撇嘴。这时一阵嘈杂声传来，两人扭头，只见盛传学带着一队人走了进来。

看着两人不解的神色，盛传学解释道："这些都是从全校各研究生院抽调过来帮你们的。"边说边介绍这些学生的专业领域——液压、测试、工程、电器、设计、自动化、管理，并说各方面同时展开应该会更快一些。

卫丞交代张彬带同学们先参观一下，然后就把盛传学给拉进了自己的办公室，关上门问道："您不是要收管理费吧？我们挣的都是辛苦钱。"盛传学说："按规矩管理费肯定要交，但这次就算我给他们安排的实习作业，意思意思就行。"

卫丞赶紧给他作揖，突然想到了什么，问："您怎么知道我们在干这件事啊？"

"方锐舟告诉我的，也是我自己的一个心结，不把液压核心技术掌握在中国人自己手里，麓山重工就永远只能是二流企业，永远不能跟海彼欧这样的企业争峰。"

盛传学说得很认真，卫丞拿出手机翻了一下递给他看，是一张毛笔写的有点奇怪的"争峰"二字的照片。

卫丞问起这幅"争峰"的由来，盛传学看了看照片，讲起了十二年前在麓山重工的技术中心办公室里，他和方锐舟、卫冲之一起喝酒一起用毛笔写下"争峰"的场景。此时的他，眼中闪烁出幸福的光芒。

盛传学感叹道："没想到吧，我们三个曾是最好的朋友，也因为个性太强，强到彼此难以共事，但不妨碍我们争峰的共性！"见卫丞似乎还不能完全理解，他继续补充说："等你理解我们，也就会理解你父亲为什么会病了。"

卫丞拿着照片问："方锐舟让我把这张照片给我爸看，说兴许能找到我想要的答案，是指你们的关系，还是'断臂事件'？"

盛传学不置可否，卫丞追问"断臂事件"跟方锐舟到底有没有关系。

"我要是说'断臂事件'跟你爸的病没有直接关系，你信吗？"

下班了，金燕子跟工友们从车间出来往食堂走，被胡登科给拦住了。

"你那个申报公司劳模的材料，有几个地方还需要核实一下。"

金燕子不敢相信自己评上了公司劳模，胡登科瞪着眼睛说："董事长钦点的还有错？下一步还要涨一级工资、发一摞奖金，申报市一级劳模。"

金燕子愣在那里半晌没咂摸出滋味。胡登科问她是不是想放弃，她立即跳起来，大声说："怎么可能？"说着就要去看胡登科给她写的表扬稿。胡登科把自己写的材料递给了金燕子，她煞有介事地看着，突然被几处小标题用的仿宋字给吸引了，脑子里回想起当时贴在挖机上的那张纸条，转过头开始上下打量胡登科，问："你以前学过描图、制图吧？"胡登科一听就开始自吹自擂："刚进公司的时候学的，就凭这字，一封情书拿下肖月琴。"

金燕子笑眯眯地欣赏着胡登科吹牛，附和着说："确实漂亮，哪像我写的字，跟喜鹊窝一样。这样啊，我吃完饭认真拜读之后去找你行不？就这样啊，中午油豆豉排骨。"不等胡登科答应，她拿着手稿就跑了。

为了印证心中的猜想，金燕子又去了工会找了找胡登科手写的材料。

金燕子跑到卫丞的实验室找他，不巧他正准备出去。他俩来到卫丞停在实验室外的车边，金燕子一把拉开车门就坐了进去。

在车内，卫丞瞟了一眼金燕子递上来的胡登科写的东西，又继续干自己的活。金燕子强迫他合上电脑，又递上那份手稿。卫丞刚要发火，她指着胡登科的手稿说："你不觉得上面的仿宋体很熟悉吗？"

被金燕子一提醒，卫丞也想到了上次的纸条事件，赶紧认真看。她又从包里拿出从工会搜集的胡登科的字迹。卫丞接过来，赶紧到自己电脑包里取出那张纸条，进行比对，发现还真有点像。

"那就赶紧去做个笔迹司法鉴定，2000块的鉴定费用你自己出啊。"

卫丞一脸不屑，干什么花这个冤枉钱啊，说着从车里拿出便携扫描仪，把那些文字全部进行扫描，然后打开笔记本电脑对所有字迹进行归纳分析、比对。

电脑屏幕上显示的相似关联指标为97%。

卫丞说，这对比软件已经达到了司法中级鉴定人的标准了，结果显示就是胡登科的字。金燕子有些惊讶："真是胡登科，可他为什么要帮我们呢？"

卫丞更关心的是金燕子为什么要帮自己。

"上次拍照片泄密，这回你请董孟实参加这个设计，他又不来，我知道你很生气，我就想替他弥补一下。"

"董孟实只不过是算错了账，如果你想挽回，现在正是好时机。"

金燕子转过身来，有些自嘲地苦笑了一声，把自己的脚抬起来，给卫丞看了看她的新鞋。

"换新鞋了，不能走老路。胡登科，交给你了，没准能破解'断臂事件'的秘密。"

金燕子推开车门下车后，骑上自己的小电驴跑了。卫丞看着远去的金燕子，若有所思。

卫丞约了胡登科去餐厅吃饭。一脸不安的胡登科看着卫丞坐下来，点了餐。等上了菜、倒了酒，卫丞还是没说自己的目的。胡登科一仰脖把杯子里的酒全喝完，发现卫丞还盯着自己看，急了。

"你这么直勾勾盯着我，怎么吃，怎么喝啊？"

卫丞把上次贴在挖机上的那张纸条递给了他，胡登科心里一紧。

"做好事不留名啊。"

胡登科不承认，装作什么都不知道。卫丞把他写给金燕子的材料，以及纸条和计算机比对的关键细节点用平板电脑一一展示给他看。胡登科越看越急，尤其是看"相似关联指标为97%"时，已经紧张得冒虚汗了。

"金燕子这个骗子！"

卫丞从包里拿出一个旧的工作日志本，上面写着卫冲之的名字。胡登科更加紧张了。卫丞翻开日志本念道："今天是展会前最后一次检查，胡登科由于粗心，没有报告导向套和活塞上的密封件被内螺纹以及倒角刮坏的情况，被我非常严厉地批评了，我甚至还骂了他。这不好，我要向他赔礼道歉。"卫丞把笔记本给胡登科看，后面的展会过程日志有很明显地被撕去一叠的痕迹。他希望胡登科告诉他被撕掉的内容。

"后面的事大家不都知道了嘛，闭幕那天，驾驶员病了，我去开车收臂架，操作顺序不对，出了事故，挨了处分。"

卫丞紧追不舍："你出了事故，你挨了处分，我爸为什么疯了？而且疯之前，为什么还要把这些文字都销毁了呢？包括他习惯拍照做技术资料的相机储存卡，也都找不到了。是谁要隐瞒这些？"

胡登科欲言又止，继续喝酒来掩饰。

"是方锐舟吗？"

胡登科把酒杯重重地放在桌子上，说："小子，如果你想趁着曹惠出事，用这件事整垮方锐舟，你找错人了，我是他外甥啊，胳膊肘不可能往外拐。"说完便头也不回地离开了。

省国资委会议室内，邱沐阳正在发言，台下的明德江拿着本子和笔却什么也没有记。

"供给侧改革初显成效，钢铁、装备制造业复苏加快，我们不仅要抓住这个时机挣钱，更要布局未来。最后再重申一遍，核心技术是买不来的。散会。"

明德江略有失落地跟着大家离开，却被邱沐阳叫住。他脸上跃出一丝期盼的笑容，赶紧快步走到主席台前。谁知邱沐阳问的是方锐舟怎么没有来开会，他脱口而出：

"谁家的老婆出这么大事了还有心思干活啊。"

邱沐阳斜了他一眼，他赶紧打住话头，又解释道："生产经营上面的事基本上交给我管了，他一门心思地跟卫丞在弄液压公司整体框架的技术方案。"

邱沐阳点点头。

他看四周无人，又凑过去说："邱省长，公司干部职工现在人心惶惶、议论纷纷，省里还是要早点来稳定人心啊。"

邱沐阳把笔记本合上，用审视的目光打量了一下急于接替方锐舟位置的明德江。

"这件事组织上会考虑的。德江，你是老同志，越是在这种时候，你越要找准位置。"

明德江只得连连点头。

回到麓山重工，明德江走进技术档案资料室，径直吩咐资料员把"断臂事件"所有资料找出来。资料员答应着赶紧进去找。正在里面查资料的董孟实听见声音探出头来。

拿到资料的明德江回到办公室，叫来了技术中心主任郝思泽。

办公室的地上、桌子上铺满了各种各样的旧图纸和技术资料，不少图纸上项目总师的签名都是"卫冲之"。资料中还有卫冲之写的"断臂事件"情况说明。郝思泽在旁边对着车模型解释：铰链的设计、油缸、主泵、多路阀、平衡阀的匹配都没有问题，不能锁缸，只有两种可能，油缸或平衡阀出了问题。

明德江从一堆资料中找到了油缸和平衡阀的设备清单，一看全都是进口货，他不相信会有问题。

"那就只能是结论上说的'操作失误'。"郝思泽补充道。

明德江活动了一下有些发麻的腿脚。郝思泽问他为什么要过问这件事，他编造了个省里要开始搞安全生产大检查需要做安全事故警示录的理由搪塞了过去。

郝思泽离开后，明德江松了一口气。他从桌子上拿起了当年胡登科的处分决定以及胡登科撰写的情况说明书，再次认真看起来。

为了拍好女儿小溪晚上的钢琴表演，肖月琴在家里翻箱倒柜找相机，又闻到烟味，烦燥起来，冲着卫生间砸门催促胡登科快点。她终于在一个抽屉里找到了相机，发现没有闪存卡，随后在相机包里发现一张卡，插了进去，一开机，屏幕上竟然是胡登科跟卫冲之在博览会的合影。

肖月琴立刻喊道："胡登科，你不是说'断臂事件'的资料都没有了吗？我帮你找到了。"

胡登科提着裤子就冲出来了，上前一把就将相机抢了过去，取出了卡。肖月琴气不过："当初要结婚的时候，你是背着处分的，你当时怎么跟我解释的，你说过段时间就能撤了，你是背锅的。十来年了，方锐舟快要倒台了，这锅你还要背啊？"

胡登科让她别管，肖月琴却没那么好糊弄，他只好将埋在心底多年的事说了出来："老婆，咱们结婚买这套房子的首付款我打牌输了，是方锐舟让曹惠帮我付的，至今也没让我还。有些事只能烂在肚子里。"

肖月琴听完，逮着他劈头盖脸就是一顿骂。他苦着脸还想解释，电话响了，是明德江。

"来一下我办公室，有事要问你。"

麓山重工的切割车间里，方锐舟正在检查激光切割机的调试，董孟实垂手而立，有些紧张。

方锐舟问他为什么不参加卫丞那边的液压精铸框架技术设计，他直言不想给卫丞打工。

方锐舟示意两人往没人的地方去，边走边说："不是每个人都能凭本事撑起一片天的，从单纯的技术上比较，你的天赋不如卫丞，你跟着他干，我即便是滚蛋了，你也安全。"

董孟实毫不掩饰地说："但这个世界不是靠技术就能够改变命运的，靠的是权力，您不能放弃。"

方锐舟吃惊地看着他，劝他既然是搞技术的，还是要单纯一些，不要搅和进权力的游戏中。

董孟实告诉他明德江在调查"断臂事件"，胡登科这时候应该被他找去刨根问底了。所谓查真相，无非是落井下石。

方锐舟眉头一皱，停下了脚步，半晌，哼了一声："人之常情。"
董孟实劝他当心一些，方锐舟说自己问心无愧，没什么可防的。

董孟实有些不相信，但当他看见方锐舟坚毅的目光后，又只能点头。

方锐舟指了指远处的太阳，又指了指两人脚下的影子。

"多朝着光亮的地方看，就不会被地上的阴影困扰了。"

董孟实从口袋里拿出手机，打开福利房的勘测图，想给方锐舟看，但最后还是忍住了。

胡登科紧张地坐在明德江的办公室里，桌上铺满了各种当年"断臂事件"的技术资料，摆在他眼前的是他自己撰写的情况说明和对他的处分决定。

明德江把一杯热气腾腾的茶摆在了胡登科的面前，看着慌慌张张喝茶的胡登科。

胡登科依旧坚持着自己一贯的说辞，"断臂事件"是他操作失误导致的。

明德江拆穿了他："你是背锅的，甚至是'被骗'背锅。"

胡登科打着马虎眼："有谁会愿意背锅啊，还一背背十来年的，啥好处没得到，现在还是一个破干事。明总，这种玩笑最好还是别开。我女儿今天有演出，我得去陪陪她。告辞。"

他站起来要走，慌乱中竟把椅子给碰倒了。

"你舅舅哪天要是调走了，你能跟着走吗？"明德江走到越发紧张的胡登科身边，弯腰帮着他把椅子扶起来。

"有人坐的位子不容易倒啊，就怕位子空了。"

明德江微笑地看着心慌意乱的胡登科，说："空位子一定会有人坐的。祝你女儿演出成功。"说完也不看胡登科，自己喝起茶来。

少年宫小礼堂里，小溪走上舞台，开始表演钢琴独奏。肖月琴坐在前排举着相机拍摄，胡登科从后面溜了进来。肖月琴正要问他情况，他做了一个嘘的手势，指了指台上的女儿，挤出笑脸陶醉在女儿的琴声中，但脸却一点点扭曲了。肖月琴的手狠狠掐在他的大腿上。

胡登科忍着疼痛小声说道："没说，我不想做告密者，尤其是人家倒霉的时候。"

肖月琴没好气地说："那就只能你自己倒霉了。"

小溪的表演结束，胡登科忽然站起来，使劲鼓掌欢呼，好像什么事都没有发生过一样。她把放在手边的一束鲜花递给胡登科，示意他上台给女儿献花。胡登科接过花整理了一下衣服，却停住了，只见方锐舟走上台把一束鲜花递给了小溪。

胡登科跟着方锐舟走到少年宫外的一处僻静地。当年处理"断臂事件"时让胡登科背了处分，但十来年了，胡登科并无怨言。方锐舟坦承很对不住他，万一自己滚蛋了还会连累到他。

方锐舟叮嘱他，如果有人让他说出真相，他可以尽管说。他还告诉胡登科，当年曹惠给他购房的那笔首付款是干净的，不用怕也不用还，算是欠他的。

说完，方锐舟便离开了。

卫丞又来到精神病院看望父亲。

他把那张"争峰"的照片放在正写着公式的卫冲之眼前。卫冲之停下了手里的笔，似乎被这张照片吸引了。

他问父亲是否认识照片上的两个人。卫冲之看了看，又扭头看向自己写在窗户上的东西。

卫丞有些失望，站起身来要走。他刚走出一步，突然意识到什么，扭头一看，玻璃窗上出现了"胡登科"三个字。

卫丞大惊。

这时他的电话响起，是明德江。

"你不是一直想知道'断臂事件'的真相吗？来老白茶馆。"

卫丞开着车从精神病院疾驰而出。他来到老白茶馆，焦急地走到包厢前，推开了门，看见里面架着一台摄像机，正对着一头大汗的胡登科，对面坐着表情凝重的明德江。明德江示意胡登科可以开始说了。胡登科看着卫丞坐在明德江身边，喝了一口茶，呼了一口气。

"'断臂事件'表面上看是因为我在收臂架的时候，顺序搞错了造成的，但还有一个重要的原因是油缸和平衡阀出了问题。"

明德江指了指卫丞，问："他爸爸不知道吗？"

胡登科说知道。

明德江又追问："那为什么最后的事故报告上只写着是由你的操作失误造成的，却只字不提油缸和平衡阀的问题？"

胡登科说："方锐舟不同意。"

那是在十年前，麓山重工在博览会上展出的泵车驾驶室被两节断臂给砸坏了，现场一片狼藉。头上缠着绷带的胡登科吓傻了，坐在一旁呜呜哭着。方锐舟对着拍照的记者使劲挥手，遮挡着他们的镜头，让他们不要拍了。

卫冲之不顾一手油污，卸下油缸和平衡阀一一做检查。他从拆开的平衡阀中取下了折断的弹簧，大怒。

"胡登科，别号了，你死不了。"胡登科擦了一把眼泪，起身跑向卫冲之。

卫冲之指着油缸说："你看油缸的这些地方，有油渍，说明它泄压了。你再看平衡阀，这可是防止掉臂、锁缸的关键，阀芯的弹簧断了。这是质量故障，我们可以向老外索赔的。"

胡登科直呼卫冲之为救命恩人，卫冲之看着自己满是油污的双手，叫他赶紧拿自己的相机拍照取证。胡登科从边上拿起卫冲之的照相机，按照指示一一拍摄。突然一只手上前挡在了镜头前。

方锐舟才请走了难缠的记者，回头就发现他们在拍照，立马喝道："你们想干吗？"

胡登科有些不知所措，看着他回答说："取证啊，你看，弹簧断了。"

方锐舟让他闭嘴，喝令他马上把相机里的照片删了。胡登科惊惶不定。

卫冲之质问方锐舟："这是我的相机，要删照片也要经过我的允许吧。方副总，你能给我一个理由吗？"

方锐舟拉着并不想走的卫冲之进了展厅一边的休息间，锁上了门。胡登科轻轻走到门口，偷听起来。

方锐舟进了休息室便一个劲地恳求卫冲之为了公司着想不要揭露真相告供应商。卫冲之不同意，坚持要借此洗清自己，挽回麓山重工的名誉损失。

"然后呢？这些液压系统的供货商就会团结在一起，停止向我们供货。老卫，这些关键零部件国内无法给你完全配套生产啊。我们争赢了这口气，公司就会因为断货无法生产而咽气。"

卫冲之被方锐舟给说得愣住了，但依旧余怒未消。方锐舟赶紧倒了一杯水递上去，继续劝道："供货商刚才已经暗示我了，只要这件事按照操作不当处理，他们会帮着我们平息舆论，找当地人购买这台事故泵车，并优先保证我们的供货。卫总，为了今年的销售任务能完成 165 个亿，为了明年上市成功，您就闭一只眼吧。"

但卫冲之还是不愿说谎，他有些不敢相信地看着方锐舟，依旧摇头。方锐舟继续说道："要想不再受这洋气，咱们先要有钱搞研发啊，钱在哪？老卫，卧薪尝胆也好，胯下之辱也罢，忍不一定是懦弱。"

卫冲之无奈叹了一口气，操起扳手把那些有问题的配件给砸飞了，然后把扳手用力砸在地上，缓缓平复心情。

"我是项目总师，这个锅不能让胡登科背。"

方锐舟不赞同，让卫冲之背锅，人家怎么能相信是"操作失误"呢？

他下定了决心，说："胡登科我来解决，他是我外甥。"

十二

在门外偷听的胡登科吓得直哆嗦。他瞟见了那台相机，赶紧取出闪存卡，又在方锐舟相机包里找到另外一张卡，塞了进去，迅速拍了几张现场照片。

这时，身后的门开了，方锐舟走了出来，伸手要相机。胡登科有些犹豫，但相机还是被方锐舟一把夺了过去。方锐舟一看果然有现场的照片，便把闪存卡给清空了。

方锐舟抬起头，问胡登科婚房的首付款是不是给赌输了。见胡登科脸色惨白地点点头，他忍住了上去踹一脚的冲动，拿起电话打给了妻子曹惠，吩咐她去把胡登科购房的首付款给交了。挂断电话，看着一脸感激但还在发蒙的胡登科，他脸色平缓下来。

"你违反操作规程这件事躲是躲不掉了，回去闭上嘴，把刚才看见的都忘了，挨个处分就完了。"

胡登科惊道："都让我一个人背啊？"

"我们三个人，谁都在背！你背在明处，我背在暗处，老卫背在心里。为了公司上市，你委屈一下。"

胡登科心不甘情不愿地说："上市跟我也没关系啊。"

方锐舟恼怒又起，忍了半晌，说："我帮你转干。"

老白茶馆里，胡登科从口袋里面拿出那张闪存卡交给明德江，卫丞接过去插在电脑上。打开后找到了当时的现场照片，有漏油的油缸，还有阀芯断了弹簧的平衡阀。明德江很吃惊，竟然真的是进口货坏了。

胡登科坦言自己留着这张卡是为了自保，连方锐舟都不知道。卫丞质问他："这么多年你一直保存着这张卡不说，看到我父亲那个样子，心里好受吗？"

见胡登科说不好受，卫丞又问他今天为什么说出来。胡登科正要说，明德江插了一句："算你立功。"

"这又不是揭发坏人，立什么功啊。"胡登科反驳道。

明德江诧异地看了一眼一言不发的卫丞，嘲笑胡登科："隐瞒，总不是什么好事吧？"

胡登科并不这么觉得，因为结果是好的，这件事之后，所有进口配件都是先紧着他们供货，麓山重工的销量连创新高，成功上市，而且高速发展了五年多。他又说起方锐舟从来就没有把"断臂事件"说成是卫冲之的责任，是卫冲之自己太钻牛角尖，才疯了的。

卫丞缓缓抬起头，看着胡登科大喊："别说了！"他突然站起来，吓得胡登科以为要挨打，赶紧抄起凳子架在胸前。没想到卫丞跑出了门。

卫丞回到家，迅速冲进屋里找出药瓶。他把药扔进嘴里，干咽了下去，大口大口喘着粗气，让自己行将崩溃的情绪稳定下来，闭上了眼睛。

"这就是你这么多年一直在找的真相吗？"他喃喃自语。

身旁的机器狗牛顿发出声音："苔藓的湿度只有65%啦，需要喷水，需要喷水。"他缓缓睁开眼睛，看着用玻璃罩罩着的那一片养育在小花盆里的苔藓已经全绿了，生机勃勃，不禁叹道，不是每个人都能像它一样如尘埃般地活着啊。

邱沐阳收到了明德江送来的《关于重新调查"断臂事件"的情况汇报》

和胡登科说明真相的视频。坐在办公室的会客沙发上，他拿起遥控器暂停了电视机上播放的视频，把手里的汇报材料也扔在了茶几上。秘书周涌端着茶杯递了上来，转达明德江的留言："'断臂事件'的真相什么时候对全公司公布？当事人如何处理？他等您的决断。"

"自己把事情挑起来，却把球踢给我。"他又问方锐舟有没有消息或者写过什么说明材料送来，得到的回答是没有。瞒了这么多年的事被翻出来，妻子的事还没完，自己再摊上这件事，方锐舟的位子恐怕是坐不稳了。

邱沐阳喝了一口水，陷入沉思。

方锐舟来到办公室，从柜子的最里层拿出一个卷筒，又从里面取出来一卷宣纸，徐徐展开，是"争峰"的条幅。电话响了，是胡登科。

胡登科说自己已经说出了全部真相，同时也提醒他明德江是要借这件事赶他下台。

方锐舟打断他："你该说的都说了，不该说的，就别说了啊。"说完便挂断了电话。他凝视着条幅，电话又响了，是陈教授。

"陈教授，什么？您下个月准备回来了，太好了，回来请您第一时间联系我，我这个朋友的病可就拜托给您了。"

方锐舟放下电话，轻抚着条幅上面破损和撕烂的地方，似乎什么事都没有发生。

胡登科挂断电话，心里别别扭扭的不是滋味，一脚把地上的烟盒踢飞了，宣泄心里的憋屈。他正走到自己家小区门口，在路边等候他多时的董孟实冲了出来，将他推到墙角。他用劲甩开，董孟实摔了个跟跄。

"干什么啊！拿笔杆子的想跟工人阶级打架啊！"

董孟实质问他跟明德江都说了什么。得知胡登科什么都说了，他气愤不已："明德江这是借刀杀人，你不知道吗？董事长倒了，你这个外甥能有什么好果子吃，你还递刀子！"

胡登科将再次冲上来的董孟实给推到一边，嘴里说着："董事长都不怕，你怕什么啊？"得知是方锐舟让胡登科说的，董孟实蒙了。

胡登科一脸鄙夷地看着有些蒙的董孟实，说："你有本事你可以任性，我没钱也没本事，只能认命。但你没有资格在我面前教育我，你能抛弃金燕子，真要大难临头，你一样会抛弃我表妹。"

盛传学提着一个精致的小蛋糕盒走进学校停车场。他拉开车门，坐上去，发动汽车。卫丞的车疾驰而来，一个急刹车停在了他的车前，吓得他也来了个急刹。还没等他搞明白缘由，卫丞已经跳下了车，冲上前，拉开车门就坐进他的副驾驶座。

一坐下，卫丞就盯着盛传学问："您早就知道'断臂事件'不是操作失误，对吧？"盛传学看着卫丞惨白的脸，点点头。卫丞责备他们一直瞒着自己，不说出真相。

"你现在知道真相了，那你能理解你父亲为什么会疯吗？"

"不能！你们的逻辑不成立。"

卫丞的"步步紧逼"让盛传学有些难过，他还是忍着，说：

"你爸跟你一样，过于偏执，又太想展翅高飞了，这样的人就会过于爱惜自己的羽毛，脏一点想着洗干净，洗不干净就剪掉，最后失去了整个翅膀，无法飞了。我们只是不想让你重蹈覆辙。"

"不要为自己开脱了，我爸在你们心中，早就消失了。"卫丞说着，拉开车门就要下车。

盛传学一把抓住他说："消没消失的，跟我走一趟。"

卫丞扭头看着外面，盛传学倒车后，一脚油门冲了出去。

提着小蛋糕的盛传学带着卫丞走到了麓山重工一处闲置不用的车库外，有灯光从车库的门缝漏出来。盛传学看了一下表，对着卫丞努努嘴，示意他去门缝看看。卫丞走到门缝边往里看，只见车库里停放着一辆61米的臂架泵车，装裱好的条幅"争峰"立在车头处，旁边一个小桌子上摆着一瓶酒和三个杯子。方锐舟一个人正在喝酒。

卫丞不解地看着盛传学，不明白方锐舟这是干嘛。

盛传学把身后的小蛋糕举了一下，说："给你爸过生日。"

接着讲起了十年前他父亲生日那一天发生的事。

十年前的技术中心，墙上挂着"争峰"的书法条幅，周围挂满了61米臂架泵车的设计图，一张大会议桌贴墙摆着，上面放着一个没有打开盒子的生日蛋糕。卫冲之一脸怒气地冲到方锐舟和盛传学跟前，把一大摞材料使劲摔在了桌子上，质问为什么把他配套的高压柱塞泵研制项目给砍了。

方锐舟无奈解释道："我是干销售的，我不可能等您这样的大发明家研制国产油缸、泵、阀后，再考虑赚钱吧。"

卫冲之转向盛传学说："传学，你这个总师也听他这个眼里只有钱的家伙忽悠吗？"

盛传学打着圆场："今天是你生日，不争这些好吗？"

卫冲之激动地说："争峰就是要争啊！为什么不能再花一些钱、一些精力来攻克国产的高压柱塞泵，哪怕是一个柱塞环呢？为什么一定要买老外的呢？我们要给他们当一辈子打工仔吗？"

方锐舟把一摞销售书和文件拍在了桌子上，推开了上前拦着自己的盛传学，从销售调查问卷里抽出一沓递到了卫冲之眼前：

"老卫，哪怕你今天弄出来咱们自己的柱塞泵，可我们的消费者就迷信老外的，你不用进口的，他就不掏钞票。"

卫冲之争辩道："没有'首台套'，我们就一辈子挂着人家递过来的洋拐棍走路了！要是哪天人家把拐棍收走了呢？"

方锐舟反驳道："公司要上市敲钟，靠的不是你有没有拐棍，靠的是营收业绩！"

两人各不相让，都看向始终没有表态的盛传学。盛传学不得不表明态度：明年公司要上市，销售数字要确保。他劝卫冲之，样车还是先用进口货，至于定型后的批量生产，以后再说。

卫冲之看了看两人，举起手里的材料在两人眼前挥舞着，说："我是搞科研的，不相信迷信。"

他走到墙边，用力一拽，装裱着"争峰"的镜框掉了下来，摔了个稀碎，还把桌子上的蛋糕给砸烂了。

从十年前的回忆里走出来，盛传学对卫丞说："那是你爸最爱喝的酒，以前没事就拉着我们陪他喝两杯。你爸住院之后，每年他的生日，我跟方锐舟都在这里给他过生日。"他指了指那辆臂架泵车，告诉卫丞那就是当年断臂的样车，方锐舟排除万难，才将它从国外带回来。他把车修复好了就一直存放在这个旧车库里，全公司也没有几个人知道。

"这样可以让自己心安吗？"卫丞问。

盛传学摇头，说出了四年前方锐舟点名要他来做麓山一号的原因。由于卫冲之的病不能算工伤，方锐舟也没有办法给他报销医疗费用。通过让卫丞做项目，他就能间接给老卫支付医药费。而且，这也是对老卫儿子的信任。

这一刻，卫丞不知该说什么。他看了看车库里面的方锐舟，又看了看盛传学手里的蛋糕。

盛传学叮嘱卫丞对今天看到的一切保密，便提着蛋糕推门进去。方锐舟抱怨："你怎么才来？"

卫丞趴在门缝上看着方锐舟和盛传学举着酒杯，把酒洒在了臂架泵车上，两人一起说："老卫，生日快乐。"

马大庆坐在自家沙发上，将一本针灸书反扣在茶几上，煞有介事地用酒精把针灸针擦拭干净，对着宋春霞的手，就是扎不下去。他怕扎不准，扎痛了她。宋春霞催促他赶紧的。马大庆深呼吸，拿着针左比画右瞄准，还是下不去手。

宋春霞故作轻松地说："那就别扎了，手抖就抖呗，我又不用开机床了。"

马大庆一听这话不乐意了，说："我老婆，全国劳模，手老抖，怎么跟领导握手，怎么捧奖状啊。"说着便一针扎下去，扎歪了。

宋春霞疼得咬紧牙关。

这时敲门声响起，马大庆赶紧起身去开门，卫丞走了进来。宋春霞飞快地拔下银针，但还是没躲过卫丞的眼睛。

马大庆正要解释，卫丞说他早就知道宋春霞手抖的情况了。宋春霞瞟了一眼卫丞手里提着的纸盒子，有些警惕起来。

卫丞告诉他们明德江把"断臂事件"给捅出来了。宋春霞担忧地看了一眼马大庆，站起身。马大庆会意，说自己得出去散散步消消食，让卫丞和他妈慢慢聊，说完便推门出去了。

卫丞把纸盒子打开，里面是整整齐齐四大摞父亲在精神病院治疗住院的收款凭据，并按照2013、2014、2015、2016四个年度分别夹好了。他又问起宋春霞之前六年父亲看病和他读博的花费。宋春霞不理解儿子是什么意思。

卫丞拉起了她的手，轻抚着刚才被银针扎过的地方，轻柔地说："当年您说是我爸逼着您离婚的，说实话，我一直不太相信，也对您再婚是有抵触情绪的，现在我好像明白了我爸当时的决定……"

董孟实来到方霏工作的学校门口，眼看下晚自习的学生陆陆续续都走完了也没见方霏出来。他看着大门一点点关上，焦急地拿着手机拨打方霏的电话，无人接听。他赶紧跑上去拦住了关门的校工，说想找方霏老师，才得知她很久都没来学校了。董孟实问起原因，校工神神秘秘地说："停课了啊，她妈妈出事了，谁敢用啊。"

校工把大铁门关上，董孟实的心却揪了起来。他拿着手机想了半天，突然跑去了他自己曾兼职的培训中心。他一间一间顺着窗户往里看，终于发现了正在给培训班上托福英语课的方霏。

董孟实先回到家里，等了许久，终于等到了晚归的方霏。她满面笑容地递给董孟实一个盒子，打开来竟然是一块崭新的名表。

董孟实看见这块买给他的表，又想到方霏被人逼着停课，但为了这个家，还逼着自己去培训中心挣钱，内心十分感动。他深情凝望着方霏说："我们结婚吧。"

金燕子的老家七斗冲的小路上，父亲金显贵哼着小调开着他那台二手小货车，上面整齐摆满了锅碗瓢盆、桌椅板凳和大锅灶台，还插着一面写着"金大厨流动宴席"的小旗子。

金显贵停下车，跟街坊四邻打着招呼，故意露出插在上衣口袋里的红包。一个村民调侃他又拼命挣房钱去。金显贵不无得意地说："我是那种要钱不要命的人吗？我家燕子把盖房的钱都给我打过来了啊。咱是有福之人不用忙，你这号无福之人，跑断肠哦。"

其他村民凑过来说："你家燕子跟董家那博士都耗了多少年了，还不结婚，小心被踹啊。"

"他敢！"金显贵堵着气开着小货车回家去了。

金显贵把车停在了自家坪院里，气呼呼下车。金燕子的母亲叶修平和包工头齐老板从金家的老房子里走出来。叶修平边走边跟齐老板道歉，盖房的钱还差一些，今天这个合同没法签了。金显贵闻言立刻说："谁说钱不够，燕子把尾款都打过来了，签，马上签。"说着把两只手在衣服上蹭了蹭就要接过合同来签字。

叶修平把他拽到一边，打开水龙头，递上肥皂。瞧着丈夫一脸不高兴，问他原因。金显贵气道："董家那小子出国前，我让燕子结婚，她就是不肯，说等董孟实学成归来就结婚。现在这小子毕业回国了，结婚却不提了，万一憋着坏呢！"

叶修平宽慰说董孟实从美国回来到今天都没有回自己家一趟，是怕没钱还债。

两人在一边说着，齐老板看着屋里挂在墙上金燕子和董孟实的合影，拿出手机翻出了方锐舟和董孟实在麓山一号高原试验成功庆典上的合照，递上去给金显贵和叶修平看，又说麓山重工的朋友告诉他，这董孟实是董事长的准女婿。金显贵只觉得脑袋嗡的一下就炸了，身后啪的一声响，叶修平把倒水的脸盆给扔在了地上。

董孟实和方霏在婚姻登记处门口排队等号，两个人的手紧紧拉在一起，无名指上的戒指碰在一起，眼中溢满爱。办手续前，她坚持要通知董孟实的父母。看着特别真挚的方霏，董孟实勉强同意了。他拿着手机翻到父亲的号码，微笑着站起来，假装拨打过去。正巧有电话打了进来，董孟实一看竟然是金显贵的号码，吓了一跳，赶紧走到离方霏更远一点的地方才接。

电话里金显贵开口便问他打算什么时候跟燕子把婚礼办了。他先是道了个歉，随后便说他已经和金燕子分手了。金显贵大骂他是陈世美，他也不反驳，还说只要金显贵心里舒坦，怎么骂都行。

方霏那边已经被叫号了，她对着一直冲自己微笑的董孟实挥舞着手里的号票。电话里金显贵还不停骂着："我骂你都多余，我要弄把狗头铡把你这白眼狼给铡了！"

董孟实挂断了电话，维持着脸上僵硬的笑容。

他来到方霏身边，两人在拍照处坐好，闪光灯一亮，两人的影像和命运都被定格了。

阴沉着脸的叶修平和垂头丧气抽着烟的金显贵面对面坐在堂屋的小桌两边，桌子上摆着建房合同和屏幕有裂纹、满是油花花的手机。两人一边骂着董孟实一边心疼着女儿。说着，金显贵就去拿手机，被叶修平一把抢走。

叶修平伤心地说："这房不盖了。"她拿起合同，刺啦一声就给撕了。金显贵看了眼被撕碎的合同，又看向眼含热泪的妻子，坐到妻子身边，把她颤抖的手握在自己手心里，捂着。

方锐舟正在电脑上写着东西，手机响了，是方霏发来的图片，点开一看，竟然是她和董孟实的结婚证照片。那一刻，他的眼睛湿润了。他放大照片看得很仔细，又把桌子上的全家福拿过来放在一起，对着照片说："曹惠，你看，其实孩子完全有能力过得很幸福啊，可你……"

方锐舟情绪有些激动，半天才平复下来，给董孟实发了一条语音信息："孟实，谢谢你帮我和方霏妈妈完成了最大的心愿。还有一个重要的事，卫丞很有可能因为'断臂事件'放弃设计工作，你一定要接过来，不管我在不在位，这个工作你都必须做。"

他发完语音，看了一遍自己写的辞职报告，打了出来。

方锐舟手机再次响起，是董孟实的回信："爸，乾坤还未定！您来一趟老房子，我有重要事情跟您报告。"

方锐舟皱起了眉头。

方锐舟往老房子走去，看见一辆瓷砖公司的运货小面包车停在外面，送货司机正拨打收货人电话。

　　董孟实接到司机的电话从楼里跑出来，看到方锐舟，满脸期待。见他一脸疑惑，董孟实请他先进屋。

　　拒绝了司机的帮忙，董孟实抱着两大包瓷砖，方锐舟也帮着将瓷砖搬进了家里。

　　方锐舟看着堆在地上的瓷砖，又看了看董孟实电脑中的三维影像。旁边董孟实解释着："按照超声波相控阵探测的图形分析，长1米，宽0.5米，深估计0.5米，也就是将近0.25个立方。是您埋了东西吗？"方锐舟紧张起来，摇摇头，说这房子最后的装修是曹惠弄的。

　　董孟实接着说，如果0.25个立方米装的是钱的话，大概是2000多万人民币，应该就是检察院一直没有找到的"赃款"。

　　方锐舟问董孟实是什么时候发现的，为什么不上报。董孟实说发现有几天了，之所以一直没上报，是想到曹惠是他的岳母，他不能这么做。

　　"那你今天跟我说，什么意思？"方锐舟盯着他问道。

　　"爸，这些钱对我来说没有任何意义，但对于目前处境险恶的您来说，作用很大。如果是您跟上级有关部门说出这笔赃款，就不会被牵连，光凭'断臂事件'，明德江是扳不倒您的。"

　　方锐舟没有说话，用脚跺了跺客厅的地面，指着旁边新买的瓷砖说："你买瓷砖的目的是告诉大家，我们找到这下面的钱是维修更换地砖时无意间的发现，而不是'知情不报'。"

　　董孟实点了点头，方锐舟感叹道："用心良苦啊。"

　　方锐舟拿起桌子上的结婚证看了看，转身对他说："孟实，我这个人，有很多毛病，霸道，听不进意见，不关心她们母女，等等，但原则和感情我是绝不会拿来做交换的。把瓷砖都给退了，在家等消息。"

他意味深长地拍了一下董孟实的肩膀，推门出去了。

方锐舟径直来到邱沐阳的办公室。交代完"断臂事件"的始末，他终于松了一口气。邱沐阳神情凝重地看着桌子对面松弛下来的方锐舟，他并没有为自己解释一句。他又从包里拿出一封辞呈递给邱沐阳。邱沐阳拿过来一看，焦急地问他为什么。

"与其被人羞辱地赶走，还不如自己滚蛋，至少还能留一丝脸面，也算是彻底解脱了吧。"

邱沐阳有些着急："你解脱了，麓山重工怎么脱困？"

方锐舟谈到了自己对麓山重工的后续安排，如果明德江能坚决执行聚焦主业的政策，年底摘帽没问题，而他已经在着手做液压分公司的技术框架设计了。

邱沐阳没好气地说："你倒是想得很周全。"

方锐舟又告诉了他一件更惊人的事：方家老房子的地下，有可能埋着曹惠隐藏的赃款。

邱沐阳大吃一惊，看着方锐舟说："你不觉得你应该先把辞呈收回去，等赃款落实之后再说吗？"

方锐舟谢过他的好意，但坚持这件事顺序不能变。

邱沐阳看着坚定的方锐舟，心生万种遗憾。他叮嘱方锐舟，在省委没有做出最后决定之前，不能撂挑子。

接到消息，检察院派人来到方锐舟的福利房。客厅地面被挖开了，露出黑色的大橡胶袋。侦查员拿出小刀，一点点划开袋子，划开后露出的全是钱。

工作人员和法警将一大只装满钱的袋子抬上汽车。董孟实孤零零站在门外，在工作人员递过来的文件上签了字。方霏什么也没有说，只是默默走到他身边，拉着他已经沾满雨水的手，并排站立。警灯闪烁的红蓝光落在两人布满雨水的面颊上，折射出斑驳的迷幻之色。

方霏见赃款已经被带走，问董孟实她爸是不是没事了。董孟实说本来应该没事了，但他先交了辞呈，顺序反了。

雨天让实验室的大开间里显得压抑了几分，张彬正在检测墙上投影屏幕上关于液压精铸的技术方案，他发现不时有人对着里间卫丞的办公室指指点点，议论纷纷。众人听说方锐舟要辞职的消息，又联系到即将出国的卫丞，感到前途未卜。

张彬生气地走上去，把手里一摞资料拍在了正在说三道四的人手里，但是他的眼睛却一直看着面对电脑枯坐了很久的卫丞。

卫丞正盯着眼前电脑上一封未发出的给 Max 的邮件。

"因为家中还有一些事情没有处理完，申请就职顺延一个月为盼。"

他终于按下了发送键。发完邮件的卫丞揉了揉脸让自己精神起来，他拿着平板电脑走出房间。张彬赶紧第一个跑上前，紧张而神秘地问："你不会宣布项目停止吧。"

听到卫丞的否定，张彬松了一口气。

卫丞对着大家使劲拍了拍巴掌，把平板电脑的信号切换到大屏幕上，边说边演示。

"现在的设计生产线还是传统单一的地面运行概念，我想要的是，立体化铸造，集地下转运、地面流转、高空输送三位一体的地空立体化工厂生产系统。可以吗？"

众人纷纷点头，他让大家继续干活。

金燕子骑着小电驴在蒙蒙细雨中穿行。她也听说了董孟实在方霏家动荡之际结婚的事。也不知是雨水还是泪水，金燕子的脸上湿漉漉一片。

浑身上下都有些湿了的金燕子，疲惫不堪地往家走。她掏出手机打开相册，把自己和董孟实所有的照片全都删掉了，但这样做并没有让她轻松，反倒是整个身体往下一沉。她揉了揉太阳穴，突然闻到一阵扑鼻的香味。香味似乎是从自己房间传来的。她蹑手蹑脚走到门边，听了听屋里的动静，顺着门缝看到里面竟然有光。她一手拿出了钥匙，另外一只手抄起了屋外一把扫把。

金燕子缓缓推开房门，顺着厨房的声音摸过去，将扫把高高举起。

厨房里的人影投在客厅地上，正往外走，金燕子抡起扫把刚准备砸下去，发现是端着菜的父亲金显贵。

金显贵还没有发现女儿，直接把菜端到桌子上摆好。

"爸。"听到女儿的叫声他才转过身。

金燕子赶紧放下一直举着的扫把，问他怎么来了。

金显贵边念叨着听说她在高原上受伤了自己就想来了，一边心疼地打量着被淋湿的女儿，赶忙倒了热茶递给她。金燕子接过茶杯，认真地说："谢谢爸。我是告诉你备用钥匙放在哪里了，但您来之前，是不是也要跟我打声招呼啊？"

"打招呼你还能同意让我来吗？你叫孟实赶紧来，他可喜欢我做的烟笋腊肉了。"

金燕子搪塞道："他忙着呢。"慌乱地转身去洗手。

砂锅揭开，是热气腾腾的一大锅话梅猪手，金燕子馋得急不可耐，伸筷子就夹着吃，给烫得够呛。金显贵又是给女儿递纸巾，又是倒水。

金燕子吃了两口，看出父亲的憋屈，问他是不是知道她和董孟实的事了。她放下筷子，拉着父亲布满皱纹的手宽慰他。金显贵没有回答，而是自斟自饮将一杯酒全部喝了。金燕子给父亲重新倒上酒，自己端着一饮而尽，放下杯子说：

"痛苦地将就过，还不如痛快地分手。"

金显贵心疼女儿，拿出一张银行卡，推到女儿面前，说："这是你这几年寄给我们盖房的钱，我跟你妈商量了，老家的房不盖了，再给你凑点，在城里付个首付买套房。我女儿，不能比别人活得差！"

金燕子一个劲地摇头，泪水喷涌而下。

深夜一点，空荡荡的办公室里，只留下卫丞一个人正在做设备选型的核算。他在三款中频电炉上犹豫。

"我觉得日本的中频电炉更适合。"听见声音，卫丞扭头一看，是方锐舟提着两大包东西站在身后。他打开袋子，从里面拿出很多吃的和酒，问道："喝酒吗？"

卫丞表示工作的时候不喝酒。

方锐舟笑笑说："跟你爸一样，但最后他还是被我拖下了水。"他拿出手机给卫丞看他跟卫冲之、盛传学在一起喝酒的照片，然后把一罐啤酒递了过去。卫丞接了过来，打开喝了一口。

方锐舟看着卫丞说："隐瞒你爸那件事，我向你道个歉。"卫丞没想到他会道歉。他接着说："道歉是我对你们父子这些年感情上的亏欠愧疚，但对于当时的做法，我并不认错，至今我还认为那是唯一恰当的选择。"

卫丞看着依旧自负的方锐舟，喝了一口酒，苦笑一下，问他既然没错为什么要辞职。方锐舟坦言自己说一不二惯了，被人赶下台更丢脸。他要跟卫丞碰杯，卫丞躲开了，他只好自己喝了口酒，又说道："话说回来，真要检讨，还是有的，我当生意人的精力多过当企业家。企业家志在蓝天，享受征服高峰的快乐，而生意人整天想着贴地飞行捞快钱，最后撞在电线杆子上就难免了。一句话，格局决定结局。"

"自我批评得还挺深刻。"卫丞回应道，"可是你撂挑子了，液压公司这件事还能做成吗？"

方锐舟恳切地看着他，说："我跟你爸这代人完成的是从无到有的创业，而有了之后，创新靠你，只有科技才能让麓山重工走远，而不在于有没有方锐舟。拜托，拜托。"

卫丞拿着酒罐子，看了一下方锐舟，突然说："你还是不甘心。"

方锐舟没有说话，把一罐啤酒全部喝了。

省政府小会议室内的会议结束。韩雨田单独留下了邱沐阳，问他麓山重工的候选人准备得怎么样了。邱沐阳把手里的名单递了上去，韩雨田一看，三个名字上都打了问号。邱沐阳一一解释：打红色问号的是一听说去麓山重工这个亏损企业，畏难情绪比较重；打蓝色问号的是没有大型国企的管理经验，对年底摘星摘帽还没有思路。

韩雨田有些不高兴："难道就没有合适的干部了吗？沐阳同志，用人上，可不能打小算盘，不能眼里只有方锐舟。"邱沐阳极力为方锐舟争取，韩雨田却说："他老婆出事，他总要负管束家属不严的责任吧，他家里挖出2000多万现金，我们不能跟全公司解释他一点都不知道吧，还有那个'断臂事件'，我听说明德江给你打了报告，你迟迟不表态。"邱沐阳立刻说自己的态度很明确，隐瞒这件事方锐舟有错，又解释自己不批复的原因："出事的时候，麓山重工正处在上市的关口，但核心零部件被外国把控，想要在科研上超越，就必须耗时间、堆大钱，而海彼欧当年的科研经费是我们的18倍，怎么追赶？方锐舟的做法是忍，先上市，先把蛋糕做大，才有足够的资金来研发这些关键零部件。忍了十年，麓山一号追上了。"

韩雨田从文件夹里拿出方锐舟签了名的辞职报告放在邱沐阳面前："可是他毕竟主动递交了辞呈。"

"对，是先交的辞呈，再报告的曹惠藏钱处。恰恰是这个顺序，让我觉得他不光胆子大，而且主意正，有底线。"

韩雨田打断了邱沐阳的话："ST麓山重工还没摘帽，他倒是先摘了自己的乌纱帽。他体面地撤了，反倒变成我们难堪了，真会出难题！"

韩雨田站起身来就往外走，邱沐阳赶紧追上去问："省长，您真会批方锐舟的辞呈啊？"

"一切等省委的最终决定吧。"

十三

走出自己的办公室，方锐舟看了一眼手表，他主持的例会马上要开始了，便快步走向会议室。

万宝泉正在会议室门口焦急地打电话，他看见了方锐舟赶紧挂断电话迎上前，支支吾吾道请假不来参加例会的人挺多的。

方锐舟没有回应，依旧大步向前。万宝泉跟在后面，递上了一张请假人名单，他没接，只扭头看了一眼，发现上面竟然有十多个人的名字。他怒问万宝泉："我主持的例会，从来就没有过这么多人请假！你批准的？"

万宝泉连忙解释，是因为明总要在技术中心开环卫机械生产大会战的动员会议。方锐舟伸手打断，他看着不远处会议室的门敞开，叹了一口气，吩咐万宝泉取消例会。说完，转身往回走，但步子变得拖沓。万宝泉看着他的背影，不禁唏嘘。他暗自嘀咕，脖颈子再硬的人，终究也要向现实低头啊。

特种液压实验室，卫丞在办公室里看着董孟实笔记本电脑上的精铸三维演示模型，又看了看自己做的方案，有些诧异地抬头看向坐在对面喝着水的董孟实，说："请你不来，现在来？"

董孟实不紧不慢，说："当时来，是给你打工，现在来，是技术共享。"

"我必须承认，把你的这套方案融合进我们目前的框架，可在同等规模生产线上节省2/3人工，提升25%生产效率，可实现年产出3.5万吨铸件。"卫丞敲击着电脑，一边计算一边回答。

董孟实自信满满地说："那就是国内领先。"

"我要的是世界一流。"

两人对视一笑。

卫丞准备把董孟实的方案发给团队，董孟实同意了，但他希望卫丞去 Max 之后，项目由自己来负责。

卫丞脸上的笑容凝固了，文件没有发送出去。

因为卫丞要带卫冲之去大使馆办签证，肖月琴给卫冲之换上便服。卫冲之总是扭头看着窗户外面，耳朵听着隐隐约约的发动机声音。肖月琴以为他还在看玻璃窗上的东西，哄着他说："别老看着那些算不出来的公式，一会你儿子还要陪你办签证呢。"

卫冲之仿佛没听见，依旧使劲儿听着发动机的声音。这时，护士小杜跑来叫走了肖月琴。肖月琴人一走，卫冲之又赶紧趴到窗口，但是他这一回没有在玻璃上写字，而是顺着声音盯着精神病院一处施工工地上一辆正在展开的臂架泵车。臂架上的"麓山重工"四个字和标志让他眼前一亮。

这辆臂架泵车展开之后，出现了掉臂现象。操作员找不到问题，施工方还一个劲地催。这时突然有人一字一顿地说："平衡阀内泄。"开口说话的正是不知何时跑了出来的卫冲之。他的话把施工方和操作员都给吸引了，但他们看看一脸严肃的老头，又看看泵车，没有搭理他。他接着说："V口、R口有渗油。"

两人再次看向平衡阀，由于脏乎乎看不清，操作员用抹布擦了一下，果然看见了油渍。他对着卫冲之竖起拇指："厉害啊，老师傅。"

卫冲之抬头挺胸，很有范儿地从泵车边上走了过去。

离开精神病院，卫冲之在街上边走边四下张望。到了一个十字路口，他完全不认识外面的世界，不知道该往哪里走，伸出去的脚不时往回收。

金燕子穿着一身工装，骑着小电驴从远处驶来，卫冲之一眼就认出了她衣服上的"麓山重工"四个字，他眼前一亮，仿佛找到了什么宝贝。

此时，卫丞还在办公室里和董孟实为液压技术方案的主导权争论着。董孟实提出他的方案是对卫丞团队的重要补充，并且有信心在卫丞出国后将方案落地。与此同时，他想在方锐舟离开麓山重工之后靠技术为自己争得一席之地，卫丞看着有些消沉沮丧的董孟实，终于答应了他的要求。两人达成一致，卫丞把技术资料发到了工作群里。此时他手机响了，一看是肖月琴。卫丞接起电话，大惊："什么？我爸丢了？"

金燕子跳下小电驴，从朱可妮工作的串串店里把一身厨师制服的金显贵给拽了出来。

她指着父亲一身行头，问："您还打上工了？"

金显贵理直气壮地答道："这是城里，什么都贵，光花不挣，不踏实。"

"不打算回去了是吧？"

此时有人拉了拉金燕子的衣服。她回头，是个她不认识的老头，嘴里还念着"麓山重工"。金燕子以为他要问路，告诉他去麓山重工可以用手机导航。见他没有反应，金燕子赶紧给他指路，说："前面那里，您搭公交车152路，或者走一个路口，有地铁，都到麓山重工的。"

金燕子还在耐心解释，金显贵把他当做客人招呼了起来，请他进店。

老头突然看着金燕子和她身上的衣服，问："你在这儿吃吗？"

金燕子正疑惑，金显贵一把拉住她就往里推，转头对老头说："她吃。"他这才点点头，跟着金燕子往里走去。

老头吃得满头大汗，吃完碗里最后一颗米粒后，才放下碗，将勺和筷子并齐，放在碗后面的桌面上，形成一条直线，然后特别规矩地把手放在腿上，目视前方。他似乎完全没有听见旁人说什么问什么，依旧目视前方坐着。

金显贵在他眼前摆摆手，问："老同志，您这等什么呢？"

"饭前打铃，饭后吹哨。没吹哨，不许动。"老头依然端坐着，一本正经地回答。

"叮咚"，自动报单的机器响了。误以为是哨声的老头站起来就走，被朱可妮一把拽回："想吃霸王餐啊！"

朱可妮把用餐的小票夹子搁在了他眼前的桌子上，在一旁吃饭的金燕子赶紧上前，冲她摇摇头。

"老同志，您带钱了吗？摸摸兜里。"

老头看着金燕子给自己比画着，也从兜里往外掏，却掏出来很多大白兔糖纸折成的数字、符号、字母，其他什么都没有了。大家看着这些奇奇怪怪的东西更着急了。朱可妮指了指自己的头对金燕子示意，他是不是脑子有点问题。金燕子瞟见了他手腕上戴着的医院手环，凑近仔细一看，上面写着"卫冲之"，赶紧拿出手机来偷偷拍照传给了卫丞。

卫丞的车疾驰到串串店外，一脚急刹停住。他从车里跳下来，连车门都没来得及关就冲进了店内。

向店内众人解释道歉后，卫丞放下一百块钱，就去拉父亲，但是卫冲之就是不动。卫冲之看了看穿着"白大褂"的金显贵，又看了看穿着白色工作服的朱可妮，依旧不动。金燕子突然反应过来，说："他把你们误认成是医生和护士，赶紧把衣服换一下。"

众人七手八脚把衣服都换了，卫冲之这才站了起来，有些慌乱地说："你、你抓我去哪里？"

卫丞哄着他说："不抓，船长说带您去大使馆办签证啊，咱们要出国了。"

刚走两步的卫冲之突然转过身来，一屁股又坐下去，抓着金显贵的胳膊，不走了。

灯火阑珊的夜市到了尾声，很多店子都陆续关了灯。站在店外，卫丞和金燕子看着店里依旧吃得开心的卫冲之，感慨万千。卫丞说带父亲出国是希望给他换个环境，也许会有奇迹发生。如果不带卫冲之一起走，就没人照料他了。

正说着，宋春霞和马大庆坐着出租车赶来了。宋春霞朝着卫丞和金燕子苦笑一下，又看了看屋里正跟金显贵玩游戏的卫冲之，径直往里走去。

卫丞要跟上去，被宋春霞拦住了。她拿出一只银手镯，吸引了卫冲之的注意力。

"船长说，要回去做实验了。"

卫冲之愣了一下，从金显贵口袋里抽出一支笔，在菜单上写下两个化学反应式：

$6Ag+8HNO_3(稀)=6AgNO_3+2NO+4H_2O$

$Ag+2HNO_3(浓)=AgNO_3+NO_2+H_2O$

金燕子看不太懂，卫丞解释这是硝酸银制取实验的方程式。

卫冲之凑近宋春霞，小声地说："告诉船长，千万别错啦，化学实验错一步就要重来一次，他妈妈只有两个镯子。"

宋春霞回答："他知道，都准备好了，就等你亲自指导了。"

卫冲之点点头，站起来就往外走。

卫丞和金燕子拉开店门，看着宋春霞把卫冲之带了出来。她对卫冲之如此状态去美国很是担忧。

卫丞要送卫冲之回医院，卫冲之听到"医院"这个词，转身就往宋春霞身后躲。马大庆当即建议让卫冲之暂住自己家，卫丞、宋春霞、金燕子全都震惊地看着他。宋春霞正要劝阻，马大庆抢先对卫丞说："你先安心出国，落下脚，生活稳当了，再接不迟。"

卫丞惊愕地站在原地不知说什么，金燕子却对马大庆竖起了大拇指。

麓山重工环卫机械车间外，明德江边检验60米雾炮车边做新产品介绍，不少记者正在拍照。雾炮车把水高压雾化之后，喷向60米的高空，阳光在水雾中折射出彩虹。

"风雨之后见彩虹，60米之后，我们正在开发80米、100米、120米的雾炮车，环卫机械注定是麓山的重中之重。"

拍完照的明德江走了回来，万宝泉赶紧递上一瓶矿泉水，当面扭开瓶盖，夸赞明总讲得振奋人心，感觉麓山的股票要噌噌地涨停了。明德江一边喝着水，一边看着雾炮车，说股票事实上并没怎么涨。一旁的万宝泉有话要说，明德江本不想让他说，但是看着他一副示弱讨好的样子，点点头。

"环卫机械是麓山的增长极没错，除了始终没有大资金投入外，公司还有很多人都期待方董那个液压公司的未来。但买股票就是买未来，公司不能有两个未来，一山不能容二虎吧。"

明德江喝了一口水，把瓶盖死死扭紧。

方锐舟正在办公室里看着董孟实拿过来的《液压公司整体技术框架设计》，不住地点着头，询问着细节，董孟实一一解释说明。

方锐舟刚要问环保问题，敲门声传来。他看也没看就说声"请进"，让董孟实接着说。见半天没听见董孟实说话，他抬头一看，才发现是明德江笑呵呵地站在眼前。

"呦，明总来了，什么事？"

明德江示意董孟实他要跟董事长谈点事。董孟实点点头，识趣地退了出去，走到门口关门的那一刻他担忧地看了一眼淡定的方锐舟。

明德江看着方锐舟，说："锐舟，你都递交辞呈啦，就别这么辛苦了。钓钓鱼，养养花，不自在吗？"说着他用手指轻轻叩了一下那份《液压公司整体技术框架设计》。

方锐舟说他要赶在省委没批辞呈之前，为麓山重工干点实事。明德江对此很是不满。

"我在大张旗鼓搞环卫机械新增长极，你却在弄这个，公司不能出现两个声音吧，我们更不能逼着大家选边站队吧。"

方锐舟坚定地说："为了这个液压公司我是忍了整整十年，韬光养晦了十年，绝不可能停下来。咱们干公司就要干一个，盯一个，成一个。"

明德江无情地戳破方锐舟叫不来人也弄不来钱的困境，方锐舟却透露自己正在考虑跟国内几家液压龙头企业谈合作。

明德江无奈地说："锐舟，你怎么什么时候都只想着自己的功成名就啊，你想过你女婿董孟实吗？他现在跟着你干这件事，会被大家孤立的。企业也是一个充满势利眼的小社会。"

麓山重点高中的校长看着方霏递上来的辞职报告很是惋惜，赶紧站起来，拉着方霏的手，说："学校已经让你恢复上课了，你怎么还提出辞职呢？上次那件事，不要放在心里，我们也是没办法，家长在群里吵得厉害。"方霏说自己并不在意，谢绝了校长的挽留。她穿过空旷的校园走向校门，留恋着身后响起的孩子们的读书声。

走出学校大门，方霏给董孟实发语音，感慨地说，原本以为这里是可以脱离世俗的象牙塔，但走进学校后她才发现自己的天真。

董孟实在方锐舟的办公室外焦虑地踱着步，不时看看紧闭的房门。

接到方霏发的信息，他看了一眼，正要回复，有人拍了拍他的肩膀，他一看是明德江，赶紧收起手机问好。

"从现在开始，关于液压公司技术设计所有项目进展，第一时间向我报告。我现在不是聋子的耳朵，对吧。"

董孟实努力挤出笑容，点点头。

明德江转身就走，董孟实松了一口气，正要推门进方锐舟的办公室，明德江停下脚步，不满地说："我看你一点都不明白，我说的现在开始，你不觉得要跟我做个汇报吗？"

董孟实抱着笔记本电脑赶紧跟了上去。

数控焊接车间里，兴奋的金燕子和愁眉不展的马大庆站在焊花飞舞的自动焊接机旁观摩，旁边有检验员对已经焊好的构件进行探伤质量检查，完全合格。金燕子抚摸着整齐平滑的焊缝，对一旁的马大庆说："师父，这个自动焊接机，无论在速度、焊接平整度还是质量的稳定性上都超过人工啊，尤其……"

马大庆指了指焊接构件起始两端的空焊部分，又指了指不远处处理复杂管件的焊接师傅，说："麦当劳再好吃，也不能替代厨子。"

金燕子表示赞同，随即又劝马大庆一起学习自动焊接和编程。马大庆眨巴眨巴眼，看了看自动焊接机上面满是外文的编程屏幕，直言自己外语不好，学不了这个。他背着手就走，金燕子从后面追上去拦住了他，坦诚自己想学。马大庆一抬眼，说他不拦着，去学就是。金燕子其实是想让马大庆带头去学，这样全车间都会跟着学，他要是不参与，大家会觉得这里有矛盾，不好选择。马大庆还是不答应，金燕子苦苦劝说，自动焊机和数控机床是趋势，不去适应就会被淘汰。

马大庆看了看恳求他的金燕子，又看了看身后的焊接机器人，转身问她："公司有人教吗？"金燕子告诉他要自己去外面上学习班，他又问学费多少。金燕子说要五六千元，然后拿出一张编程培训班的招生广告递了上去。马大庆接过来之后，一句话也不说，背着手离开了。

卫丞刚修改完那份《液压公司整体技术框架设计》的一部分，正在家里收拾东西。他把帆船模型仔细打包放进了箱子，突然想起什么，跑过去把放在玻璃罩里的那一小盆苔藓抱了过来。两边比较半天，他把帆船从箱子里拿出来，又从柜子里拿出一个培养皿。他趴在桌子上一点一点从小花盆里把苔藓取出来，装进培养皿。

门铃响了，卫丞赶紧去开门，是快递员来送包裹。

快递员为派送超时连连道歉。卫丞看见他膝盖有磨损，手上还有擦伤，赶紧从门边抽屉里拿出创可贴给他贴上，并表示要给他五星好评。快递员抿了抿嘴，给卫丞鞠了一躬。卫丞赶紧拦着，说："不至于，我弟弟也跟你一样，所以我从不催单。"

卫丞送走了快递员，赶紧把包裹打开，从里面取出一副眼镜。他拿出手机打开金燕子在高原拍的照片，跟新购买的眼镜进行比对，确认无误之后来到桌前，拿出早就准备好的新镜片和全套的工具，开始磨镜片，干得特别认真、仔细。他还给她准备了一大包关于数控机床编程的新书。

夕阳晚照。皱着眉头的金燕子从编程培训班的教室里走出来，低头看着手里的招生简章和一份书单。她给书店老板打电话，得知要找的书又卖完了，正苦着脸叹气，险些撞到人，连忙道歉。她低着头往边上走，对面那个人也往同一侧走。她烦躁地抬起头刚想说什么，发现是卫丞站在眼前。

卫丞赶紧表示是马大庆告诉自己她在这里，又宽慰她："离开学校之后再学习，确实是挺难的事，费脑子。"

金燕子把手里的招生简章扔给了卫丞，说："费脑子我不怕，费钱啊。

上一个自动焊接机编程班，不包教会还要 5800 元，再加上 ABB 机械的编程，再学个镗铣，几个月的工资，没啦。"

卫丞劝她不用学这么多，今天的车间主任不用都像宋春霞那样，车铣刨磨钳焊样样精通，管理是第一位的。金燕子却很坚持自己的想法，不能让机器把人换了，人得指挥机器才对。

卫丞很是欣赏地看着眼前这个不服输的姑娘，突然想到了什么，就叫金燕子跟他上车。

两人上了车，卫丞拿出一大摞早就准备好的编程书，交给了金燕子。金燕子一看，开心坏了。

他又从车里拿出一个新的女士眼镜盒递给了金燕子。她正奇怪，卫丞打开眼镜盒，她认出是跟自己那副墨镜一模一样的款式，笑道："199 块钱的假货，你还记得啊。"

卫丞却说："我给你换了一副真 UV400 的镜片，那就是真的了。"

金燕子将信将疑，赶紧戴上，还果真不一样。卫丞忍不住逗她："没有人民币也没有紫光灯，你怎么确定是真的？"

"人是真的，事就一定是真的。"

金燕子见他又送书，又送墨镜，脸上露出疑惑的表情。

"我去美国的行程定了，来跟你告个别。"

金燕子一点点慢慢地摘下墨镜，盯着卫丞问道："你真溜了？液压公司不管了？"

卫丞坦言："这段日子发生的事，让我认识到我只能活在科研的世界里，没有尔虞我诈，哪怕只是去做梦。"

"你去地球那边做梦，梦里也只能编造个故事，但人只有醒着的时候，才能去创造世界。这个世界不完美，甚至有些残酷、不公和歧视，但我依然要爱她，开心地活着，这就是意义。算是临别赠言吧。"

金燕子非常大方地伸出手，卫丞犹豫片刻，还是伸手跟她握了一下，又说："编程课，你要是有什么不懂的，找我。"

金燕子朝他摆了摆手，说："不用了。你的本事不止5800。"

说完她把墨镜扬了扬，转身下车。

卫丞看着金燕子的身影一点点远去，回味着她的话，心头涌现些许的无奈。

空荡荡的大办公室里，只有张彬坐在工位上，两眼发直地看着对面卫丞的那间屋子。他手边上放着医院的CT片和一份诊断报告。谢医生打来电话说："初步诊断，你母亲可能得的是骨癌。"他不相信，说要换医院，谢医生说可以，还提醒他别拖久了。挂了电话的张彬看着卫丞的房间，心情复杂，说："当初你要是听我的把麓山一号早点卖给欧文斯，咱俩都省心了……"

明德江走进邱沐阳的办公室，递上一份《聚焦发展环卫机械贷款报告》，试图说服邱沐阳争取五个亿的贷款投在环卫机械上。

邱沐阳放下报告，看着明德江说："明总啊，60米的雾炮车跟60米的臂架泵车价格相差25倍以上，而核心技术就差得更大了。我还是那句话，麓山的未来是高端装备制造业，什么叫高端，拿下关键核心技术，建设自己的液压公司。"

明德江辩解道："我当然知道，但不是没钱嘛。"

邱沐阳试探性地问："方锐舟提出卖了环保机械，聚焦主业，你觉得这个办法怎么样？"

明德江立刻指出了关键问题："办法有很多，关键是一万多员工此时听谁的。"

明德江的话让邱沐阳愣了一下，随即他端起茶杯喝了一口水。明德江继续说道："但老是这样悬而未决，不是办法，我们的周会都不知道该怎么开了。"

邱沐阳转达了韩省长的指示：鉴于麓山重工目前的生产经营压力，在方锐舟递交辞呈而省委未批的这段时间里，由明德江代为管理，待省委作出决定之后，再予调整。

明德江面无表情地静静听完后，点了点头。

繁忙的机场里，方锐舟大步往登机口走，广播里正在播发催促登机的通知。方锐舟看了一眼表，继续按照原来的节奏走，突然发现前面卫丞也推着行李，连忙赶上前和他打招呼。

"我答应购买你的专利，但没付钱，对不起啊。不过这笔钱一定会给你的，麓山重工也一定要有自己的液压公司。"

卫丞问他哪来的权力，又哪来的钱，方锐舟依然微笑着，说："这不是还没有被免职吗？你看，我这就是去工信部和国开行，请他们批准咱们的项目纳入工业强基工程重点产品、工艺'一条龙'应用计划扶植资金大盘子里啊。"

方锐舟笑着，突然手机响了。他接起电话一听，脸色骤变。

海彼欧告麓山一号专利侵权。

卫丞一愣，斜眼看了一下方锐舟，说这是海彼欧一贯的手段，他到Max后，会跟他们协商解决的。他转身就走，这个时候手机收到一封邮件，打开一看，是Max人力资源给他发过来的函件：因为涉及侵权案，原有的offer收回。

卫丞的脸一点点抖动起来，大喊了一句："无耻！"

两人一时无言。在卫丞看来，真打起官司，影响很大。想到这里，他劝方锐舟别出差了，先一起回公司。

方锐舟却很坚定地说："麓山一号是两代人耐住寂寞，坐十年冷板凳换来的，要有信心，更要有决心。这一仗必须打，但不能先自乱阵脚，稳住，等我。"

他拍了一下卫丞的肩膀，推着行李走向登机口。

明德江用手使劲拍着桌子上摆着的《液压公司整体技术框架设计》二号方案，呵斥着脸色惨白的董孟实搞不清状况，浪费了钱和人力不说，还被告侵权。顶着明德江的怒火，董孟实为卫丞辩解道："我、我觉得他不应该有侵权的可能。"

"你不觉得有就没有啊！海彼欧那是行业的狮子，他张开血盆大口说你侵权了，你知道后果的严重性吗？你赶紧给我找到卫丞，把这件事调查清楚，一旦有侵权，我们赶紧撤，决不能跟他有一丝一毫的瓜葛。"

董孟实听着，但脚却没有动，明德江更加恼火了。

"海彼欧曾经提出要购买麓山一号的专利，现在突然说侵权，前后矛盾啊，这说明我们弄液压公司是动了他们的奶酪，所以我们更应该……"

明德江恼怒地一拍桌子，打断了董孟实的话："你更应该明白，麓山重工是我代为管理。"

董孟实深吸一口气，点点头退了出去。

站在麓山重工的大门口，董孟实不停地打电话给卫丞，但是始终没有人接。正在他火急火燎之时，一辆出租车疾驰而来，被拦在了大门口，卫丞推开车门下来了。董孟实急忙问他怎么不接电话，卫丞冷冷地看了他一眼："因为你不信任我。"

董孟实有些不好意思，说："我只是问了一句有没有抄袭嘛。"

"一句也是不信任。"

卫丞大步往里走，被董孟实一把拽住，拉到一边，压低了声音说："我们都是干技术的，有些借鉴是常有的事……"

还没等他说完，卫丞怒道："我再说一次，我没有抄袭，更不会剽窃人家的专利！孟实，你花了那么多精力和心血做了液压公司的整体技术方案，难道也要因为一次诬告就放弃吗？"

卫丞转身要去找明德江联手打官司，被董孟实再次拦住了。他劝卫丞不要对明总抱什么希望，毕竟专利证书上写的是卫丞的名字，海彼欧告的可是卫丞，跟麓山重工没关，跟明总更没关。

卫丞甩开董孟实的手，继续往前走，董孟实再次追上去，阐明了利害关系。

面对这番说辞，卫丞却没有一丝气馁："方董在机场对我说，这一仗，必须打。"

"可现在是明德江说了算。"

卫丞突然眼前一片空白……

牛顿因为没有充电进入冬眠模式，安静地趴在卫丞房间的角落里，显得卫丞打电话的声音格外大。他坐在书桌前，看着电脑上的律师函，在电话里用英语怒斥着欧文斯："你们凭什么说我侵权了？还要我赔偿你们5000万的损失！你们这是赤裸裸的讹诈！是逼着麓山重工放弃液压公司，好永久霸占高端液压部件的市场！"

欧文斯镇定自若地表示律师就在他身边，卫丞现在的这番话算是威胁。卫丞气急了："我会怕吗？我的专利技术没有侵权，这是我藐视你无赖行径的底气！"

欧文斯笑了，说："我真不知道卫先生的底气从哪里来的。难道麓山重工要跟你一起打官司吗？他们不会傻到这种地步吧。"

"我有尊严，麓山重工也有尊严，不会因为你们秀了一下獠牙和利爪就怕了。"卫丞毫不退让。

欧文斯鼓起掌来，依然轻松地说："看样子我们没有什么好谈的啦，只能法庭上见了。"

被欧文斯挂断了电话，卫丞脸色铁青，把蓝牙耳机使劲从耳朵里拔出来，摔在地上。他赶紧拉开抽屉拿出药瓶，倒出药来直接吞下。

卫丞的手机又响了，是金燕子，他伸了一下手，又收回来，捂着自己的头瘫在了沙发上……

欧文斯挂断了电话，冷笑一声，仰头看着挂在办公室里那张临摹徐悲鸿的油画《狮子和奴隶》，身边的助理马修递上来一杯咖啡。欧文斯接过咖啡，得意地说："狮子就是狮子，从来不用跟奴隶谈平等。"马修在一旁附和："这个卫丞很像神志不清、疯狂而可笑的唐吉诃德。"

他边说边拿出一份支付单递给欧文斯，请他批一下给侵权案的特殊情报费。欧文斯拿起笔快速签字，叮嘱道："别留痕迹，也别跟他直接联系。"

车间公告栏贴着的《麓山报》上，金燕子劳模专刊的大头像和几张高原工作照格外打眼。站在公告栏一侧，金燕子听说卫丞被海彼欧告了，给他打了几通电话都无人接听，无奈放弃。

这时胡登科要撕掉《麓山报》，急得金燕子冲上去按住了他。

胡登科说是明德江的指示，要换下这批报纸，金燕子立刻大叫："是我这个劳模评错了？"

胡登科让她小点声，指了指报纸上"自主知识产权"几个字，示意她这里有问题，摇摇头说："这不打官司了嘛，万一输了呢，这几个字就不好提了，所以……"

"所以就撕报纸，所以就连个屁都不敢放，眼睁睁看着卫丞一个人去打架，去送死对吗？凭什么我们要心虚啊！我就看不上这个没骨气的样子。"

金燕子的吼声惊动了众人，胡登科一脸为难，说："你以为打群架

195

都是志同道合，路见不平一声吼吗？那是要花钱的。专利卖了，钱是他卫丞一个人的，专利被告了，要花我们的钱替他去打架，你让大家怎么答应啊！多多理解吧。"说着把《麓山报》从墙上揭下来。金燕子看着自己的光辉形象被拿掉了，心里不是个滋味。她上去一把将报纸夺了过来，小心翼翼地折好。官司打赢，她还要把它原封不动贴回来。

胡登科嚷嚷："官司输和赢，跟我们老百姓有一毛钱关系吗？"

金燕子背过身不搭理他，小心翼翼地收好报纸，说："跟我有关系。"

卫丞和张彬带着资料和模型，来到天和律师事务所。

陈律师看着卫丞摆在他面前的一个柱塞泵实体，以及五大本技术资料，听着卫丞和张彬的解释，头皮一阵发麻。

卫丞要给他解释侵权的技术重点，他连忙推说这些技术问题以后再说。

卫丞有点急了，不先弄懂弄通这些技术问题，怎么找到对手的破绽，怎么打赢官司？陈律师有些难为情地说："我是学法律的，不是学柱、柱塞环的。"

卫丞差点崩溃，他说不出话了，只能把眼前的杯子摆正再摆正。张彬在一旁拽了一下他。

"可您现在要用法律来挣柱塞泵的钱啊，你不能半瓶水瞎咣当。"卫丞又补了一句。

听到这话，陈律师非常生气地把资料夹重重合上，卫丞这才意识到说话得罪人了，可是又开不了口来认错，张彬连忙摆手赔不是。陈律师严肃认真地问二人到底侵权没有。

"你看了半天资料加实物，看不明白吗？没有。绝对没有。"

陈律师强作镇定，对他们说："国际官司很贵的。"

卫丞坚决地说，这官司倾家荡产也要打。

"行，但输赢我们不能保证啊，先签合同交定金吧。"

卫丞手指着装模作样的陈律师，怒道："我们要争的不只是一场官司的输赢，争的是中国工程机械的生机。不能因为对手是外国人，就丢了中国律师的责任感，模糊了中国人的正义感。"

卫丞怒气冲冲地从律师事务所走出来，手微微抖着倒出药来，吞了下去，顺手把空瓶子扔进了垃圾桶。张彬见状忙说："我陪你去看医生吧，病了不能乱吃药的。"

卫丞失控地大喊："我没病，我没病！对不起，我先去办点私事，一会咱们在麓山重工的技术档案室碰面。"

"查什么？我先帮你准备。"张彬非常迅速地从包里拿出笔和小本子做记录。

卫丞要查的正是是否侵权的关键证据：作为设计源头的十年前的那份"争峰"小组的柱塞泵设计方案。他向张彬点点头，然后独自一个人跟跟跄跄地快步走了。

张彬扭头注视着垃圾桶……

金燕子塞着耳机骑着小电驴给朱可妮打电话。她挂了电话，停下车，突然看见手里提着一个药袋子的卫丞低着头走出药店上车离去。她皱起眉头，走进药店，自来熟地跟店员笑呵呵地打招呼。店员不知她何意，只能笑着点头，她这才到口袋里摸东西，半天什么也没摸出来，着急起来。

"你要买什么药？"店员问。

金燕子装作埋怨自己的样子："哎呀，就是怕记不住抄在纸条上，这还给丢了，对不起啊。对了，就是刚才走的那位卫先生买的那种药，他推荐给我的。"

"苯二氮䓬？"

"对对对。"金燕子表现出一副刚想起来的样子。

　　店员问她："你也有焦虑症？"焦虑？金燕子一边思索着一边胡乱应付着店员。

　　店员从柜台里拿出苯二氮䓬药瓶，金燕子伸手就要拿，被阻止了。店员称这是处方药，问她有处方吗，她便以自己忘拿了回去取为由离开了药店。

　　走出药店，她嘴里念着"苯二氮䓬"四个字，然后迅速拿出手机搜索这个药，越看越紧张……

十四

明德江手里抱着一摞资料推门进了自己的办公室，看见方锐舟在里面等他，笑着说："阿弥陀佛，卫丞没有抱着我们一起跳火坑，算是有良心了。"

方锐舟把一份印有金燕子头像的《麓山报》放在明德江眼前，不满他因为"自主知识产权"这几个字收回了所有的报纸。明德江说这样做是为了稳妥。

方锐舟说："稳妥就应该赶紧购买麓山一号专利，跟海彼欧打这场为麓山重工正名的官司。"

笑呵呵的明德江把一个笔记本打开，推给了方锐舟，迅速转移话题：兑付马上到期的5亿元债券之后，麓山重工就没剩什么流动资金了。

明德江看着面露诧异之色的方锐舟，向他表态，没有必要花钱来引火烧身跟海彼欧打这个官司，更没必要购买麓山一号专利。

方锐舟急道："这关系到企业的未来啊。"

明德江却说："没有当下，哪有未来。"

方锐舟清楚，公司不帮着卫丞，这个官司他打不赢。官司输了，麓山一号也就没有了，核心技术自主可控就是一句空话。

明德江面对方锐舟毫无退让之意，说："您对卫丞的感情，对麓山一号给予厚望我都能理解。但您刚交了辞职报告，您的首要任务是安静地等省委决定，而我的任务是扭亏为盈，是股票摘帽，所以，我这个代理决定：一、不参与侵权案；二、在侵权案没有结案前，不考虑购买麓山一号专利。"

方锐舟惊愕地看着明德江，问："你就对麓山重工的技术积累，对卫丞这么没有信心吗？"

明德江意味深长地说："我可以有信心，但我们的律师未必有信心。"

麓山重工法律顾问办公室里，方锐舟拿着麓山一号的实物和各种技术资料给高律师讲解海彼欧产品跟麓山一号的差别，被他打断，说这个官司他们接不了。方锐舟一惊，生气地刚要站起来，但马上又坐了下去。他不明白，高律师的律师事务所这些年一直在给麓山重工做法律顾问，现在正是用人的时候，怎么能退缩呢？

高律师坦言："做你们的法律顾问这么多年了，但这几年我们几乎天天都在处理必输无疑的官司，损失很大。今天如果非要让我再打一场把我们名声全部赔进去的国际官司，我不会干。如果一定要打，您还是提前解雇我吧，不对，是请明总解雇我吧。"

高律师不留情面的决定让方锐舟始料不及，只能看着高律师离去。半晌，他才站起来，看着窗外，用手揉着太阳穴，头疼不已。这恐洋症，什么时候能治好呢？

有些失落的方锐舟推开法律顾问办公室的门往外走，差点与跑来的董孟实撞在一起。

方锐舟看他一个人，问他怎么没跟卫丞一起来。董孟实解释说卫丞打算单枪匹马去跟海彼欧打官司。方锐舟有些生气，拿出手机就要拨打卫丞的电话，被董孟实拦住了。

"这件事明总不支持，法务也不帮忙，更别说动用公司的资源了。所以即便是咱们帮卫丞，在海彼欧眼中，也属于单枪匹马。"

方锐舟看了董孟实一眼，继续打卫丞的电话，但对方关机了。董孟实猜测也许卫丞已经认输，劝方锐舟谈和也不失为一种务实的办法。

方锐舟斩钉截铁地说："君子愈让，小人愈妄。毫无底线的忍让，只会换来他们的得寸进尺，这场官司必须打！"

"国际官司短则半年，长则两三年，您还有这个时间吗？"董孟实的话让方锐舟陷入了不安和难过之中。

麓山职工小区内，不少家长领着放学的孩子回家。人流中，宋春霞手里提着装保温桶的袋子，一脸疲惫地往回走。她去卫丞家给他送饭，但他不接电话，也不开门。金燕子骑着小电驴从后面追上来，停在了她面前，她下意识地把袋子往身后藏。

金燕子停好车，拿出手机把拍的"苯二氮䓬"药瓶的照片给宋春霞看。

宋春霞一看就说这个药是用来治焦虑症的，当年卫丞他爸也吃这种药，尤其是在"断臂事件"之后开始大量地吃。金燕子告诉她卫丞也在吃，她惊呆了。

宋春霞看着金燕子，嘴唇一点点颤抖着，眼眶蓄起了泪水。

"怕什么，来什么啊。他们父子俩连这种病都要遗传吗？"

金燕子安慰她也许就是巧合，卫丞只是因为要打国际官司压力太大。

宋春霞着急自己帮不上忙，越说心里越难过，眼泪止不住往下流。

"他爸爸疯之前，也是不说话，不见人，不接电话，就逼着我离婚，可见他知道自己要出事。卫丞一个人闷在屋里吃药，他不会……"说着她恳求金燕子再去劝劝卫丞。

金燕子有些为难地说："他连您都不见，会见我吗？再说，他已经几天不接我电话了。"

宋春霞擦了一下脸上的泪花，强挤笑容，转身往单元楼门口走去。

"主任，我没有卫丞的住址。"听见金燕子的喊声，宋春霞停下了脚步。

没有电的机器狗牛顿一动不动趴在自己的窝里。而原来干净整齐的房间里，铺满了各式各样的图纸、技术资料以及法律书籍，黑着眼圈的卫丞啃着火腿肠，趴在地上一边看一边做笔记。

突然，他焦躁起来，使劲把手里的本子一砸，弄乱地上的资料，试图宣泄着巨大的压力。他努力克制自己，拉开抽屉，拿出药瓶一下子倒出来好些，当饭一样全都咽了下去，然后整个身子像一块木头一样重重砸在沙发上。

"3.14159265358979323846264338327950288841971……"

卫丞试图用背诵圆周率来缓解越来越严重的焦虑症，并等待药效的到来。他的眼睛一点点闭上。

门铃突然响了，卫丞不愿搭理。砸门声传来，他无奈只好起身，打开门一看，竟然是金燕子。他使出全身力气关门，听见金燕子一声惨叫，低头一看，她的脚正好被门夹着了。卫丞刚一松开手，金燕子趁机往里挤。

卫丞让金燕子赶紧离开，但她就是不走，还一个劲地骂海彼欧的诬告纯属弱智，试图安慰他。卫丞没有说话，只是有点不耐烦地让她闭嘴。

卫丞吃下去的药起效了，他越来越困，只想尽快打发走烦人的金燕子然后关门，但她就是不肯走。

有些迷迷瞪瞪的卫丞使劲集中精力看着一脸真挚的金燕子，问："全世界都认定这个官司我一定输，你为什么说能赢？"

金燕子信心十足地看着他说："这个专利是咱们在高原上，狼嘴里，冰雪中用命换来的，死都不怕的事能输吗？"

卫丞在她的眼睛里看到了一种充满信任的光亮，跟着她下了楼。

卫丞呼哧带喘地跟着金燕子在城市绿道上夜跑。他刚想停下，就被金燕子拽着胳膊继续。

没一会，两人终于停下。看着喘得不行的卫丞，金燕子忍不住吐槽："白长了这么大一个体格，里面都是糠萝卜啊。"

卫丞从没听说过打个官司还要跑步锻炼身体。金燕子振振有词，说打官司就好比打架，打架就需要好身体。卫丞累得无力反驳，只能告饶。

"我知道你一个人面对海彼欧压力大，但你就算是只蚊子，输了也要叮出海彼欧一管子血来吧。"

卫丞有些低沉地说："我们在人家眼里，是最不起眼的一粒沙子。"

"那咱们也得是金刚砂，也要崩掉它一颗牙。"

金燕子使劲拽着快翻白眼的卫丞往前跑，直到卫丞实在跑不动了，她说要喊个口号振奋一下士气。

"人生豪迈，永不言败，敢打必胜，绝不放弃！"

卫丞觉得很丢脸，让她小点声。

一辆黑色轿车从他们身边驶过，在不远处靠边停了下来。车窗摇下，方锐舟探出头来看着一身跑步装扮的两人，听着金燕子大呼小叫地喊口号，看见卫丞瘫坐在地上。

他看得颇有感触，拿出手机通知万宝泉明天召开临时董事会，议题就是应对海彼欧的官司。

跑步结束回到家的卫丞洗完澡，顶着一头湿漉漉的头发来到书桌边，继续整理材料。他下意识地倒了杯水，伸手从抽屉里拿出药，倒在手心里，正准备吃，却停住了。他小声念起了金燕子的口号："人生豪迈，永不言败，敢打必胜，绝不放弃！……真傻缺。"

他把药放回了瓶子里，突然想到什么，赶紧跑到为出国收拾的大箱子旁。他飞快地拉开箱子，从里面拿出培养皿，一看里面的苔藓，已经开始发黄了，心疼得要命。

他把培养皿里的苔藓小心翼翼地放回了原来的小花盆里，悉心摆好，喷足了水，最后才罩上玻璃罩，后悔不迭。他拍打自己的脸颊，让自己全神贯注地投入到工作中。他整理出一份被海彼欧攻击的柱塞环技术档案，很是满意地拨通了张彬的电话，告诉他找到了公司十年前关于柱塞环的设计草稿，可以证明麓山一号的设计有据可查，海彼欧的控告不成立。电话那头的张彬大喜道："太好了，柱塞环就是液压泵马达中的'指环王'啊。"说完当即让卫丞把图纸发给自己看看。卫丞叮嘱他注意保密，张彬又问这个设计师是谁，可以让他出庭作证。

卫丞看着图纸的角落里三个熟悉的字——卫冲之，低声说："是我爸。"

"那这么说，是你爸爸影响你豁出去也要打这个官司了？"

卫丞看着苔藓说："不全是。"

为了麓山一号专利的事，邱沐阳专程来拜访盛传学。

盛传学在办公室里挂满了麓山一号的各种设计图，邱沐阳像个学生一样趴在他的桌子上，看着他讲解卫丞的设计思路以及麓山一号跟海彼欧的区别。盛传学说，麓山一号的很多底层技术都是从卫冲之那一代开始研发的，是两代人的时间和心血"精铸"出来的。他向邱沐阳保证卫丞没有抄袭，麓山一号也不存在海彼欧所说的侵权。

邱沐阳这才松了一口气，他明白过来，说："海彼欧明知不侵权还要告卫丞，是因为方锐舟要做液压公司，而打国际官司至少能拖住你们，让你们先搞不成。"

盛传学点点头："这样以大欺小，用所谓知识产权来阻止我们发展的案例挺多的。"

邱沐阳感叹道："这是一道压力测试题，不仅考卫丞，更是在考方锐舟和明德江，可惜的是，他们的分歧很大。"

盛传学竭力劝邱沐阳要尽早出面，因为越是这个时候，越要早点统一思想，凝聚信心。

"在战争中学战争，在游泳中学游泳，比我念念叨叨强一万倍。"邱沐阳看起来很有信心。

"可他们的信心在哪儿啊？"盛传学问。

"信心是打出来的。想要不被人卡脖子，那就得打，就得打胜仗。"邱沐阳坚定地说。

盛传学却担心方锐舟和明德江两人先自己打了起来。邱沐阳深吸一口气："他们俩是万人国企的掌门人，总不能跟一般老百姓一样，有点事就找政府吧。我倒是乐于在这次斗争中来考察、识别干部。"

方锐舟穿着擦得锃亮的皮鞋，大踏步走向董事会会议室，但门前并没有人帮着推门。他停了一下，走上前推开会议室的门，目不斜视，径直走到会议室董事长的座位上坐了下来。他抬头一看，这才发现来参加会议的只有两名董事会成员，加上自己也不过是三人。

"万主任，人没有通知齐吗？"方锐舟问。万宝泉满头是汗，解释着董事会成员们各种各样的请假理由。他又问明德江怎么没来。万宝泉有些为难没有说话，方锐舟催促他："我早上还看见他的车了。你赶紧催催，少了他一个人，人数没有过半，这会就没法开了。"他发现万宝泉并没有任何行动，看向对方的目光变得犀利起来。

万宝泉踌躇一阵，开口道："明总说他要见重要客户，没时间。"

方锐舟直接起身走出了会议室。

明德江急匆匆从办公大楼出来，早有轿车打开车门在等候。他刚要上车，被方锐舟拦住了，问他为什么不参加临时董事会。明德江执意要走，但还是被方锐舟拦住了，他坚持要请明德江回去开会。

明德江质疑道："你发起召开临时董事会的资格是不是有待验证啊。"

"我还没有被免职。"方锐舟反驳说。

"为了帮卫丞，不惜把公司拖下水，合适吗？"明德江问。

方锐舟让他有什么意见开会的时候当面提。

明德江没好气地道："现在提好，省得你把会开成只有集中，没有民主。"

方锐舟不知怎样才能让明德江同意打这场官司。

"第一，上级明确表示要打这场官司，我服从，但这种可能性极低，因为政府不应过多干预市场主体。第二，你还是董事长、党委书记，你说什么是什么，但这种可能性，为零。"

明德江说完，坐上车扬长而去。

方锐舟看着明德江的车离开，神情黯然……

方锐舟终于意识到，没有权力，他要打这场官司几乎没有可能。于是，他厚着脸皮去找邱沐阳，想要回那封已交上去的辞呈。

邱沐阳把手里的材料用力地摔在了桌子上，大怒道："方锐舟！你想不干就辞职，你想干，我们就得把辞呈退还给你，你以为这是过家家，玩游戏吗？"

方锐舟立刻承认错误，但依旧坚持说："这场官司不打，液压公司就没法建成，就解决不了卡脖子的老问题，更无法确保中央提出的关键技术的自主可控。你让我打完这个官司，再撤我的职不迟啊。"

"省委要听你指挥是吧！"邱沐阳怒道。

方锐舟连连称不敢，他愿意放弃复职，但要求让他当"反侵权案应对处理小组"的组长，麓山重工必须全力配合。

邱沐阳表示现在来不及了，他辞职的事已经报到了省委。

方锐舟感到失落和失望，端起茶杯一饮而尽。

"你有精力在这跟我磨，为什么不好好跟明德江商量呢？非要搞成水火不容啊。"

方锐舟无奈而坚决地说:"他没错,我也没错,所以没法调和。邱省长,这个官司我可以彻底撒手。但国家之事大于企业之利,麓山重工决不能撒手。"

邱沐阳看着恳求自己的方锐舟,沉默不语。

麓山重工技术档案室内,卫丞和张彬拿着申请单想要找十年前的柱塞环设计资料。管理员却以涉及"争峰"小组的档案不能调阅为由,拒绝了。两人一脸诧异,卫丞强调,这是打官司要用的技术资料,方董特批的。管理员依然拒绝:"对不起,上面刚来的通知,没有明总的特批,任何人不得借阅。"

张彬和管理员争执起来,惊动了正在里面查资料的董孟实,他赶紧跑过来,将两人拉开。张彬说要去找方锐舟,董孟实却说方锐舟现在连召开董事会的能力都没有了。

卫丞和张彬听到这话都愣住了。

斜阳照进老车库里,方锐舟孤零零地坐在一把椅子上,凝视着那辆61米臂架泵车。

夕阳把他的影子拉得又瘦又长。方锐舟扭头看着如血残阳,万千感慨涌上心头:"断肠何必更残阳。"他使劲瞪大眼睛看着刺眼的阳光,无意间看见窗户上映照出的自己,和不知道什么时候站在身后的卫丞。

"你怎么知道这里?"

卫丞说他爸生日那天盛校长带他来过。方锐舟苦恼又无奈地笑了,埋怨起盛传学永远管不住嘴,所以只能在学校教书。

卫丞郑重地对他说:"'断臂事件'结束这么长时间了,有一句话一直没有当面跟您说,今天是个机会。谢谢您为我爸,为我做的一切。"

207

方锐舟心里难受："如果结局好，这两个谢谢我受用了，但现在我帮不上你打官司的忙了，你这两个谢谢就变成了两根钢针，扎心啊。"

卫丞十分认真地宽慰他："您已经做得够多了，这事不怪您。只可惜，麓山重工要因此错过一个重要的窗口期。"

看得清却无力改变，方锐舟也很忧伤。

两人对视一眼后，都仰头看向暮色中的夕阳。

海彼欧的办公楼里，欧文斯听助理马修汇报最新消息：方锐舟失去了权力，代管的明德江已经明确表示不参与官司。欧文斯问及政府的态度，马修摇摇头。

"他们液压公司技术设计做得怎么样？"欧文斯又问。

"从我拿到的这一小部分来看，标准很高，一旦干成，是我们未来的大敌。好在没有麓山一号，这些就是一个空壳了。"马修看了看手里的资料说。

马修眼中的"空壳"，在欧文斯眼中就是挣钱机器。欧文斯满意地点点头，又想到什么，拿出手机拨通了卫丞的电话。

卫丞接起电话，按了免提，放在自己跟方锐舟之间，小声地嘀咕："不会是良心发现了吧？"

电话那头，欧文斯说："商业竞争只有输赢之分，没有良心一说。我给你打电话，主要是给你提供一个解决问题的思路。只要卫先生承认侵权，赔偿金额好协商，我们可以象征性地只收一块钱。"

"看来你的良心也就值一块钱啊。"

"你觉得你能赢？真打下去，你输掉的不只是官司，甚至还有你的前程。你低个头，我能帮你去 Max。"

卫丞明言要和他死磕到底。

电话挂断，一旁的方锐舟长松一口气，问卫丞为什么不和解。

"秦人不暇自哀，而后人哀之；后人哀之而不鉴之，亦使后人而复哀后人也。若干年后，我们的后人别来哀我们就行。"

两人惺惺相惜，视线都落在了 61 米的臂架泵车上。

麓山重工董事会的会议室里，明德江正在主持关于加大环卫机械投资的表决。看到五位董事会成员都举手了，明德江很满意。他刚宣布散会，方锐舟微笑着走进来，请大家稍等一下加一个议题。明德江不同意，说临时董事会的议题已经全部议完了。

"我是说党委会。"

方锐舟不由分说地走到自己的位置上坐了下来，看向犹豫着要不要留下的人说："在省委没有批准我的辞呈之前，我还是公司的党委书记。"众人又重新回到了自己的位置上坐下来，明德江迟迟没有坐下。方锐舟见状说："德江同志，你是副书记，你不坐下，这个会不好开啊。"

明德江很无奈，也只好坐在位子上，把手里的本子啪的一下扔在桌子上。

方锐舟提出了临时党委会唯一的议题，讨论公司要不要应诉麓山一号侵权官司。

会议室里气氛压抑，方锐舟见谁也不说话，便开口道："老规矩，顺时针发言。铁军同志，你先说。"

赵铁军直言："海彼欧没有告我们，我们为什么要主动站出来打官司呢？外界、股民怎么看我们？是我们心虚还是没事找事呢？"另一名党委委员也附和道："君子不立危墙之下，不打官司咱们也能活嘛。"

方锐舟有些坐不住了，放下笔急着解释。明德江打断他："先让大家把话说完。"

又有人提出了疑问："公司替卫丞个人打一场旷日持久的、毫无胜算的官司，职工已经有质疑，是有什么秘密吗？"

"秘密就是，这一仗是海彼欧逼着我们打的，不打，公司是还能活，但活不好，活不利索，活得没有自尊，活得没有未来。"

明德江问他凭什么能打赢官司，他说："打赢官司凭的是关键核心技术自主可控的国企责任，是企业家的格局。"

明德江呛道："不要喊口号。只要半年时间不结案，海彼欧就会拖垮我们，时间是他们最厉害的武器。我们呢？锐舟同志，十年前，面对'断臂事件'的时候，你不惜隐瞒真相，毫不犹豫地选择先生产，先上市，等有了钱之后再搞科研。怎么到了今天，我们想要摘星摘帽，你就横竖拦着呢？！"

这时万宝泉提议先休息一下，被明德江否决了。方锐舟没有想到会议并没有按照他预想的方向开下去，一时不知如何是好。

此时窗户外面传来了轰隆隆的声响，让明德江很是不悦，他问万宝泉怎么回事。

万宝泉赶紧跑到窗户边向外看，窗户外出现一根臂架泵车竖起来的长臂，与会的方锐舟和明德江都愣住了。

卫丞坐在臂架泵车的驾驶室里操作着，戴着口罩的胡登科在车外协助。当年"断臂事件"里的主角，那辆61米臂架泵车样车，四条支撑腿全部展开，臂架最醒目的地方写着"争峰一号"。

胡登科发出操作指令，卫丞全神贯注地操作着。所有臂架全部展开了，办公大楼的窗户也都打开了，很多人都探出头看。

见董事会会议室的窗户也打开了，胡登科低着脑袋就跑了。

明德江冲着卫丞喊道："卫丞，你不受管控的情绪已经干扰我们的工作啦。问题能带来情绪，但情绪不解决问题。收了吧。"

卫丞跳下车，大声回应："明总，这辆臂架泵车您不认识吧，但是在这里工作十年以上的员工都认识，它就是当年'断臂事件'的主角，挑战洋品牌失败的英雄。十年过去了，商品化的臂架泵车的世界高度已经被海彼欧定在了 86 米，未来有多高？他们难道不应该问问咱们吗？遗憾的是，没有。因为狮子要吃牛，从来不会先问牛吃饱肚子了没有。"

卫丞拿出遥控器，按了一下，臂架最上端悬挂的一卷标语展开了，上面写着"与虎狼同行，必是猛兽"。

"不打这一仗，咱们永远是老黄牛！打这一仗，与虎狼同行，必是猛兽。"

方锐舟看着楼下慷慨激昂的卫丞，颇为感动，党委委员们更是议论纷纷。明德江的脸却越来越难看。

"哗众取宠。万主任，赶紧把他弄走。"

万宝泉看了一眼面无表情的方锐舟，起身往外走。这时门再次打开，盛传学在门口说："来得唐突，抱歉。"他走进来表示麓山大学将配合卫丞打这场官司。

盛传学又从自己的包里拿出一个精致的木盒子，打开之后取出一个光洁如镜的柱塞环，对众人介绍道："这个十年前卫冲之他们研制的柱塞环，在高速高压工况下的运行情况已经完全达到世界一流产品的同等效果。"

盛传学把柱塞环交给明德江看，继续说道："就是因为'断臂事件'后，卫冲之疯了，没有完成项目申报和评审，这一点却成为海彼欧攻击我们麓山一号抄袭的证据之一。今天有机会再次向西方对我们实施的技术壁垒发起突围，我们不能再放弃了。"

盛传学说完，退了出去。方锐舟转向会议室里的各位成员，请大家举手表决。他率先举起了手，众人互相看着，犹豫不决。

大楼外围了很多人，所有人都在等董事会会议室里最后的决策，躲在人群中的胡登科更是紧张得直咽口水。金燕子从人群中挤了进来，看着回到驾驶室的卫丞，又看了看高高悬挂的条幅。她急着走过去，被胡登科一把抓住，劝她此时不要去"送人头"。

驾驶室里的卫丞看了看手表，又看看楼上紧闭的窗户，有些失落。此时万宝泉从大楼里跑出来，冲着卫丞直嚷嚷，让他赶紧把车挪开。金燕子冲到万宝泉身边问楼上会议的结果。

万宝泉瞟了一眼金燕子，又看了看焦急等待的卫丞，说："结果我不知道，但不挪车的后果，很严重。"

此时的明德江从大楼里走出来，卫丞一看他的脸色，便知道了结果。

有点兴奋的卫丞立刻启动车，但是忘了怎么收臂架，有点手忙脚乱。在明德江锋利的眼神和万宝泉不停的催促下，他更慌乱了。

胡登科突然从人群中跑出来，夸张地呵斥着："年轻人就是没规矩，想怎么干就怎么干啊，我看就缺人给你念一百遍紧箍咒！万主任，你别急啊，我去帮他把车挪开行不？"万宝泉挥手说快点。

胡登科跑到驾驶室，把卫丞给"揪"了下来："还猛兽，我看就是自以为是的怪兽！"说完非常娴熟地开始回收支起来的臂架，稳稳当当。他一边干，一边用余光瞟着明德江的车离去了，转头对卫丞道歉："对不起啊，我真的有点怕。"

卫丞感激地说："你已经很勇敢了。谢谢。"

胡登科看着卫丞嘱咐道："勇敢有时候也叫莽撞，这一回，还是草率了。卫丞，以后打官司只能你自己玩了。"

金燕子在一边插嘴："应该是通过了。"

胡登科还是不相信，金燕子指了指楼上，他看见方锐舟微笑的脸，便立即抓紧手中的操作杆，大声喊："危险区域不能站人不知道吗？预设角度不够，容易碰到办公楼，我要改手动收臂了啊。"

方锐舟家里，方霏正在和保姆一起做饭。她端着菜出来，看见董孟实一边打着电话，一边捧着笔记本电脑看资料，旁边堆满了麓山一号的技术资料和海彼欧侵权案的复印件。

　　方霏劝他别操心打官司的事了。董孟实放下电话，脸色复杂地看着她说："爸赢了。"

　　开门的声音突然响起，方锐舟推门进来了。他看着两人和一桌子菜，有些高兴，又有些意外。

　　董孟实有些焦虑。方锐舟问他有什么发现，他看了一眼有些为难的方霏，说："这个海彼欧怎么对麓山一号的设计经过以及液压公司合股的代表如此知根知底呢？"这个疑点他一直憋在心里。

　　方锐舟问他为什么之前一直没说，他坦言没有证据就贸然说出去，人家第一个怀疑的就是他。

　　方霏插话道："孟实谨慎一点是对的，毕竟他现在是明德江眼中的'外人'。"

　　方锐舟拿起筷子夹了一口菜吃，瞟了一眼这两口子，说："方霏说得对，今后你就别管官司这件事了。"

　　董孟实被泼了一头冷水，方锐舟看着他："我这一回只负责打官司，公司的管理、经营都交给明总了。我不能拿你的前程冒险。"

　　江水碧透，江桥倒映在水中，黑色轿车行驶其上。邱沐阳把手机递给了身边的省长，上面是麓山重工办公楼前臂架泵车的视频，那富有气势的标语特别显眼。

　　"与虎狼同行，必是猛兽。这口气很像方锐舟啊。"韩雨田评论道。

　　邱沐阳说这一回是卫丞。

　　韩雨田有些讶异："哦？这个可比上次你去麓山重工，他'拦车告状'要更有杀伤力啊。不过，他和方锐舟的关系能翻转，是好事。"

邱沐阳汇报麓山重工党委会投票通过了全面参与应对国际官司的决定。韩雨田点头说："这就对了，我们国企，不仅要有面对各种风险挑战的勇气，更要有斗争的本领，这个本领不会与生俱来，只能在斗争中学习斗争。"又问道，"你急着找我是不是要为方锐舟说情啊？"

"不是。是想请您跟书记说一声，可否暂时不批复方锐舟的辞呈，让他带队打完这场官司再说。这期间，他只当一个组长，董事长和党委书记职务暂停，明德江主持工作，这样也便于理顺关系。"

韩雨田看了看手机上的视频，又看看邱沐阳，没有表态。

万宝泉来到明德江的办公室，倒好茶说着恭喜。

明德江没好气地说："'代理'两个字值得恭喜吗？我上次不就代理过一回了吗？"

万宝泉奉承道："这两个'代理'的意义差别可大着呢。头一个代理是方董悬在半空，充满变数，这回的代理是方董被任命为'反侵权案应对处理小组组长'，落地了。"

明德江摘下眼镜，瞟了一眼万宝泉："这个小组长难道你不能当吗？"

万宝泉一惊，赶忙挤出笑容："说句实话，官司打赢打输，全公司一万多人又有多少人关心呢？但是到了年底，在您的带领下摘星摘帽了，发厚厚一沓年终奖，您就是功臣，您就是一万多职工心中的神。"

明德江被万宝泉的马屁拍得很舒服，这才端起茶杯喝了一口水，又说道："我们党领导的干部工作就是要务实，就是要把群众的切身利益摆在第一位。对了，我让你做的调研，有多少人愿意参加方锐舟的反侵权小组啊？"

这时董孟实推门进来了，明德江示意万宝泉出去。

他叫董孟实来是要派他加入反侵权案应对处理小组，任副组长。董孟实有些吃惊，说自己没精力做。可明德江很是坚持，说官司既然要打赢，就不能只靠他方锐舟，说完便不再搭理有些为难的董孟实了。

麓山重工的食堂里，情绪低落的董孟实端着豆浆油条坐下来，不远处的餐桌上，张彬正一边看笔记本上的资料，一边吃包子。他看见董孟实，赶紧坐过来，向董孟实打听反侵权小组的事。他提醒董孟实，要名正言顺地一起打这场官司，公司必须购买麓山一号的专利。

"你提醒得对，不买专利无法成为一体。来，尝尝这里的油条。"董孟实把油条往张彬身前推了推。

"我从小就不吃油条。"张彬说完，夹着盘子里的包子吃了起来。

吃完饭，张彬一路小跑来到技术档案室，被管理员拦住了。

张彬大喊："卫丞，卫丞。"管理员连忙指了指墙上的图标，让他不要大声喧哗。卫丞从里面出来，看着满脸惊喜的张彬，有些不解。他问张彬什么事。

张彬满脸喜悦地指着自己的脸说："看不出来是喜事吗？"不顾卫丞一脸冷淡的表情，他兴奋地说："董孟实刚才告诉我，公司要购买咱们的专利。"

卫丞抬起头，有些不相信地看着激动的张彬，被惊喜冲击得一句话也说不出来。但很快他又忧虑起来：这个当口，公司哪有这笔钱啊。

张彬不在乎地说："你管这么多干什么？你又不是麓山重工的人。"

卫丞指了指两人胸前挂着的麓山重工的工牌。

张彬翻了个白眼："老大，前面还有两个字，临时，好吗？"

此时张彬的手机响了，是一个不显示号码的电话。他想着即将收到的专利费，说这回有底气了。

欧文斯正在跟总部视频通话，他举着卫丞的照片说："尊敬的董事长，我打赢跟卫丞的这场官司，是为控制高端液压技术提供震慑效应，为进一步打开并长时间占据中国液压市场做准备。"董事长听完，告诉了他麓山重工决定参与进来的消息。这个最新消息，让欧文斯面露惊慌。

"你的情报都不准，怎么赢？下次开会不要再发生这样的事。"

视频电话断了，欧文斯叫马修进来。

欧文斯立刻质问："麓山重工参加应诉为什么你不知道？我们的人呢？"

马修面有难色地说："他不想继续干了。"

"出卖，也是生意，多给点钱好吗？这一回他们不能输，我们也不能输。"

"但这回推辞得很坚决。"

十五

下班的电铃响了，胡登科跟着大伙往外走，边走边吹牛。

"这场官司打还是不打，就在董事会、党委会争论到最关键、最胶着的时候，哥们把臂架泵车的长臂给竖了起来，亮出了旗号，与虎狼同行，必是野兽，猛兽！"

听着胡登科吹牛的工友笑了起来。大家看见站在不远处一直看着这边的马大庆，纷纷打招呼，把胡登科的兴致给打断了。

"我就是来感谢你的。"马大庆说着递上了纸袋子。

"无功不受禄。"

马大庆说这些礼物是宋春霞送的，替卫丞感谢他帮忙收臂架。胡登科拿出纸袋子里面的东西，一个节拍器，一个头戴式蓝牙耳机。见他还不相信，马大庆说："不是她给的，我哪里知道你孩子爱弹琴，你需要买节拍器、买耳机啊。"

胡登科有些得意地邀功："我不只替卫丞收了臂架，展开臂架也是我干的。"

"你的意思是这礼物轻了呗？"马大庆说着，故作生气地伸手要拿回礼物。

胡登科赶紧把东西放在身后，说："我是一个只计较利益的人吗？那是我师父，我计较的是师徒情义。"

胡登科走到试验车间门口，看见背着书包的金燕子把当初被自己揭下来的《麓山报》又在原来的地方给贴好了，赶紧跑过来阻止。

"金燕子你干什么啊？不是说好了打赢官司再贴吗？"

"已经赢了。"金燕子一脸骄傲地说。看到胡登科一脸蒙的样子，她又故作姿态地说："重要指示传达到你这一层，确实还需要一个不短的过程啊，我就算提前通知你了。"

见她转身就要走，胡登科赶紧拦着她问："还没打，怎么就赢了呢？"

金燕子煞有介事地从口袋里拿出一张纸，是一份公司总部关于成立"反侵权案应对处理小组"的通知，成员名单上"金燕子"赫然在列。"赢，是因为姐参加了。"

胡登科见她是小组成员之一，便笑嘻嘻地说她要发财了。

见她还不明白，他解释："公司要打官司那就得先买卫丞的专利，这专利可有你的一份心血，命都差点扔高原了啊。这回卫丞得了这么多钱，必须分你几摞子钱。"说着又凑到金燕子身边，小声说："我知道你面子薄，这种事我来帮你张嘴，我就拿一个跑腿费。"

金燕子逗他："他要是不给呢？"

"那咱们就不帮他呗，他怕这个。"

金燕子故意作出一副痛心疾首的表情说："我这个人是个财迷，装进我口袋的钱拿出来给别人，我心里难受，睡不着觉啊，这种要钱不要脸的事，我豁得出去。"说完，她笑呵呵地转身就走，把胡登科给气得跳脚。

麓山重工拨了一间会议室给"反侵权案应对处理小组"当办公室。董孟实推开门就看见卫丞与几个工作人员正在收拾。

卫丞把一张"金燕子"的席卡放在办公桌上，却被董孟实一把拿走了。

董孟实让其他人先出去，说有事要跟卫丞谈。

等卫丞坐下，董孟实强忍不悦，说："你知道我跟燕子的关系，你把她弄到这里，我和她都很尴尬。"

卫丞不以为然，说金燕子是个豁达的人，不必在意。董孟实又指责他没考虑过方霏的感受。

卫丞突然为金燕子生起气来，对董孟实吼道："永远都是别人怎么想，你想过金燕子吗？你想过她为什么要当工人吗？你想过她来这里，是不是就可以有时间读点书啊？"

他上前从董孟实手里把席卡拿出来，认认真真摆在了属于金燕子的办公桌上。

培训班教室里光线昏暗，挤满了上课的人。金燕子坐在第一排，认真做着笔记。穿着精致的女老师对着笔记本口若悬河地讲解着，要求大家一定要牢牢记住标准答案。

金燕子放下笔，举起手急问道："老师，您别老说考题，您也教我们怎么实际操作啊。"

老师不耐烦地打断她："你们来这里是考证的，只要会考试，能拿到资格证就行。"

"连上手操作的机会都没有，什么也学不会啊。这真不行。"

金燕子的话引起了很多学员的响应，大家议论纷纷。她看了看教室内的学员，说："不愿意上课的可以离开。"

金燕子直愣愣地问："退学费吗？"老师有些被惹怒了，指着教室门口让她出去。

这时，门开了，卫丞走进来看了看，上去直接把她的书塞进了书包，拽着她离开了教室。

背着特大号书包的金燕子跟着卫丞从培训班的楼里气鼓鼓地走了出来。她偷偷看了看一脸平静的卫丞。

"看什么呀？上这种误人子弟的课就是浪费生命。"

"关键是浪费钱，5800的学费不退了。"她心痛地念叨起来，

"我给你补课。车间上机培训。"他拉开车门，催她快上车。

金燕子正疑惑他要从哪里弄一台自动焊机来给自己上课，卫丞说他已经跟焊装车间的主任说好了，今晚给他留一台设备培训。

焊装车间里，加夜班的自动焊机正在工作，火花四溅。卫丞和金燕子就在一台没有工作的自动焊机内模拟操作。

金燕子一手举着书，一手就去按设置键，卫丞一巴掌把她的手指头给打开了。又错了。

金燕子想不明白自己错在哪里，卫丞忍不住指点起来："焊缝轨迹的空间位置坐标错了啊！这个工件焊缝不是一条直线，是带有一定弧度的啊！"

金燕子恍然大悟，连连道歉。她重新输入，卫丞在一旁皱眉看着。金燕子被他瞪着紧张得不行，犹犹豫豫了半天。他指了指手表提醒她上机时间有限。

金燕子求着卫丞歇会儿，别老盯着自己。卫丞无奈，只好坐在一边，他看到金燕子那个特大号的书包掉在地上，弯腰捡起来，没想到书包没拉好，里面掉出来一堆英语书和他送的教材。刚才的不满瞬间消失了，他重新看着金燕子的背影，久久没有离开。

外语培训中心的教室外，董孟实一个人站在走廊窗户边，看着溢彩流光的城市夜景，玻璃上映出他愁倦的脸庞，窗外的繁华世界似乎与他无关。

发了几分钟呆，董孟实打开手机银行，看了看自己账号上的余额，叹了一口气，给父亲发了一条信息："爸，这个月还款要晚一点，你跟

大家解释一下吧。"

　　铃声响起，门开了，学员从里面鱼贯而出。迟迟不见方霏，董孟实赶紧推门进去，只见方霏正手撑着讲台，使劲勾着脚尖，脸上冒着虚汗。他连忙上去扶着她坐下，心疼地让她别加课了，又提议买辆车代步。

　　方霏看着他，认真地说："孟实，咱们结婚没有你父母的祝福，是一件遗憾的事。我知道你因为借的钱没有还，不敢回老家，所以买车的事情放在后面，先还钱。"

　　方霏的一番话让董孟实眼圈发红，低着头偏向一边。他告诉方霏反侵权小组明天正式成立，金燕子也是组员，问道："你不会介意吧？"

　　方霏莞尔一笑，拉住他的手，走出了教室。

　　"咱们回家。"

　　卫丞正在焊装车间里盯着金燕子上机操作，手机收到了方锐舟发来的信息："专利购买合同发你邮箱了，赶紧看看。"金燕子叫他过来看看她弄对了没，他赶紧走上前查看，在她焦虑期盼的目光下缓缓点了点头。金燕子兴奋地叫出声，又迫不及待地翻好书递给卫丞，让他继续指导下一节。

　　卫丞看着她认真地说："你一定会实现戴白头盔的梦想。"

　　反侵权小组的办公室里挂上了"争峰"的牌匾，从来冷冰冰的卫丞脸上也绽放出少有的喜悦之色。坐在金燕子边上的董孟实，依旧有些尴尬不自在。方锐舟走进来，大家都立马起立问好。

　　方锐舟摆手说从今天开始只有方组长，让大家以后都不要起立了。他接着宣布："咱们这个反侵权案应对处理小组今天就算成立了，组长由我担任，董孟实任副组长，挂名的，主要是方便两边的联络。"被点名的董孟实一愣，但立刻露出微笑，并点头示意。

方锐舟鼓励大家说："我们的任务就一个，打赢这场必须赢不能输的官司！就像金燕子的口号：人生豪迈，永不言败，敢打必胜，绝不放弃！"

众人大笑起来，金燕子有些脸红。方锐舟示意万宝泉开始下一个环节。万宝泉赶忙宣布举行公司购买麓山一号专利权的签字仪式。众人热烈鼓掌，张彬扯着脖子往里看，被金燕子拽了一下。张彬悄悄问身旁的董孟实专利转让费多少钱。董孟实始终微笑地目视前方，也不看他，说："你不是只说理，不谈钱的吗？听我一句劝，不是你的就别打听，打听多了搁心里容易得病。"

卫丞走到签字台前拿起了合同，一看钱还不少。方锐舟说公司现在经济困难，专利转让费要分几次支付，希望他谅解。

"我有钱了，就一定能打赢这个官司吗？"卫丞的突然发问让现场一下子陷入一片寂静之中，所有人都瞪大眼睛看着不知要干什么的卫丞。

"麓山重工其实完全可以不帮我的。我爸曾说过，看似冰冷的科学技术其实是暖的，是能改变生活、温暖人心的，它能让弱者变强者，让强者更有爱的力量。以前不理解，我今天懂了。"

卫丞说出了一个震惊全场的决定："海彼欧让我承认侵权，侵权费只收一元，那好，我就以一元的价格转让麓山一号的专利！打赢他们！"说完就拿起笔在专利转让费上画了一个圈，改成了一元。

金燕子和董孟实惊讶无比，而方锐舟感到甚为欣慰。

张彬一点点闭上了眼，手机响了，拿出来一看，是医院发来的他母亲确诊为骨癌晚期的消息。他颤抖着把手机塞进口袋，咬着嘴唇看着眼前神采飞扬的卫丞……

门锁一响，提着肉和土豆的马大庆下班回来。宋春霞迎了出去，拦住了要往厨房去的马大庆。明白她有事要说，马大庆点点头，走到客厅沙发上坐下。

宋春霞有些难为情地开口："对不起，大庆，卫丞没有收公司的专利转让费。所以，给咱们照顾老卫的费用，他恐怕暂时付不出了。"

马大庆全然不当一回事，要起身，再次被宋春霞按住，她说要送老卫回精神病医院。马大庆急了："孩子不要专利转让费，就要打赢这个洋官司的这股子劲，那种魄力，我就喜欢。我一个老工人，打官司帮不上忙，帮孩子解除后顾之忧还行。"说罢他提着肉进了厨房。

宋春霞跟着进来，感激地从口袋里拿出一张银行卡，有些颤抖地递过去。马大庆担心地说："你手抖得……是不是我给你扎银针给扎毁了啊？"

"没有的事，这不是着急嘛。再说我又不开机床了，抖就抖呗。这是我的一点私房钱。"说着她用另外一只手抓住了微抖的手，这才控制住。马大庆还是不肯接，只推说当初说好了，除了大笔开销一起承担，小钱各自掌握，谁还没有一个应急的时候。

宋春霞看着马大庆，认真地说："可这些年但凡出现应急的事，都是卫丞和他爸爸的事，你是从来没有皱一下眉头，说一个不字，反倒是怠慢疏远了马炎。上次马炎不要你的钱买房结婚，这孩子有骨气，但不容易，加上我的这些钱，给孩子。"

马大庆始终没有接，看了一眼宋春霞，把脸转过去又去弄炖肉的锅了。宋春霞把银行卡强行塞进马大庆的口袋，让他赶紧把钱给马炎送过去，正好赶上楼盘的优惠期。马大庆喉结抖了抖，想说没说出来，被宋春霞推出了厨房。

马炎和朱可妮打工的串串店店老板卷钱跑路了，停业的店子里一片萧条，大家散坐在各处不停抱怨着。金燕子接到父亲打来的电话，立刻赶来。她接过父亲递过来的茶水，看着委屈的朱可妮，递了过去。朱可妮拿着自己楼房的户型图，正哭得伤心。

马炎越想越气，刚起身要去找老板，就看见门外站着的马大庆，便走了过去。马大庆拿出两张银行卡递给他说："这是我和宋春霞给你凑的首付款，她说这几天你看中的那个楼盘搞活动有优惠，让你赶紧去交钱。"马炎不愿收，坚持自己的房子一定要自己买。

马大庆劝道："有骨气是好事，但小猪这眼看着又没工作了，你们拿什么买婚房啊。儿子，人家跟你一个送外卖的在一起这么久，不离不弃，咱们要给她和她的爸妈吃定心丸。"他再次把银行卡推了过去。

金燕子和朱可妮端着菜从里面出来了。朱可妮瞟见银行卡，心中激动但马上装作什么也没有看见的样子，只是踢了一脚金燕子。金燕子会意，上前招呼两人吃饭。

马大庆吃着饭，对金显贵的手艺赞叹不已。朱可妮微笑着，突然发现有人停下脚步，看着马大庆这边的菜。她立刻笑脸相迎，走到客人身边，热情地推销起金显贵的手艺。朱可妮连比画带表演的，愣是把四个客人给引了进来。

金燕子对师父感叹道，要是小猪自己有个店子就好了。马大庆略一思索，下定了决心，对马炎说："房你自己买，但这店子我帮小猪盘下来总行吧。"

朱可妮在门边听见了，擦了一把眼泪，笑着跑了出来，马炎依旧在跟自己较着劲。朱可妮扯了他一把，他依然倔强地说："我给您打借条。"马大庆怪他多此一举。

马炎却说："爸，卫丞他妈能把私房钱给您，除了卫丞没要专利转让费让她有些愧疚之外，骄傲也是掩饰不住的。都是当儿子的，您儿子的差距不能太大。"

马大庆看着倔强的儿子，心里一阵温暖。马炎从朱可妮的口袋里掏出笔和纸歪歪扭扭写着借条。

漫江碧透，一艘快艇劈波斩浪冲跃而起，重重砸在水面上激起巨大的水花。浪花飞溅到船舱里，把穿着海魂衫的卫丞和卫冲之都给溅湿了。卫丞操作着方向盘扭头看了看父亲。盯着水面的卫冲之像个船长一般指挥着卫丞前进。卫丞一推前进杆，快艇呼啸着冲向前方，风浪之中隐隐传来卫冲之开心的笑声……

巨大的橙色太阳落在江面上，卫丞停下快艇，和卫冲之静静地坐在船头，看着被镀成金色的江面。除了几只白鹭外，江面异常平静。

卫丞拿着干毛巾给父亲擦了擦头，又把一件大浴巾披在他身上。但无论卫丞怎么折腾，卫冲之的眼睛一刻也没有离开太阳。

即使父亲听不懂，卫丞还是带着愧疚的神色对他说："爸，对不起，我冲动了，把已经到手的给您治病的钱给拒绝了。"他不敢看父亲，但父亲似乎没有听见他说什么，依旧目不转睛地看着太阳一点点沉入江水。

"做出这样的决定确实过于自私了，忽略了你和妈妈的感受，但我真想打赢这场官司。"

突然卫冲之哭了，他指着落入江里的太阳悲伤地大叫："太阳没有了，没有了。"

卫丞连忙指着相反的方向安慰他："没事，太阳明天还会从那边升起来的。"卫冲之跟着卫丞手指的方向看去，天并没有黑，落日余晖让卫冲之又变得兴奋起来。

"这话我跟船长也说过。"卫冲之突然说。

卫丞很吃惊地看着父亲，突然想到什么，从包里拿出盛传学珍藏的木盒子，打开后取出那只柱塞环递给父亲，问："你认识这个吗？"

卫冲之瞟了一眼，脱口而出："柱塞环。"

卫丞惊喜万分，一把揽住父亲的肩膀再次试探着问："谁做的？"

卫冲之却突然说他饿了。

刚刚还很惊喜的卫丞仿若被一盆凉水兜头泼了上来……

夕阳斜照，明德江盯着摆在桌子上那份一元钱的专利转让合同，沉默不语。他缓缓站起身，在房间踱步。敲门声响起，董孟实推门进来了，明德江微笑地看着董孟实。董孟实余光瞟见了桌子上的专利转让合同副本。

明德江一边说着年轻就是本钱，一边缓缓地坐到了椅子上，满意地点点头。他拉开抽屉，从里面找到两张名片递了过去，介绍说这是他原来在机关工作时认识的北京知名律师，又叮嘱说打国际官司先找世界知识产权中国办事处的陈主任商量，他有经验。

董孟实向明德江道谢，他会把这个好消息告诉方组长。哪知，明德江把名片抽了回去，说："这是你自己找到的渠道。"董孟实看了看面无表情的明德江，点了点头，明德江这才把名片重新递了过去。

看着董孟实不解的表情，明德江说："有分歧，不意味着不尊重。"

这一刻，董孟实对明德江肃然起敬。

站在医院外一个简易的炸油条油饼的宵夜摊边，张彬两眼发呆地看着住院部那密密麻麻的灯光。宵夜摊的摊主是一位老大妈，她端着十根油条送到了张彬眼前，问他需不需要打包。张彬摇摇头，夹起一根油条就吃，但眼前不断闪现医生告诉他母亲只能靠昂贵的进口药来维系生命的场景，他哽咽着把油条使劲塞进嘴里。

他拿出一张一百元的钞票放在桌子上，对着摊主笑了笑，说："没事，我就是想我妈了，她炸了一辈子油条。"

走进黑暗的角落里，张彬看着医院，布满血丝的双眼喷射着不甘的火焰……

飞机降落在上海浦东机场。方锐舟带着卫丞、董孟实一行走进了世界知识产权组织（WIPO）仲裁与调解上海中心。

　　卫丞感叹，方锐舟竟然能联系到这里，还有北京国际律师团助阵。方锐舟看了一眼董孟实，说：“不是我联系的，是孟实。”卫丞更是满心感激。

　　他又问董孟实为什么不直接去世界知识产权组织总部打官司。董孟实解释：“去 WIPO 总部的跨国审理时间太长，对我们不利，能调解先调解。”

　　卫丞直言：“我没觉得他们想调解。”

　　WIPO 上海中心会议室里，麓山重工的代表和海彼欧的代表正在听调解中心的介绍。

　　陈主任郑重宣布：“在这起涉外知识产权案件的审理中，我们希望通过机制创新，构建多元化的纠纷解决方式供当事人选择，包括调解。下面请海彼欧代表发言。”

　　海彼欧的律师打开厚厚的卷宗，首先从三大摩擦副的计算和设计发难。麓山重工的代表王律师随即回应：“麓山一号在三大摩擦副的计算和设计上有着与你们完全不一样的数学、物理计算模型，请看大屏幕。”

　　卫丞疑惑对方怎么不从准备好的柱塞环开始，等数学、物理模型讲清楚会耗费很多时间，他焦虑地看看手表。旁边的方锐舟听得非常认真，但却注意到马修始终戴着耳麦。

　　海彼欧办公室里的欧文斯看了看手表，对电话那头说：“对，先在小细节上把时间消耗掉，拖的时间越长，我们越主动。”

　　王律师还在以屏幕上播放的麓山一号三维模型动画图进行辩护。

　　屏幕上显示出两个产品在高压油膜计算上的数值差别。

　　马修按了一下耳机，然后跟己方律师交换了一下意见。海彼欧的律师指着已经打开的麓山一号实物，问道："请解释一下主轴上这八个小直径球窝的设计是怎么来的。"

王律师有些措手不及，扭头看向卫丞和方锐舟，对方在起诉书里并没有提及这一条。卫丞解释道："这个设计源于十年前麓山重工自主研制的试验高压柱塞泵，你们可以看当时的实物。"说着打开电脑上的文件请大家查看当时的设计图。

屏幕上出现了有卫冲之签名的各种草图和设计图。马修提出要仔细看看实物，征得卫丞同意后，工作人员把柱塞泵抬到大家面前，并打开横截面。卫丞拿出手电筒照亮了球窝，马修从助手那里拿出来一台电子显微镜，这让卫丞他们感到意外。

马修把显微镜的探头伸向了球窝，球窝的光洁度让众人咋舌并赞叹不已。

"镜面级的精度啊。"

董孟实说："十年前贵公司球窝批量加工技术也很难保证有这个水准吧，怎么能说是我们侵权呢？"

马修指着投影出来的球窝表面，说："这个工艺水平确实达到甚至超过了镜面工艺的水准，表面粗糙度似乎都低于 $0.01\mu m$，对吧？"

董孟实点点头。

"但据我所知，十年前你们公司并没有这样精度的数控镗、铣机床。请问这样的精度是'变'出来的吗？"

卫丞和董孟实一下子愣住了，但方锐舟笑了笑，表示这是工人用传统机床加工出来的。

马修并不认同这样的说法："传统机床，手工制造，如果你们就这样开玩笑，我想，调解也就不必要谈了，因为你们在侮辱我们的智商。"

"我负责任地再说一次，这个样品确实是我们的工人手工做出来的。她叫宋春霞，是设计师卫冲之的妻子，卫丞的母亲。"

卫丞一惊，但马修他们却不屑地摇着头："煽情，不代表科学。"

"你所谓的科学是1+1=2，而我们工人的科学是1+1＞2。宋春霞十九岁进厂，精通车、铣、刨、磨、镗、钳、焊各个工种。为了这个球窝的加工，她把精细磨铣工艺同刚性定径球形刀、浮动圆片刀、定径旋风切削的工艺相结合，$0.01\mu m$就是这么做到的。"

方锐舟的解释并没有说服马修。他提议，如果麓山重工能够再次用手工加工出来如此精度的球窝，他们再接着调解，否则就法庭见。说完，马修带着他的人离开了会场。

卫丞着急起来："现如今球窝加工都是精铸加数控机床，哪还有人会手工操作啊？"

麓山重工的代表一时陷入满腔愤懑和绝望之中。

十六

　　试验车间内，明德江和宋春霞等人对着最新的80米降尘雾炮机图纸激烈讨论着。明德江要求优先保证80米降尘雾炮机的生产，但车间还有新泵车的生产任务，人手不够，令宋春霞很为难。明德江强调80米雾炮机现在是明星产品，要以这个为主。宋春霞点点头，刚从上海回来的董孟实提着包从外面急匆匆跑进来，第一时间告诉他们与海彼欧的第一次调解失败了。

　　宋春霞停下了手里的活，扭头看着董孟实和明德江。董孟实对明德江解释，矛盾的焦点是海彼欧不相信麓山重工十年前的球窝加工方式是传统的手工镗铣。他打开自己的平板电脑给明德江进行动画演示。旁边的宋春霞皱着眉头，继续收图纸。

　　听完董孟实的说明，明德江也说这么高的精度，确实不可能。宋春霞手握着收好的图纸，微微有些抖，她克制着想张嘴说话的冲动，转身离开了。董孟实告诉明德江，十年前的球窝是宋劳模加工的。

　　明德江诧异地扭过头看着宋春霞离开的身影。

　　金燕子一路小跑，冲到了正在检查焊接质量的马大庆身边，叫着"师父"。马大庆不搭理她，继续指导着工人堆焊。他与工友说完之后，把歪了的头盔扶正，放下面罩，这才看了她一眼。

　　金燕子急忙问出心中的疑惑："卫丞他们回来了。他说十年前我师娘用传统机加方式，做出了镜面精度的球窝，是真的吗？"

马大庆一听，气哼哼地说："你就相信机器，相信计算机对吧？认为那些才叫科学对吧？人，才是最值得相信的。人，才是最科学的。这件事是真的，真的！"

金燕子皱着眉头，似懂非懂地又是点头又是摇头，帮着师父收拾工具。马大庆还在念叨："你们年轻人干活就是为了挣钱、享受，我们当年干活是因为迷恋手艺。"

听到金燕子说海彼欧非要亲眼看着宋春霞用传统机加方式再做出一个球窝来，否则调解就失败，马大庆急了："这不是欺负人吗？你师娘都快退休了，十年都没怎么摸机床了，现在让她干十年前的活，可能吗？更要命的是她现在手抖得厉害啊。"

"那可怎么办啊？"

马大庆无奈地攥了攥拳头，叹了一口气。

宋春霞从办公室的柜子里拿出一本很旧的笔记本，上面画满了各种球窝加工工艺的图，十年前发生的一幕幕在脑海中浮现。

十年前的宋春霞看着卫冲之画的工艺图，不停地摇头："老卫，要保证球窝大小尺寸、球心位置分布精度、球心与平面重合度、球形轮廓度同时符合 $0.01\mu m$ 的要求，做不到啊。"

"别人做不到，我老婆肯定做得到。"

宋春霞依然摇头，厂里没有这个精度级别的数控机床，凭手工镗、铣真的做不到，稍微抖一下就会出现颤刀，一个颤刀最小就是 $0.03\mu m$ 的偏差。

"你要是做不到，我这个设计就是没有价值的。"卫冲之说完，有些绝望地坐在椅子上，看着 61 米臂架泵车的设计效果图，这让宋春霞有些为难。

他失落地说："没有高端液压系统支撑的工程机械，永远都是缺芯少魂的。臂架举得再高，举成了世界第一，你心里也会发抖。"

宋春霞问："那你为什么相信我能干成呢？"

卫冲之看着她的眼睛，郑重地说："因为你是真的热爱。"

卫冲之的身影渐渐淡去，宋春霞回过神，看着笔记本上卫冲之写的一行字："因为热爱"。可是她刚要伸手去抚摸这行字，手又突然微微抖了起来。

方锐舟和卫丞在技术档案室里专心致志地研读着当年卫冲之研究柱塞泵的图纸。卫丞看到加工工艺图纸时，不禁感叹："设计没有问题，但十年前用传统镗铣手工加工出来，今天看，确实不可思议。"

"这就叫艺高人胆大，你妈和你爸大胆改进了夹具和刀具。你看这里。"方锐舟指着另外一张图纸上的各种刀具和夹具。

现在的宋春霞用当年的工艺还能造出一模一样的球窝吗？他们都不乐观，但别无选择。

卫丞沮丧地低下头。方锐舟起身往外走，说要去找宋春霞商量。卫丞拦下他："我妈要是能干，她会主动请缨的。"

方锐舟反问道："公司传统铣床、镗床现如今都没有多少台了，你觉得还有人能干吗？"

"那还是我去吧。"

卫丞站起身，径直朝外走去……

下班铃声响起，工人都开始收拾东西准备下班了，宋春霞依旧在车间里叮嘱大家检查手头的工作。待所有工人离开，宋春霞伸手把场灯关了，突然发现卫丞站在不远处，便叫他回家一块吃饭。

卫丞苦笑着有些无奈地摇摇头，宋春霞走上前，发现儿子衣服的扣子竟然扣错了，边伸手帮着他扣好边念叨起来。

卫丞没有躲避，他享受着久违的母子亲情，但也看见了母亲给他扣扣子的时候微微有些抖的手。那些到嘴边的话，一下子随着起伏的情绪都卡在了嗓子眼，说不出来。宋春霞已经明白了儿子的心事，问道："是不是球窝加工的事需要妈妈啊？"

卫丞摇摇头："没事。真的，不能他们说什么就是什么吧，我有别的办法对付他们。"宋春霞还想再问，卫丞拉着她的手，故作神秘一笑，说要暂时保密。

他微笑地转过身就走，转过脸的他，眼眶湿润，而他不知道，身后母亲脸上的微笑也一点点消失了……

马大庆将菜端上了桌，见宋春霞还在认真看着笔记。他摁了一下桌上的按铃器，"叮咚"一响，端坐着的卫冲之开始吃饭。马大庆夺过宋春霞手里的笔记本，把饭碗跟筷子递到了她手里，劝道："我也是'因为热爱'干了一辈子焊工，可人一过五十岁，眼力、手力、精力明显退步，我现在就干不过金燕子，这个不服不行啊。吃饭。别急，他们肯定还有别的办法。"

宋春霞无奈，卫丞但凡有办法也不至于今天来找她。尽管他怕母亲为难什么也没说，可看着儿子为难，宋春霞心里也不是滋味。想着想着她更加自责，把微抖的手重重地压在桌子上。马大庆赶紧轻轻拍了拍妻子的手背。卫冲之也伸手去拍，被马大庆挡了回去。

马大庆问她："那当年专门为球窝加工设计的夹具、刀具、模具都还在吗？"宋春霞无奈地摇了摇头。

马大庆想试着帮她找找。也许练上一阵子，能有个八九成的把握呢？

宋春霞苦笑了一下，将握着筷子微微发抖的手举给马大庆看。

"那可是在老外的眼皮子底下加工啊，就算是有99.9%的把握，只要手抖一下，那就是 $0.03\mu m$ 啊，那就干砸了！"宋春霞不怕因失败承担责任，她既怕毁了老卫的心血，也怕和卫丞之间的关系会因为这次失败变得更疏远。

宋春霞的话让马大庆一下子陷入了沉思。卫冲之不知道什么时候开始看宋春霞的笔记本。他盯着本上的字，歪着头念出了声。

"因为热爱。"

方锐舟在堆满各种技术资料的客厅里一边吃着饭，一边接听电话。他放下电话，刚才的轻松劲一下子消失了。

敲门声传来，方锐舟起身去开门。董孟实拿着笔记本电脑走了进来，问："在这一轮较量中，您不觉得海彼欧对我们的东西知道得有点多？"

方锐舟盯着董孟实看了一会儿，才点点头。董孟实拿出自己的电脑将球窝加工的技术图纸和当时的刀具、夹具图片调出来给方锐舟看，又解释："宋春霞造出来的球窝，单从加工精度和内窥镜检查来看，无法分辨出是传统机床还是数控机床造的，那海彼欧又是怎么知道的呢？难道说是……"

方锐舟看了眼他的电脑，打断他的话："这是你个人的电脑？"董孟实点点头，立刻被方锐舟呵斥道："厂里的这些技术资料你怎么能随身带着呢？这是违反纪律的事！"说完喝令他赶紧将电脑上的内容删除，再检查一遍还有没有其他地方存储了这些。

董孟实有些蒙，坐着没动。方锐舟再次催促，他起身出去了。方锐舟拿起电话，开始调查这段时间调阅专利技术档案的情况。

反侵权案应对处理小组的临时办公室内，卫丞一脸愁容地打着电脑游戏，桌子上胡乱摆着主轴球窝的工艺图纸。

卫丞问张彬怎么还没上来，金燕子答了句"他查资料去了"，随即发现他并不是在问自己，而是在跟线上的队友说话。金燕子烦躁起来，一把将他的鼠标拽开："逃避不是办法，总有人能干出来的。"

"你知道这要承受多大压力吗？"卫丞有些激动，手里的咖啡一下子洒了不少。一时间，两人都不说话了。门推开了，张彬从外面走进来。

金燕子把卫丞桌上的主轴球窝工艺图一把拽走，冲了出去。公司的高级技师、大工匠多了，她就不相信再找不到一个能手工造球窝的人。

卫丞起身也跟着去，但走到门口突然停住，拿出那个柱塞环给张彬看看，有些疑惑地问："你说海彼欧为什么没有按照诉讼书上写的，从柱塞环开始问起呢？"

张彬让他别那么敏感，海彼欧就是故意搅浑水，拖延时间。

卫丞看着柱塞环不置可否地点点头，推门出去了。张彬若有所思。突然卫丞又推门进来，问他："你很长时间不参加战队的线上活动了，而且好像装备都卖了，缺钱啊？"

"号被盗了。"

卫丞和金燕子拿着主轴球窝工艺图在传统的镗铣车间里找各种师傅讨论加工的可能性，但得到的回应都是摇头。

金燕子不敢相信，全公司怎么就没有一个敢接这个活的人呢？难道没有数控机床，大家都不会干活了？两人沉默着，再次陷入沮丧。

有些泄气的卫丞转身正要离开，迎面遇到了胡登科。

他有些怯怯地说："我、我能帮点忙。"卫丞诧异地打量他，金燕子则兴奋地把手里的工艺图展示出来，对他说："对啊，你当年可是主任的大徒弟啊，偷师学艺也得有两把刷子啊，要不你试试。"

"球窝的加工可不是看一眼，练两刀就敢上手的。跟我来。"

卫丞和金燕子不知所以地对视一眼，只能跟着胡登科走。

胡登科带着他俩走进了工厂的工具库房。他取出钥匙，打开了库房角落里一个蒙灰的铁皮柜子，里面竟然是一排排摆放整齐的夹具、刀具和模具，以及一摞油迹斑斑的工艺图纸。

胡登科示意卫丞和金燕子看一看。金燕子激动地看着一样样刀具，卫丞展开工艺图纸，上面有各种红蓝铅笔的标注。

金燕子奇怪胡登科怎么会有这些，胡登科解释道："'断臂事件'之后，我心里有愧，跟师父的关系也就疏远了。那时候卫总疯了，好端端的家也散了，这些特别研制的工具、夹具、刀具师父也没精力顾及了，我就多了一个心眼，收了起来。现如今所有产品的质量、品质都由数控机床掌握了，这些老东西其实也没什么用了。"

金燕子将一把特殊的刀具递给了卫丞，刀杆上錾刻着 SCX 三个字母，正是宋春霞名字的拼音首字母。卫丞拿着刀具，在想当年的那份底气今天还有没有？是否还能成为一种锐气？他不知道。

胡登科却直言对此不乐观。卫丞心里一阵阵发冷，他叮嘱两人先别把这件事跟宋春霞说。

卫丞将找到当年工具的事告诉方锐舟，还把那把刀具给了他。方锐舟立刻带着它去了明德江办公室。

明德江久久凝视着刀杆上錾刻着 SCX 的刀具，又缓缓抬头看了看方锐舟递过来的手机上的图片，图中是一柜子的夹具、刀具。他彻底相信了，但他不知道今天的宋春霞还能不能干成。

方锐舟坦言自己也不知道，随后便说请他帮忙准备一样东西。他拿出手机划了一下，调出一张老照片递给明德江看。明德江看完照片，将信将疑看了他一眼，问："这行吗？"

卫冲之抱着臂架泵车模型坐在小板凳上，手上拿着一本很多年前的初三化学书"认真"看着。旁边的马大庆也拿着一本针灸书在研习针灸技术，他对空模拟，时而捻转，时而提插。

敲门声传来，马大庆来不及拔针就去开门。门打开，是卫丞。马大庆高兴不已，见卫丞拿着一个袋子，让他别客气，卫丞有些尴尬地解释这是给卫冲之的药，说着把袋子递了过去，又问宋春霞去哪了，马大庆说她在加班。卫丞感到疑惑，自己明明去了试验车间，并没看见她。马大庆犹豫了一下，道："她在老车间。"

老车间里，卫丞透过旧机床的间隙，看见戴着老花镜的宋春霞正在一个老式镗床上按着摇杆。她的手似乎总是有些不顺，她一会调整灯光，一会调整手型，让躲在远处观看的卫丞心里不是滋味，想起马大庆的话："你虽然没跟你妈张嘴，但她却随时准备着，以便在你张嘴的时候有能力帮到你，而不是怕面子和担责，这就是你妈。"

卫丞看得红了眼眶，正要上前，被方锐舟拉住了，他做了一个嘘的手势。看着远处宋春霞的身影，卫丞说他终于理解了以前大人挂在嘴边的"为了孩子好"并不是托词。

方锐舟欣慰地点点头，拿出手机打开递给卫丞。看到眼前的照片，卫丞愣住了……

宋春霞拿着文件夹正在办公室里跟车间的骨干开会，强调要严抓质量："生产进度基本上达标了，但是出现两起质量不达标的事，焊工班和装配班要引起注意，什么时候质量都是我们的脸。质量差，那就是脸上长麻子，什么护肤品、神仙水都救不了啊。明白吗？"

"明白。"

散会后大家起身陆续离开，宋春霞有些疲惫地坐下来，看了看拿着文件夹的手，又开始微微颤抖了。

金燕子从外面火急火燎地冲进来，叫她去一趟数控机床车间，是方锐舟请她过去。

金燕子带着宋春霞走到数控机床车间最里面，她看到的是一座用有机玻璃搭建的净度加工房，跟十年前加工球窝的时候一模一样，方锐舟、卫丞、马大庆等人都站在门口。

金燕子在后面微微推了一下宋春霞的后背，结果被宋春霞反手一巴掌打在手背上，痛得一撇嘴。方锐舟满面笑容地走过来，宋春霞下意识地用左手抓住了微微有些抖的右手。金燕子赶紧把净度加工房外的一个全新工具柜打开，那些擦拭得发亮的夹具、刀具整齐有序地摆放着。宋春霞激动地往前紧走两步，卫丞把錾刻着SCX字母的刀具递给她。宋春霞接在手里，跟拿着宝贝一样，抚摸起来……

"花这么多钱，弄这么大阵势，是要逼着我干啊？可我的手，抖啊。"她把手亮给大家看，又看向有些焦急不安的儿子。卫丞正要开口，她直接将那把刀具放在他手里，并没有再说什么。金燕子和方锐舟心里也很着急。

卫丞拉住母亲有些发抖的手，边往净度加工房走边对她说："妈，干不干的再说，反正钱已经花了，你看看里面。"

金燕子已经把白大褂和防护帽、防护鞋都给她准备好了，推开门的一瞬间，她再次愣住了。只见屋里坐着身穿白大褂的卫冲之，他正细细地端详着柱塞环，在白板上用笔写着公式。

"你在呀。"宋春霞眼眶里已经充满了泪水。

卫冲之回头，久久望着宋春霞，似乎想起什么，嘴里喃喃道："平面割槽 $T=L/(S \times F) = 2.7/ (200 \times 0.1) \approx 0.135min$……"

卫丞坦言："妈，是我接爸来的。球窝能不能干成，方董说了没关系，但我希望能对我爸的康复有所帮助。"

宋春霞的眼泪已经喷涌而出。半晌，她擦了一把眼泪，走了出来。卫冲之拿着白板笔跟着走出来，一边望着宋春霞，一边想要在有机玻璃上写公式。马大庆连忙把他拦住，用臂架泵车模型换下了他的白板笔。

"方董，我答应了。"宋春霞下定了决心。

金燕子和方锐舟长松一口气。宋春霞又说："不过把它建在数控机床车间里啊，太老土了吧。"金燕子对她解释，在数控机床的车间里花钱建这个净度加工房，是要给全公司上一堂什么叫品质的课，这也是方组长的意思。

方锐舟点点头，把錾刻着 SCX 字母的刀具举给现场职工看。

董孟实陪着一脸惆怅的方霏来医院复查。两人拿着化验单在医院的过道上慢慢走着。董孟实向方霏说了自己怀疑有内鬼却被方锐舟批评的委屈，方霏却认为他表现得太过世故圆滑。

董孟实走到取药处排着队，旁边有一个熟悉的身影引起了他的注意，他从取药窗口的玻璃上看到那人是张彬。只见他戴着口罩，正在刷卡取药，窗口显示屏上显示药款为 24.79 万元。看到这个数字，董孟实很是惊讶。

张彬低着头压着帽檐往住院部电梯口走去，电梯开门，他跟着众人挤了进去。董孟实赶紧从一侧的楼梯间往上跑，一层一层地找，始终没有发现张彬的身影。当他气喘吁吁、浑身无力地推开 17 楼楼梯间的门，恰巧看见了从某间诊室出来的张彬。他调整呼吸，悄然走了过去。

董孟实走到诊室门口，抬头一看上面的名牌，写着肿瘤科，心里一紧。

胡登科陪着肖月琴在琴行挑选女儿的钢琴。连着挑了好几台，胡登科不是嫌价格高了，嫌颜色不适合，就是嫌功能不够强大，就是不买。一直憋着气的肖月琴终于忍不住了，推了胡登科一下，让他自己去和女儿解释，说完就气呼呼地冲了出去。胡登科赶紧跟着跑上去，解释说自己是担心要下岗，买了琴没钱吃饭了。一直不愿意看他的肖月琴，啐道："编。"

胡登科摆摆手，拿出一张折起来的公司红头文件复印件，是《精简三线部门和员工的试行办法》。胡登科这样的底层干事岗位全部取消了，他要不下岗，要不调岗。三十多岁的人了，只能回车间重新当工人，跟那些90后抢饭吃，太难了，好在他还有高级技工证。肖月琴却没那么乐观，毕竟现在都是数控机床了。胡登科也发愁，这下可能还得从最普通的工人干起，工资一下就少了很多。肖月琴突然想到可以找他师父宋春霞帮忙。

胡登科有些不自信地说："我、我试着找了一下，把她十年前留下来的那套刀具、夹具还给了她儿子，这不在等信吗？"

肖月琴气道："你怎么能提着猪头都找不到庙门啊！再等下去就没岗位了。"

胡登科被说得低下头沉默了。肖月琴不干了，就要去找宋春霞，但被他冲上去拦住了。

数控机床车间里的那座净度加工房格外打眼。宋春霞用玻璃酸钠滴眼液点了一下眼睛后，就开始认真练习。卫丞拉着警戒线在周边围了一圈，不时跟路过的师傅们拱手示意，请大家不要打扰。

金燕子从净度加工房里走出来，拆了卫丞刚刚拉起来的警戒线。

卫丞气得够呛，自己求了半天人，才弄出来这一片"禁区"，好让母亲不受打搅，安心练习。金燕子毫不客气地反驳："你觉得海彼欧过来看的时候，四周会安静吗？你可以让他们的人随时都在你这个禁区线以外待着吗？"

卫丞被问得哑口无言。金燕子继续说道："这是干活，不是作秀，越接近真实的环境，越有利于练出稳定的成绩。跟你这种一天到晚在空调房里待着的人说了也不明白。"

卫丞看了看净度加工房里认真研习的母亲，只好配合金燕子把警戒线一点点收起来。

金燕子问起自己申请给宋春霞当助手的事，卫丞说宋春霞知道了。

"知道了？"金燕子有些摸不着头脑。卫丞不再理她，转身离开。

金燕子有些沮丧地回到试验车间，远远就看见肖月琴拽着胡登科，跟马大庆在说着什么。肖月琴拿着胡登科保存工具的事想为他争取一个岗位，马大庆不太搭理两人。肖月琴急了，就要找宋春霞说去。马大庆忙拦住她："老宋给胡登科留了个话，问他还能当工人吗。"

马大庆说完，完全不顾身后正开心的胡登科和肖月琴，但是刚走一步，就看见了快要哭的金燕子。

"闹了半天，'知道了'就是拒绝的意思啊。"金燕子一肚子气，转身跑了。

董孟实跟卫丞正在看技术设计图纸，张彬背着包推门进来了。

"你身上怎么这么重的消毒水味道啊？去医院了？"

张彬一怔，看了一眼关心自己的卫丞，又瞧了瞧事不关己依旧在看图纸的董孟实，搪塞说嗓子有点不舒服，去医院拿了点药。说完，回到自己的办公桌前，拿出手机点点刷刷起来。

董孟实收起图纸，往外走，来到无线路由器边上，拿出自己的手机，故作镇定地说："张彬，我这有一份关于案件中涉及球化处理、孕育处理的分析报告，挺大的，发给你啊。"

董孟实点了发送之后，把路由器插在电源上的插头给碰松了。董孟实微笑地一直盯着张彬，他没有觉察到断网，便对着董孟实挥了挥手表示收到。

得到张彬肯定的回答，董孟实笑了笑，转身出了门。这时卫丞问怎么断网了，张彬扭头看了看众人，再朝门口看去，董孟实已经走了。

董孟实来到中心数据机房，告诉数据管理员要进行一次知识产权保密工作的临时检查，需要查阅一些数据。他给了数据管理员张彬的手机号码和邮箱地址，让他查一下相关的数据使用记录。数据管理员查阅后跟他说，这个手机号和邮箱地址从来没有在公司的任何一个无线路由器上登录过，所以没有任何数据使用记录。

他离开机房回到办公室，又从麓山大学的官网上找到了《青年讲师张彬勇攀科技高峰》的文章，发现张彬自幼丧父、母亲下岗，再结合自己在医院看到的情况，印证了心中的猜想。

方锐舟来到技术档案室，看着一份调阅球窝加工技术资料的人员名单，询问档案员调用情况。名单上排在第一和第二位的分别是卫丞和董孟实，并没有单位之外的人。得知张彬并没有进来过，他点点头，交代档案员要保密。

方锐舟看着名单，回忆起董孟实当时对他讲的话以及拿着笔记本电脑给他看球窝技术资料的场景，拿起笔在董孟实的名字上打了一个问号。

月光照进数控机床车间里，有机玻璃搭建的净度加工房格外透亮。宋春霞拿着特殊的量具测量刚刚加工好的主轴球窝精度，一旁的助手胡登科用期待的眼神看着她。宋春霞看了看表尺，有些失望地摇了摇头。胡登科满满的期待瞬间破灭，他又打起精神安慰宋春霞说："师父，您主要是太累了，要不回家休息，休息好了，您心明眼亮手头稳，咔咔几刀，就合格了。"

"劳模劳模，就是劳心劳神、苦磨耐磨的意思哦，接着来。"宋春霞不肯放弃。

胡登科也不作声了，只能硬着头皮干。净度加工房外的金燕子皱着眉头盯着里面，不知什么时候卫丞走到了她身边，小声说："这回知道我妈不让你当助理的原因了吧。"

金燕子也压低了声音，反驳道："我当助手就不会失败这么多次。"她不再搭理卫丞，转身要走，不想被卫丞一把揪住。

"论焊工，马大庆都不及你，这是事实；论铣、镗，你不如胡登科，这也是事实。但我妈不让你当助理，跟这些都无关。你也看到了，我妈是没有把握必赢的。公司花了这么多钱在这里给她弄这个净度加工房，明着光彩，可万一输了呢？涉及官司输赢，这个房子里的人都会受人诟病，你没必要冒险。"

金燕子将信将疑地看着特别掏心掏肺的卫丞，问："那，胡登科就可以冒险？"

卫丞认真地说："他的底线只是不被裁员，不想当普工，而你是技师，将来要戴白头盔的。"

他们不知道，远处黑暗的角落里，有人拿着相机对准他们按下了快门。

高尔夫球场内，欧文斯正看着自己一杆满意的开球，马修面有喜色地走上前递上一摞照片说："传统机床加工的失败率非常高，我们肯定赢了。"

欧文斯却不敢掉以轻心："方锐舟敢在数控机床的车间里摆上传统机床，这可不是作秀，是有一定底气的，更何况这位宋春霞，当年是真的干成过啊。所以，我们想赢就不能给宋春霞一丝机会，要发现她的弱点，加以放大。"

马修把手里的照片和资料翻了一下，说根据情报显示，宋春霞的手微抖，眼睛老花并伴有畏光，常使用玻璃酸钠滴眼液。欧文斯故意把自己的球杆"不小心"甩到了旁边一个正在挥杆的人的边上，导致对方把球打偏了。他毫无诚意地说了句"Sorry"，扭头看向马修。马修一下明白了。

董孟实走进技术档案资料室，不时跟大家打着招呼，显得格外亲切。他用自己的工卡刷了一下验证机，递上了借阅单子，申请调阅 4-3-115 号档案。管理员抱歉地说，他的权限被取消了。

董孟实不解，正要和对方理论，身后传来方锐舟的声音："是我规定的。"

董孟实扭头，发现方锐舟正捧着一大卷老图纸从里面走出来。他又惊又疑地看着方锐舟，问为什么。方锐舟批评他把涉密资料带出了公司，按照规定应该这么处理，一点都不冤。

董孟实急了，解释说："我不是想抓住那个泄密者嘛！"突然他一怔，"您不会怀疑我是那个泄密者吧？"

"在没有找到那个人之前，谁都有嫌疑。但你是我女婿，又是副组长，对你从严要求，这一点你要理解。"方锐舟说道。

董孟实张着嘴半天都说不出话。他满腹委屈，说自己知道那个人是谁，但暂时没有证据，只是发现了很多疑点。他拿出手机要给方锐舟看他发现的疑点，方锐舟拒绝了。

"一百个疑点也构不成一件证据。宋春霞球窝加工就要开始了，我没有精力看这些。"

方锐舟不留任何情面地走了出去。

十七

卫丞正在认真检查净度加工房的各项设施和准备工作。他看了看一大排刀具，又趴在机床上打开灯光，发现是灯泡亮度不够。他换了新的大瓦数灯泡，打开灯，机床被照得明亮。突然，啪嗒一声，灯灭了，是金燕子把灯给关了。

她一脸不悦地说："习惯对于工人来说是最重要的，原来的光线你妈妈适应了，突然变亮了，还需要花精力适应，分神是最大的敌人。"

金燕子不搭理卫丞，把大灯泡扭下来，换上之前的灯泡，说："科研人员不了解工人，你的设计就只能是自娱自乐。"

这时张彬捧着电脑跑了过来，对着卫丞招手。卫丞觉得奇怪，他让张彬去找董孟实核实柱塞环的成分，怎么这么快就回来了。张彬告诉他，方董因为有人泄密把董孟实调阅资料的权限给取消了。金燕子却说没有泄密这回事，董孟实是因为违反技术保密协定，把技术资料带出公司才挨的处分。

董孟实走进方锐舟的办公室，把一张公司对自己的处分决定以及一封举报信摆在了他面前。

"把重要技术资料带出公司，挨处分，我认。但我也要举报内鬼。"

方锐舟看了看毫不屈服的董孟实，把举报信拿在手里，掂量了一下，问他是否知道举报错了有什么后果。董孟说最多算诬告，大不了开除他。

"勇气可嘉。但你只想到你的'后果'，没有想官司的'后果'。再给你说一次，要学会算大账。"说完方锐舟把举报信和处分决定一起推给了董孟实。董孟实竭力忍着自己的委屈，只好离开。

明德江听说80米降尘雾炮机的生产进度不尽如人意，便到试验车间检查生产工作。他看着宋春霞办公室墙上的生产进度表，问："标兵车间的生产进度就这样拖公司后腿吗？宋主任呢？"周围的几个干部都低头不语。只有马大庆在人群中举了一下手，告诉他宋春霞在做球窝加工练习，来不了。

明德江面色更难看了，说："老马，官司是重要，那生产进度就不重要了吗？"他指了指宋春霞桌子上的工牌，欲言又止。

旁边的万宝泉心领神会，帮腔道："明总批评得对啊，宋春霞首先是车间主任，首要工作是车间管理，主抓生产进度嘛，赶紧派人把她请回来啊。"

见谁都没有动，明德江转身就往外走。他亲自去找人。

净度加工房里，宋春霞额头上微微泛起一层细密的汗珠，但她仍双目有神，专心地操作着。

怒气冲冲的明德江大步朝玻璃房走来，被眼尖的胡登科发现了。他刚想喊，就听见师父说："3号刀。"他赶紧转身拿3号刀，但是余光瞟着走来的明德江，慌乱之下拿错了，立刻又听见师父的声音："集中精力！"胡登科又赶紧去拿3号刀具。自始至终，宋春霞连头都没有抬过，而旁边的工具架上已经摆满了加工过的球窝件。

明德江放慢了脚步。万宝泉赶紧冲上去，被赶来的金燕子拦住了去路。她指了指身后玻璃房内正在练习的宋春霞，让他俩别说话，保持安静，随后走到了明德江身边。

明德江问金燕子里面练得怎么样了，她有些闪烁其词地说越来越好了。

这时加工房的马达停了下来，只见屋里的宋春霞和胡登科看了看内窥镜上的画面，沮丧地叹气。明德江扭头看了一眼金燕子，金燕子心虚地赶紧低下头。明德江又问现在的成功率有多少，她指了指一堆加工件。明德江说既然这些都是失败品，就别硬撑着了，别搞得官司输了，车间生产也耽误了。他让金燕子去请宋春霞停下来。

金燕子立刻反对："绝对不行。尽管这些都是失败的工件，但加工精度是逐步提升的，虽然还没达到最高标准，但一定会的。至于您说的生产进度被耽误了，堵点是焊接。"

明德江有些惊讶，让她接着说。

"我们试验车间的工件都是异形件、特殊件，需要马大庆那样一流的焊工手工焊。但这次都是标准件，手工焊的速度自然跟不上自动焊机了，您协调一下，焊装车间休息的时候给我们使用。"

明德江提出自己的疑虑，试验车间里没有几个焊工会编程。金燕子当即表示自己就会。但明德江又提出，光一个人也不够，生产组织不起来。这时，卫丞走过来说自己也会。金燕子诧异又感激地看着他。

明德江看了看这自信满满的"哼哈二将"，又看了看还在加工的宋春霞，姑且同意了。

金燕子又提出能否提前发放下个月的工资。明德江还未开口，万宝泉抢先呵斥道："能正常发工资奖金，明总已经做出很大的努力了，你还想干什么？"

金燕子赶紧解释，这么做不是为了自己，主要是先发给那些家里有孩子需开学交学费的工友。想到这是一大笔钱，明德江不置可否。

夜深人静，窗外的虫鸣声更映衬了夜的静谧。

站在焊装车间外，明德江看了眼手表，已是晚上 10 点。他抬起头，透过窗户看着车间里金燕子和卫丞带着一些工友正热火朝天地搞生产。

卫丞正犯愁没有辅助工，没有人做最简单的定位焊接，自动焊机的效率发挥不出来。金燕子自告奋勇，卫丞不同意，他宁可让金燕子教他拿焊枪。

"你的任务是当先生，不是拿焊枪。"金燕子拿着焊枪就去给毛坯件做定位焊。这时，马大庆带着不少老工人走了过来，说虽然他们老工人不会自动焊，但是加个班，给年轻人当助手定个位，还是可以的。

"师父，您乐意给我当助手？当辅助工？"

马大庆假作不悦："不乐意，但没办法啊。不能再让宋主任替我们操心啊。"

这番话把大家都逗笑了。

看着这一番热闹的场面，明德江拿出手机拨打万宝泉的电话，通知明天召开总经理会议，研究提前发放下月工资的事宜。

马大庆骑着那辆旧的电动车，载着宋春霞回到小区楼下。停下车，两人为晚上加班的时候卫冲之无人照顾而发愁。正要上楼，马炎骑着电动车飞速冲过来，在两人面前停了下来。

马大庆不解地看着儿子从保温箱里拿出一个"金饭碗"的大袋子递过来，忙说："我们已经吃过饭了。"

"卫丞他爸不是还没吃吗？这段时间你们都忙，我也帮不上。从今天开始卫丞爸爸的中晚餐我包了。"

马大庆依旧没有伸手接，马炎把袋子塞进了宋春霞的手里，转身骑着电动车要走。

马大庆让儿子回家喝杯水。

"还有五单没送呢。"说完马炎把头盔挡风罩往下一拍，风驰电掣冲了出去。

终于到了现场演示的这一天。

宋春霞坐在办公桌前，桌上摆着一溜球窝加工工具。微信弹出金燕子发来的信息：海彼欧的人快到厂区门口了。

宋春霞看了一眼手机，仍然纹丝不动。半晌，她才用颤抖的手指缓缓抚过加工工具上的字母"SCX"。

突然有人敲门，马大庆带着提着医药箱的庞教授走进来，她忙问还来得及扎针吗。马大庆估摸着海彼欧的人从厂门口到净度加工房，至少要半小时。庞教授说施针20分钟足矣。宋春霞做好了准备，忐忑地等待奇迹发生。

扎完针的宋春霞缓了缓，便前往净度加工房。

马修和律师以及海彼欧的技术人员认真检查着麓山重工的设备和加工产品的原料。卫丞有些紧张，在本子上漫无目的地画着。一旁的方锐舟反倒不急不缓，站起来跟马修握了一下手，说自己一会儿还有一个会议，就不陪同了。

马修和卫丞都非常吃惊，卫丞赶紧起身拦住方锐舟："您这时候怎么能走呢？"

金燕子也说："您在这里坐镇，主任心里才有底，手上才有力量。"

"信任才是最大的力量，我坐在这里只会给她带来不必要的压力。"

方锐舟朝宋春霞摆了摆手，就离开了。

马大庆拿过宋春霞的旧茶杯，沏上茶递给金燕子，也离开了。

胡登科见他们都走了，更紧张了起来。

要开始了。马修看着技术员递上来的检测报告，点点头，对身边的助手耳语两句。助手立刻找来几名摄影记者围了上去，将自己的灯光设备在有机玻璃的加工房外支起来。灯光一开，宋春霞感觉有些刺眼。

金燕子要上前和他们理论，卫丞走上前把怒气冲冲的金燕子给拦在身后，跟马修协商。

"你这样做会干扰到加工人员的。"

"我们在外面，并没有干扰到她的工作。"

卫丞有些火了，把灯头转过来，照射在马修的眼睛上。马修下意识地用手挡光，眯起了眼睛。

"这叫眩光干扰，就跟开远光灯会车一样。你们这样做不道德，更不安全。"

马修反驳道："我们需要拍摄这段'神奇'的加工过程，并进行网络直播，没有灯光看不清啊。"

卫丞一惊："你们从来没有说过要网络直播啊。"

"你们是怕直播，还是怕自己干不出来，吹牛被人嘲笑啊？"

金燕子越听越有气，上去把所有的摄影灯都给关了。"愿意看就看，不愿意看走人。"

马修见自己的计划没有得逞，便说只能法庭上见了。他带着人刚要走，宋春霞笑着走了出来，对着他举了举手里的老花镜，然后一边擦一边轻描淡写地说："马修先生，我上年纪了，眼睛也老花了，光线不足还真看不清东西，谢谢您这么替我着想啊，可以开始干活了吗？"

一旁的翻译把宋春霞的话翻给马修听，他越听越不解，便决定留下来看个究竟。

宋春霞示意金燕子把灯打开。金燕子不解，看了看对自己点头的卫丞，只好把摄影灯都给打开了。有机玻璃搭建的净度加工房瞬间通透明亮。

卫丞有些担心："妈，能行吗？"

宋春霞说得很干脆："儿子，做人和做事是一个道理，那就是心里敞亮。咱们要赢，那就赢个痛痛快快，输，也要输得明明白白。"她朝卫丞和金燕子微笑了一下，转身迎着炫目的灯光走去。身后是无数人担忧的目光。

满头大汗的董孟实一边用手机看直播，一边朝着数控机床车间跑去，与迎面出来的张彬差点撞在一起。

他焦急地问："张彬，你们为什么同意马修进行视频直播啊？这么强的光线，这么多人干扰，这么大的心理压力，宋春霞只要有一点心理波动，0.01μm就没有了！"

"你跟我发什么火啊，我又不是组长、副组长。"张彬边说边往前走。

"怎么？你是盼着输，是吗？"

张彬停下脚步，猛地甩开董孟实的手，瞪着眼睛指着他说："你是在说你自己吗？你干了什么事自己心里清楚。"

董孟实没想到张彬会倒打一耙，气道："我知道宋春霞赢了之后，有人可能要跳楼！"

张彬冷笑了一声，转身离去。

董孟实往车间里迈出的腿收了回来，他只能焦急地看着里面刺眼的灯光。

宋春霞全神贯注地加工着主轴球窝，在外面观看的卫丞和金燕子反而比里面的人更加紧张。

马修看着监视器里面的加工画面，拿出手绢轻轻擦了一下冒汗的额头。他突然看到宋春霞的手停住了，没有继续进刀，紧张的表情顿时舒展开了。她颤刀了。

宋春霞面无表情，握住摇把，每个手指都在细微地感受镗刀在镗孔里跟金属接触时极其细微的震动变化。金燕子放下杯子，揉了揉眼睛，小声问卫丞："刚才是不是出现颤刀了？"卫丞摇头。那主任怎么退刀了？

金燕子不解。

房间里的胡登科紧张地看着师父把刀具从镗孔里退出来。"换3号刀。"胡登科赶紧从工具箱里面取出标号为"3号"的特制镗刀，配合着宋春霞换刀具。他接过换下来的刀具拿着放大镜一看，刀尖的位置崩掉了一小块，紧张得直擦汗。

通过监视器看到这一切的马修端起咖啡，有些得意地喝了一口。

从净度加工房出来，方锐舟回到办公室，拿着一本象棋棋谱对着棋盘打谱，但还是有些心神不宁地看电视机上的视频直播，连续下错了好几步棋，他关掉了声音。敲门声响起，明德江推门进来，这着实让他吃了一惊。

"那边鏖战正酣，原来是这里在运筹帷幄啊。"明德江看了眼他手里的棋谱，提出要陪他下一盘，便坐下来开始重新摆棋。

方锐舟忍不住问："你认为宋春霞赢得了吗？"

明德江摇头叹道："原来还有个五五开，现在被马修这么一折腾，必输无疑。"

方锐舟对于他如此肯定的判断感到惊讶。明德江坦诚地说："我们俩吵过那么多次，你看我什么时候隐瞒过自己的观点。办企业和下棋一样，太丰富的感情会干扰你的思维，情怀赢不了棋，也赢不了海彼欧。"

"你来陪我下棋就是要说这个？"方锐舟皱眉。

明德江难得露出真诚的神色，说："我没有你想的那么狭隘，我们俩再有分歧，但都希望宋春霞赢对吧。说实话，我也很紧张。"

方锐舟看着冲自己坦露心声的明德江，松了一口气，也坐了下来，开始摆棋。

宋春霞拿着球窝直径测量仪测量了一下口径，依旧面无表情，这让旁边的胡登科越来越紧张，手微微抖。他颤着声问："怎么样？"

"换5号刀。"

胡登科拿着5号刀走过来，正是上面錾刻着"SCX"字母的那把刀。但他完全控制不住颤抖的手，交过去的时候差点把刀掉地上，幸亏宋春霞一把接住了。

宋春霞没抬头，她想起老卫和卫丞紧张的时候喜欢背圆周率，一直背到小数点后一百位，于是提议胡登科也背背。胡登科苦着脸说只记住了七位。

"那就循环背。"

胡登科愣了一下，宋春霞已经安装好了刀具。她用干净的棉纱把"SCX"三个字母擦了一遍，然后示意胡登科开始背。

"3.1415926，3.1415926……"

宋春霞一点点进刀，感受着金属切削和磨铣的细微变化，衣服全都被汗水浸湿了。

金燕子看着里面的情景，有些着急地说："胡登科嘴里嘟嘟囔囔说什么呢？这么紧张的时候，瞎贫瞎喷什么啊。"她站起来想着去让胡登科保持安静，被卫丞拽住了，说胡登科是在念圆周率。金燕子有些不解，越紧张越需要安静，念什么圆周率啊。

"我妈那是在化解紧张情绪。"

马修伸了一下胳膊，看了看手表，还有三分钟，一切就结束了。

里面的机床突然停机了，所有人的注意力都集中在宋春霞身上。她摘下老花镜，对着外面举了举手。

卫丞看了看表，还没到时间。他皱着眉，紧张地看着母亲以及她身后脸上肌肉突突直跳的胡登科。

突然，卫丞看见满头大汗的母亲笑了，他欣喜若狂。

卫丞带着马修一起进去检测。马修一脸胜券在握的表情："我非常佩服你们不认输的勇气，可勇气大多数时候是不能变成运气的。"

卫丞却胸有成竹地说："运气多半是给赌棍和白痴准备的，而那位工人，更符合海明威先生说的，勇气是压力之下的从容和优雅。"说着他递上球窝直径测量仪。

马修和海彼欧的技术人员先是用量具测量，接着用装着激光探头的电子显微镜内窥观察，三个加工后的球窝光洁如镜。

马修和技术人员以及WIPO上海中心的工作人员都在抓紧论证计算。坐在远处的宋春霞紧张地端着茶杯，始终一口水都没有喝。

见马修迟迟不开口，卫丞说："三个加工件，所有测量设备显示出来的表面粗糙度都达到了 $0.01\mu m$ 以下，属于镜面级别。如果你们来宣布达标张不开嘴，我可以帮忙。"

马修深吸一口气，极不情愿地看了看周围的人，被迫点点头。

顷刻间，车间里沸腾了。

车间外的董孟实也长长地松了一口气。

办公室里的棋局激战正酣。

他一抬头，发现方锐舟看着电视机两眼发直，突然意识到可能是宋春霞失败了，便安慰道："输是大概率事件，但我对你不认命的勇气还是挺钦佩的。"方锐舟依旧两眼发直，但眼睛中闪烁着泪花。

明德江继续安慰他："球窝输了，怪不了你。老方，做人别太意气用事，你还是赶紧去邱省长那里认个错，把辞职报告追回来。"

明德江说了半天，见方锐舟依旧没有任何反应，只好离开。转身的那一刻，他看见电视机上麓山重工员工欢庆的画面，愣住了。

"谢谢你陪我下棋，棋，我输了，但球窝，我们赢了！"

初战告捷。

张彬坐在卫生间的马桶盖上看着手机直播，对于宋春霞最后赢了的结局，露出奇怪的表情。手机突然震动，他看了一眼来电显示，是谢医生，赶紧接了。谢医生通知他，他母亲的赴港治疗方案已经定了，需要准备钱。

张彬犹豫一下之后，拿起笔记本电脑，连上自己的手机热点，把一张卫冲之在精神病医院的照片发了出去。

回到家的方锐舟难掩心中的喜悦，自饮自酌，喝得酩酊大醉。他歪倒在沙发上嘴里依旧念念有词："3.1415926535，老卫，球窝一仗，你老婆牛，赢啦。"

"8979323846，老卫，下一仗，要靠你啦。"

他闭着眼睛笑了出来。

摆在桌子上的手机亮了，神经系统疾病专家陈逸君教授的短信来了。

"方董，你朋友的病历我看了，请他来京。"

方锐舟已经开始打呼噜了……

机场大道上车流如织。候机大厅里，宋春霞紧紧攥着卫冲之的手，往安检口走去。卫冲之忽然不肯走了，他指着远处说船长来了，原来是卫丞从远处跑了过来。卫冲之看着卫丞嘿嘿直笑。

卫丞又是埋怨又是心疼，怪宋春霞不跟他说一声就独自带着父亲去北京看病，想着北京专家难约，说要买票一起去。宋春霞却说方锐舟已经帮他们约好了。卫丞一时猜不透方锐舟此举的目的。

月光如瀑，方锐舟急匆匆地往数控机床车间走去。他走进车间，发现净度加工房里面，卫丞正在用干净的棉纱一点点擦拭着机床和工具。方锐舟问卫丞约他到这里来，是不是想知道卫冲之的情况。卫丞没有直说，只是让他帮忙一起把这里的工具擦干净。

方锐舟笑了笑："擦这么干净有什么用，这房子拆的时候又脏了。"

"你舍得拆？"卫丞有意问。

"不拆，难道留在这里？"

卫丞看穿了他的心思："您还就是这么想的，甚至打算把它永久留在这里，让我们每一名职工都敬畏技术，敬畏那些奋斗的人，而一切科技最终都是要通过人来实现，并最终造福于人。没错吧？"

方锐舟感慨道，偏执狂的脑袋里也能装人情世故了，对于赢得接下来的斗争把握更大了。

此时卫丞说出了心中的疑惑："您有没有觉得，海彼欧似乎每一次和我们交手都是有备而来，有的时候还能一剑封喉，这不奇怪吗？"

"有点。"

"只是有一点的话，您不会让我妈陪着我爸去北京找一般人挂不着号的陈教授看病，因为我爸就是下一阶段对方的主要攻击点。"

方锐舟拿出手机，打开递上去，是一份卫冲之的诊断说明。

"我爸有恢复的迹象！"卫丞一惊。

方锐舟说他要下一盘大棋，把两人都认为"奇怪"的点给挖出来。卫丞想到之前董孟实查阅资料的权限被限制一事，恍然大悟，原来方锐舟早就已经下手挖了。

"如果真是董孟实，您下得去手吗？"卫丞问。

"这盘棋没有如果，只有后果。"方锐舟表情凝重起来。

卫丞到机场接了从北京回来的宋春霞和卫冲之。回去的路上，他提出要把卫冲之接回精神病院，宋春霞一口回绝。

卫丞坚持要送，说卫冲之和他们两口子住在一起总归会让马大庆觉得别扭，而且老请邻居帮忙照看也不是办法。

宋春霞看着儿子，突然间觉得他长大了，也就同意了。她又想到另一件事，这次去北京看病，陈教授始终没跟她说结论，这让她觉得有点奇怪。想到方锐舟的计划，卫丞没有告诉她真相，只说是医生可能担心效果不好，怕家属承受不了。

"人这一辈子不就是活在希望里吗？你爸就这样，我也认了。"

金燕子来到马大庆楼下，准备告诉他马炎和朱可妮新店开业的计划。刚到楼下，就看见卫丞提着行李箱从楼里快步往外走，腰里系着围裙、手里拿着锅铲的马大庆从后面追上来。两人正为了接卫冲之去医院的事争执不休。

马大庆被固执的卫丞气得说不出话，挥舞着锅铲骂："臭小子，你别这么自私！不要以为全世界都得围着你转，全世界的人都得听你的，全世界只有你能生气！我早就忍不了你了，你埋怨你妈，你怨恨我，你怼天怼地，你把你爸当作行李一样搬来搬去，你要出国，他就得跟你出国，你不出国了，他就得待在精神病院，你问过他的意见吗？他是病人，不是植物人！你要追求世界第一的梦想没人拦着你，但你也不要拦着你爸，你爸喜欢和我们住在一起。再有，你妈跟我结婚，也是为了能给你更好的生活条件，能多一个人照顾你。如果你这么大了，还想不清这事，就太辜负你妈了。"

卫丞陷入了沉默。

宋春霞听见吵闹声，从车里下来，身后跟着焦躁地背着圆周率的卫冲之。见她过来，马大庆立马认怂，笑了起来，装作一片和谐的样子。

"我同意了。"宋春霞对马大庆说。

"行，原来只有我一个人是小丑。"马大庆真生气了，转身就要上楼，没想到卫冲之竟然跟在他身后，作势要上楼。

宋春霞拉住马大庆，说孩子有自己的安排，卫丞也解释了自己的考虑，精神病院的专业医护对他爸的病情稳定有帮助，说完，他又郑重地对精心照顾他爸的马大庆表示了感谢。马大庆愣了愣，反而觉得不好意思，又忽然往楼里跑，让他们等等。

卫冲之又要跟着马大庆上楼，卫丞只能哄他，要带他去做实验。

金燕子此时才走过来，帮忙拿行李。见卫丞惊讶地盯着自己，连忙表示自己什么也没听见，然后忍不住又问他们要去做什么实验。

听卫丞说是硝酸银提取实验，卫冲之立马说还没买口罩，硝酸蒸气有毒。卫丞安抚他口罩已经买好了，就在车上。

正要上车，马大庆下来了。他手里拿着一张纸，上面写着一长串菜单，递给了卫丞，又嘱咐他卫冲之的喜好和生活习惯。

卫丞再也忍不住了，一把抓住马大庆的手，哽咽地要说他最难以说出口的话，但依旧被马大庆爽朗的笑声化解了。

"你们路上慢点走，我回了。"马大庆转身就往楼梯口走，背后传来卫丞轻轻的一声："谢谢爸。"

马大庆眼眶中蓄满泪水，他不敢回头，扬了扬手继续往回走。

卫丞的车驶离了小区。跟着上了车的金燕子看着那张特制的菜单，又扭头看了看坐在后排系着安全带的卫冲之。他正非常安静地翻着一本很旧的中学化学书，看得特别认真。

金燕子问卫丞，"爸"这个字说出来是不是如释重负。卫丞没有说话，依旧看着前方开车。她收起菜单，准备交给金显贵，马炎每天顺道跑一趟，靠谱。

卫丞拿出一个大信封，快速递给金燕子，又嘱咐她别让卫冲之看见。金燕子打开一看是一些钱和一个银手镯，小声问："这不是你妈上次去店子里接他回家用的那个手镯吗？"

卫丞点点头："那也是我爸妈订婚的镯子。你们老家银匠多，你帮我找个水平高的师傅，再做三个。"

金燕子问卫丞这镯子是不是跟提取硝酸银的实验有关。

卫丞没说话，金燕子把大信封扔给了卫丞："那你自己去做。"

卫丞看了她一眼，开口解释道："这镯子原来是一对。受我爸的影响，我小学四年级就能看懂初三化学了，有一次我把我妈结婚的银手镯给拿来做制取硝酸银的实验，我爸非但没有打我，还帮我稀释硝酸，帮我佩戴口罩防止吸入硝酸蒸气。为此，他被我妈念叨了好久，要不是最后他说了那句'老婆，用一个银镯子，换一个得诺奖的儿子，咱们赚大了'，我妈肯定要好好揍我一顿。"

金燕子内心有些触动，装出一副没事的样子，立马揽下了给手镯配对的事，顺带问他多做的是不是拿给他爸做实验玩。

卫丞点点头。她又问卫丞是不是想用做实验唤起卫冲之的记忆。卫丞一怔，直言要是有这么简单，还需要康复十年吗。

金燕子扭头看了一眼笑得有些勉强的卫丞，不再说话，拿出手机玩手游。

十八

张彬站在车间机床前，拿着放大镜仔细查看刀具上的小缺口，抬头对胡登科竖起大拇指："你能够凭手感判断出这么微弱的刀尖变化，及时退刀，避免颤刀，就凭你这水平不应该再当技工了，应该直接评高级技师。"说完，他拿着笔在笔记本上煞有介事地做着记录，这让爱吹牛的胡登科有点尴尬。

他有些不好意思地说："主要还是我师父。"

张彬把本子收起来，说自己会在报告里详细说明，就准备离开。突然，他仿佛想起了什么，问胡登科是不是在打听买二手钢琴的事。胡登科连忙否认。

张彬拿出手机，翻看朋友圈，从里面找到一组照片，说这是一位学医的朋友刚买的钢琴，但不巧要出国深造了，想优惠出售。

胡登科看着崭新的钢琴，眼中放光，但突然又严肃起来，问："不会让我去给他当人体实验的志愿者吧，多少钱都不干。"张彬立刻否认，说他朋友是研究神经系统的，对卫冲之的案例很感兴趣，想做研究，但是看不到病历，问胡登科能不能找肖月琴想想办法。

胡登科直接拒绝。张彬微笑地点点头表示理解，他把手机收起来，转身就走。

胡登科踌躇片刻，对刚走两步的张彬说了句："我可以试试。"

肖月琴还没进门就听见了钢琴的声音，她推开家门，见女儿小溪正陶醉地弹着钢琴。她看着崭新的钢琴和钢琴上马大庆送的节拍器，有些不敢相信眼前的一切，问女儿钢琴哪来的。

小溪得意地炫耀："我爸给我买的，跟少年宫的那台钢琴一个牌子，名牌咧！"

肖月琴认出了钢琴的品牌，更加吃惊，一路吼着胡登科的名字。

穿着围裙的胡登科从厨房里跑出来。肖月琴质问他怎么有钱买琴。他指了指厨房，让她进去说。肖月琴把包扔在老旧的沙发上，跟着胡登科进了厨房。

肖月琴拿着落款为"孙昊"的钢琴购买收据，问胡登科这个牌子的钢琴五折是怎么买到的，胡登科解释说这个孙昊是研究神经系统疾病的，想要卫冲之的病历来做研究，所以自己答应了帮他弄卫冲之的病历，换来了这架打五折的新钢琴。

肖月琴迟疑了："可是泄露病人病历是要被处罚的，造成伤害的，还要拘留，不能干。"

胡登科劝道："人家也是你们同行，也知道这些，他要是给泄露了，他不也要拘留吗？人家不傻。再说了，小溪太需要这台钢琴了，求你了。"

两口子走到厨房门口，听着外面女儿弹奏的流畅的钢琴声，谁也不说话了。

肖月琴来到了病历档案室，故意和管理员抱怨，申报职称要发论文，她只好来调卫冲之的档案研究一下，毕竟这个病人她最熟悉。管理员点点头，把一个小盒子递过去，肖月琴非常主动地把手机交了上去，然后坐到查阅的桌前。不一会儿，管理员就把厚厚一沓病历档案交给了她。

肖月琴一边看，一边思考并做笔记，管理员便忙别的去了。她见时机已到，从贴身口袋里拿出另一个手机，有些发抖地开始拍照片。

张彬急匆匆跑向反侵权小组临时办公室，到门口突然想起什么，转身来到墙角，从包里拿出一瓶喷雾剂，在身上喷了两下后才走进去。正在办公室翻阅资料的卫丞听到脚步声，头都没回就问："你最近干什么呢？神出鬼没的，还老迟到。"

　　张彬走到自己的桌子前，拿出笔记本电脑，笑了笑，说："你天天泡在这边，学校实验室的那一堆事总得有人管吧。"卫丞问起他被盗的游戏账号找回来了没有，好久没打一场，有点手痒了。张彬说号倒是找回来了，但装备都被偷没了。卫丞直骂偷东西的人可恨，又突然说："咱们这几次跟海彼欧交手下来，我总觉得也有人偷了咱们的技术资料，有技术间谍。"

　　张彬操作鼠标的手停住了，努力控制着表情应付道："技术……间谍。报警啊。"

　　"如果真报警，一旦坐实，这人可就要坐牢啊。"

　　"那他也活该！"

　　卫丞看了他一眼："接触核心技术档案、数据的人其实就那几个，真要查起来也不难。"

　　张彬被刺中了似的，立刻问："你是在怀疑我？"

　　卫丞有些奇怪地看着他："我为什么要怀疑你啊？你跟着我一起干了麓山一号，咱们又都是盛校长的学生，怎么可能是你？！"

　　张彬拿起一卷资料去找方锐舟，卫丞说他不在，董孟实也不在，曹惠今天宣判。

　　张彬手里的资料没抓稳，险些掉在地上……

　　庄严肃穆的审判庭里，坐在旁听席上的方锐舟紧张地看着曹惠。一旁的方霏紧张得嘴唇直抖，董孟实紧紧握着她的手。

审判长宣告："被告人曹惠犯受贿罪，判处有期徒刑十五年，没收全部非法所得。以上判决结果你是否听清楚了？"

"听清楚了。"曹惠答道。

审判长问她有什么要向法庭讲的。

"我、我……服从判决，不、不上诉。"

她说出最后一个字的时候，泪水再也控制不住，涌了出来。旁听席上的方锐舟闭上了眼睛，方霏则用手捂着嘴。

抱着一大卷技术资料的董孟实眼看电梯要关门，便几步冲了上去。他发现张彬站在电梯里，两人目光相对。董孟实深吸一口气，迟疑了一下，还是进了电梯。

董孟实用略带嘲讽的语气说："幸亏宋春霞赢了，不然有人要去顶楼往下跳。"

张彬有些得意地说："不知道有人得知麓山重工要聘我出任技术中心主任助理，会不会到顶楼去吹吹风啊？"

董孟实反问："你是技术中心主任助理，那卫丞呢？"

张彬呛道："级别当然不会比你低。"

电梯门打开了，张彬笑着走出去，又回头看了一眼。董孟实感觉快要爆炸了。

电梯门关上的一瞬间，董孟实把手里的技术资料重重摔在地上。几次深呼吸之后，他又蹲下去，把资料捡了起来。

电梯门打开，他勉强挤出笑容，走了出去。

董孟实一个人枯坐在办公室里，桌子上摆着《液压公司整体技术框架设计报审版》。

敲门声打断了他的思绪，他抬头一看，卫丞正站在门口。

"卫主任，什么事？"董孟实强行平复着心绪。

卫丞前来是为了邀他趁打官司的空闲期，去北京约一下专家，对液压公司的技术框架设计进行论证。卫丞把一张写了拟邀专家名字的纸递给他，便转身离开了。

董孟实拿着这张似千斤重的名单，心想卫丞凭什么给自己布置工作。他把名单扔在桌子上，顺手拿起了一份 WIPO 仲裁与调解上海中心发来的第三次调解问题通告，心不在焉地翻动起来。突然，他的视线定住了，他在海彼欧提交的厚厚一摞材料中找到了活塞环球化处理、孕育处理的一组数据：

C：3.8% ～ 4.3%，Si：0.2% ～ 0.4%，Mn：0.04% ～ 0.15%，P<0.045%，S<0.018%。

然后，他打开自己手机中的一份数据报告进行核对，其中一组数据两边完全一样。

他又看了一下自己笔记本电脑的审阅稿，原始数据是 S<0.019%，而 S<0.018% 是他特意修改后发给张彬的。

这个证据，张彬赖不掉了吧。

董孟实拿起自己的笔记本电脑就冲了出去。他要去找方锐舟。

办公室里，方锐舟边听董孟实汇报边看他笔记本电脑上的资料。

董孟实补充说："这是上海中心第二次调解前，我对张彬做的试探。还有这些。"说着他打开一个文件夹，里面有张彬在医院窗口缴费，其母在肿瘤科住院，以及分析报告中他微调过的 S<0.019% 和 S<0.018% 的对比图等证据。

方锐舟瞪大眼睛，不时放大图片细看。他吃惊地抬头看向董孟实，又看看紧闭的房门，问他还有谁知道，他立刻表示只有他们两个。

方锐舟看了看面露喜色的董孟实，心里急速盘算起来。

"拷贝一份给我。"

董孟实拿出一个 U 盘递了上去，说已经准备好了。

方锐舟接过 U 盘，插在自己电脑上看了一眼，然后拔出来放进自己的抽屉，对他说："这个交给我处理吧。你集中精力去北京开好液压公司技术框架的论证会。你电脑里面的这些东西，删了。"

董孟实很是不解地问为什么，方锐舟解释说希望他做一个纯粹的工程师，而不要把时间精力耗费在这些无关事务上。

"这是一个技术官司，我花费时间精力不是应该的吗？爸，我想证明我不是泄密者，您限制我查阅资料，是冤枉我的。"

方锐舟只说这些证据还不足以证明就是张彬泄密的。董孟实立马说让纪委来查，很快就能有结果。

"我需要你告诉我怎么工作吗？"

董孟实心里满是委屈，转身就走。

方锐舟叫住他，让他把电脑里面的东西删了。

他擦了一把眼泪，转过身，当着方锐舟的面把电脑里关于张彬的资料全部删了个干净。

方锐舟看着董孟实狼狈地抱着笔记本转身出去了，心里很难受。他突然想起了什么，翻了好几个抽屉，终于在一个本子里找到了当初张彬拦着自己要回投资款时留的材料。

方锐舟叹了一口气，对着张彬留下的单子上面的账号，拿出自己的手机，打开手机银行转账。眼看就要输完账号了，他的手却停了下来。他内心挣扎着，怕打草惊蛇，前功尽弃。半晌之后，他退出了手机银行，无奈地坐在了椅子上。

陈教授带着专家组从北京来到荆南，做心因性精神遗忘症的课题研究，点名要卫冲之作为研究对象。

治疗室内，卫冲之头上戴着各种传感器进入睡眠状态，一位专家正在对其进行催眠治疗。站在隔壁观测房间里的卫丞，看着监视器里的父亲急速转动的眼珠，以及各种变化剧烈的曲线，不知是好是坏，只能担心地看向专家组其他人。

陈教授对他解释，这是催眠治疗的正常反应，说明病人在越过潜意识进入深层次的时候，那些被遗忘的经历有重新回忆起来的明显迹象。卫丞有些开心起来，却又被告知一旦催眠结束，那些刚刚回忆起的往事又会被忘记了。

卫丞忧郁地看着父亲，双眉紧皱，担心这样下去他来不及在官司结束之前恢复。

陈教授建议，要加快恢复就需要找到他父亲最初的记忆点，借此打开所有记忆，但很难明确哪个才是能让他恢复的记忆点。

卫丞拿出银手镯，以及卫冲之在菜单上写的提取硝酸银的化学方程式，交给了陈教授，试探着问："会不会是这个？"

陈教授看着那手镯，也不知道该说什么……

夜晚的厂区很安静，心情沮丧的卫丞停好车，背着包往办公大楼走去，正好遇见推着行李箱出来的董孟实。

董孟实正要去北京请专家开技术论证会。他把行李递给了接他的司机，拉开车门准备进去时停住了，转身问卫丞："你身上怎么跟张彬一样，也有这么重的消毒水味道啊？"

卫丞闻了闻自己，想到了什么，说："噢，我去医院看我爸了。张彬又怎么了？"

董孟实说张彬母亲住院了，卫丞作为好朋友竟然都不知道。卫丞一拍脑袋，说："哎呀，我疏忽了。他也从来都没提过啊。"

上车前，董孟实又叮嘱道："张彬是一个特别要面子的人，他不说，肯定是不想让你知道，你千万别说是我告诉你的啊。"

见卫丞点了点头，董孟实上车走了。

夜深了，寂静的医院住院部，张彬孤零零地坐在病房外的过道上，用笔记本电脑在暗网上跟人协商着什么。突然他奋力地拽下耳机，狠狠地合上电脑，咬牙切齿道："奸商！我把自己全卖了，你却不给钱了！"

张彬的失态让值班的谢医生有些好奇，关切地走了过来，让他保持安静。张彬连忙装作平静的样子道歉。谢医生表示理解，又催促道："香港那边又问了，钱准备好了就赶紧转院过去。"张彬连忙说已经快凑齐了。

谢医生点点头，转身离开，张彬看向病房里睡得并不踏实的母亲，又低头看了眼手机。卫丞发来微信："听说你母亲病了，你也不说一声，我这两天来看看她啊。"张彬追上谢医生，说："谢医生，我跟您商量一点事。"

欧文斯边看大屏幕上投影的卫冲之的病历，边听马修拿着报告单解释精神病专家的会诊结论：卫冲之的病有复苏迹象。间歇性精神病人在未发病期间，也可以出庭作证，但卫冲之要赶在开庭之前恢复正常，哪怕是催眠状态下的间接性清醒，也是完全没用的，因为催眠状态下的证词是不会被采纳的。

欧文斯接过马修递过来的医疗诊断报告看了看，问卫冲之怎么又回到医院了。马修说麓山重工的人希望有奇迹发生，欧文斯又问给他治疗的医生有没有换人，马修摇摇头。刚才还有点紧张的欧文斯，把诊断报告丢在了桌子上，不屑地说："那就没有奇迹，只是绝望的人寻求心理上自我安慰的方式罢了。"

马修提起线人催促他们支付情报费的事，欧文斯让他暂时不付，线人的利用价值已经榨干了。他又转而问起麓山重工液压公司的进展情况。

马修说他所掌握的情况是，麓山重工正在准备技术框架的专家论证会，似乎对打赢这场官司胜券在握。

"好，为我们第二步计划省了很多事。"

张彬急匆匆地从办公大楼里走出来，卫丞开着车在他面前停了下来，摇下车窗叫他上车。

卫丞指着后排放着的花篮和水果，说要去医院看望他的母亲。张彬说她早已出院，卫丞坚持要把这些慰问品送到家里去。他拗不过，只好上车。

张彬推开家门，和卫丞一起提着慰问品走进了这套装修非常简易甚至是简陋的老房子里。张彬在家看了一圈不见人，直接就往外跑。卫丞也意识到出事了，赶紧放下手里的花篮，跟着跑了出去。

他俩跑到了小区门口，张彬停下脚步四下张望，远远看见一个熟悉的炸油条小摊，母亲正在娴熟地一边炸油条，一边招呼客人。有些气恼的张彬要往前冲，被身后的卫丞一把拽住。待张彬冷静下来，他俩走向了他母亲的小摊。

两碗热气腾腾的豆浆，四根蓬松的金黄色油条摆在了两人眼前，戴着口罩的张母显得激动又紧张。

张彬没有动筷子，卫丞踢了他一脚，他才拿起筷子吃起油条来。在一边盯着看的张母眼眶湿润了，有些哽咽地说："彬伢子不让我出摊，是孝顺，是怕我累着，可是我在家也闲不住呀。坐吃等死的福咱享受不来哦，再说了，前段时间住院花了不少钱，我要帮着挣……"

"妈，我们自己吃，您先忙吧。"张彬打断了母亲的话，看了看只顾低着头吃油条喝豆浆的卫丞。

见张母走了，卫丞充满歉意地看着张彬说："有件事，挺对不起你的。"

"什么事？"

"你跟着我干麓山一号这么多年，但是我一元钱将专利卖给麓山重工的时候却没有想到你的处境，你需要钱，对不起。"

这一刻，张彬看着难过不已的卫丞，也一下子语塞了。卫丞承诺打完这场官司后，一定想办法把钱补给他。

张彬没有说话，只是把自己碗边的那根油条夹给了卫丞，一边说："你爱吃油条就多吃点，我吃了几十年了，真吃不下去了，可我能跟我妈说对不起吗？不能。很多事情，跨出了第一步，就回不了头了，就跟这个面一样，一旦扔进油锅，它就只能被炸成油条之后才能被捞出来，否则既变不回去，也卖不出去。"

卫丞觉得张彬今天说话有些奇怪，张彬说自己只是睹物伤感了一下而已，让他赶紧趁热吃。

张母的一阵咳嗽声传来，张彬把剩下的油条飞快地塞进自己的嘴里，使劲吞咽着，似乎要把很多还没说出来的话给压下去。

这时，卫丞收到了金燕子发来的信息："镯子做好了。"

在精神病院的治疗室里，卫丞布置了一个提取硝酸银的实验台，他要当着卫冲之的面做实验。戴着口罩的卫冲之仔细检查着烧杯、带铁圈的铁架台、三脚架、酒精灯和硝酸。

同样戴着口罩的卫丞拿着手镯在卫冲之面前晃了晃，卫冲之似乎想到了什么，说："要用锉刀锉成粉，这样反应才充分。"

两人一路很顺利地完成了实验，看着烧杯里的硝酸银结晶体一点点呈现出来，卫冲之兴奋得不得了。

卫丞摘下口罩，期待地问："爸，您认识我吗？"

卫冲之摇摇头，继续看着烧杯，并拿着玻璃棒进行搅拌。卫丞一把夺过玻璃棒，再次盯着他，有些激动地说："您仔细看看，我是卫丞，我是船长。"

卫冲之跟做错事的孩子一般，往一边躲去。在外面观察的几个专家纷纷无奈地摇着头："做了三次都失败了，也许这不是关键记忆点。"

卫丞却坚持认为一定是。

陈教授看着固执的卫丞，有些生气地走出了诊疗室。卫丞追了上来，一个劲地赔礼道歉，恳请他跟自己走一趟，再订机票也不迟。

陈教授不知道卫丞葫芦里卖的什么药，勉强答应了下来。

卫丞带着陈教授来到"争锋"小组曾经奋斗过的老车库里。陈教授看着臂架泵车和卫丞手机里那些事故现场的照片，听着卫丞的解释，也黯然神伤起来。

"脖子被卡了十年，疯了的不仅仅是我爸，我们这些干工程机械的，心里都憋着火。这一回官司不赢，还让他们卡着脖子，我也会疯，这个行业也要疯。"

陈教授说自己理解他们的处境，但治病要按照他的规矩来，而不是卫丞的。

"我明白，我再也不干扰您的治疗方案了，只是求您，别走。"

陈教授说自己还有一事不解，为什么他坚定地认为银镯子是关键记忆点。

"直觉。"

陈教授强调，催眠治疗不能靠直觉，如果老是找不准关键点，副作用会很大。

明德江看着方锐舟笔记本电脑里关于张彬涉嫌泄密的材料，又看了一眼平静的方锐舟，问他为什么给自己看这些。

"你是今天麓山重工的当家人啊，这点规矩我还是知道的。"

明德江笑着说这可不像方锐舟的作风，于是继续看材料，又问他为什么不立案调查。方锐舟说出了自己的顾虑，目前这些证据都还是间接证据，想要得到确凿的直接证据并不难，但会打草惊蛇，让对方变着招拖延时间，这对麓山重工不利。

明德江明白了，方锐舟是打算利用张彬，在这次调解中欲擒故纵，一招制敌。

"对方有察觉吗？"明德江问。

"那就要看他们对第三次调解的时间是往前挪，还是往后延了。"

欧文斯看着卫冲之在精神病院的视频片段。马修说卫冲之的治疗环境，跟以前没有什么变化，似乎也没有什么治疗效果。

欧文斯转而问起麓山重工液压公司的论证和评审会进展。

"对麓山一号的评价很高，不出意外应该会加速推进液压公司的建设速度。"

欧文斯思索着："他们加速，我们也得加速啊，通知对方，将第三次调解的时间往前挪。"

曾经的串串店前鞭炮齐鸣，马炎举着鞭炮杆子，对别着店长标牌的朱可妮以及戴着主厨帽的金显贵大声喊：

"1、2、3，扯！"

朱可妮和金显贵把招牌上的红绸子给扯了下来，露出"金饭碗"三个字。

不远处，被金燕子拽着挤过来的卫丞，看着招牌嫌弃道："金饭碗？多老土的词啊，能有生意啊？"

金燕子指了指门前聚集的食客，尤其是那些穿着外卖员服装正围着马炎说笑的骑手。

卫丞问起金燕子带他来干什么，她拿出银镯子比画了一下，说来这里找民间偏方。

卫丞一脸不信，金燕子拽着他往屋里走，餐厅内的陈设更是令他大跌眼镜，他看着用农村大灶台改建成的桌面和大铁锅，张贴在墙上的老式海报，摆放在桌上的老水壶、搪瓷缸子等，好奇地摸了摸，然后不自觉地摇摇头。金燕子拽了一下他的胳膊，指了指周围不少拿着手机拍照的人说："来这拍照的多数是年轻人。他们跟老同志不一样，老同志来这里吃饭多数有追忆往昔的情怀，但年轻人不想了解过去，他们更多的是要体验一种氛围。"

"氛围。"卫丞重复了一遍这个词。他被金燕子的话给点醒了，再次打量餐厅的陈设，一直绷着的脸一点点露出了笑容。他拿出手镯比对着环境，悉心感受着。

"我不清楚你为什么认定了手镯是唤起你父亲记忆的关键点，但仅凭我上次听完你给我讲这个故事就有所触动的事实，我认为你没有错。人这一辈子活的就是喜怒哀乐、悲欢离合，这都是情绪。"

"对，对，情绪。专家跟我说过，情绪记忆比其他记忆更为牢固。"

金燕子窃喜自己蒙对了，激动过头的卫丞突然一把将她抱起来，不停地感谢着她。

为了让卫冲之更快地恢复记忆，卫丞将他接到了老房子，随行的还有宋春霞、金燕子以及医护人员，他们在监视器里观察着进入催眠状态的卫冲之。

锉刀锉金属的声音徐徐传来，待在卧室的卫冲之突然睁开眼睛看着四周，有些不敢相信。他闭上眼睛再次睁开，看到的是记忆中的家。

卫冲之看了看身上穿着的海魂衫，又扭头看了看摆在桌子上他和宋春霞、卫丞的那张合影，屋子里的一切陈设都是过去熟悉的模样。他放下照片，拉开抽屉，看到了那个首饰盒，打开一看，仅剩下一只熟悉的银手镯。而此时外屋锉刀锉金属的声音越来越大，他拿着手镯循声而去。

卫冲之拉开卧室的房门，刺眼的阳光将客厅照得透亮，一个扎着红领巾同样穿着海魂衫的小家伙用锉刀锉着银手镯。

卫冲之看了看手里的银手镯，又看了看孩子手里的，有些吃惊。他一步步走到孩子身后，只见桌子上摆着烧杯、带铁圈的铁架台、三脚架、酒精灯和硝酸。戴着红领巾的孩子翻看了一眼初中化学书，正在进行硝酸银提取实验。一股硝酸挥发的味道冒出来，卫冲之下意识捂了一下鼻子，而孩子使劲地打了一个喷嚏。

卫冲之对这个客厅特别熟悉，他赶紧拉开了旁边柜子的抽屉，从里面取出一个口罩递给孩子，说："船长，硝酸蒸气有毒，戴口罩。"

孩子扭过头来看着递口罩的卫冲之，笑了。

卫冲之也笑了。

突然门开了，穿着一身工作服的宋春霞冲了进来，上去一把揪住孩子的胳膊，呵斥道："败家的孩子，你怎么拿我跟你爸爸订婚的银手镯做实验玩呢？现在就剩下一个了，你是让谁要单儿啊。"

宋春霞恼怒地抄起搁在墙角的扫把就要打孩子，孩子吓得赶紧往卫冲之身后跑。卫冲之一把抓住了打过来的扫把，劝道："少个镯子，多个得诺贝尔奖的儿子，春霞，咱们赚大了。"

宋春霞抬起头来看着微笑的卫冲之，虽然她精心打扮了一番，但依旧无法掩饰岁月留下的皱纹，更阻挡不住她喷涌而出的泪水。

"老卫……"

在监视器前看着这一幕的卫丞和金燕子，任凭泪水流淌。

这时屋里传来一阵尖叫声。卫冲之突然晕倒了，医护人员连忙冲了进去，将他送往医院。

肿瘤科的谢医生将一张头部 CT 片插在灯箱上，指着上面一个肿瘤提醒张彬："病人的肿瘤已经发生了脑转移，而且病灶的位置非常危险，紧紧压迫在这根血管上，一旦血管破裂，后果你知道的。所以你必须让病人赶紧住院手术，最好是按照上次说的去香港治疗。"

张彬支支吾吾，说会尽快把钱凑齐。

他走出医院，拿出手机没看到任何到账消息。他在通讯录中找到那个名为"油条"的电话号码拨了过去，质问为什么情报费还没有打过来。对方敷衍地说等官司打完了，一分都不会少他的。

"等到官司打完了才付款，我妈妈也等没了。你们拿到了那些病历，铁定会赢，但我的情报费是我妈的救命钱，拜托你们付给我。"张彬急切地恳求道。

对方说他母亲的事跟双方的合作无关，直接挂断了电话。

张彬气得够呛，却又无处发泄。他只觉得天旋地转，赶紧一把抓住身边的灯杆，无力地靠在上面。手机再次响起，他看了一眼是卫丞的号码，调整了一下情绪便赶紧接了起来。

电话那头的卫丞问明天去 WIPO 的准备工作做得怎么样了。张彬有些犹豫地说："都准备好了，只是你父亲的手稿部分我担心还有点……"

"有什么，说。"

"也没什么，杞人忧天，明天机场见。"

张彬挂了电话，两眼直勾勾盯着医院大楼顶上那一片乌云密布的天。

卫丞站在病房门外放下电话，既担忧又沮丧。他刚刚通知了方锐舟，卫冲之晕倒昏迷，不知何时能醒，带他去上海参加调解的事也没了希望。

病房内，卫冲之躺在病床上一动不动，宋春霞握住他的手："老卫，我只祈盼你能找回自己的人生。"

卫丞走进来，宋春霞连忙收住情绪。看到儿子低着头有些沮丧，她站起来，走到他身边，鼓励道："难道你爸没有康复，这官司就不打了吗？必须打。你爸这里有我，有陈教授，你走吧。"

　　卫丞看着依旧昏迷的父亲，舍不得走，被母亲推出了门。这时，卫丞突然要母亲的手机。宋春霞不知道何故，还是把手机解锁后递给了他。他打开录音，录了一段他背诵的圆周率，叮嘱她放在卫冲之耳边播放。

十九

在送卫丞一行上了前往上海的飞机后，方锐舟来到卫冲之病房外。他紧张地翻开陈教授递过来的治疗报告，看了又看，又惊又喜地看向陈教授。陈教授只是波澜不惊地点了点头。

WIPO 仲裁与调解上海中心的会议室里，麓山重工跟海彼欧正在接受调解。

马修调出相关数据和产品的对比图投影在大屏幕上，说："把第三次协调会提前，是因为你们侵权的证据非常明显，比如，你们的柱塞环在球化处理、孕育处理中 S<0.019% 的含量指标就是抄袭我们的。"

卫丞看了一眼大屏幕："就像你所提到的这个数据 S<0.019% 一样，跟我们的真实数据 S<0.018%，就差了 0.001%，别扭。"说着他开始切换投影，调出卫冲之的设计图和试验数据，数据确实是 S<0.018%。

马修不敢相信。卫丞又拿出那个柱塞环，举了起来，带着得意的笑容说："这个柱塞环上面的编号证明它是十年前生产的，这是成分分析鉴定书，跟屏幕上的设计图以及试验数据都是一致的。"

马修问道："这些原始数据和图纸的作者卫冲之先生能否到庭接受问询？"

卫丞说他身体不适正在住院，而且他的病与本案无关。

"是心因性后期精神分裂症。"马修却准确地说出了卫冲之得的是什么病。

卫丞愣住了，对方律师在大屏幕上播放出卫冲之在精神病院的视频和照片。海彼欧步步紧逼，主张如果以患精神病为由，不能接受问询，也不能合理、科学地阐述当年那些研究的设计初衷和计数原理，那么这些原始数据和图纸的真实性就很值得怀疑了。

卫丞想站起来，被身边的王律师按住了。

马修淡定从容地看着对面格外紧张的卫丞一行人。

卫丞忐忑地向调解人员确认，如果这个设计师不能到庭接受问询，是否这些证据就不具备有效性。在得到肯定回答后，卫丞非常为难地看向王律师，两人耳语一番，但没有找出好的解决办法。

陈主任提议，要不这次调解先到这里，等设计师病好了，再做调解。

马修不同意："陈主任，你这可有袒护麓山重工的意思了。我方以为，这次调解不成，就只能法庭上见了。"

此时，卫丞的手机震动了一下，他看了一眼，赶紧递给王律师。王律师马上举手示意，设计师本人已经到场，可以接受问询。

马修一脸错愕，而张彬却紧张得立刻转过身去，碰倒了桌上的水杯，一直盯着会议室大门。卫丞看着有些失态的张彬，不禁皱起了眉。

会议室的门打开了，卫冲之在医生的陪同下走了进来。

除了卫丞和王律师，在场的人都惊呆了。马修看了眼脸色发白的张彬，又看向卫冲之，立马强烈质疑他能否出庭作证。

王律师从医生手里拿过一份医学证明，递给了陈主任。根据法律规定，间歇性精神病人在未发病期间的作证是有效的。

海彼欧的律师看了看医学证明，也只能无奈地对马修点点头。马修瞪向耷拉着脑袋的张彬，不敢相信疯了十年的卫冲之这一下就能康复。

卫冲之看上去与正常人无异，他说："有时候你们要相信奇迹，就像十年前，你们坚信麓山重工根本不配成为你们的竞争对手，而十年后，你们却要用这样泼脏水的方式来阻挠麓山重工的崛起。"

马修不甘心，让律师把电脑中新的文件打开，大屏幕上出现了卫冲之十年来病历的照片。张彬看着这些照片错愕不已，额头上密密麻麻全是汗珠子，他死死盯着马修，是祈求，也是无声的抗议，但马修连看都没看他一眼。

"我们的医学专家是具有国际权威的，他们对这些病历进行了分析，你的病绝不可能在这么短的时间内康复。"

"如果你们所谓的权威专家看到的病历不全，或者没有看见关键的病理特征，做出的判断会是准确的吗？"卫丞的话如同抛出了一枚重磅炸弹。

王律师从包里拿出一沓病历展示起来，说："这是我们提前从卫冲之的病历档案中抽出来的病历，主要记录了给他重复讲解工程机械专业知识原理、看相关公式方程等特殊记忆点的治疗和反馈。"

之前还信心满满的马修一方，顿时手足无措、坐立不安，而张彬也已经满头大汗，整个人都在发抖。卫丞看了他一眼，联想到他说过的那些奇怪的话，突然明白了方锐舟布下的这张大网，抓住的竟然是张彬。他感到很痛心。

"陈主任，这起知识产权侵权案，已经变成了一场没有底线的闹剧，再调解下去已经毫无意义。如果官司一定要继续打下去，我们不仅奉陪到底，还将反诉海彼欧恶意诬告中国企业。"

陈主任承诺会将现场情况和麓山重工的态度，完整、准确地向WIPO总部报告。

坐在办公室里一直盯着直播画面的欧文斯，愤怒地把耳机摘了下来，往桌子上一砸，原本准备用来庆祝胜利的香槟酒杯被砸到地上，摔得粉碎。

"耻辱！"

明德江也在办公室里盯着电视屏幕上的直播。直到确定麓山重工真的胜利了，他又看了看电脑上董孟实留下的那份"情报"，对身旁的方锐舟感叹道："这盘棋，赢得漂亮。"

方锐舟却脸色有些难看。他替张彬感到惋惜，觉得他年纪轻轻又有才华，却误入歧途，自己要负一定的责任。他双手吃力地撑着椅子扶手才站起来，明德江安慰他不用自责。

最近发生的事让方锐舟感慨万千。之前他信奉办好企业就是要靠严明的管理制度，谁也别跟他谈人情，但这段时间发生的事让他明白，办好企业不仅要靠制度，更要有温度，说到底，工厂不是由冰冷的机器构成的，得靠有温度的人才能凝聚起来。

明德江问张彬这事他打算怎么处理。方锐舟说张彬的母亲今天手术，自己得去看看，但法不容情，对张彬该怎么处理还得怎么处理。

明德江叹息一声，抓起电话，通知卫丞："张彬涉嫌重大技术情报泄密，我这边马上上报有关部门，你千万别让他跑了。"

方锐舟在张彬母亲的手术室外来回踱步，紧攥着一张病危通知单。

"请68床的家属到谈话间来。"

他听到赶紧转身走了进去，身着手术服的谢医生与护士正在旁边等着。

方锐舟说自己是68床家属的领导，昨天是他来交的手术费，并拿出缴费收据给医生看。

谢医生随即告诉他目前病人颅内血管意外破裂，情况危急，需要家属在手术单上签字。可张彬还在上海，方锐舟提出自己来签字。

谢医生有些为难地说："这次急救手术已经是我跟医院医务科的领导签字担责任了，真的需要家属签字同意。"

方锐舟立马拨打张彬的手机号码，无人接听。

"救人要紧，一切责任，我承担。"说着他拿起笔在家属签名处写上了自己的名字。

调解会一结束，张彬就不见了。卫丞来到他酒店房间外，不停地敲门，叫着他的名字，半天不见有一点动静。他担心张彬出什么事，赶紧叫来酒店经理和服务员用钥匙打开了房门。

卫丞推门就冲了进去，屋里并没有人，但张彬的行李箱规规整整地摆在地上。他又冲进卫生间，看见所有的洗漱用品也都收拾干净了，便问经理张彬是否离开了酒店。经理赶紧查阅门禁记录，说他没有离开酒店。

这时有酒店的工作人员跑来报告经理，说有人在天台上要自杀。

卫丞立刻火急火燎地冲向天台，酒店经理一边拨打110报警，一边跟着跑上去。众人上了天台，看见张彬坐在天台靠近马路一侧的围栏上唱着歌。

"太阳光金亮亮，雄鸡唱三唱，花儿醒来了，鸟儿忙梳妆。"

"张彬，快下来。"卫丞大喊。

张彬让他不要说话，继续高歌。

"小喜鹊造新房，小蜜蜂采蜜糖，幸福的生活从哪里来？要靠劳动来创造。"

"你听过这首歌吗？"卫丞小心翼翼地往张彬那边挪步靠近，张彬突然发问，"你相信幸福的生活可以靠劳动来创造吗？"

卫丞点了点头。

张彬激动起来，喊道："我也相信。当我所有的积蓄被曹惠那个凤凰温泉老年社区给骗光之后，我还相信；当你把麓山一号一块钱转让了，我身无分文的时候，我依然相信；但在医院里，我妈劳动了一辈子，去看个病却这也不能报销那也不能报销，什么好药都不敢用，你让我相信什么？！"

卫丞自责起来："麓山一号的事情怪我想得不周全，很抱歉。但你妈妈此刻在医院做手术的所有费用都是方锐舟出的，他说是替曹惠把骗你的钱还给你。"

张彬摇摇头："我最需要钱的时候，把游戏装备都卖了。现在钱来了，晚了，谢医生跟我说，血管破了，再多的钱也堵不住。"

卫丞劝他手术还在继续，他应该赶紧回荆南去医院照看母亲。张彬停了下来，将伸出的脚缓缓收回。

这时，张彬的电话响了，是谢医生打来的。他接了电话，得知母亲去世的消息，沉默半晌，就直接挂断了，而卫丞也在方锐舟打来的电话中得知了张彬母亲去世的情况。

张彬突然要求卫丞站在原地给他拍个视频，卫丞连连答应，拿起手机开始拍摄。

张彬郑重地说道："我是张彬，我母亲在手术中意外去世，跟医院、谢医生以及方锐舟无关，他们无须承担任何责任，特此声明。"说完他鞠了一个躬，然后看着卫丞，说："小燕子说得对，劳动是幸福的。老大，我以后不能陪你打游戏了，我太累了，想休息了。"说完，向下一跃。

距离他只有三四米的卫丞冲上去想要拉住他，但已经来不及了……

荆南精神病院会议室内正在举办高级职称答辩会，十多个专家正在听肖月琴阐释自己以卫冲之为案例的论文，不时点头。

答辩很成功的肖月琴站起身来给评委鞠了一个躬，满怀欣喜地走出了会议室。当她看见早已等候在门口的纪委工作人员，笑容消失了。

"肖月琴同志，你涉嫌泄露患者隐私，并利用患者隐私牟利，请跟我们走一趟吧。"

肖月琴浑身颤抖起来，手里拿着的那张副高职称答辩证掉落在地上。

这天，天空中阴云密布，荆南陵园一片肃穆。卫丞和金燕子将一束鲜花和一盘油条摆在一块新立的墓碑前。张彬与母亲合葬在了一起。

金燕子心疼地看着憔悴的卫丞，安慰道："你操办完了他们母子的后事，也算是尽心尽力了，不要太自责。"

卫丞依然情绪低落，越想越自责，拿着酒瓶给张彬墓碑上倒了酒，手不停地抖着。

放下酒瓶，卫丞从口袋里面摸出药盒，刚要吃，被金燕子一把拦住，无论如何都不让他吃。

卫丞气愤地大喊："我要你来管我了吗？"

金燕子也激动起来："我不是管你，我是心疼你。总不能你爸刚从精神病院出来，你又进去吧。卫丞，这个时候大家都需要你振作起来。"

得到陈教授等专家的确认，卫冲之康复了。

卫丞提着大箱子领着父亲回到了自己家。卫冲之看着墙上熟悉的照片和桌子上那艘帆船模型很是触动，但这个陌生的家又让他有些不知所措。尤其是牛顿围着他转，让他很不适应。

卫丞说这些年只有机械狗牛顿陪着他。卫冲之心知儿子还没从张彬的事中走出来，拍了拍儿子的肩膀，竭力安慰他。

方锐舟下班回了家，和女儿女婿一起吃晚饭。方霏向父亲提议周末一起去探望母亲，但没有成功。

董孟实给方锐舟斟了满满一杯酒，他看了一眼身边的方霏，站起来向岳父道歉："张彬这件事是我错怪了您，这里给您赔不是。"方霏也跟着一起道歉。

方锐舟摆摆手，示意两人坐下。他说："在发现张彬是泄密者这件事上，你有功，也确实让你受了不少委屈。"

董孟实庆幸道："好在没给麓山重工带来实质性损失。"

方霏给父亲倒上酒，问起父亲官复原职的事情。方锐舟摆手，说这不是他们该操心的事。他端起酒杯一饮而尽，董孟实赶紧陪着喝了一杯。方霏又问他，董孟实有没有可能成为液压公司的负责人。方锐舟说这个项目的第一设计者是卫丞。方霏很是不服，反驳说："他的助手张彬出了这样的丑事，你们还要用他吗？"

方锐舟把酒杯放在桌子上，看着他俩，自己拿起酒瓶子倒酒。方霏本来还想说话，但被董孟实给拽了一下。

方锐舟喝着酒，瞟了一眼似乎胸有成竹的董孟实。

金燕子心情不好，跑到"金饭碗"小店找朱可妮。她坐在一张小桌上狼吞虎咽地吃着宵夜，喝着啤酒。朱可妮端着卤猪蹄上来，自己也坐下了，她倒了杯酒，为金燕子操起心来："董孟实有一句说话得对，卫丞是天上的云，他掉不下来；你是地上的草，也长不到天上去。不般配啊！"

这时，朱可妮手机响了，显示进账 10 万元。她有些紧张，仔细数着。

"别数错了几个零啊。"

朱可妮一转身，只见西装革履的马炎夹着包摇头晃脑地走过来。他有些得意地说："请大声告诉我岳母娘，新房的瓷砖外加卫浴、厨房都买齐了。"朱可妮没想到干进口二手挖机销售这么挣钱，金燕子一听疑惑地看向马炎，问："进口二手挖机能有这么大利润，不会是走私的吧？"

马炎忙岔开话题问她这是被谁欺负了，嚷嚷着要替她出头。

金燕子不想搭理他，自己边啃猪蹄子边喝酒，朱可妮在一旁说是卫丞。

马炎嗤笑："收拾他这号人其实很简单，就是把他引以为傲的东西给灭了，比如说你也把圆周率小数点后一百位给背出来，他肯定崩溃。"

金燕子端着酒杯一扬脖全都给喝了，喝完便开始背起来。

"3.1415926……535……"

朱可妮一听，还差90位。没戏。

卫丞看了一眼睡着了的父亲，关上房门走到沙发边坐下，然后倒出一些咖啡豆，心不在焉地数着，视线却没有离开那盆苔藓。

牛顿盯着他的动作，说他的读数能力有障碍，预判他的大脑受到了伤害，建议马上拨打120。

卫丞一个垫子砸在了牛顿头上。牛顿委屈地对他汪汪叫了两声。他的手停了下来，发现苔藓上有几点小米一样的花，他拿出放大镜仔细观察，惆怅的面容一点点舒展开了。

苔花如米小，也学牡丹开。

因为要办张彬家的事，卫丞几天都没有去麓山重工，让方锐舟找不到人。

方锐舟一手撑在桌子上，有些生气地给卫丞打电话，还是关机。

敲门声响起，明德江拿着一个文件夹推门进来了。他开门见山道："老方，关于液压公司筹备主任的位置，我决定让董孟实来干。"

方锐舟仍然惦记着卫丞，说卫丞是液压公司技术框架的第一设计者，这个位置应该由他来担任。明德江介意张彬案的影响，又劝他为自己家着想，董孟实才是他女婿。方锐舟说自己不干任人唯亲的事。

"这场官司，董孟实受了委屈，但依旧完成了《液压公司整体技术框架设计报审版》。"明德江把手里那一大沓资料放在了方锐舟的面前，"反观卫丞，遇到一点挫折就爬不起来了，能担大任吗？"

方锐舟还想说什么，明德江打断了他，果断地说："就这么定了。还有，官司基本赢了，你这个组长的使命也结束了。"他敲了敲方锐舟的桌子，微笑着离开了。

方锐舟扭头看向窗外炫目的骄阳。

液压公司筹备主任办公室内，董孟实把桌子上的新名片拿起来看了看，甚为满意，又靠在舒适的高背椅上，闭上眼，甚是享受。

"这把椅子一定不是最后的椅子。"

听到有人说话，董孟实睁开眼，看见是明德江。他赶紧站起来问好。见他有些尴尬，明德江笑了一下，径直往沙发走去。

董孟实请明德江坐在中间，自己在旁边的单人沙发上坐下。

明德江皱了皱眉，说："搞技术的，不要学万宝泉那一套。"

董孟实只说基本礼数还是要的。明德江没再说什么，问起他对液压公司有什么计划。

董孟实赶紧起身拿来一份关于液压公司的预算报告递过去，讲解了一下他的初步预算方案：一期投资 7 个亿，二期不超过 11 个亿。明德江面露难色。董孟实接着说已向三家银行咨询这件事，银行都表示麓山重工的欠债还没还完，再贷 7 个亿，很难。

"不是很难，是根本不可能。"明德江的话像一盆冷水，让董孟实不知所措。

"你跟卫丞最大的区别是卫丞只会花钱，你会挣钱。我只要办成这件事的结果，路径我不管。"说完，明德江便走了。

送走了明德江，董孟实失望地把预算报告扔进了碎纸机里。电话响起，是方锐舟的，他带来了一个好消息："城市银行的蔡行长与我私交不错，我刚跟他打了电话，你跟我马上去见他一面。"

董孟实连忙应下，正想回手去拿预算报告，才发现已经被碎纸机给搅碎了。

到了城市银行，他们才被告知蔡行长不在。

"蔡行长和方董刚通过电话，约好的。"

刘经理推说蔡行长出差了："也就是刚刚接到去北京开会的指示啊，望理解。"

董孟实还想争辩，方锐舟摆了摆手，说那就请分管信贷的连副行长出面谈一下贷款的事宜，又被找借口拒绝了。

董孟实忍无可忍，要站起来，方锐舟踩了他一脚，说："人不来也是一种态度嘛。好了，我们还是谈贷款的事。"

董孟实把贷款申请书递了过去，可是刘经理看都没看就说这笔贷款办不了。任凭方锐舟如何许诺，甚至承诺液压系统三年后市场规模是100亿元以上，不会赔钱，刘经理都坚定地拒绝了："您说得没错，但你们之前的贷款都没还，再贷款，那就是赔了啊。我想，风险大这个结论，不是我们一家银行做出的吧。"

"刘经理，这项融资对于中国工程机械的意义是重大的。"

"意义？融资没有那么多意义，它其实就是一门生意，核心就是，我们不做亏钱的生意。"

"我们经济形势好的时候，你们上门来说可以联保、可以贷款，行业下行的时候，你们跑得比谁都快。银行嫌贫爱富我可以理解，但你们总不能变成'拆迁队'吧！麓山重工就像一面墙，刚掉下一块砖、一片瓦，你们就都争着抢着开始拆房了，怎么就没有人想着添砖加瓦呢？！"

方锐舟的话说得很重也很心酸，但也没能阻止刘经理把贷款申请书退还给董孟实。

马修端着两杯咖啡站在办公室外不敢进去，他看见欧文斯正在被总部来的一位老总训话。

老总指着屏幕上的销售曲线图，呵斥欧文斯办事不力。

"增长最快的竟然是以麓山重工为代表的一系列中国品牌，而我们的销量和市场占有率非但没有增长，反而下降了不少，你怎么解释？"

欧文斯说起自己提出的本土化生存策略，通过在中国建厂，来降低成本。

老总因为知识产权官司输了对他很是不满："接下来麓山重工要自己生产液压系统，一旦高附加值的核心技术被他们掌握，你就算是再本土化，也干不过中国的企业。"

欧文斯把一份报告递了上去，说："但是他们很缺钱，我的第二步计划可以实施了。"

老总警告他："最后一次机会，如果你把握不住，就辞职走人。"

欧文斯连忙应是。

二十

耀眼的阳光将老车库里的那辆老臂架泵车照得跟镀了一层金色似的。卫冲之摸着车，眼泪在眼眶里直打转。他缓缓转过身，对着身后的方锐舟和盛传学深深鞠了一躬。

"谢谢。"

方锐舟和盛传学两人不约而同向卫冲之道起了歉，这十年让他受委屈了。卫冲之摆了摆手，三个人对视一笑，过去的一切都释怀了。

十年，能做成麓山一号，也算值了。

方锐舟依然为张彬的悲剧感到自责，他反思不该答应卫丞只收一块钱专利费，这种做法不可持续。

盛传学点头同意："尤其是涉及产学研以及整个团队，确实要考虑得更周全一些。"

卫冲之有些担心："可事情已经过了，你总不能撕了合同，重来吧，再说，公司也没钱啊。"

方锐舟拿起粉笔，在地上画了一棵苹果树。他在思考，如何把麓山一号变成一棵结出硕果的苹果树。

麓山大学特种液压实验室里，盛传学把众人聚集起来，有事要宣布。

大办公室的一张办公桌上摆着一排麓山重工的工卡。盛传学在黑板上画了一棵苹果树，兴致勃勃地介绍道："我们跟麓山重工签了一个'苹果树协定'，科研人员的薪酬，按专利和研发的产品在市场上获取的毛利分成，'果树'长得越好，'果子'结得越多，'结果年头'越长，科研人员的收益也越多。"

众人交头接耳起来，卫丞欲言又止。庄北辰举起手说："校长，这个'苹果树协定'太好了，可是晚了点，麓山一号没沾上光啊。收益损失太大了，尤其是卫头。"卫丞让他不要再提过去的事。

盛传学拿出一份补充协议，说麓山一号就是这个协议的首次执行，办公室里响起一片掌声和欢呼声，刚才还愁眉苦脸的年轻人都乐开了花，纷纷拿起桌上的工卡。卫丞看着苹果树协定和补充协议，想到张彬，不禁湿了眼眶，竟忍不住抽泣起来。

见卫丞哭得伤心，盛传学从口袋里拿出一张张彬的临时工卡，放在了他眼前的桌子上，说："我管公司要回来的，留个纪念吧。"

卫丞渐渐平复，拿起张彬的临时工卡，下定决心要带着大家把麓山二号干出来。

三辆挂着绿牌的新能源纯电动环卫车正在环卫机械车间里进行展示。其中，2.5吨级是用的国产电机和电池，7.5吨级的电机和电池是一半国产一半进口，而16吨级的电池和电机完全依赖于进口。

明德江认真看过车辆，问郝思泽："那16吨级别的我们就只剩一个壳子了？"

郝思泽有些愧疚地点点头，解释说："新能源来得太迅速了，我们完全没有这方面的技术储备，尤其电机、电池和电控，我们这台16吨级的电机和电池就是海彼欧的。"

明德江听了皱起眉头，问他有没有考虑过跟海彼欧谈技术引进。郝思泽苦笑着说谈过，但人家不卖。明德江不禁发愁，这三样核心技术占了成本的50%，如果解决不了，麓山重工既没有利润也没办法向前发展。

这时，站在他们身后的董孟实开口了："如果我们将液压公司这个香饽饽拿出来，跟海彼欧谈合资办厂，我想环卫机械这部分的技术转让或者共享，会容易一些。"

明德江转过头看着胸有成竹的董孟实，并不抱什么希望，毕竟海彼欧从来不会把液压系统这样的核心技术搬离本土建厂。董孟实却说此一时彼一时，原来是我们根本造不出来，现在我们有了麓山一号，他们其实也着急。

明德江觉得有道理，嘱咐他和海彼欧好好谈，争取谈出一个两全其美的办法。

打完高尔夫的欧文斯把球杆递给球童，与马修一起坐上电瓶车。马修汇报了董孟实第三次打电话来询问会商的事情，他怕再拖下去上钩的鱼就跑了。欧文斯有些得意地说："他越着急，就越容易犯错误。他犯错误，我们才有机会。再等等。"

董孟实打着电话忧心忡忡地走进了技术中心的办公室，海彼欧还没有回复他的请求。他挂断电话，发现自己原来的办公室已经变了模样。屋里卫丞正在和几个同事进行研究，屋外的大开间变成了卫丞和他团队的工作区域，到处都挂着高压柱塞泵的工艺图纸，还有一张有点卡通的苹果树图标。

董孟实心里略有失落，转身准备往外走，被卫丞叫住了。

"哎，孟实，我听说你最近为液压公司找合作方不太顺利。"

见他面露不悦，卫丞赶紧摆摆手解释道："别误会，所有设计和科研如果不能成为产品，'苹果树协议'就不能兑现，大家就拿不到钱。你可以试着跟民企合作，比如玉衡、中星……"说着，他把一本早就准备好的资料递给了董孟实。

董孟实随意翻了一下，瞟了一眼卫丞。他还在滔滔不绝地推荐玉衡液压。董孟实打断了他，说这是自己的事，一定会找到更有国际影响力的合作方。

卫丞点点头，说："想法很好，但是公司没有钱收购世界一流的液压公司啊，况且人家也不会让咱们收购的。"

董孟实被他说得烦躁起来。这时手机响了，是马修发来的短信："同意见面洽谈。"董孟实笑了，晃了晃手机得意地说："但人家就是同意跟我谈了啊。"

卫丞追上去问是哪一家，董孟实说暂时不方便透露，卫丞提醒他能谈固然好，但还是要守住底线，决不能让对方控股。董孟实忍无可忍，让卫丞别操心不该操心的事，便转身离开。卫丞一脸无奈，也不再多说什么。

在与马修确认好行程之后，董孟实按照约定时间抵达美国，但过了三天都没有见到欧文斯。他实在忍不了了，约马修在一家咖啡店见面。一见提着包走过来的马修，他便很是不满地说："我来了三天，欧文斯先生都不见我，这不是合作的态度。"

马修假模假样地道歉，说欧文斯先生是被总部召回，临走时委托他来谈。董孟实也不好再说什么，便直接进入正题。他首先提出了让海彼欧转让16吨级新能源环卫机械的电机、电池、电控技术。马修明确拒绝，说这属于海彼欧的核心技术，不能转让。至于35兆帕以及未来40—56兆帕液压公司的合作，海彼欧同意，但前提是他们必须控股。

董孟实一听便皱起了眉，也拒绝了。他说："我们两家毕竟刚刚发生过不愉快的事，所以，最好的不翻旧账就是打开新账本，互惠互利，一起赚钱。"

马修端起的杯子缓缓放下，只说会把他的建议带给老板。

董孟实这次长途跋涉来到美国，几番折腾，无功而返。

他一回国就赶到明德江办公室汇报会谈的结果。

明德江听到液压公司要由海彼欧控股合作才能达成，便把他写的会谈纪要重重摔在桌子上，大骂："谁给你的权力！液压公司失去控股权，你让我怎么跟国资委，跟邱省长交代？"

董孟实很是不服气，反驳道："如果要保住控股权，液压公司人家不会投资，我们也会失去新能源环卫机械上台阶的机会。企业不赚钱，靠什么生存？靠什么去发展？靠什么去自主创新？用市场换技术已经干了30多年了，我们再干几年不行吗？"

明德江强调底线就是底线，绝不能动，说完便让董孟实离开。

董孟实凑了过来，说："明总，我说一句冒犯的话，您别介意。您到今天为止已经'代理'两次了，为什么上面一直没有把这两个字去掉呢？主要是没有亮眼的'数据'。明总，既然守是守不住的，那就攻出去。"说完，对着明德江点了一下头，转身出去了。

董孟实的话说到了明德江的心坎里，他把扔在桌子上凌乱的会议纪要拿起来，展平放好。"代理"两个字在他心头萦绕。

试验车间里焊花飞溅，金燕子一边操作，一边跟学员讲解操作要领。

"改变P2程序的同时必须改变对应的回转形式，make键按住，2秒……"

正在巡查工作的宋春霞看到这一幕，很是欣慰。董孟实走过来和她打招呼，却被她揪住没戴安全帽，他解释说是自己进来得急给疏忽了。

"你也是因为安全事故受过伤的，天大的事也比不了'安全第一'。"

这时，董孟实说明了来意，有个外事活动想邀请她出席。宋春霞推辞说车间生产任务重去不了，便又接着去检查工作了。董孟实有些着急，追了上去，说这关系到卫丞设计的麓山一号能否批量生产。

宋春霞停了下来，转过身看他。董孟实说公司正在跟海彼欧谈合作，对方马上要到了，还指名道姓要她到场。

"才打完官司，就要握手拥抱，还让我去见证，没空！"宋春霞撂下这句话就气呼呼地走了。

董孟实正想追上去，被金燕子一把揪住了胳膊，瞪着他问为什么要跟那种人合作。

董孟实说技术只有先进和落后，没有好坏之分。跟海彼欧合作，看中的是对方的技术和资金。

金燕子急了："张彬是怎么死的你不清楚吗？你现在拿着卫丞和张彬的研究成果跟海彼欧合作，这不是往卫丞心口上扎刀子吗？！"

"公司的利益大于私人感情，卫丞应该懂。"

金燕子再次质问道："你换一家公司，能怎么样？！"

董孟实赶着去机场接欧文斯一行，他甩开金燕子的手，快步离去……

方锐舟往大门紧闭的董事会会议室走去，早就等在门口的万宝泉紧张地换上笑脸，赶紧迎了上去。

方锐舟看了眼表问会议不是三点开始吗，万宝泉支支吾吾地说会议突然提前了。方锐舟不理他，伸手要推门。万宝泉赶忙拦在前面，鼓足勇气，说："您今天不用参会了。"

方锐舟说自己只旁听，作势还要往里闯。万宝泉急了，再次拦住他，劝道："都是为了公司好嘛。您睁一眼，闭一眼，这事就过去了。"

方锐舟急道："如果让海彼欧他们控股，这件事就过不去！"

万宝泉打起哈哈，反正就是拦住不让他进门。几分钟后，方锐舟叹了一口气，在过道摆放的椅子上坐了下来。万宝泉在一旁劝他回办公室休息，有结论了第一时间跟他报告。

方锐舟不说话，头靠着墙面，闭上了眼睛。

一门之隔的董事会会议室里，双方正为了液压公司控股权争论着。

明德江喝了一口水，稍稍平复了一下心情，说道："产品是我们的麓山一号，整体技术方案也是我们的，厂房、工人、技术员还是我们的。你们作为一个投资伙伴，要控股，说不过去吧。"

欧文斯却说："你们只有35兆帕的入门级验证产品，40—56兆帕的没有，大于60兆帕的特种泵、超高压泵也没有，这些我们将来都会提供技术啊。所以，我们来华合作，不仅仅是金融合作，还是技术上的深层合作。"

明德江肯定了他的态度，但仍然坚持麓山重工控股的底线，否则，国资委那边不好交代。欧文斯质疑中国政府对市场经济的干预太多。明德江连忙否认。他解释说海彼欧的泵阀缸麓山重工用了十多年，但每一次提出技术转让的时候，都被否决了，因此他们也有很多疑虑。

谈判陷入僵局。

董孟实夹在中间，左顾右盼，很是为难。突然，他发现明德江和马修都看着自己，于是说："咱们换一个思路，说说环卫机械新能源技术的转让问题吧。"

马修边向大屏幕投送自己平板电脑上的影像资料，边说："我们在液压这边不能控股，环卫这边还要帮你们赚大钱，帮你们占领未来20%的市场，做生意不是只有你们赚我们赔的道理吧。"

董孟实打圆场说合作共赢是基础。马修又提出海彼欧可以让一步，同意部分转让环卫机械新能源电机、电池、电控技术，但依然要求控股液压公司。

董孟实扭头看着明德江。明德江看着欧文斯，问："这是贵方最后的条件吗？"

欧文斯肯定道："同意咱们就签署备忘录，然后往下谈细节。不同意，就只能表示遗憾。毕竟我们还是竞争对手，我们可以提前公布接下来在环卫机械的竞争策略，下调新能源设备的价格。"

欧文斯说得很轻松，但明德江听得很紧张。

会议室的门打开，方锐舟立刻睁开了眼睛。明德江跟欧文斯并排走出来，面露喜色，走到门口，两人还友好地握了握手。

听到欧文斯的"我等着你的好消息"，方锐舟问明德江："我能知道这个好消息是什么吗？"

明德江不悦地看了眼方锐舟，又瞪了眼一脸委屈的万宝泉。万宝泉赶紧去拉方锐舟回办公室，被他一把甩开。

"你拽我干什么，我见见我这位十年前的老朋友，你也要拦着？"

明德江惊讶于两人竟然十年前就认识。

方锐舟意味深长地说："对啊，一个'断臂事件'会让你不止认识，还会认清。"这话让欧文斯尴尬地苦笑了一下。

明德江搞不清状况，只能劝他凡事向前看。

方锐舟依然盯着欧文斯说道："对，如果不是向前看，不是卧薪尝胆十年，今天能有麓山一号吗？今天能有跟欧文斯先生平起平坐谈合作的机会吗？"

欧文斯见方锐舟又说起这些，问他是否反对海彼欧控股液压公司。

控股？！

方锐舟很吃惊，片刻后，嘲讽地笑了起来。

"请问，合同签订之日，海彼欧可否向我方提交全套 40—56 兆帕和大于 60 兆帕液压泵技术图纸和工艺？"

欧文斯毫不客气地表示，就算给了图纸麓山重工也加工不出来，还是由海彼欧生产，麓山重工用吧。方锐舟露出果然如此的表情，说："看来，我反对你们控股的态度是正确的。"

方锐舟话一出口，整个过道安静下来，只有马修一刻不停地在一旁拍摄着。董孟实赶紧上前拉住方锐舟，但被他瞪了一眼，董孟实松开了手，到嘴边的话也咽了回去。

方锐舟拿出手机，展示我国企业与海彼欧曾经的合作案例，都是惨痛的教训。

北方工程机械和东海液压两个厂当年分别与海彼欧合资，海彼欧控股51%。在合作的两年内，海彼欧非但没有提供核心技术以及技术改造，还控制了经营权和购销渠道。巨额收入流失境外，连续巨额亏损后，中方已没有能力继续增加投资，他们便趁机买下中方剩下的49%股份，合资公司变成了他们的独资公司。

人们有些惊讶，小声嘀咕起来。被揭了遮羞布，欧文斯的面子挂不住了，便质问明德江，麓山重工究竟谁说了算。

明德江不让方锐舟再说下去，引着欧文斯和马修等人离开，但身后依旧传来方锐舟铿锵的声音：

"合资、做亏、独资的三部曲，海彼欧只用了三年时间。三年之后，明总你都已经退休了。"

听见这话，明德江维持着脸上的笑容，但拳头却紧紧攥着，跟欧文斯一起进了电梯。

方锐舟将董孟实叫到家里，想了解一下跟海彼欧谈合作的事，他其实没想到董孟实今晚会来跟他喝这顿酒。

"我瞒着您跟海彼欧谈合作并没有错，我并不觉得愧疚，也不需要逃避。"说完，董孟实主动举起杯子跟方锐舟碰了一下，一饮而尽。

方锐舟说："合作我从不反对，我不同意的是让他们控股。关键技术受制于人，不仅仅是损失经济利益，也会对国家安全造成损害，这个道理你应该懂。"

董孟实不甘地说："我当然懂。我也不想他们控股，明总也不想，但我们没有钱，你不也帮着找了银行吗？为了公司的经济发展和产业升级，没有办法。"

方锐舟强压了半天火气，但还是流露出来，他不答话，独自喝了一杯酒。两人谁也不说话，过了几分钟，他看着董孟实叹了口气，说："孟实，搞经济、搞科研也是有尊严的。"

董孟实端着酒杯沉默着，心中的委屈一点点被逼了出来，他端杯子的手微微发抖，索性一饮而尽，放下杯子说出了心底话："尊严是靠胜利换来的。如果一味地坚持我方控股，这个液压公司就干不成，我就是一个失败者，过不了乌江的霸王自刎以保尊严，但这样的尊严有意义吗？"方锐舟正要开口，被他打断了："爸，您不是一把手了。您今天堵着会议室门说那么多无比正确的错话，又能怎么样呢？明德江会听您的吗？他连征求您的意见都不会，没准已经到邱省长那里告您去了。"

"告，好啊。"方锐舟无所畏惧。

"爸，您在麓山重工最后一个组长的工作其实已经结束了，退而不休，插手麓山重工的管理，非但不能解决问题，还会制造更多问题！再往重了说，这是违反干部管理制度。"董孟实意识到自己的话伤了人，赶紧端起酒杯自罚一杯。

方锐舟仍然坚持道："退而不休非君子。我可以彻底地休，也可以干净地退，但在控股问题上绝不退。"

董孟实端起来的酒杯又放了下去，叹口气，拿起手机，起身离开了。方锐舟坐在屋子里自斟自饮……

隔天，邱沐阳把方锐舟叫到办公室，将厚厚一摞舆情通报扔在了他眼前，让他看看自己惹出来的好事。

方锐舟翻看着这些舆情通报，脸上露出不屑。来这一招，看来自己这只挡车的小螳螂让那只傲慢的狮子怕了。

邱沐阳看着骄傲的方锐舟，有些恨铁不成钢地说："你不觉得你堵着门跟人家吵，很可笑吗！"

方锐舟不在乎："可笑，但可笑不一定可悲，国家的经济与科技发展是坚持以我为主，还是让老外为主，这是一个大是大非问题，不说清楚，以自主创新推动产业升级就是一句空话。所以，我必须对海彼欧控股说不。"

邱沐阳冷笑一声，说："你说了一声'不'，引来这么多国外媒体的围攻，'麓山重工党委书记，以行政命令干预市场行为，利用国家权力强化国企的竞争优势'。"他把方锐舟丢在一边的舆情通报打开，让他好好看。

"你知不知道，国际峰会上有人提出所谓'列入国企扭曲竞争'的议题；国际贸易政策审议里，有人老调重弹，说中国政府援助国有企业及限制外国企业进入，持续干预经济活动，市场仍处于封闭状态。你这是给他们递刀子啊！"

刚才还有些不忿的方锐舟被说得低下了头。怒气冲冲的邱沐阳也缓缓坐了下来，问他自己在会议室外被拦是巧合吗。方锐舟越听越惊，又看看那一大摞舆情，啪地一拍桌子，明白自己中了激将法。

"那就让他们主控啦？"方锐舟不服。

"你还想让我来直接干预'市场行为'吗？我得先给你擦屁股！"邱沐阳从抽屉里拿出一张纸，看了看方锐舟，有些为难地告诉他，他的辞呈，省委批了。

"我、我服从组织决定。"

明德江提着公文包神情凝重地往办公室走，发现万宝泉正在安排工作人员收拾方锐舟的办公室。

他问道："万主任，你这是干什么呢？"

万宝泉回答："明总，锐舟同志昨晚已经把私人物品收拾完，拿走了，办公室的钥匙也都交了。"说着拿出一串钥匙递给他看。

明德江立刻叫工作人员别收拾了，见万宝泉一脸不解，瞪了他一眼。

"锐舟同志的辞呈省委批了，正式文件也下了，这间办公室还留着？"

明德江点醒他："你没看见文件最后四个字吗？另有任用。"说完推开自己办公室的门进去了。

片刻后，万宝泉恍然大悟。

　

酒店餐厅内，欧文斯跟马修在吃早餐。

马修难以抑制自己内心的喜悦。他们组织的文章和新闻报道让中国政府感到了压力，方锐舟彻底失去了权力，难道这样的胜利不应该开心吗？

欧文斯却不敢掉以轻心，当初比明德江强悍多少倍的方锐舟，竭力推行"重工换金融"就是被邱沐阳给叫停了。这位邱副省长的关没那么好过。

听他这一说，刚才还有些得意的马修也感到了压力。

此时，董孟实从外面走了进来。寒暄过后，他邀请欧文斯到岳麓书院参观，还特别说明了这个邀请是邱副省长提出的。欧文斯看了看有些紧张的马修，点点头。

　

古朴幽静的岳麓书院里，古树参天，光影斑驳。邱沐阳与欧文斯有说有笑，马修一如既往地负责"拍照"，一行人来到岳麓书院大门口。

欧文斯看着门口的楹联，用中文念道："惟楚有才，于斯为盛。这里曾经人才辈出啊。"

邱沐阳微笑着说："解释得不错，但我更愿意将'于斯为盛'的'斯'

理解为当下、当代，而不是这里。今天的中国走市场经济之路是坚定的，也一定会英才辈出。"

欧文斯转移话题："这个学院有个学生叫魏源？"

邱沐阳肯定道："对，他在这里求学的时候距今 200 年了。"

欧文斯别有深意地说："他当初提出了'师夷长技以制夷'，似乎一直到今天，中国学习科学技术都是在'制夷'。"

欧文斯的话让明德江有些紧张，赶紧上前制止马修的拍摄。但邱沐阳仍旧显得淡定从容，他看了一眼正在拍摄的马修，不介意地摆摆手，说："我们既然是开门做生意，就允许别人质疑嘛！"

邱沐阳收起笑脸，继续回应欧文斯的质疑："魏源为什么提出'制夷'，那是 170 年前你们用大炮和鸦片逼出来的御侮之道。"他脸上严肃的表情，让欧文斯有些忌惮。

"任何一个主权国家，经济主权都是国家政治独立的基础，而科技进步的主导权是经济主权的基础。今天我们说的是'科技是第一生产力'，说的是构建人类命运共同体。"

欧文斯将这视为他支持海彼欧跟麓山重工合作，包括控股的信号。

但邱沐阳接下来的一番话却出乎所有人意料。

"政府是不会干预市场正常的商业行为，但也要保证竞争的公平性，毕竟全世界不仅仅只有你们海彼欧希望跟麓山重工合作，还包括我国大量的民营企业，所以用竞标的方式来决定跟谁合作更符合市场经济。"

明德江一惊，欧文斯更是觉得猝不及防。

"市场经济的核心不就是公平竞争吗？作为行业的领军企业，你们应该带头支持啊。"

欧文斯一阵苦笑，马修无奈地放下了相机。

二十一

麓山小区的院子里，董孟实拉着方霏的手往家走去。

过道上停着一辆还没上牌照的小车。董孟实一边看着手机上他想给方霏买的那辆车，一边对她说："你总是上夜班，这款车特别适合你。"

方霏扭头不去看。董孟实跟海彼欧谈的合作又给自己父亲搅和了，她哪儿还有心思买车啊。她对父亲很是不理解，认为他留恋权力。董孟实倒是为他辩护了几句："很多人在位的时候不干正事，但咱爸只想着麓山重工，从这个角度看，他是个好官。包括他这次反对海彼欧公司控股，都是对的。"

见到方霏还是不满的样子，他话锋一转："对的，不一定都合适啊。比如咱们孩子满月，你是愿意听'这孩子以后一定升官发财'的假话还是愿意听'这孩子以后一定会死'的真话呢？"

两个人走到那辆新车边上，看了看车内，发现方锐舟正坐在驾驶位上睡觉。两人一愣，方霏敲了敲玻璃，方锐舟醒来看见他俩，赶紧笑着推开车门，走了出来。

方霏有些心疼地问他怎么不进屋睡。方锐舟讪讪地说他没有这屋的钥匙。方霏听到这里，也有些尴尬。董孟实赶紧打圆场，夸赞起岳父的新车。方锐舟却说这车是买给他们夫妻俩的，说着就把车钥匙交给董孟实。董孟实摇头，没有伸手。

方霏上前把父亲拉到一边，让他自己留着车用。

方锐舟把车钥匙交给方霏，然后笑着转过身来走到有些不知所措的董孟实身边，说道："孟实，在很多关键性的问题面前，选择往往比努力更重要。"

他压低了声音嘱咐道："邱省长在岳麓书院的讲话，你要听懂。"

董孟实吃惊地看着转身离去的方锐舟，心中忐忑不安。方霏看看车，又看向父亲的背影，眼泪忍不住流下。她突然想起什么，从包里掏出自家的钥匙，追了上去，一把塞进了父亲的手里。

方锐舟看着手中的钥匙，笑道："钥匙换钥匙。"

方霏擦掉脸上的泪水，扬起笑脸对父亲说："谁也不会因为钥匙丢了，就把家换了吧。这个家您和我妈随时回。"

方锐舟看着那串钥匙，心头萦绕着一丝伤感、一份喜悦。

卫丞回到实验室，庄北辰等人过来找他。他坐在办公室里，看着他们把一张张麓山重工的工卡摆到桌上。他吃惊地抬头看向脸色难看的众人，不明白40—56兆帕项目势头正好，大家为什么不干。

庄北辰说出了大家的担心："一旦海彼欧控股，我们的设计他们肯定不会用，我们这些设计师也就没有用武之地，顶多给他们打个下手，做个维护。"

"苹果树没有了，苹果也就没了，我们留着没有价值。"

卫丞连忙劝道："事情还没有发展到这一步，你们先别冲动。"说着抓起工卡，一一放回众人手里。

"如果真让海彼欧控股了，我第一个辞职。"他信誓旦旦地说道。

为了海彼欧控股的事，卫丞决定去麓山重工找明德江说清楚。他风风火火地来到职工食堂，从一楼往二楼跑，被服务员给拦住了。服务员看了一下他的工卡，请他到高级工程师那个区域就餐。卫丞只说是来找明总就往里冲，再次被拦住。这时，里间的一个小餐厅里，传来明德江的声音："是卫丞吧，让他进来。"服务员这才闪开身子，卫丞快步走了进去。

小餐厅里有不少人正在吃饭，董孟实在跟明德江对着平板电脑讲解着什么。卫丞走进来便要和明德江说说控股的事。董孟实站起身来，准备要走，被明德江一把拽住。

卫丞开门见山地说道："别让海彼欧控股，否则，我们永远不可能有40—56兆帕级别柱塞泵，以至于60兆帕以上超高压液压系统更不会有。"

明德江说，他也不愿让海彼欧控股，但液压公司配套资金巨大，麓山重工没有办法。

"把环卫机械卖了。"

卫丞话音未落，明德江的脸色就已经变了，瞟了一眼身边的董孟实。董孟实立刻站起来反对："环卫机械是公司今年成长性最好的突破点，假以时日，必是参天大树，现在卖，那是败家。"

董孟实的反驳让明德江颇为满意。

"聚焦主业是败家？"卫丞不服地反问。

董孟实对呛道："能赚钱，能给大家发年终奖的才是真主业。卫丞，不能因为你在研发40—56兆帕级别柱塞泵，就要让公司再来一次'断臂事件'吧。"

卫丞被董孟实的话给激怒了。他大喊道："这不是'断臂事件'，这是断臂求生！"

两人谁都不让，互相瞪着对方。明德江敲了敲桌子，让两人好好说话。董孟实抢先丢下结论，要实现研发40—56兆帕及以上级别柱塞泵的目标，只有让海彼欧控股。卫丞立刻跳起来反对。

董孟实问："你能告诉我有一家国企的液压技术和实力超过我们麓

303

山吗？"

"国企没有，民企有啊，比如玉衡。"

让民企控股国企？不只董孟实，在座的人都大惊失色。

卫丞搬出邱省长的话，这次竞标包括民企。明德江坦白道："那不过是给老外摆个姿态，真让民企来管国企，管我们这种大国企，且不说成功的案例极少，就是我心里这道坎儿，也很难过去。"

他为难地摇着头，端起餐盘往外走，边走边说："我还有两年就要退休了，我这牙口，做不了第一个吃螃蟹的人。"

卫丞没有得到想要的结果，自顾自离开食堂，不理身后紧追不舍的董孟实。董孟实拦住他，指责他不该干扰企业管理。两人又大声争吵起来。

"请不要把个人利益放在公司利益之上！"董孟实吼道。

"技术是有尊严的。海彼欧用有限的钱就可以轻易地摧毁咱们的技术基座和无限未来，你不心痛吗？"卫丞也激动地吼了回去。

董孟实从包里拿出当初卫丞给他的技术资料，指着上面被他画上圈圈的民企名单说："我心痛的是，你列出的这些民企没有勇气跟海彼欧同台较量。"

卫丞感到非常疑惑，愣愣地看着一脸苦笑的董孟实。董孟实其实已经打电话问过这些企业了，可他们的反应是消极的，甚至有些恐惧。听到这里，卫丞突然觉得大脑一片空白。

玉衡液压精铸车间里，董事长郦养正在检验台边上查看柱塞泵的生产情况，一台刚生产出来的麓山一号摆在他的面前。看到这台麓山重工自主研发的麓山一号，他迫切希望玉衡液压也加快自己的研发进度以扩大产能，供应麓山重工和整个行业的需求,最好把卫丞和他的团队挖过来。

他和陪在一旁的程总聊了两句公司的情况，对技术升级感到棘手。

说完，他便略有失落地往外走。程总看了一眼手机上刚来的信息，赶紧上前对他小声说海彼欧的欧文斯在办公室等着拜会他。郦养正走了几步，突然停下："跟他们说，我出差了，有什么事你先应付着，凡事不表态。"程总有些为难地说，海彼欧可是这个行业的巨鳄，不能得罪。

"这头巨鳄的猎物是麓山重工，我这个民企他瞧不上，我也不想搅和进去。"

程总听懂了他这话，点头离开了。

欧文斯、马修和翻译等人坐在郦养正的办公室里等待着。欧文斯的视线落在了柜子上一把旧的小马扎上。

这时，程总从外面走了进来，连连道歉说董事长有急事儿，出差了。

听得懂中文的欧文斯故意扭头看向翻译，待翻译翻完才说："哦，这么不巧。我还以为6年前海彼欧没有把35兆帕柱塞泵专利转让给郦董，他记恨我们呢。"

程总连忙否认。

欧文斯说出了此行的目的："我们正准备跟麓山重工合资办一个液压公司，海彼欧控股，想邀请你们一起参加。"

程总没有表态。

董孟实收到欧文斯一行去了玉衡的消息，跑去环卫机械车间找正在视察的明德江。他拿着手机递给明德江看了一眼，上面是欧文斯去玉衡的照片。他猜测欧文斯应该是去敲警钟，安慰明德江不用担心民企吃国企的事情发生，也不用断臂求生。

明德江赞许地点点头，转身指着环卫机械生产的进度表，批评生产进度太慢。车间主任解释说主要是焊装两名工段长生病了，人手不够。他也为没人能顶上发愁，毕竟现在既精通传统焊，又能操作自动焊机，还能玩命加班的工人太少了。董孟实立刻推荐了金燕子，说她满足所有的要求，足够优秀。明德江点点头，又问了问车间主任的意见，同意了董孟实的举荐。

环卫机械车间的焊装工段内响起了热烈的掌声，新上任的工段长金燕子穿着胸口印有"麓山环卫机械"字样的新工作服，开始她的就职演说。

"第一次当官，我在台上说，你们台下听，感觉挺好啊。"她的话引得台下众人一阵笑。她接着说道："环卫机械是麓山的老幺，所谓爹妈疼满崽，我们是有人疼，显得出众，还是我们有本事，显得出色呢？以前当工人，用任劳任怨、加班加点换报酬，今天咱当工人，用技术换钞票。本工段长的主要任务就是带领大家，一不让这些机器把咱们干掉，二活干得漂亮，钞票拿得多，少加班不加班。"

金燕子的话开始说得挺沉重，就连车间主任都皱起了眉头，但最后两句又说到了工人的心坎里，引发一阵热烈的掌声。

在远处往这边看的卫丞皱着的眉头也一点点舒展开了。这时电话响了，是玉衡液压的程总来电。他赶紧接起电话，得知程总已经在来麓山重工的路上，以为要来和他谈谈液压公司竞标的事，他兴奋不已地挂断了电话。他回头看了看远处跟新同事一起研究工艺图的金燕子，给她发了一条信息："当这么大的官，总要请一顿法式大餐吧？"

坐在披萨店内，卫丞看了眼摆在面前的两份焗蜗牛，又抬眼看了看正大快朵颐的金燕子，问："你想过当这个工段长之后，有可能要离开麓山重工吗？"金燕子不知道他在胡说八道些什么。卫丞却告诉她，玉衡答应来谈液压公司竞标的事了。要保证新公司技术领先，就需要大投入，公司只能把环卫机械生产线卖了。

金燕子还来不及说什么，电话响了。

她一边眉飞色舞地接着电话，一边推门走出披萨店。一辆出租车恰好停在了她身边，车里走下来的正是玉衡的程总。他拿着手机确认下卫丞给他发的定位，带着助理推门进去了。

　　卫丞看见程总进门，立即起身打招呼示意。程总走过来坐下，从助理手里接过一个文件袋，递给了卫丞。卫丞笑着说："标书你们都做好了，太让我感动了。"说着把袋子打开拿出文件一看，愣住了，里面是玉衡想要引进卫丞和他的团队而拟定的合同。

　　他们不是来谈竞标的。

　　程总指了指文件，说这次是受郦董之托，来请卫丞和他的团队加盟玉衡。"这些是基础条件，包括安家费150万，其他的要是不满意你可以自己改。"

　　卫丞把文件推了回去："我要的不是这个。"

　　"我们是民企，我们只能在'现实'的夹缝里，偷偷地'理想'着。这里不方便细谈，你先看，我在酒店等你答复。"说完程总起身就离开，卫丞并没有起身，当他从沉思中抬起头时，发现金燕子不安地站在他对面。

　　她坐下来，看着很是沮丧的卫丞，劝他吃点东西："大口吃。我爸说，人吃饱了，才会开心，才有力气去解决难题。"说着用叉子在卫丞面前的盘子里叉了一个蜗牛，拿起面包片搁上去，伸到卫丞嘴边。

　　"这总比苔藓好吃吧，翻车了咱们能活着，还能从狼嘴里逃生，还怕什么呢。再说了，人往高处走，跳槽又不丢人。"

　　卫丞猛地一口吃掉了整个面包片和蜗牛，噎得够呛。

　　卫丞家里，卫冲之正看着手机上金显贵给他拍的视频学做菜，尝了一下还挺满意，盛在盘子里端到餐桌上，四菜一汤左摆右摆，细心到把盘子边上溅的菜汤都擦得干干净净。他看了一眼表，把自己的围裙、袖套摘了下去，然后拿着喷壶给那一小盆苔藓喷水。

这时，卫丞开门进来，卫冲之看着儿子，渴望得到赞许，卫丞却把玉衡给他的文件袋放在了饭桌上。正在给儿子盛饭的卫冲之看了一眼，问是不是玉衡液压要挖他。

卫丞坐下之后，把文件袋里的合同拿出来给父亲看。看到安家费开了 150 万元，卫冲之也不禁感叹对方舍得下本。卫丞一时拿不定主意，便征求他的意见。"这个主意，要你自己拿。"

卫冲之放下合同，端起碗吃饭。卫丞有些着急："这个特殊时期，玉衡把我和我的团队从麓山重工挖走，这是在帮海彼欧啊，唇亡齿寒。"

卫冲之皱紧了眉头，问卫丞他的团队能否像他一样拒绝玉衡的邀请。卫丞坦承道："不能。毕竟人家给钱，给事业，硬拦是拦不住的。除非，麓山重工跟玉衡合作，玉衡控股。"

"让民企控股？别说明德江怕，郦养正也会怕。"

听到父亲这么说，卫丞也点点头，端起碗吃饭。才吃一口，他又停下，不无遗憾地说："爸，玉衡的郦董没念过大学，能把企业做到今天这么大，他应该是一个有梦想、不甘人后的强人，怎么机会来了，他却不伸手呢？"

卫冲之对儿子解释道："民企老板只有一条命，企业做坏了没有退路，而一些国企负责人却有'九条命'，还可能被调去其他地方。郦董的担心可以理解。"卫丞大口"嚼蜡"，脸色越来越沉。他无意中瞟见了那盆生机勃勃的苔藓，喃喃自语道："梦想有时候也会辜负人啊。"

一辆平板拖车拉着一辆崭新的挖掘机朝着公司大门开去。大门缓缓打开时，卫丞开车从后面疾驰上前，冲到平板拖车前面一个急刹车停下，吓得拖车司机连忙急踩刹车，发出刺耳的声响。

卫丞从车里下来，问是不是运往鄂尔多斯矿区的样车。惊魂未定的押车员气呼呼摇下窗户骂他找死。他也不理对方，径直跳上了拖车，拿出钥匙打开了挖掘机的液压箱盖，看了一眼里面的主泵。这一看，他心头火起，问："谁让你们把麓山一号换成进口泵的？"

押车员无奈地摇着头。这时，董孟实从远处呼哧带喘地跑上来了，承认是自己换的。

卫丞气冲冲地质问他："你为什么要换？你知不知道，麓山一号要是没有极端工况下的数据，下一步发展麓山二号就会被质疑。"

董孟实喘匀了气，不屑地说："既然是替自己打算盘，就不要整天喊口号，技术是有尊严的。你的车挪开，别耽误正事。"

卫丞觉得董孟实话中有话。他跳下车，拦在董孟实跟前，要他说清楚。

董孟实质问他在合作一事上为什么阻止海彼欧，支持玉衡。卫丞刚要解释，董孟实就说："因为 150 万的安家费？不。真被玉衡并购了，你恐怕能直接当总师了吧，如意算盘打得响。"

卫丞连忙说自己没有答应。董孟实摆手打断他的话，说送鄂尔多斯矿区的这台车承载的是公司未来的订单，而不是他的麓山二号，所以必须用进口泵。

"我再说一遍，我没答应。"

两人怒目而视，谁也不肯让步。

金燕子骑着小电驴着急忙慌地冲向麓山重工的大门，此时大门口已经围了很多人，卫丞的车依旧拦在平板拖车前。她停下车，一边给宋春霞打电话搬救兵，一边挤进人群之中。

董孟实站在卫丞车旁，责备坐在驾驶位上不肯挪车的卫丞，威胁要把他连车带人抬走。卫丞无动于衷，董孟实只好招呼一辆叉车开过来，把卫丞的车给叉了起来。

金燕子一下子冲到叉车师傅那里，上去就把钥匙给拔了。这一下，叉车把卫丞的车给举在空中停住了，卫丞推不开车门，只能看着下面金燕子跟董孟实争吵起来。

这时，人群中突然传来明德江的声音："鄂尔多斯这台车，我是答应了卫丞装麓山一号的。"

三人扭头看着明德江走了过来，明德江示意叉车把卫丞放下来。驾驶员无奈地指了指金燕子，她赶紧把钥匙递上去。叉车发动，卫丞被放了下来。

明德江让董孟实把麓山一号装回去，又看向卫丞说："最好的自证，是让玉衡'敢'来参与竞标。你做得到吗？"

见卫丞一脸茫然，明德江苦笑一下，转身离开。董孟实也只好跟着走了。

金燕子陪着卫丞到电游室打游戏，卫丞毫无悬念地输掉了比赛。他被对方一句"输不起吗"激怒了，站起来就要去理论，却被金燕子一把拽着出了电游室。

卫丞一脸沮丧，金燕子在一旁安慰道："输确实难受，尤其是你这号人，你爸妈、老师教给你的都是怎么赢，却从来没有教你怎么去输。"

"输还用人教吗？"卫丞不以为然。

金燕子认真地说："当然，输不起的人，多半也赢不起。就算是玉衡拒绝了合资，你再把热脸贴上去又能怎么样，再输一次又能怎么样。诸葛亮出山那也是一输新野，二输樊城，三输当阳，但最后输出了一个'火烧赤壁'。"

卫丞被金燕子说动了。

卫丞主动联系玉衡，说要上门拜访，这让程总喜出望外。

程总把卫丞接到玉衡液压的会议室。众人坐下，但是中间郦董的位置却空着。程总解释说郦董有急事，主要高管先陪他谈。

"既然是谈，是不是也允许我开条件？"卫丞说道。

"好啊，就怕你什么也不说，那就彻底拒了。"程总的话让诸位高管笑了起来。

"我们过来之后，开发40—56兆帕以及60兆帕以上的液压泵，你们准备给我们多长时间？"程总说第一步可以给五年，第二步再给六年。

卫丞点点头："很务实。但如果海彼欧控股麓山重工新的液压分公司，他们40—56兆帕级别的液压泵就会迅速完成本土化生产，加上有主机厂的需求，价格将会比现在还低。玉衡能确保我们五年后的产品，赢得市场吗？"

在场的人被卫丞给问住了，面面相觑。这一切都被会议室的监控镜头拍摄着。

另一边的办公室里，郦养正看着电视机大屏幕播放的会议画面。

"所以，你们开出的那些看似优厚的条件，并不可靠。面临洋品牌本土化大举冲击的时候，我和我的团队被裁掉的可能性更大。而失去液压高端线之后，35兆帕入门级的产品也将独木难支，就像你们现在生产的26兆帕产品一样，仅仅用在小型挖掘机上，难有大作为。"卫丞侃侃而谈。

郦养正把茶杯缓缓放下，眉头紧锁。

"郦董给企业起名为玉衡，就是借北斗第一亮星'玉衡'之意。玉衡指孟冬，众星何历历。北斗定方向，第一定地位。在这次事关大家命运的较量中，退却就是输，输掉各位用了近二十年打拼出来的中国液压第一的交椅。"卫丞继续分析道。

郦养正下意识地扭头看了看身后那把木头的小马扎。

会议室里，卫丞环视着众人。玉衡液压的高管们小声议论起来，却没有一个人表示支持。他有些气馁。

程总不时看一眼毫无反应的手机，对卫丞说："卫先生的话有些危言耸听了。我们油缸的市场占有率可是50%。"

卫丞毫不客气地说："泵、阀的整体价值是油缸的5倍，油缸称霸，大块肉却吃不着。想吃大块肉，不占据泵、阀的制高点，不可能。"他指着会议室墙上的"国内第一，国际一流"标语："这是你们的目标，也是我的目标，目标相同的人可以并肩前进。我希望玉衡参加竞标。"

程总立刻问他，他能保证玉衡赢海彼欧吗。

卫丞坦诚说不能。但他能保证玉衡液压赢了之后，他和他的团队进入新公司，四年之内攻克40—56兆帕液压泵的工程样机。

程总又看了看毫无反应的手机，不愿松口："你的意思我们明白了。但我们是民企，官管民，天经地义，民管官，既难真心，也难实意。这个话题就不谈了吧。"

豪情满怀的卫丞备受打击。他缓缓起身，苦笑了一下，准备离开。

这时会议室的门突然开了，一名工作人员火急火燎地走到程总面前，小声说有三个人指名道姓要见郦董。程总正要呵斥他，他有些为难地拿出三个工号牌递了上去："他们说给郦董看这个，他就会见的。"

程总接过已经褪色的老工号牌看了一眼，上面的编号是0007、0008、0009，又低头看了看自己的工号牌，竟然是0010号。

镜头之后，郦养正双手撑在桌子上，仔细盯着监控画面，按了一下对讲机。

"镜头推上去。"

他看清了工号牌上面的号码，愣了一小会，马上抓起手机给程总发了信息："请他们进来。"

会议室的大门全部拉开，他的父亲卫冲之在盛传学和方锐舟的陪伴下，走进了会议室。

卫丞惊讶地看着他们问："你们怎么来了？"

卫冲之淡定地回答："想郦董了，来叙叙旧。"卫丞不解。

盛传学也说："十多年的交情了，值得叙叙。"

在卫丞疑惑的目光下，三个人落座。

卫冲之看了看郦董的专座，对着方锐舟笑了笑："锐舟，你当初在麓山会议室的椅子也跟郦董一样，都比别人高一块。"

"霸气更霸道。"盛传学补充道。

"所以郦董今天不在场，卫丞只能白费口舌了。"方锐舟早已看透，郦董才是话事人。

"我更怀念郦董坐在那张破马扎上的样子。"

"破马扎？"

"对，地摊上三块钱一把的破马扎……"

三个老伙计都陷入回忆中。

二十二

十一年前，麓山重工的总装车间外，消瘦疲惫的郦养正坐在一把小破马扎上啃着面包喝着矿泉水，身边一个巨大的木箱子，上面印着"玉衡挖掘机专用油缸"。

这时，方锐舟和盛传学从车间走了出来。方锐舟正拜托盛传学再跟海外供应商争取一下，多卖给麓山重工一些泵、阀、缸，否则产量上不去。盛传学只说自己就差磕头作揖了，可人家就是不给。

听到两人说话的郦养正赶紧放下面包和矿泉水，递上名片："我是玉衡液压的郦养正，我们能生产你们需要的挖掘机专用油缸。"

方锐舟一脸嫌弃，根本就不伸手接名片。盛传学接过名片，这才让紧张的郦养正脸上有了一丝笑容。他赶紧把两人引到大木箱子边上，用力掀开盖子，露出挖掘机油缸。

"玉衡，民企。"盛传学认了出来。

"但我们油缸的质量比国企生产的要好！"郦养正非常有底气地拿出质检报告递给盛传学。

盛传学看看那质检报告，又看向方锐舟。方锐舟不愿意买国产的油缸，因为客户不认。

郦养正恳求道："我不要求你们买，你们试用一下行吗？合格了，达标了，功能质量不输给洋品牌，咱们再说买行吗？"

见他这样恳求，方锐舟面露歉意，但还是坚定地拒绝了。麓山重工也没有冒风险的成本和重来的机会。

郦养正失落地说:"我已经在全国十一家主机厂的门口蹲着求他们了,没有一家同意试用我们的油缸。如果你们再不同意,玉衡就真走不下去了。"

看他这样,盛传学有些为难,方锐舟也只能表示遗憾。

这时,卫冲之从外面走了过来,看了眼郦养正和他的小马扎,说:"就冲人家这个破马扎,我们也应该试用一下。"方锐舟连忙拦着他,情怀可变不成销售业绩。

"玉衡的质检报告我看过了,很多技术是不错的。老方,传学,我们作为整机厂,总要给国产品牌一点机会吧,要不以后谁还用国产品牌呢?"他同意订100套玉衡液压的油缸,这样既可以试用,也不耽误生产。

这让郦养正差点笑出了眼泪。方锐舟把卫冲之给拽到一边,急得跳脚地说:"老卫啊,公司1000台挖机的生死线还没迈过去,你敢试用100套?新产品要是出问题,是要返修返厂的,咱们任是要命悬一线的。"

"命悬一线的时候,才能明白我们写'争峰'的价值。"卫冲之看着盛传学,直至他点头,又看着方锐舟,方锐舟无奈也只好点头。

郦养正对着三人直拱手:"谢谢,谢谢国企老大哥。"

卫冲之指着地上的小马扎说:"最好的感谢是我们一起把这张破旧的、看人脸色的小马扎早一天变成国产液压行业的头把交椅。"

接下来,在一轮又一轮的试用、返修、再试用中,参数、材料等各项技术标准先后确立,漏油等问题迎刃而解,油缸整体质量大幅提升,麓山重工与玉衡液压一起冲过了"生死线"。

郦养正亲自把三张荣誉员工工卡发给卫冲之、盛传学、方锐舟,还承诺:"今后有任何事,直接找我郦养正。"

那三张荣誉工卡，如今已经旧得发黄，正躺在卫冲之手里。

"国企改革是来真的，因为一个拥有近14亿人口的大国，是不可能进口一个现代化的。"

此时大门打开了，郦养正手里拿着那把旧的马扎走了进来，卫冲之和方锐舟、盛传学对视一笑。

郦养正把马扎摆在桌子上，跟三人一一握手。他感叹道："行业下行你们受挫五年，我的经营也是四连跪啊，该我们站起来了。玉衡报名竞标。"方锐舟笑了，说可不敢确保玉衡液压会赢。

郦养正已经做好了迎战的准备："我办民企，这一路走来，输了多少回？倒下多少次？但最后都爬起来了。只有输够了，就有资格赢了！"

卫丞站起身来，给父辈们的"铁三角"和郦养正使劲鼓掌。

黑色的轿车行驶在江桥上。车内，韩雨田边看报告边听邱沐阳汇报麓山重工竞标准备情况。目前报名液压公司竞标的国外企业除海彼欧外，还有日本、德国、韩国的公司，国内则有玉衡以及另外一家企业。

韩雨田感叹："可见液压系统真就是行业的香饽饽，这个牛鼻子牵对了。下一步就看麓山重工的底气了，到底是想把这件事办成，还是办好了。"

邱沐阳点点头："对，如果仅仅满足35兆帕这个级别，麓山重工现有的资金和资源可以控股，属于办成。但如果瞄准更高级别的，瞄准未来20年，办好，他们不卖掉环卫机械，股份恐怕连25%都占不到。"

韩雨田有些忧虑，环卫机械是明德江一手做大的，要断这条胳膊，他决心难下啊。邱沐阳也犯了难，毕竟明德江还顶着"代理"的帽子。

"代理……"韩雨田看了一眼邱沐阳之后便沉默不语了……

麓山环卫机械公司下班铃响了，穿着统一制服的职工涌出大门。金燕子骑着小电驴贴着路边行驶，一辆轿车突然在她身边一个急刹车，吓了她一大跳。车窗摇下，露出卫丞的笑脸。

金燕子惊喜道："你从玉衡回来了，结果怎么样？"

"火烧赤壁，玉衡搞定。"

卫丞还告诉金燕子，韩省长要来调研，特地嘱咐要见麓山一号的研发团队，让她一定要来。

接到韩省长要来调研的通知，麓山重工上下都动了起来。

明德江放下电话，有些疲惫地靠在椅子上。这韩省长来调研，不听合资办液压公司的发言，也不看环卫机械的车间。在旁边等候汇报的董孟实和万宝泉相互看了一眼。

"那省长要看什么？"

"看卫丞的液压研发团队，地点竟然是老车库。"

三个人都不能理解省长调研的意图，沉默了。

在众人的注视中，韩雨田看完了老车库存放的老臂架泵车，又看了看摆在前面的新麓山一号，以及麓山二号的模型。他对着众人摆了摆手："我是来受教育的，毕竟当时推行'重工换金融'我也是举过手的。今天看着这台老车，再看看这些新泵，新老交替，新老迭代，新老传承，感慨很多啊。卫丞同志。"

卫丞立刻应声。

"第二代40—56兆帕的超高压泵，你什么时候能拿下？"韩雨田直截了当地问。

卫丞肯定地说会比第一代时间短，预计4—5年内可以定型。

"那还要上高原做极端气候条件试验吗？"韩雨田又问。得到卫丞肯定的回答，他想起了什么，叫来了金燕子。

"你这么小的体格,救了他那么一个大块头?"卫丞一听脸都红了,金燕子兀自笑得开心。

邱沐阳在一旁说:"您别看她长得瘦,我听她师父说,她拿焊枪练基本功的时候,可是焊枪下面吊着两块砖的。"

韩雨田又关心了她的伤势和保险赔付问题,接着问她:"下次再上高原,你还敢去吗?"

"去。"

金燕子利落爽快的回答,惹得大家都笑了。

"不怕?"韩雨田问。

金燕子承认:"有点。但如果没有这些实打实的数据,这回打官司,咱麓山能赢海彼欧吗?"她拍了拍工装上"麓山重工"四个字,说:"麓山重工这四个字,不仅仅是我的一个饭碗,更是我的一份骄傲。"

韩雨田因她的话而倍感振奋,对众人说道:"有这样的工人、技术员,我们干什么没有底气啊。同志们,自主创新是一个长期的积累过程,不是短平快来钱的事情,这不仅是研发团队的事,也是我们大家的事,要有战略定力。"他的目光扫过现场每一个人。

明德江带着高管们挥手送走了韩省长的专车,大家开始往回走。明德江沉浸在自己的思绪中,董孟实悄悄走了上去,小声道:"明总,那恐怕只能在环卫机械上下刀了。"

明德江瞪了他一眼,问他是帮卫丞说话,还是替方锐舟传话。董孟实忙说:"是我的心里话。韩省长此行是在等我们'正确'的表态。"

明德江当然明白,就是要断了他环卫机械这个臂。

董孟实却说少一个环卫机械,明总变明董,值。

明德江望着不卑不亢的董孟实,陷入沉思。

晚上，邱沐阳忙里偷闲，约了好友上羽毛球馆打球。得知明德江急着找自己谈合资公司的事，便让他直接来球馆。

明德江急匆匆来到球馆，邱沐阳看见他从外面进来，跟对手摆摆手示意休息一下。他走到球场一侧，拿着毛巾一边擦汗，一边等着明德江。

明德江凑过来准备恭维几句，邱沐阳让他有话直说。"合资公司的技术能力我想定最高标准。"

邱沐阳问他怎么想通了，明德江苦笑道："想不通也得通啊，事关麓山重工的未来，但确实没钱。"

邱沐阳笑了："我们麓山重工，头几十年是有骨头没有肉，经过这几十年的快速发展，我们胖了，肥肉多了，但又得了软骨症。瘦子变胖子不容易，变成骨骼肌肉都强壮就更难，这个难就难在我们能否始终瞄准主攻方向，转型不转行，升级不跳级。"

"必须要断臂求生？"明德江试着接话。

"不，是断尾求强。"

明德江一阵苦笑。邱沐阳从包里拿出一份资料递给他："这是国内几家龙头企业新能源电控、电池、电机的资料；这部分是有购买意向的国内一流环保企业，他们对麓山环卫机械估值为三十个亿。"

明德江又惊又喜。三十个亿！有了这三十个亿，合资液压公司就有底气了，自主研发有抓手了。

邱沐阳点点头，对他说："为了保证后续工作顺利执行，关于你担任麓山重工党委书记和董事长的任命马上就会下达。"

明德江一下子站起来了，有些不安和愧疚地看着邱沐阳："我还没有做出成绩，怎么就、就要下任命了呢？"

"做官不是做买卖。在其位，谋其政，就要甩开膀子，大胆地干。"邱沐阳伸出手，明德江迟疑了一瞬，也伸出手，紧紧握了上去。

明德江的任命文件下来了，麓山重工有了一些变化。

万宝泉把原来方锐舟门上的董事长牌子挂在了明德江办公室的门上，不断仔细耐心地调整位置。董孟实满面春风地走过来，说急着找明董批复一份文件，却被告知他出去了。

得到明德江任命文件已经正式下达的消息，方锐舟正在家里下面条准备吃午饭。他一个人坐在书桌边，一边端着面条拌着佐料，一边看着电视里的新闻。他的桌子上摆着各种各样的书籍和一部外文词典。电视里播放的新闻正是麓山重工拟以30亿元的挂牌价转让麓山重工环卫机械80%股权的资产评估结果，已经在省政府国资委备案。

看完新闻，方锐舟关了电视，他的视线落在摆在书架上自己几十年来在麓山重工工作的照片：从大学毕业进厂第一天的小伙子，到跟曹惠抱着小方霏的幸福满满，到铁三角"争峰"的意气风发，到麓山重工上市的豪情激荡，再到一元钱购买卫丞专利时微笑的皱纹，以及那份辞呈的影印件。往事如五味，拌着面条缓缓下咽……

敲门声响起，打断了方锐舟的思绪。他放下碗，擦把嘴赶紧出了书房。打开门，他吃了一惊，只见是明德江站在门口。

"明总，不不，是明董，找我有什么指示？"

明德江从包里拿出方锐舟留在办公室里的那副象棋，以及一大包熟食，说："杀几盘，顺便喝点，别说你这里没有好酒啊。"

方锐舟绷着的脸一点点松弛下来，拉开门，请他进来。

两人一边喝着酒吃着熟食，一边下着棋。

明德江道："你这不上班，天天在家研究棋谱吧，以前都是我赢，今天连输三盘了。"

"以前总想着赢，结果输得多。辞职了，输赢不再当作一回事了，一下子就没负担了，所以，下棋不苦，想赢才苦。"方锐舟的话有些意味深长。

明德江点点头："我现在是深有体会啊。"

"是吧，你以为麓山重工这个一把手好当啊，独自享受吧。"方锐舟说着又开始摆棋。"我这里熬着，你在一边偷着乐，总不好吧。我跟邱省长商量了，麓山液压公司的总经理由你担任，也是未来合资液压公司的总经理。这是我方的基本条件，也是新控股方必须做出的承诺。"

方锐舟听了这话半天没有动，原来这就是"另有任用"。

明德江给自己倒了杯酒，说："你看啊，虽说这白酒都是粮食酿的，但酿酒工艺不同，出来的品质天差地别。这说明什么？"方锐舟看着他没说话。"这说明核心技术必须掌握在自己手里。"

穿着西装的马炎娴熟地操作着一台漆水非常漂亮的进口二手挖机，挖机在他手里做着各种复杂的动作，甚至可以完成单边悬空，但客户似乎没有什么反应。马炎停机跳下车，走到客户面前，努力推销着："虽然是二手的，但毕竟是进口的，这质量，这液压系统，这性价比，麓山他们国产的比不了，您买回去，它挖的就不是土，挖的是钱。"说着把购买合同递了上去。

客户又问这机器有没有进口许可证。马炎忙说："要是有证，这台工作才三年的20吨小挖，关税就将近10万，加上七七八八凑一起，怎么也得50多万吧，而我只卖您26万。"

客户不说话了，但是从包里拿出一个便携式金属疲劳检测仪开始在挖机的铲斗上检测起来，不一会检测仪就开始报警，这让马炎很紧张。客户指着铲斗一处说这个地方的焊缝有问题，猜到这机子是翻新的。马炎立刻表示明天就重焊。客户趁机要求自己回去焊，但价格要少两万元。

马炎尽管很委屈，但也只能赔着笑答应了。

"金饭碗"餐厅里，金燕子向朱可妮说起自己想回试验车间。朱可妮一听，正倒着的水一下子都倒洒出来。金燕子说："环卫机械马上就卖了，我就不是麓山重工的人了。"朱可妮很是不解，这既不升官，也不发财，回去干什么啊？

　　"有感情不行啊。"金燕子答道。

　　朱可妮奇道："现如今还有工人对工厂有感情的吗？"

　　金燕子立刻说："我有啊，从初级工，到高级工，从技师到工段长，这不是成就感吗？"

　　"卫丞请你回去了吗？"朱可妮问。

　　金燕子无奈地摇了摇头，朱可妮大失所望。

　　这时，马炎跑了进来，招揽金燕子加入他的二手挖机生意，做焊装，收入是她现在做工段长的两倍。金燕子似乎来了点兴趣，问他们用的是什么型号的自动焊机。马炎坦言正是没有自动焊机，所以才相中了她手上的功夫。金燕子却奇怪他怎么不找自己的父亲马大庆。一旁的朱可妮悄声说："翻新机这事，他爸知道会跟他闹的。"

　　"可我还想学点新技术啊。"金燕子认真地说，"我记得师父说过，未来的工人是我这样的，不是他那样的。我是什么样的呢？我是有技术的，我是管机器而不被机器替代的技术工人，所以技术是我存在的价值。"

　　马炎和朱可妮对视一眼，对她的选择完全不认同。

　　环卫机械车间门口，鞭炮齐鸣，"麓山重工环卫机械公司"的牌匾被撤下，挂上了"联合环境科技股份公司"的新牌匾。

　　车间内外各种热闹声响不断，但都没有打搅到发呆的金燕子。她戴着"麓山环卫机械"的头盔，呆呆地看着印着"联合环境"的新头盔。

　　卫丞突然从她身边冒了出来，拉着她要去麓山重工职工食堂。金燕子忐忑地说："这边食堂的伙食挺好。"

"吃什么不重要是吧，重要的是跟谁一起吃，哪怕是吃苔藓呢。"

听到卫丞的话，金燕子心里嘣扑通一阵狂跳，更加紧张。她故作镇定地说："好像你吃过苔藓似的。哎，你到底想说什么？"

卫丞郑重其事地邀请她回麓山重工，再次和他搭档。

金燕子调侃道："是跟着你混啦？"

卫丞尴尬地笑笑："你可以继续干你喜欢的工作。"

"卫丞，你跟董孟实最大的区别，是你从来都不劝我不当工人。但我不想依附任何人，我们在一起快乐，是因为我独立，而不用仰视你。"

联合环境科技股份公司挂牌的当天上午，欧文斯有些心神不宁地在办公室内踱步，听马修念总部的决定："因麓山重工把环卫机械卖了三十个亿，标的增加，我们控股的成本也将增加十五个亿，大大超出了原来的计划，加之控股方必须承诺方锐舟当总经理，故而，总部决定放弃。"

欧文斯有些急躁："放弃？！多出十五个亿，可以换回十年以上我们对高端液压系统的把控，大赚的，至于方锐舟，只要我们控股，处理他的方法有很多。给我订机票，今晚飞回总部。"

欧文斯简单收拾行李后，急匆匆离开办公室。

"干杯！"

"争峰"铁三角在"金饭碗"餐厅碰了杯。方锐舟一饮而尽，又看着卫冲之和盛传学喝完，问："老卫，你干吗挑这么个小店啊？"

"你都降职要当液压合资厂的预备总经理啦，还要摆谱吗？你这个鬼脾气，上级还敢用你，你就感激涕零吧。"卫冲之对老朋友毫不客气地回道。

"这叫'新瓶装老酒'，"方锐舟端起杯子喝了一口，"啧，还是那么顺口。"

盛传学说起了正题："锐舟，把你当总经理作为新控股方必须承诺的条件，可见我们对液压技术的渴求啊。"

"但棋下到这一步，谁也无法左右结局啦，包括韩省长、邱省长，他们都要回避。玉衡控股还好说，如果海彼欧不顾一切控股了，他们不会让我们轻易拿到核心技术的。"

"醉翁之意不在酒。"

"在乎核心技术也。"

见二人一唱一和，方锐舟点点头，举起酒杯说："万一是海彼欧控股，欧文斯一定会对我们在所有关键技术的关键节点上进行各种隔断和保密。今天这顿酒，是我想邀请两位加盟，早日吃透技术，即便未来他们制造变故，也不怕了。"

卫冲之看了看两位老友，把杯子里的果汁一口喝了，对方锐舟说："我没问题。但人家老盛，不要厅级待遇，跟你这个霸道的家伙去重新创业啊？想什么呢？"

盛传学忙说："我辞职过去，确实有困难，但我可以当顾问，组织学校最好的科研团队跟你、跟卫丞申请国家实验室，40—56兆帕的麓山二号和60兆帕的麓山三号会快得多。"

两位老友认真的支持让方锐舟眼眶湿润了。他低着头笑出了声，仰脖将酒一口喝掉。

海彼欧总部大楼的玻璃幕墙后面，伫立着神色凝重的欧文斯，他手里拿着总部的批复文件。董事长的批复文件上有两个前提：一、不能按照麓山重工提出来的技术方案，必须用海彼欧自己的，除了最大限度保证核心技术不被对方掌控外，还能减少直接现金投入；二、一旦竞标失败，欧文斯将负全部责任，解聘。

欧文斯看着窗外刺眼的阳光，看着幕墙上自己的反光身影，对自己的坚持产生了动摇。"我会输吗？"

麓山重工液压公司51%股权转让开标会正在麓山大酒店的大会议室举行，公证人员正在检查投标文件的密封情况。

台下坐着志得意满的欧文斯，他手里摆弄着桌上海彼欧的小旗。旁边是一家日本企业和一家德国企业，另外一边是郦养正的玉衡液压和另外一家中国企业。

明德江和郦养正面露紧张之色，卫丞紧紧攥着手心，而方锐舟、卫冲之、盛传学三人在一张纸上写着什么。

工作人员在开标现场当众拆封标书正本。

开始唱标。

卫丞低声问他们三个："你们觉得谁会赢？"

三人谁也没有说话，盛传学写完了"争峰"的最后一笔。

时间到了上午11点半，邱沐阳看了看自己的手表，又看了一眼没有动静的手机，叹了一口气让自己放松。接着，他拿起文件看，但依旧看不进去。

周秘书接着电话，急匆匆推门而入。邱沐阳焦急地问他结果。"出来了，玉衡的报价比海彼欧高6%，玉衡赢了。"

邱沐阳松了一口气，戴好眼镜，重新打开文件。他心情很好，但拒绝了投标会后的答谢宴会。周秘书又报告了刚收到的另一个消息，由于海彼欧竞标失利，欧文斯已经被解职。

二十三

玉衡液压中标，令麓山重工众人松了一口气，各人都有自己的庆祝方式。

敲门声响起，已与卫丞约好吃大餐的金燕子放下手机去开门。见朱可妮和马炎架着浑身酒味、迷迷糊糊的父亲走了进来，她连忙问怎么回事。朱可妮和马炎呼哧带喘地答不上话，她赶紧把父亲房间的门打开，三人一起把他给放在了床上。

一问才知，金显贵拿着金燕子的资料去相亲角给她相亲去了，大受刺激。

朱可妮交代马炎去给金叔倒点水，自己把包打开，从里面拿出一卷红色的纸，徐徐展开，竟然是金燕子的征婚海报，上面还有金燕子戴白头盔的照片。

金燕子双眼瞪圆，随即恼怒地将海报撕成了两半。

"别撕！"金显贵从卧室里蹿出来喊道。

见金燕子气得不理人了，金显贵道："养儿一百岁，长忧九十九。你妈把我派来这么久了，你也没找到一个半个疼你的人，我没法跟你妈交差啊。"他弯腰把金燕子撕烂的征婚海报捡起来，手都是抖的。金燕子上去又要抢，被朱可妮一把抱住。

金显贵对女儿哭诉道："你要和卫丞在一起吗？你当时不顾我跟你妈的反对，非要跟董孟实在一起，不就是你自己做主的吗？结果呢？那位脑袋上才顶了一个博士,这卫丞两个啊,你要原地摔两回吗?结婚就是过日子,看着漂亮没用。相亲角人家嫌你没嫁妆、没房呢!买房,我和你妈就是倾其所有,也要给你买房!"

金燕子悲伤地看着父亲,问:"爸,我就这么没人要吗?"

"你在我跟你妈眼里一直是最优秀的,从来也没想过你会成为剩女,但现实就是这样啊,当工人,难,当女工人,真太难了。"金显贵叹道。

"爸,靠嫁妆撑起的婚姻,嫁妆越贵,越被人看不起。我的嫁妆,就是我自己。爱我的,觉得我是宝;不爱我的,嫌我是根草,有什么啊!爸,你女儿,只能比房子值钱!"

两辆商务车开到了酒店的大堂门口。头一辆车还没停稳,董孟实便下了车。他抢在第二辆车副驾驶位的秘书下来之前,把车门打开了,特别周到地将喝得满脸通红的郦养正迎了下来。

郦养正正往前走,突然停了下来,看着董孟实:"我已经说服你岳父了,新公司的技术主管就由你来担任,产品下线之日就是你当副总师之时。"

"是说服?"董孟实苦涩地重复。

郦养正解释道:"对,体制内的人,条件反射就是避嫌嘛。"

董孟实苦笑着道谢:"那谢谢郦董了。只是我妻子的身体不太好,我担心……"

"男人没有事业,做什么都讨不到女人真心实意的欢心。"

董孟实不好再说什么,只是笑着点点头,送郦养正一行人进入酒店。

董孟实做好了早点,端到餐桌上。他扭头看了眼还在卫生间一边化妆、一边背教材的方霏,催促了一声。方霏收拾停当,走出来,坐在餐桌旁。董孟实已经把牛奶热好,并用手背试了一下温度。

两人吃起早餐，方霏问董孟实："跟玉衡液压合资成功，你这个大功臣得到什么奖赏啦？"

董孟实兴致不高："我是麓山液压公司筹备主任，当新公司的技术主管是顺理成章的，结果却变成了郦董求你爸爸才办成的。即便再画了一个总师的大饼，我吃得到，吃不到，还两说。"

方霏埋怨起父亲来。董孟实却说，方锐舟比他看得远，看得深，安慰妻子自己并没有生气。方霏终于露出了笑脸，把手里抹好果酱的吐司递到了董孟实的嘴边，说："我觉得你还是去新公司比较好，毕竟在麓山重工这边你要出头就得论资排辈啊。在那边，至少能看见抹着果酱的吐司，真咬住了，你就再也不会自卑了。"

董孟实对未来可能两地分居的生活感到忧虑，方霏打断他："我嫁给你，是嫁给爱情，不是嫁给保姆，什么问题都有办法解决的。"

"什么办法？"

"反正不是哭。"

方霏在培训学校过道上走着，身边的同事恭喜她这次托福考试带的两个班都排在前面。方霏谦虚了几句，走到校长办公室前，整理了一下衣服和头发，敲了敲门。

见方霏推门进来，校长赶紧起身给她倒水，告诉她："鉴于你突出的表现和教学成果，学校决定升你当教务经理，干好了，两年后升总监。"听到这话，方霏愣了一下，并没有表现出校长预想中的欢欣。

方霏有些犹疑，她担心原来的教务经理韩老师有意见。校长让她别管其他事，就要把任命通知贴出去。

"我丈夫要去外地上班，我想陪着他，所以这个经理恐怕当不了。"

办公室门突然被撞开，韩老师怒气冲冲地闯进来，行政人员拦都拦不住。她根本不搭理方霏，径直走到校长身边，将一张排课表拍在桌子上，质问道："校长，为什么给我排这么多课？每天上课八小时，持续六十天，中间几乎没有休息。"

校长不以为然，说方霏老师也是这么多课。

韩老师气愤不已："我在这里工作十年了，现在头发都白了，你让我跟她一个二十来岁的小姑娘比？"

校长很是敷衍，说都一视同仁。

"明白了，你这是逼着我走啊，好把位置让给年轻人，也不用 N+1 赔偿对吧。"她说完又转向方霏，"方霏老师，你现在应该是方经理了吧。"

方霏有些慌乱，手指都在微微发抖。她连忙说自己还有课，站起身就要告辞，被韩老师拦住好一通犀利说教。

韩老师说完愤然离去，却不知背对着她的方霏颤抖着倒在地上。

医院病房里非常安静，方霏睡着了，一直在床边拉着她手的董孟实却靠在床头柜上，看着窗外的月亮，纠结不已。方霏不让他把自己发病的事告诉方锐舟。这时，手机亮了，是方锐舟发来的信息："明天跟我去一趟玉衡，参加新公司的筹备会。你了解一下卫丞他们 40—56 兆帕的研究进度和需要协调解决的问题。"

董孟实放下手机，看了看呼吸均匀的方霏，不知该怎么回复。方锐舟第二条信息又来了，催促他收到回复。董孟实叹了一口气，回复了"收到"两个字，然后回头看了一眼熟睡中的妻子，把手机给关机了。

一辆商务车行驶到机场候机楼外，副驾驶一侧的门先打开，董孟实下车把后排车门拉开，方锐舟等人从里面下来。经过董孟实身边时，方锐舟压低了声音对他说："抢着开门的事，以后少做。"

董孟实点点头，又习惯性地去帮着方锐舟拿车后面的行李。他从一侧推来小推车，让大家把行李放在车上，他帮着推着行李往里走。这时，方锐舟扭头问他要卫丞那边的资料。他一愣，停了下来，脸色慌张。见方锐舟变了脸色，他忙说："我、我这就打电话给卫丞，保证您下飞机之前拿到。"

方锐舟见他这个样子，发了火："你就这工作能力啊？新公司启动后，你这个技术主管将面临千头万绪的事情，怎么处理？怎么应对？这个郦董……"随后他顾忌到周围的人，没有再说下去，转身就走。

董孟实叫住方锐舟，把行李车交给了其他人，示意他们先走。他走到怒气未消的方锐舟面前，忐忑地说他不想当这个主管。

方锐舟一惊。

董孟实接着说液压不是他的长项，但这个理由被方锐舟毫不留情地驳回了。方锐舟以为是方霏不乐意董孟实去外地，他连连摆手，说方霏是非常支持他去的。这下，方锐舟真的想不出理由了。

"我、我不想一直活在您的庇护里，我想活出自己的样子，走自己的路。否则，我干得再光彩，那道光也是您的。"

"你是在埋怨我跟郦董说你不适合当主管吗？"方锐舟问。

董孟实坦白道："有点。但换位思考，我要是总经理，我也会这么说的。您和我的关系是不会改变的，未来再面临这样的问题，还会让您为难。与其这样，不如我退出来。"说完，他对着方锐舟抱歉地点头，转身离开。

方锐舟看着董孟实离去的背影，叹了口气。

卫丞的车在麓山大学校园里行驶着，在国家超级计算中心外停了下来。

"这什么地方？"金燕子从车上下来，好奇地问。

卫丞回答："国家超算中心。"

"超算？！"金燕子惊道，"你为什么带我到这么高大上的地方来？"

"金饭碗那种地方，氛围不对啊。"

见卫丞突然扯开话题，金燕子有些慌乱。

卫丞接着说："现在应该对了吧，金饭碗是人间烟火，这里是银河天河。我调你回麓山重工的动机就是……"

金燕子打断他："那你带我来这里干什么？"

"工作啊。走。"说着卫丞就拽着她的手，快步走进了国家超算中心的大门。

卫丞和金燕子在工作人员的陪同下，来到了主机室外。金燕子看着透明玻璃隔断里正在运行的超级计算机，像个小孩一样，眼睛里对超算充满了"羡慕"，都忘了一直被卫丞拽着手。

卫丞说，当年卫冲之等人搞臂架泵车，做精确受力分析，还没有里面这个大家伙，只能跟国外合作，很贵，还没有上机时间保证。

金燕子好奇地看着眼前的天河2号，问他："比国外强吗？"卫丞用电影《阿凡达》举了个例子，当年用美国超算渲染了一年才完成，如果用天河2号，只要不到两个月。

金燕子惊讶得合不拢嘴。卫丞笑道："下巴掉地上了。我们新泵的材料应力分析和三大摩擦副的优化密集模拟计算也在里面做。今天出结果，所以请你一起来见证奇迹。"

两人都期待着今天麓山二号的新数据。

此时旁边超算无尘房的门开了，盛传学从里面走出来，手里拿着一大摞演算数据稿："结果出来了。"

卫丞和金燕子赶紧快步走上去。盛传学把手里的数据递过来，卫丞伸了一下手，又有些尴尬地把手缩了回去，问他数据怎么样。盛传学笑他连这点心理承受能力都没有。卫丞只能接过了数据看。金燕子瞟了一眼，是自己完全看不懂的东西，于是盯着卫丞的脸，观察着他翻看数据时细微的表情变化。

卫丞看了好一会，缓缓抬起头看着盛传学，突然笑了起来，说了一句"漂亮！"。金燕子这才长长地松了一口气。

盛传学也一脸赞赏地说："卫丞啊，从数据来看，你们的路走对了。"

卫丞点点头。按照这样的设计效率、设计周期、设计成本，40—56兆帕级别的研发进度肯定要快于麓山一号。

金燕子正欢呼雀跃，就听见卫丞说："问题是从图纸变成产品的能力如何？图纸有争峰的实力，但麓山重工的制造能力却还在半山坡，机器造机器，制造变成智造，差距还很大。"

他看着盛传学，郑重地说出了自己的打算："我想推行机器换人。"

盛传学诧异地看着卫丞，轻轻咳嗽了一声，说："卫丞，机器换人，那是企业家干的事，你是科学家。"

卫丞带着超算结果前往玉衡液压，与方锐舟会合。

玉衡董事长办公室里，方锐舟和郦养正看着卫丞递上来的超算结果，兴奋地叩击着桌子，连连称赞。

方锐舟将数据报告递给了郦养正，又指了指电脑上超高压柱塞泵的3D设计图纸，兴奋地说："郦董，看见数据没有，看见希望没有，看见胜利没有！这就叫一流。"

"那也得有卫丞和他的团队啊。"郦董欣赏地看了看卫丞。

"所以，项目总师这个位置，必须留给卫丞。"

卫丞赶紧打圆场："方总，这个事要开董事会研究的，别弄得我跟官迷一样。"

方锐舟却十分坚持地说："我这可不是有私心，也不是刚合作就拉帮结派，就凭这样的成果，董事会做的应该是庆祝，而不是研究。"

郦养正问这是不是他个人的意见。

方锐舟严肃地说："这是我的意见，也是麓山重工的意见。"

郦养正和卫丞对突然严肃起来的方锐舟都有些不适应。

郦养正打趣道："方总，你对董孟实和卫丞的态度反差有点大啊。"

"我对这两个年轻人都是爱的，只是爱的方式不同。"

郦养正说他会尽快答复。

得到郦养正的肯定，方锐舟很兴奋地看了一眼有些尴尬的卫丞，得意地把数据捧在手里看了又看，说："卫丞啊，你天生就是干科研的料。"

卫丞勉强地笑了笑。

方锐舟提着行李从机场到达厅走出来，才得知女儿发病住院的事。他担心女儿的身体，急匆匆往医院赶去。

医院病房里，方霏吃惊地接过董孟实递上来的培训学校的聘书，上面写着聘请她为教务经理。董孟实说是培训学校校长让带给她的。他一边说，一边帮着方霏打包收拾行李。

方霏并不想接这张聘书。董孟实却说自己不用去玉衡液压那边了，劝她不如接受这个职务。方霏听说他不去玉衡液压了，疑心是父亲又为难他了。

董孟实连忙否认："没有，别瞎猜啊。是明董要留我，我一想，这样也好，既能让我守在你身边，还能早日离开岳父大人的羽翼成长起来啊。虽然羽翼未丰、翅膀不硬，但终归我是有翅膀的，有翅膀就想飞。飞得高，我是鹰，飞不高，我就是张开翅膀保护鸡仔的老母鸡。"

站在病房外的方锐舟透过房门上的玻璃窗，久久凝视着他们，眼中浮出温柔的光。

一脸疲惫的金燕子陪着朱可妮从一个售楼中心走出来，手里拿着楼书发愁道："没想到看房都这么累啊。"

朱可妮无奈地说："不是看房累，是兜里没钱累。有钱我还用看吗，买买买啦。再陪我看最后一家啊，没房，我妈死活不答应我跟马炎的事。"

金燕子提出要借她一点，被她拒绝了。她想到什么，又说："哎哎，我听说卫丞很有可能当新液压公司的项目总师，这可不再是镀金的王老五啦，正宗钻石王子！"

金燕子故作镇定："跟我有关系吗？"

"还跟我这里装，拿着这个喜讯好好求求你爸爸，兴许他能同意。"朱可妮说。

"人家眼里是诗跟远方，咱们呢，是房贷车贷。积点德，别拖累人家，走吧，看下一家去。"

金燕子松开挽着朱可妮的手，自己独自往前走，为的是不让朱可妮看到自己的失落。

四海公司办公室里，老板田奎荣接到一个电话，脸色骤变，对电话里说："啊！我知道了，稳住第一，我这就订去香港的机票。"他打开保险柜，把里面的钱全都拿出来放进皮包里，想了一下又拿出两摞钱放在抽屉里，然后拉开窗帘往外看。窗外马炎正带着工人翻新走私机器，将旧的麓山一号柱塞泵锉掉标志和铭牌。他打电话叫马炎过来一下。

马炎一脸污痕地推门进来，田奎荣跟无事人一样泡好了乌龙茶递给他。

田奎荣上来便表扬马炎："你干活很拼，比其他人强。"马炎只说自己要买婚房，比他们缺钱。田奎荣从抽屉里拿出两万块钱丢在马炎面前，交代说自己明天要去浙江开一家分公司，这里暂时交给马炎管理，从明天起马炎就是这里的代理经理了，还说等他回来就升马炎为经理。

马炎脸上的笑容都控制不住了，不停谢田老板的器重。

田奎荣喝了茶，把办公室钥匙放在马炎手里，提着包出门开车走了。

他一走，马炎就把钥匙塞到兜里，用力地亲吻了一下两万块钱。

董孟实收拾好办公室里的私人物品，抱着大纸箱子往外走。他来到门口摘下"液压公司筹备部主任"的门牌，又看了看身后空荡荡的房间，关门要走。

"你这是要辞职吗？"明德江从走廊一头走过来，问道。

董孟实还没来得及回答，他便说："理解，我在你岳父手底下干了几年，也憋屈。"

董孟实试探着问他还能不能回技术中心。明德江有些为难。董孟实连忙说自己可以下分公司，实在不行去车间也可以。

"那不是大材小用吗？"明德江沉吟片刻，"这样，海关总署缉私局正在抓走私工程机械的事，需要我们配合，你先去把这件事干了，回来再说。"

董孟实答应下来，接过明德江递过来的文件。明德江推开了他刚关上的办公室的门，又交代他："这文件涉密，别在外面看。"

董孟实看着明德江又看了看身后的办公室，心头百味杂陈。

售楼中心里，马炎和朱可妮两人满面笑容地拿着已经签订的购房合同拍了一张自拍，发给各自的父母。

突然马炎的电话响了，他接起电话，原来是有人要找他买两台挖机。

马炎挂断电话，兴奋地要走。朱可妮却皱起了眉头："这个人的声音怎么这么耳熟呢？"

马炎一愣。正想着，手机短信来了，是马大庆发来的："今晚回家，给你做好吃的。"

马大庆家厨房里的热气蔓延到客厅里，他端着刚出锅的剁椒鱼头摆在了桌子上。他拿出手机看马炎和朱可妮购房时拍的照片，宋春霞也一个劲地夸赞马炎出息了。马大庆心里美着，又想起儿子从小就爱吃的猪血丸子炒辣椒还没做，又颠儿颠儿地走进了厨房。

宋春霞无意之间看到电视上播的新闻，吓了一跳，正是四海公司被查的画面，其中还有董孟实。

"今天，省海关缉私局与公安部门密切配合，成功摧毁3个横跨多省的走私犯罪团伙，查缉涉案单位6家，现场查获涉嫌走私的二手挖掘机及涉案单证一批，该案初估案值约5.2亿元，抓获涉案嫌疑人84人，其中四海公司经理马炎在逃。"

宋春霞惊慌地连声叫马大庆，没有听到回复，身后只传来碗摔碎的声音。宋春霞扭头一看，脸色惨白的马大庆靠在厨房的门框上，切好了的猪血丸子撒了一地。她赶紧跑上前，要搀扶马大庆，被他拒绝了。

"敢做不敢当，孬种！"

马大庆生气地看了一眼一桌子菜，端起自己的大茶缸子，坐在沙发上一言不发。

宋春霞赶紧给马炎打电话，但对方已经关机了。

敲门声传来，马大庆看着大门，条件反射地站了起来，又徐徐坐下。宋春霞与他对视一眼，赶紧上前开门，卫丞闪身进来了。

卫丞看了眼电视，看来他们都知道了。"马炎联系我了，让我跟你们说一声，他会处理好，让你们别担心。"

"你告诉马炎，做错事不怕，就怕死不认错，一条道走到黑。该赔该退的钱不够，我有。"马大庆说完，有些颤颤巍巍地走进厨房，捧着捡起来的猪血丸子，开始做猪血丸子炒辣椒，做好后用保温桶装着交给了卫丞。

卫丞的车停在马大庆家楼下不远的地方。车里马炎含着眼泪，一口一口吃着马大庆做的猪血丸子炒辣椒。

"香吗？"卫丞问他。

"这是我爸爸的味，绝了。"马炎一边吃一边回答。

卫丞告诉他,他和朱可妮刚买的房子可能会被认定为非法所得,没收。马炎点点头,继续把保温桶里最后一点猪血丸子吃干净。

卫丞又问他："吃完了怎么办？"

"我去自首,还好,没有跟小猪扯结婚证,否则就真害她一辈子了。"

卫丞点点头,随即又问："翻新的走私二手挖机有这么多人要吗？"

马炎却告诉他："你去全国的工地看看,有几台干了五年的麓山挖掘机,更别说七年的。但是老外的却比比皆是。"

卫丞不解。现在最难的液压系统我们已经掌握了,为什么还比不了人家的呢？马炎说麓山一号跟老外的差距确实缩小了,甚至追平了,他甚至还拿麓山一号假冒过进口的主泵,但整机的差距没有缩小。

工艺？自动化？卫丞猜测。马炎说都是,还补充说："比如你们热销型号,挖机的大臂叉间隙,很多只干了 8000 小时,就比老外 20000 小时的还大很多。这种差距你在办公室看不见,也不用看,接着做好你的麓山二号就行了。听说你要当项目总师了,祝贺。"

马炎冲着眉头紧锁的卫丞伸出一只手想击掌,但心情大坏的卫丞没有接。

马炎擦了一把嘴,透过车窗看了看马大庆家的窗户,拉开车门下了车。他不让卫丞送他去自首,只拜托他替自己多回家看看。

"替我劝劝小猪,我俩散了吧。"

夜深人静,卫丞的车行驶到四海公司车间外停下。他看到车间大铁门贴着海关的封条,于是爬门翻了进去。

他打开了车间内工作灯,一大排各种各样翻新的走私二手挖掘机都贴着封条。他拿着手机一边拍，一边看。他看动力，看液压，看焊缝，还拿游标卡尺量大臂叉间隙，想起了马炎说的麓山挖掘机和进口挖掘机的差距。他在一台正在维修翻新的挖机边上，看到了拆下来的液压泵，打开液压舱仔细看主泵，发现是假的。他找来錾子和榔头，把柱塞泵上的铭牌敲了下来，又把一处油漆给抠下来，露出底色补焊的痕迹，仔细辨认了一番，发现是"麓山一号"的凹陷痕迹。

突然好几支手电的光照在他脸上，有人喝道："你是干什么的？"

董孟实把卫丞从海关大楼接出来，不停地跟海关工作人员赔不是。

"对不住了，一场误会。看在他发明的柱塞泵被走私分子假冒成进口货的分上，也算争了光，咱们就原谅他这一次吧。"

"这也叫争光？是丢脸。"

董孟实把卫丞推到一边，开始教训他："你翻墙还有理了？我大半夜跑过来，给人家说好话，赔不是，你一句感谢的话都没有，还横啊。"

卫丞心痛地说："咱们都是干这个的，你看完里面的走私二手机器之后，横得起来吗？我不行，我心虚啊。就算咱们的液压系统这个心脏病治好了，但肝肺脾胃肾不好，脑子出毛病，四肢不健全，这个人还是个废人啊。"

董孟实皱着眉，一脸警惕地问他想干嘛。听到卫丞说要推行机器换人，董孟实气得骂他不务正业。卫丞却提议让他来干。

"孟实，你既然有勇气从你岳父的羽翼下走出来，就应该干出一点值得炫耀的业绩来。咱们上一代工程机械人被西方全面碾压，忍辱负重到今天，轮到我们这一代人跟他们掰腕子啦，不能输。"

董孟实依然皱着眉头，说："机器换人，不是弄几台机器连成生产线就行了，背后的复杂矛盾，是你我无法解决的。"

二十四

金饭碗餐馆的包厢里，朱可妮端上清蒸鲈鱼摆在卫丞和天和律师事务所陈律师的面前，说："小店拿不出什么像样的大菜招待您，请陈律师将就着吃一口吧。"

陈律师拿着筷子有些为难，卫丞赶紧用勺子和公筷帮着他布菜，一边说："马炎的案子就拜托您了，他真不是主犯，费用您尽管开口。"陈律师却说钱不是问题。

卫丞和朱可妮非常诧异，相互看了一眼。朱可妮连忙请陈律师开价，自己绝不还价。陈律师摆了摆手，笑着看向卫丞，问："卫先生，那天我拒绝了帮你们打海彼欧的官司，你从我们律师楼出来的时候说的那句话还记得吗？"

卫丞有些羞愧，道歉说那是气头上的冒失话，请他别放在心里。

"但你说的是真话。是我们将职业责任跟正义感模糊了。上次是有点故意撂挑子，但没想到你居然打赢了海彼欧，最后专利竟然一块钱给了麓山。我深感佩服的同时，也挺自责的。这次一定帮。"

陈律师拿出合同，递给了卫丞。

卫丞接过来一看，上面的金额也是一元钱，颇为感动。

陈律师拿出笔递上去，笑着说："签字吧，否则，这顿饭也不敢吃啊。"

金燕子骑着小电驴，领着不少穿着"联合环境"工装的工人来到金饭碗餐馆外，向大家介绍这家餐馆价廉物美、口味一绝，她请大家吃一顿。听她一说，班长带着众人开开心心地跟着金燕子往里走。金燕子一眼就看见了卫丞那辆车，停下了脚步。

卫丞送陈律师出来，正好遇上金燕子一行人。不少职工认出了卫丞，纷纷打招呼，没管金燕子就涌进店里去了。

送走了陈律师，卫丞走到金燕子边上，问加班赶工的季节怎么有时间出来请大家吃饭。

金燕子无奈地解释说："用工荒啊，厂子招不到工人，开工率不足，尤其是普工，所以我这才请他们发动关系，把老家的亲戚朋友都请来当工人啊。现在的农二代，都不想走他们爹妈的老路。出大力流大汗的活，不想干啦。"

卫丞闻言，立刻说："本来这些繁重的、重复的工作就可以用机器替代啊，机器换人。"

"这好像跟你研发超高压泵没啥关系吧？"她不希望卫丞这时被分散了注意力。

卫丞却无法忘记马炎的话，他对金燕子说："我也不想啊，但我去看了马炎他们走私的二手挖机，说实话，差距不在图纸，在工艺，在生产的各个环节，在工人的整体素质。这一点不改变，谈什么世界一流。"

金燕子警告他："别瞎闹啊，'铁路警察各管一段'，你就去踏踏实实当好项目总师，那才是你的金光大道。听见没有！听见没有！"她瞪了卫丞一眼，快步走进了餐馆。

金燕子走进餐馆没几步，便停下来偷偷看着还在外面发愣的卫丞。

金显贵突然冒出来："看清楚了吧，这就是典型脑袋有病的表现，再是总师，你也不能粘上。结婚最关键是要靠谱儿，总师夫人说起来好听，但其实就是保姆加护工。这周末咱们去……"

金燕子毫不客气地打断他："别给我提相亲角啊。"

金显贵看着女儿离开的背影，又看看上车离开的卫丞，不服气地说："没有相亲角，你爸就没招了吗！"

满面笑容的明德江和卫丞从国家超算中心走出来。

明德江还陶醉在手里那一摞数据报告中，想着麓山二号的研发周期提速有望，便问卫丞下一步有什么打算。

"机器换人。"卫丞答道。

明德江一愣，停下了脚步，本来在翻资料的手也停了下来。他扭头看着卫丞，不明白他的意思。卫丞解释起自己的计划：机器可以替代那些重复、简单、繁重的岗位。用工荒多集中在高级技术工人和普工，这个计划就是最大限度地把低水平的工人替换掉，降低人工成本，提升产品质量和生产效率。

"这可是一个很昂贵的计划啊，钱在哪呢？"明德江问。

卫丞强调方向比钱更重要。

"董孟实也是这么跟我说的，你们俩商量好了吗？"

卫丞摇摇头说："没有，但至少说明，方向对了。"

明德江只说得等鄂尔多斯8号矿挖掘机招标会中标，赚钱了之后再干吧。

卫丞还想央求，但明德江已经往前走了。

这时，明德江接了一个电话，脸色沉了下来，缓缓扭头看着卫丞，告诉他之前装有麓山一号泵的那台挖机在鄂尔多斯矿区趴窝了。卫丞连忙问是不是泵的问题。明德江摇摇头，对方没说。但不管是什么问题，都会对麓山重工的投标产生极其严重的负面影响。

"我这就去鄂尔多斯。"

明德江沮丧地点点头，卫丞拔腿就走。可是跑了几步，他突然停住，又折返回来，提出想带金燕子一起去。

"你要一个焊工去干什么？"

"她曾经是我的试验员。"

一望无垠的草原上，一辆越野车拉着长长的尘土疾驰。车辆后排座位和后备箱里堆满了各种设备箱。副驾驶上的金燕子忍受着颠簸，不时看看开着车的卫丞。

"你这么紧张干啥？这是草原不是高原，没有悬崖让你掉下去。"金燕子说。

卫丞反驳她，鄂尔多斯的平均海拔在1500米，是高原草原。

金燕子让他别这么较真。既然泵没有问题，就不用紧张。但这关系到"机器换人"能否推行下去，卫丞没法不紧张。

"凡事瞎操心，是你们这号聪明人的通病！我跟你说……"金燕子还没说完，卫丞刹住了车，她往前一看，眼前出现了一个巨大的露天矿坑，矿坑里各种工程机械来回穿梭。

她正兴奋地感叹场面壮观，就听见卫丞问："你看到有一台是国产品牌的吗？"

她瞪着眼睛看了半天，失望地摇摇头。

矿场负责人将卫丞和金燕子带到问题挖机边。这是一个临时工地。卫丞拿出设备开始检测泵，金燕子拿着金属探伤仪器钻进底盘下面检查。

卫丞这边检查完，麓山一号没有问题。

金燕子叹了一口气，发现底盘和回转支承之间的焊接出问题了。

"旋转焊接没有上全自动焊机？"卫丞猜测道。

金燕子点点头，又指了指动臂的轴销处，说："这里周孔磨损也超出了设计冗余，应该是镗铣加工精度出了问题。"

卫丞说："你现在知道为什么漫山遍野都是洋品牌的机器了吧。这不是歧视，是我们自己有残疾。"

金燕子盯着远处开过去的外国机器，心情沮丧。

落日长河。草原的天际仅剩一线余光。一团篝火边，金燕子心事重重地吃着简单的方便食品，没有心情看美丽草原的夜景。她看见卫丞从远处走过来，赶紧迎上去，问他和矿里协商得怎么样。

卫丞垂头丧气地说，3000小时无故障是参加竞标的前提，他们连1500小时都没有达到。

"那咱们价格上不是比老外便宜15%到20%吗？"金燕子问。

可一台挖机停工一天的损失大约是2500元，50台挖机要是都隔三岔五地出毛病，损失的就不止20%，还损失了工期和心情。卫丞失落地走到篝火边坐下，满脸失望的金燕子跟着过来，安慰他："还好你的泵没大问题，回去谁也说不着你。"

"可我会说我自己！我们的泵为什么不能在最好的平台上发挥最大的作用呢！3000小时，不是做不到！"卫丞不甘地喊道。

金燕子知道他又要说机器换人，便问："我承认，机器换人是大势所趋，但你想过没有，高层为什么迟迟没有这么干？"

卫丞不屑地说，不过是缺钱，外加优柔寡断。

"你一个搞科研的，凭什么让人家相信你能在生产、科研、品控、管理、经营上都行呢？卫丞，工厂也是社会，你什么都行，本身就是不行。"

"没有谁能独立燃烧不灭的。"

"我确实只是一个热能不高的火苗，它照亮不了整个黑夜。但它有把其他柴火点燃的能力。"说着他拿了一根干柴凑上前，点着了。

"当大家都被点着了，我们可以烧亮天。"他把两根柴并成一个小火把一点点举过头顶，映照着满天繁星，孤单却倔强。

金燕子被他的执着和坦率感动了，也拿起一根冒着火苗的柴，说："火这东西，玩好了，温暖你，玩不好，烧自己。所以你要答应我，你只做一个点火的卫丞，不做管理火的祝融。"

卫丞看着她把柴火举起来跟自己的并在一起，火苗变大了，成了明亮的火焰。

麓山重工的会议室里，董孟实对着演示文件做着鄂尔多斯煤矿招标的说明。坐在大会议桌中间一把手位置上的明德江阴沉着脸。

卫丞指着大屏幕上挖掘机的产品图和现场照片说："我们管这个叫挖掘机，但老百姓却把我们的产品叫挖土机，老外的叫挖矿机，为什么？因为我们的产品挖土可以，上矿山挖矿不行，中国的矿山上漫山遍野都是洋机器，这画面不仅扎眼，更扎心。"

卫丞说完，现场一片沉寂。

董孟实接过他的话："从 1500 小时提升到 3000 小时，我认为机器换人，实现自动化、智能化升级是唯一方案。投入成本两到三年应该可以收回。"

卫丞对着董孟实伸了一个大拇指。

卫丞接着说："我们今年生产挖机马上就要突破一万台了，但利润呢？跟洋品牌一比，薄得像张纸啊。谁愿意比老外便宜 20% 呢？哪怕多10%，也值得我们啃下 3000 小时这块硬骨头。"

这时，万宝泉推门进来，走到明德江身边汇报说北京分部有急事要报告。

明德江示意把信号切进来，于是大屏幕上出现了北京分部的负责人潘总，他举起手里两张海彼欧挖掘机的图纸，说道："这台海彼欧挖掘机是目前在我国销售的主力机型，也是目前大多数矿山挖掘机的首选，价格比咱们贵了 24%。但就在今天，他们突然发布该机型的亚太版，也叫中国版，外形没有差别，但却把智能操作、液压油先导滤芯等十多样零部件给取消了。"

据潘总估算，海彼欧可能会降价12%—15%，而这跟麓山重工产品的差价就只有不到8%了。

卫丞和董孟实焦急地看向感觉受到重挫的明德江。

明德江只说机器换人的事再议，便宣布散会。

其他人陆陆续续走出去，屋子里就剩下沮丧的卫丞和董孟实。

用餐时间过了，职工食堂已经在打扫卫生了，角落里坐着的卫丞和董孟实还没走，摆在眼前的饭也一口没吃。董孟实身边还摆着一摞机器换人的技术资料。他劝卫丞别再想机器换人了，卫丞叹了口气："今朝有酒今朝醉，哪管明天喝凉水。"

董孟实指了指餐盘里丰盛的餐食，说明天喝不了凉水，三年之内也不会。

"三年之后呢？如果再出现像2012—2016年这样深度调整周期，没有牢固的技术根基，我们凉水都喝不起。"卫丞抱怨着，把一瓶矿泉水扭开，喝了一口。

董孟实劝他机器换人成功的概率太小，投入产出比不合适。卫丞执意要再去说服明德江。

"现实社会，需要学会拿得起，放得下。"说完董孟实不再理会卫丞，开始吃饭。

卫丞看了看餐盘里的筷子，拿在手里，说："拿得起放得下的是筷子，拿得起放不下的是理想。"他把筷子拍在了桌子上，伸手就把摆在董孟实身边那一摞关于机器换人的材料给拿了起来，立马起身就走。

董孟实抬头看着他大步离去，又看了看手里的筷子，烦躁地往桌子上一扔。

卫丞一边打着电话一边在车间里东张西望，找到了正在打磨焊缝的马大庆，赶紧跑了上去。马大庆摘下焊工面罩，问卫丞找他什么事。卫丞说自己为马炎请好了律师。根据律师的说法，马炎是临时顶包的，不是主犯，只要退赃，会从轻处罚。

马大庆听到这番话，半晌才挤出一句话："让你费心了。"

卫丞恳切地说："爸，他是我弟弟。"

马大庆被这句话刺中了泪腺，他赶紧转回身，开动打磨机给焊缝抛光，刺耳的噪声和飞溅的火花掩饰着老工人的情感波动。

"卫丞。"

卫丞扭头看见母亲对自己招手，赶紧迎了上去。

母子俩一边说一边走，来到了镗铣工段。

"妈，您这个试验车间里，聚集着全公司水平最高的工人，经他们手里出来的活也一定是质量最高的吧？"

宋春霞肯定了儿子的说法。

"能做出来 3000 小时不出故障的挖掘机吗？"见宋春霞骄傲又坚定地点了头，他追问："如果不是一台，是量产呢？"宋春霞立刻清醒过来，这怎么可能，人是会疲劳的。

"如果机器换人呢？"

卫丞把手里"机器换人"的材料给母亲看，但她的注意力并不在这里。她看着镗铣加工处的胡登科正端着茶缸子喝水，又看了看他边上的工件，没跟卫丞打招呼就走了上去。

胡登科一见卫丞便叫着"卫总师也来了"。卫丞打断他夸张的称呼，问他操作数控机床的感受。胡登科得意地显摆起来。宋春霞没有作声，走到工件上用手试了一下刚完工的镗孔，立刻发现孔小了。

胡登科一慌，他这一礼拜都是按照这个数据干的。他拿着游标卡尺上前量了一下孔径，没错，于是底气又足了。

"今天这批活是新型号，孔径不一样！"宋春霞恨不得动手敲醒他。

胡登科赶紧跑过去看图纸，吓得冷汗都出来了。

宋春霞指着徒弟骂："工程机械的特点就是型号多，有数控机床了，会操作了，省事省力了，就不长脑子了！你就这样干活？你就这样当技术工人？"

胡登科连连道歉，马上返工。宋春霞却没有放过他的意思："孔径镗小了，你能返工，要是镗大了呢？你这个月的质量奖，扣了！"

胡登科还想说什么，被宋春霞瞪了一眼，满腹委屈地低下头。卫丞在一旁想要给他说几句好话，但他垂着头自己认罚了。

卫丞看着重新开始干活的胡登科，又看看数控镗铣，担忧涌上心头。宋春霞见状说："3000小时无故障不是光有先进设备就行。儿子，你连对工人犯错罚款都优柔寡断，机器换人，换下谁还不跟你拼命啊。把你自己的事干好。"她看了一眼儿子，又看了一眼他手里"机器换人"的材料，离开了。

明德江跟方锐舟在办公室里吃着盒饭，下着象棋，方锐舟显然有些心不在焉。明德江一声"将军"，方锐舟看了看棋盘，恼火地把棋子一扔，对他说："你不应该放弃机器换人。"

明德江无奈地说："三位副总都不支持，就连董孟实都放弃了，我又能怎么办。"

"麓山重工难道没别人了吗？"

"能对整个加工系统、工艺要求做体系优化设计的人有几个？再加上机器换人是件得罪人的事，结果不亚于下岗潮，谁又愿意蹚浑水呢？"明德江说着从桌子上拿了一本干部花名册递给方锐舟，上面尽是问号和红杠杠。他已经都问了一遍，没人愿意冒险。

方锐舟说大不了自己来。明德江大惊失色："开什么玩笑！你必须把液压干出成绩来，将来才有可能……"

方锐舟打断他："不说我的将来了，说麓山重工。挖机3000小时无故障攻不下来，咱们麓山重工的腰杆子就不硬啊。德江，机器换人咬着牙也要上啊。"

明德江摇摇头："现在唯一不放弃，还愣头青一样往前冲的就只有卫丞，我想……"

"不行。"他的话再次被方锐舟打断，"卫丞正忙着麓山一号参评科技进步奖呢。"

盛传学戴着眼镜仔细审阅卫丞送来的科技进步奖参评资料，卫丞在一边偷看着他的表情。

半晌，盛传学问他想报几等奖。

卫丞一合计："一等不够格，三等没问题，冲击二等怎么样？"

盛传学摘下眼镜，看了看有些得意的卫丞，给他泼了盆冷水：三等都悬。

卫丞有些发蒙，道："自主研发，疲劳试验时长是国家标准的2倍，极端气候试验数据不输老外，装机应用数据也不错啊，怎么会连三等都拿不到？"

盛传学指出，麓山一号极端工况环境下的连续超载、连续满载的极限冲击试验数据量太少。卫丞解释说这是因为麓山一号基本安装在土方机上，石方机很少。盛传学却道评委只看数据，不管你是挖土还是挖矿。

见沮丧的卫丞把资料抱了起来，打算放弃申报，盛传学向他提议拿下鄂尔多斯矿挖掘机这次竞标，得到的数据不仅可以弥补现有的不足，对未来麓山一号改进和40—56兆帕的研发都具有很大帮助。

卫丞下定决心："这座矿山，必须挖了它。"

宋春霞来看卫冲之，卫冲之说起卫丞基本拿下了科技进步奖和项目总师，让她惊喜不已。两人正说着，卫丞走了进来。宋春霞连忙恭喜儿子当上了项目总师。卫丞看了父亲一眼，站在宋春霞身后的卫冲之无奈地撇了撇嘴。宋春霞还在喜滋滋地念叨着，卫丞却说今年的科技进步奖没戏了。

宋春霞满脸的喜悦之情变成不解和惊讶。卫冲之也问他为什么。

"麓山一号在石方机上应用数据太少，完全没有 3000 小时矿机的数据。3000 小时是横亘在我眼前的一座山峰，别人可以视而不见，放弃，我不行，我要征服它。"卫丞决心要在麓山重工推行"机器换人"。

宋春霞问他："项目总师不干了？"

见他点头，宋春霞把杯子使劲蹾在桌子上。

"我不同意！"

邱沐阳正在办公室里对着电脑看大型挖掘机的技术材料，旁边放着工信部《关于推进工业机器人产业发展的指导意见》和国务院《中国制造 2025》的资料。

周涌推门进来，递上麓山重工第一万台挖机下线活动的讲话稿。邱沐阳没有理会，继续看资料。

"这是您要的国外挖掘机公司'机器换人'的材料。"周涌递上第二份厚厚的资料，邱沐阳立刻接过去翻阅起来，并示意他说重点。

"挖掘机不算高精尖的产品，除动力和液压这两部分外，质量高低或者无事故小时数取决于生产加工环节，取决于工人的素质。以海彼欧为例，他们车间工人的数量只有麓山重工的 33%，而且绝大部分是工程师，但产能却是麓山重工的 2 倍。"

邱沐阳一边听周秘书说，一边看着材料和视频，叹道："人家3000小时无故障是有道理的啊。机器换人，麓山重工等不得，也等不起啊。"

　　听到周秘书说麓山重工好像已经放弃了，邱沐阳很吃惊。周秘书把海彼欧减配降价的资料以及一份情况说明摆在他桌子上，他越看越心焦。

　　晚风吹拂着江面，卫丞靠在沿江景观道的路灯杆上，无精打采地看着对岸的繁华景象。他调出金燕子的微信，发了几条，但是她都没有回复。想了半天，他又写了一条"我想跟你商量点事，有空吗"，刚要发，又给删了。

　　卫丞走进小区，听见一个熟悉的声音："你为什么不去当项目总师啊？我上次怎么跟你说的？"卫丞听到金燕子这么说，顿时凉了半截。他不满地问："你跑到这里来就是要跟我说这个？"

　　金燕子也火了："你想让我说什么？支持你这个双博士到车间里来跟工人打成一片，一起摆弄铁块子，不干正事啊？"

　　卫丞不明白她为何如此反对："你是工人，你是技术的受益者，你难道不应该支持我吗？"

　　金燕子直言："你帮过我，我感激你，但你用机器换人，就会砸了很多普工的饭碗，他们会指着你的鼻子骂。你脸皮薄，你受不了的！"

　　卫丞解释道："机器换人，更要靠人，我不会把大家的饭碗都砸了。"

　　金燕子反驳说："百分之十的饭碗要砸吧，那就是小一千号人啊，他们一人一口唾沫，能淹死你！"

　　"路径是对的就行。"

　　"合理不合情，就不行。"

　　两人互不相让。卫丞急道："如果不趁着这次矿山竞标，用机器换人实现3000小时无事故，升级自动化智能生产线，留给我们挖土的机会都会被老外一点点蚕食了。"

"这件事是要干，那也应该是方锐舟那样的狠人干，你的性格不适合。再出现一起张彬那样的事，先崩溃的一定是你，我不想看到你再去吃苯二氮䓬！"

卫丞非常吃惊地看着激动的金燕子，他的嘴角有些微微抽搐，赶紧扭头使劲咬了一下嘴唇，然后强作轻佻，说："你的这番话比苯二氮䓬还有疗效，我现在一点都不焦虑了。"

金燕子没有与他嬉笑："听人劝，吃饱饭。"

"我以为你会懂我，看来我错了。最难的时候不应该苛求别人懂自己。"

卫丞不再理金燕子，走进门楼。怒气未消的金燕子，继续喊道："因为我懂你，我才劝你，机器换人不是你拿了双博士，再读个 MBA 就能干成的，那里面全是人情世故！你这方面就是白痴，白痴！"

卫丞头也不回地说："纯粹的理想主义者，都是'白痴'。白痴会传染，离远点，安全。"

金燕子气得转身就走。

楼上窗户里，卫冲之担忧地看着下面的一切……

回到家里，卫丞被卫冲之叫住。两人面对面坐在桌子前，牛顿躲在一边看着，屋里极其安静。

卫冲之从口袋里面拿出仿制的银手镯，推了上去说："要是没有金燕子帮忙，我可能今天都没有办法这样跟你谈话。"

卫丞点点头，转过身去拿出那盆苔藓，也说："没有她，我可能早就在青藏高原喂狼了。"

卫冲之称赞金燕子是个不错的女孩子。卫丞立刻与有荣焉般说了起来："当然，从普工到技师，再到自动焊机操作手，再到工段长。她就像一棵春笋，虽然长在土里，但破土之后迎风就长，每天能长几十厘米甚至是一米，她骨子里就是向上的，向着太阳的方向。也是她让我明白了一件事，搞设计的别高高在上，要俯下身来，好图纸不等于好产品。"

"那你刚才还伤她。"卫冲之说。

卫丞痛苦地说："何尝又不是伤了我自己呢？我以为她会是坚定支持我的人，但……"

"但你确实要做好没有一个人支持你的准备，包括你的团队。"

卫冲之看了一眼将信将疑的儿子，起身把那个帆船模型拿了过来，放在两人中间，问道："知道我为什么叫你船长吗？"

"有责任感，有方向感，有凝聚船员的能力。"卫丞迅速回答。

卫冲之看着儿子说："还有一条，在未到达目的地前，船长不能离开自己的船。"

卫丞的办公室里里外外挤了不少人。卫丞正对着电脑屏幕上的三维建模演算着双联主泵的数值，旁边桌上摆着双联泵的试验样品。

卫丞慎重地敲下最后一个键，出现了结果。他扭头看了看庄北辰递上来的图纸，又看了看旁边的双联泵，慎重地宣布：用麓山一号升级的双联主泵，其主泵最大流量完全可以适配矿机所需动力和最大冲击力。

屋里屋外的人全部沸腾起来。卫丞看了看开心的伙伴，犹豫一下之后，故作轻松地敲了敲挂在墙上的苹果树，说："这也是你们亲手栽的苹果树，如果配合公司完成机器换人，实现 3000 小时无故障，拿下鄂尔多斯矿挖掘机的竞标，大家等着分钱啦。"

众人笑得更加开心了。

卫丞试探着说："要不庄北辰你带着大家继续搞研发，我来盯着机器换人，咱们从山的两面同时发起冲击，争取早日会师山顶。"

话音未落，现场突然安静下来，众人彼此看了看。这场面令卫丞很尴尬。

庄北辰确定卫丞不是开玩笑，说："机器换人是咱们干的事吗？"

卫丞辩解："跟咱们利益密切相关，怎么就不能干了？"

庄北辰说："头，当初你邀请我们从学校来这里，我们什么条件也没有讲就跟你来了吧，现在你要撂挑子让我们接着干，想过我们的感受吗？心散了，队伍也散了呗。"他把手里的资料往卫丞办公桌上一放，转身出去了，其他人也都叹着气，转身离开了。片刻之间，办公室里就留下了孤零零的卫丞。

这时手机响了，方锐舟给他发来了信息："你的项目总师，董事会已经过会，祝贺。你比你爸爸幸运，这一辈子能干自己喜欢干，又善于干，还能干成的事情。"

卫丞看着短信息，不知该如何回复，把手机扔在了桌子上。不到一分钟，他又捡回来，对着双联泵拍了一张照片给方锐舟发过去，并留言："麓山一号成了，双联泵也成了，但我为什么像叶公好龙了呢？"

二十五

礼花筒砰砰响起，在众人热烈的掌声中，一辆披红挂彩的挖掘机从车间下线开出来，庆祝麓山重工第 10000 台挖掘机下线的仪式开始了。

明德江带头鼓掌，请邱省长上台讲话。人群中，卫丞面无表情，礼节性鼓着掌。

邱沐阳首先问这款挖掘机在投放市场之前做了多长的工业性耐久试验。明德江答有 1500 小时，比国家制定的 1000 小时的标准多了 500 小时。

邱沐阳摇摇头："这个标准，做到了国内领先，但与世界一流，至少有 1500 小时的差距。"

明德江和卫丞以及其他高管都愣了一下。邱沐阳则不动声色地观察他们的神情。

"十一年前，麓山重工以舍我其谁的勇气，跨过了年销售 1000 台的生死线，今天是 10000 台了，我们属于什么线呢？及格线，良好线还是优秀线？挖土，我们差不多够着优良线。挖矿呢？及格线恐怕还要踮着脚尖吧。"

邱沐阳的话让有些颓废的卫丞抬起了头。他越听越兴奋，引得不远处的宋春霞不时扭头看他。

邱沐阳继续说道："一流的研发，一流的技术工人，一流的智能制造，三缺一，都谈不上世界一流。省里将出台'机器换人'的扶持政策，连续三年，每年安排八亿元专项资金，用于推动企业实施'机器换人'。

送钱给各位，大家不会不要吧？"

现场爆发出一阵哄笑，但很多人都是强扯笑容，唯有卫丞神采飞扬。他用胳膊肘捅了一下身边的董孟实，使了一个眼色，让董孟实皱了皱眉。

"当然要！"卫丞在人群中喊了一声，又看了一眼依旧挂着礼节性笑容的董孟实，急了，转头对邱沐阳喊道："如果下次从这里下线的挖机能直接去挖矿，您还会来剪彩吗？"

邱沐阳笑着回应不仅他来，还请韩省长来。卫丞刚要说什么，被冲上来的宋春霞拽了一把。

"老打断领导讲话，像什么样子。"宋春霞把儿子往自己身后拽，有些不好意思地给邱沐阳和明德江道歉，手上却死死抓着儿子的胳膊不撒手，拽着他到了厂区内的无人一角。

"站好了。"宋春霞呵斥着他，好像他还是那个偷妈妈镯子做实验的顽皮小男孩。

卫丞不明白母亲为什么不支持自己干"机器换人"，明明邱省长支持，还给钱，明董肯定要办。宋春霞敲打他："董孟实也想过干，但他却不冒头，你积极什么？"

见儿子不满，宋春霞苦口婆心地劝他："全国能用传统机床干成球窝的工人，确实没有几个，但这不妨碍柱塞泵批量生产。数控机床，机器人是未来，你妈懂。但你想过换下来的年轻普工下岗后干什么吗？都跟马炎一样送外卖？"

卫丞木着脸，没有答话。

宋春霞继续道："你想过像马大庆这样，手上有技术，但不会编程操作的中、老年工人被机器换下来之后，生活由谁来保障？儿子，你眼里只看见了技术，看不见'机器换人'背后巨大的社会矛盾，这不是你的肩膀能承担起的。"

卫丞想张嘴反驳，但看着母亲恳切的眼神，到嘴边的话怎么也说不出来了。

金燕子在家心不在焉地翻着手机。她突然想起什么，今天科技奖公布结果啊！她坐直了身子，用手机搜索起来，但官方网站还没有公布。门响了，她赶紧从卧室走到客厅，只见金显贵提着菜笑呵呵地回来了。

金显贵走到女儿面前，特别自豪地拿出一张印着"金玫瑰婚介"的卡片显摆起来。

金燕子一看，婚介公司高级会员！金卡！想到父亲不知花了多少钱，气得要责备他。金显贵理直气壮地说，普通会员条件太一般，多花点钱，就是要找一个不比卫丞差的。

"差不差的，我说了才算吧。"

见金燕子往门口走，他赶忙放下菜抢在门口拦住，说她如果不去相亲，就要打电话给她妈妈告状。金燕子只好答应去相亲，他这才把手机放在口袋里，做饭去了。金燕子懊恼地在沙发上坐下。

金玫瑰婚介所装修得有些俗气的 VVIP 会客室里，金燕子贴着"玫瑰之约"的贴纸，浑身别扭地坐着。她的对面是一个 40 来岁的中年男子。这位曹先生咳嗽了几声，开始滔滔不绝地吹嘘自己。

金燕子的手机震动了一下，来了信息。顾不上礼节，她抓着手机翻看科技奖的名单，竟然没有卫丞！

"落选了！"她惊讶地喊了一句。

"是我选你，我怎么落选了？"曹先生话音未落，着急上火的金燕子已经冲出门去……

卫丞团队办公室的大开间里，技术员、工程师们议论着卫丞放弃申报评奖的事。在他们看来，麓山一号就算评不上三等奖，评优秀奖总没问题。卫丞可以不在乎这个奖，他们可指着这个奖评职称和跳槽。

庄北辰听见他们的议论，指了指卫丞办公室并没有关上的门，说："卫头能回来，不去弄那个'机器换人'就是最大的奖。"他正安慰大家，卫丞从房间里走出来，说他要去挖机耐久试验场核实一组数据。庄北辰要跟上去，被卫丞拒绝了。

走到大门边，卫丞停住了脚步，半晌才说道："放弃参评是为了明年拿二等奖。"说完头也不抬就急匆匆走了。

麓山重工挖掘机耐久试验场里，不同型号的挖掘机正在土方池、碎石混土池和铁球池不停地挖起来，放下去。

卫丞指挥着一辆挖掘机把一块巨大的石头放在了铁球池边上，这辆挖掘机已经经过了1000小时试验。卫丞上前拜托试验员再加试两个项目，一个是连续超载情况下翻巨石，一个是连续满载挖铁球，测试麓山一号改进型的抗极限冲击能力。

试验员不解，这车1000小时已经达标了，为什么还要加试？卫丞解释说要向最高标准看齐，又提出自己个人每天给他补100元辛苦费。试验员有些为难地说："卫工，你加的这两个项目，对车和设备损害可大了，万一出了事，我赔不起。"他把钥匙挂在专门的钥匙箱里，签字后，摆着手离开了。

"机器换人"不能干，冲击试验又心疼设备，数据从哪里来？科研如果只靠计算机模拟，只靠理论设计和演算，挖掘机还要试验场干什么！飞机还要风洞干嘛！卫丞越想越来气，手都有点抖了。

"当时让你学着开，你就是不学，吃瘪了吧。还好，你不是因为没获奖在这里闹情绪、耍无赖。"

低着头的卫丞听到熟悉的声音，抬头看去，只见金燕子正看着自己，卫丞却看见了她衣服上"玫瑰之约"的贴纸，惊得抬起头："你相亲去了？"

金燕子赶紧把衣服上的贴纸给撕了，单手揉成一团扔在一边，有些慌乱地冲他喊："你先管好自己。"

卫丞盯着金燕子攒紧的拳头和揉成一团的贴纸，情绪有些失控地喊道："我管好自己有什么用啊，人家不听你的啊！"他又沮丧地抱怨试验员都走了。

金燕子上去就把钥匙摘了下来，跳上了挖掘机，道："这要是开坏了，你赔啊。"

见卫丞还没回过神来，道："发什么愣啦，怎么干？"

卫丞连忙指着铁球池和巨石叫金燕子不要管车和泵，油门扭到底，操作杆推到底。金燕子紧张地操作着挖掘机，卫丞仔细观察，不远处很多工人都好奇地探着头，对这边指指点点。

总装车间内，明德江看着全国科技奖的获奖名单，长叹一声，惋惜道："优秀奖也是好事啊，这个卫丞，就是好冲动。"

一旁的董孟实则说如果麓山一号能有在鄂尔多斯矿实际使用的机会，连续超载和连续满载的极限冲击的数据量就够了，肯定能拿到二等奖。他又提示明德江"机器换人"是邱省长的意思。

明德江叹了口气，为难地说："'机器换人'是大趋势，也是牵一发动全身的大难事。谁下岗？谁培训再就业？怎么调工资？没有一两年，这一万多人理不顺，可我的时间有限，继任者会不会接着干，难说啊。"

董孟实提议先试点。明德江立刻想要把这个工作交给他。董孟实正要推脱时，手机响了，是试验员告诉他卫丞和金燕子竟然私自操纵试验挖机做超载满载冲击试验。董孟实安抚好对方，让他不要阻止卫丞他们。他回头看了看不远处检查工作的明德江，犹豫一下之后挂了电话，故作镇静地继续陪同检查。

月朗星稀，试验场上只有一台挖机还在轰鸣。金燕子一边用毛巾擦拭汗水，一边继续超载、满载挖铁球和巨石。车外的卫丞盯着监视器看数据变化，告诉金燕子数据正常。

金燕子有些紧张地对卫丞喊："可我感觉车子的抖动变大了，要不要停一下啊？"

卫丞让她不要停，只有最极端的冲击才能测试出最真实的性能，说着递了瓶矿泉水给她。金燕子直接拒绝："水喝多了上厕所，你来开啊。"

卫丞拿回矿泉水，刚一放在桌子上，挖掘机就出现很大的异响，接着就熄火了。

金燕子从挖机里爬出来，拿着手电，先是看了看液压油管，又发现履带板螺丝松动，最后检查动臂和挖斗之间的连接处，发现多处都出现了金属疲劳的裂纹。

卫丞万分沮丧，朝着挖斗踹了一脚，又伸手扭了下履带板螺丝，放在手里看。他听不进金燕子的劝慰，固执地说："泵再好，但只要有一颗螺丝钉不好，这个产品就不合格！"

金燕子打断了他的固执已见，让他先想想明天怎么跟领导解释这件事。

卫丞道："开始不是说好了，出了事算我的。"

金燕子认真地说："我说的是，赔钱，算你的，但是责任，算我的。下象棋不能老帅先冲出去吧，先得让车马炮、小兵卒子冲啊，你是干大事的人啊，我是过河的卒子。"

卫丞有些感动，接着她的话说："咱们的产品真想跟老外见个高低，除了我们的设计要牛，你们手里的每条焊缝也要牛，这是一体的，没有老帅跟小卒的区别。况且你现在是工段长，怎么也算车马炮了吧。"

金燕子有些诧异地看着身边人，故意虎着脸说："明年全国科技奖二等奖，我拿不到，你行，所以必须弃车保帅。记住了，什么事都往我身上推，钥匙是我拿的，车是我开的，不听试验员劝阻的还是我。"

卫丞急道："我凭什么让你为我牺牲啊，只要追责，你这个工段长也没了！"

"我愿意！"

"我不愿意。"

"我这样的普通人，这一辈子就是面对一个又一个的'怎么办？''怎么办？'。而你这一辈子是负责给'怎么办'找答案，'这么办''就这么办'。所以我们是不一样的。卫丞，明天挨批的时候，千万别跟领导犟嘴，干大事要学会低头，我爸说，水低成海，人低成王。"

两个人看着彼此，片刻后回了神，又慌乱地一起看向月亮。金燕子想着心事，注意到卫丞偷偷拿出了手机。直到他拨出电话，向公司坦白试验场的挖掘机被他加试项目弄坏了。她听完蹦了起来，指着他怒吼："你是要证明你很聪明吗？"

"我原以为拥有两本博士学位证可以证明我的聪明，后来又以为干成麓山一号才能证明我的聪明，现在看来，知道自己笨，才是最大的聪明。我不能把你的善良当成理所当然。"

第二天，董孟实赶到挖机试验场，带着技术人员和检测人员对出了状况的挖掘机进行检查，开始替卫丞操作的那一位试验员解释着事情的来龙去脉。方锐舟急匆匆跑了上来，吃惊地看着受损的挖机，向董孟实询问情况。

董孟实递上笔记本电脑，说从数据看损伤破坏程度有点大。方锐舟看了看，更加担忧和焦虑了，问道："试验员昨天给你报告了这里的情况，你为什么不制止？为什么不向公司主要领导报告？"

董孟实坦然回应："我是觉得这个试验迟早是要做的，早做比晚做强，要不这一回麓山一号也不至于在全国科技奖上颗粒无收。"

方锐舟打量起并不慌张的董孟实,问:"麓山一号跟你没关,你这样做,是要挨处分的。"

见董孟实点头,方锐舟更惊讶了,一直小心翼翼明哲保身的董孟实竟然在这时站了出来。

董孟实说:"卫丞难道不知道这样做有麻烦吗?但是他做了。也正是他有这种心无旁骛的'傻气',不计利害,不算得失,才有麓山一号。相比之下,我的'聪明劲儿',变成了一种挺没劲的东西。'机器换人'我没有推动,有人想干,能干,我助把力,应该。"

方锐舟嘴角不经意地扬了一下:"这挖机要真报废了,好几十万赔起来,'应该'这两字就很贵啊。"

庄北辰在办公室大开间里正接着告卫丞状的电话,就见明德江从外面走了进来。他赶紧挂断电话往卫丞房间跑,被明德江给制止了。

明德江看了看正在紧张工作的卫丞,对庄北辰招了招手。得知卫丞还在整理昨晚的试验数据,他找了一个角落坐了下来。

此时,郝思泽拿着一份报告火急火燎地从外面冲进来,将试验挖机损伤情况的检测结果递给了明德江。明德江戴上眼镜仔细看了一眼,被损伤程度吓了一跳。

郝思泽在一旁愤愤地说:"连续超载、连续满载的极限冲击,蛮干!包括董孟实,竟然偷偷帮着他,也是蛮干,都应该严肃处理。"

明德江看着检测报告,把它折好放进口袋。

这时,卫丞的门开了,他拿着一摞数据报告兴奋地对着外面嚷嚷:"数据出来了,大家将这些输入到双联主泵的参数中,校对一下我们的设计,决不能在鄂尔多斯矿机招标中因为我们的泵拖了公司后腿。"

庄北辰指了指旁边,卫丞看见明德江和郝思泽在看着自己,赶紧走上去。明德江拍了拍双联主泵的样品,问他数据结果。卫丞自信地说,目前流量测试完全支持挖机做出快速、复杂动作，不输别人。

明德江意味深长地说："这些数据挺贵的。"

卫丞立刻表示试验挖机是他的责任，愿意接受任何处罚。明德江突然问他会开挖机吗，卫丞迟疑半天才回答不会。明德江把卫丞手里的资料拿过来，转身离开了。

卫丞追了两步："这跟操作员没关，我是主使。"但是明德江并没有回头。

金燕子在办公楼的过道里站着，万宝泉从办公室里走出来，快步走到她身边。听到她说要找明董主动说明情况，万宝泉急道："说明完了呢？给你们联合环卫发个通报，你的工段长就被撤了，然后再罚款。你脑子有病，赶紧走。"他推着金燕子往电梯口方向去，劝道："你现在不归明董管，有什么事也找不到你头上，况且没有卫丞同意和怂恿，你能跑到试验场去开挖机吗？赶紧走！"

金燕子却不肯走。两人正说着，电梯门开了，明德江从里面走出来。万宝泉立刻装模作样地说："你承认错误的态度还是不错的，等调查清楚后，我们会通知你们公司，走吧。"

金燕子却转过身对明德江说："明董，挖机是我开的。"

明德江叫金燕子进办公室说。

他把一杯茶水递给了有些局促的金燕子，示意她坐下。

金燕子捧着茶杯坐在沙发上说："我从高职毕业后就进了麓山重工，从初级工干到了技师，从公司最红火，到发不出工资，再到今天蒸蒸日上，我爱麓山重工，我盼着麓山重工越来越好，盼着麓山重工能干成世界第一。"

"那就要蛮干，把100多万的机器给弄得快报废了？"明德江没好气地问。

金燕子放下茶杯，看着摆在明德江手边卫丞的数据资料和挖机检测报告，镇定地解释："报废应该不至于，至少发动机和泵没毛病，主要问题在于机加和装配不到位。"

明德江拿起报告示意她继续说。

"镗铣刨磨我说不太好，我是焊工出身，我就说说焊吧。出事之后，我大概检查了一遍，出现问题的焊缝不同程度出现'咬边''气孔''夹渣'，多处裂纹跟未焊透、未熔合有关。这些有自动焊机操作的问题，但更多是手工焊的毛病。"

明德江看着报告，发现她说的与上面对于焊装这部分的描述基本一致，更加吃惊了。

"为了突破10000台，这段时间工人加班太多，两个月才轮休一天，可人不是铁，会疲劳的，会打盹的。未来要是5万台、10万台呢？除了成倍增加工人外，就没有别的办法了吗？我就是想支持'机器换人'。"她终于说出了自己的主张。

明德江上下打量起这位他以往并不太注意的女工。

金燕子诚恳地说："明董，说这些不是要赖账，是我错在先，该怎么处理就怎么处理，只是请您保护一下卫丞的积极性，那可比公司损失一台挖机贵很多。"

看明德江没有回答，她把杯子盖盖好，站起身，还没等明德江表态，就鞠了一个躬，转身走了。

明德江拿起笔在报告上"咬边""气孔""夹渣""裂纹""未焊透""未熔合"这些字眼上画了重重的红圈，然后抓起电话让万宝泉通知全公司各个分公司，以及镗铣、焊装、油漆、动力、液压、总装等有关部门的一把手到试验场去看看。

宋春霞跟着各部门的一把手，排着队查看那台出事的挖机。她始终不愿意抬头，非议还是传到了耳朵里。她实在忍无可忍了，爬到挖机上，按了一下喇叭。

"为什么喇叭没坏？因为不用啊。"

有人不满，要她不要包庇自己儿子。宋春霞立刻表态："卫丞该打多少板子，该赔多少钱，我绝不说半个不字。为什么老外的挖机，能干3000小时无事故，我们的耐久试验1000小时后，连续超载、连续满载，极限冲击一晚上就出毛病呢？咱们都是带工人的干部，活干成这样，我的脸臊得慌！难道我们这些人就只能端着老手艺的碗，吃不了新技术的饭吗？！"

说完，她叹了一口气，从挖掘机上跳下来，头也不回地走了，留下身后的众人沉默不语。

刚出差回来的方锐舟坐在厂区电瓶车上，听身旁的万宝泉解释急着找他是因为明德江要在厂史馆见他。名义上，是玉衡麓山液压公司成立了，要上厂史展，要征求他意见。实际上，万宝泉小声说，恐怕还有这次挖机事件的处理，毕竟有他的女婿。

方锐舟没有说话。车停在厂史馆门口，他下车快步往里走去。

安静的场馆里，明德江正指挥工作人员在最后一页贴上"玉衡麓山液压公司成立"的画报，方锐舟从后面走了上来。

明德江问他："玉衡麓山液压公司是成立了，但鄂尔多斯矿要是输了呢？"方锐舟道："那你也不会玩完。"

明德江不甘地说："是不甘心。不甘心像宋劳模说的那样，难道我们只能端着老手艺的碗，吃不了新技术的饭吗？"

方锐舟问他是否下了决心推行"机器换人"。

明德江道："再不下决心，我退休了，这里写着的顶多是年产挖机由一万变成三万，产值和员工收入大幅增长，但没有给麓山重工的未来留点什么啊。"

方锐舟点头，说："赚钱是今天，科研是明天，工人是未来。"他肯定了明德江的做法：让全公司生产一线的头头都去看出事的挖机。通过这次震撼教育，"机器换人"的阻力会小很多。

明德江准备启用卫丞、董孟实这些年轻人，方锐舟却说应该先给他们一个处分，否则难以服众。

方锐舟正色道："他们要是这么一点挫折都受不了，也没什么大出息，'机器换人'这样复杂的担子也就早点换人吧。"

夕阳斜照，卫丞办公室外的大开间里已是空荡荡。因为知道金燕子相亲而心神不宁的卫丞一个人坐在房间里，把台灯开了关，关了开。

"挨处分了也不用跟灯泡过不去吧！"

"嗯？"

卫丞扭头，发现金燕子站在门口，赶紧坐好掩饰自己的神色。

"你挨处分还问别人啊？"

金燕子不想让卫丞独自承担一切，便打开手机银行，说自己是同谋，要和卫丞一起担罚款。卫丞嘲笑了一番她的存款数额，便让她别管了。

金燕子一愣，赶紧把手机银行给关了，支吾道："我其实是支持你干'机器换人'，但不是怕耽误你前程吗？"

"低头是现实，抬头是前程，都对。只是我的前程，好与不好，对你很重要吗？"卫丞的咄咄逼人令金燕子有些猝不及防。

"你当项目总师也好，当公司总师也好，跟我有什么关系啊。"

卫丞急了："你一天到晚满世界说，你是泥巴里的笋子，只能配腊肉，我是鲍参翅肚，两碗菜摆不到一张席面上。你要干吗？要独立性，就一定要这么脆弱的自尊心吗？那也是一种自卑。去相亲,你有独立性了吗？"

金燕子被他的话刺激了，大喊："你疯了！我去相亲怎么了？没有人告诉你这个世界上不可能有天仙配？我也想相信七仙女即便是不冒充蓬莱村的村妇，董永也敢接受。本以为是海阔天空的未来，没想到被打回了海市蜃楼的结局，你开心了？"她说着说着就哭了，卫丞的情绪也低落了下来。

"我跟你在一起的这段时间，是我最开心的日子。我去当项目总师，你们都开心只有我不开心。去干'机器换人'，我开心，但你们都不开心，你说我怎么办？"

"我不会再替你做任何决定！"她满脸委屈地盯着卫丞，缓缓转过身，冲了出去。

马大庆端着豆浆油条包子回到家，瞟了一眼开着门的卧室，又看了卫生间，但声音却是从厨房传出来的。宋春霞抱着一玻璃瓶剁辣椒洋姜、一瓶腊八豆从厨房出来。她坐下来接过马大庆递的早餐，细嚼慢咽起来，说她不去送卫丞去玉衡了。

马大庆急了："就因为孩子挨处分，你觉得丢脸了吗？越是这个时候咱们越应该给孩子鼓劲……"宋春霞打断他，自己并不是因为挖机那件事怪儿子。

见马大庆不解，宋春霞说出了心中纠结："我阻止他干'机器换人'这件事到底对不对？"马大庆闻言也一脸为难，把一个整包子塞进嘴里。

"你是怕孩子把我给换了，就我这手艺，可能吗？"

他看着特别认真又特别不安的宋春霞，突然笑了："春霞，替不替换的不重要，只要孩子自己觉得对，咱就开心。"

麓山重工办公大楼外，卫丞带着庄北辰等技术人员正在将收拾好的行李装上大巴车。

马大庆骑着那辆旧的电动车匆忙赶了过来。卫丞不见母亲，正疑惑，马大庆替她解释说车间里来了一个急活，需要处理。

卫丞怀疑是自己的处分让母亲不快，马大庆打断他："别瞎扯！你妈要是这么小心眼，当不了全国劳模，这十多年也照顾不了你爸跟你。"说着他把自己的包打开，从里面拿出自制的剁辣椒洋姜、腊八豆，对卫丞说："这是你妈给你做的，她说玉衡那边是甜口，你吃不惯。"他把袋子递给卫丞，转身要走，突然又停下来，嘱咐道："孩子，别老皱着眉头，科学家不一定都非得去撞电线杆子才能研究出来东西吧，开心也是生产力。"说完咧开嘴使劲地笑了笑，骑着旧电动车离开了。

卫丞叹了一口气，看着马大庆的背影渐渐消失，沮丧地上车了。

二十六

明德江看着卫丞空荡荡的办公室，叹了口气。万宝泉在一旁说："明董，您不用惋惜，尺有所长，寸有所短，卫丞擅长做学问，可偏要做买卖搞管理，不赔才怪。"

明德江转过身来瞪了一眼，万宝泉赶紧不说话了。

"发招贤榜，'机器换人'项目带头人，不受职务、职级、职称限制，奖金设定为全公司最高级！"

明德江一边说，万宝泉一边记录。这时卫冲之走了进来："虽说一将难求，但千军要先得。明董，不先解决几千技术工人、工程师的培训问题，谁来挂帅？都无兵可用，'机器换人'这一仗，没法打啊。"

明德江也深知这个道理，但苦于人数众多，公司没这个能力培训。

卫冲之提出可以跟麓山大学联合办职业技术学院，凭他和盛校长的交情可以一试。明德江一听，又惊又喜，卫冲之反倒是异常平静。

明德江又问他卫丞都走了，为什么还要这样做。卫冲之指了指自己工作服上面"麓山重工"四个字，又指了指窗外的厂区，说："在这里待了一辈子啦，盼着它好。"

卫冲之在麓山大学校园四下溜达，盛传学看见他，疾步走来。

两人寒暄一番，卫冲之提起自己前来的正事，他是代表麓山重工来跟麓山大学谈联合办学的事。麓山重工要创办工程机械职业技术学院，为公司下一步"机器换人"、智慧制造,做人才准备。公司也可以成为麓山大学的实习基地、实验基地。

盛传学很赞赏这个想法,但又担心整个合作流程走完就赶不上"机器换人"了。卫冲之的对策是边报批边培训,他已经和省总工会培训学校谈好了前期培训地点。说着他拿出资料给盛传学看,不慎把包里的药瓶带了出来。盛传学捡起来一看,心疼地看着老朋友。

卫冲之却说:"疯了十年,技术都迭代了,液压干不过儿子,臂架泵车都进入到碳纤维的时代,完全是我知识盲区啊。传学,现如今能适合我干的工作不多了,给工人做培训,我还行。"

他自信满满地把盛传学手里的药瓶拿了回来,塞进了包里,转而再次郑重地拜托盛传学一番。

崭新的玉衡麓山新厂区内一片繁忙,庄北辰正带着人进行设备安装和调试。玉衡麓山液压公司总经理方锐舟急匆匆走了过来,四下寻找卫丞。庄北辰见状给他指了指不远处机械臂操作手那里,告诉他卫丞还在为"机器换人"的事过不去。

方锐舟缓缓走到了卫丞身后,看着他全神贯注地跟机械臂厂的工程师研究操作,两人正讨论着国外的黑灯车间,只可惜国内还做不到。卫丞坚定地说,他们有,我们就一定会有。

"知道的,你是项目总师,不知道的,还以为你是供货商呢。"

卫丞扭头看到揶揄自己的方锐舟,赶紧站了起来。

方锐舟一边点头一边说:"黑灯车间,这个提法有意思。如果再配上 intelligent、internet、integrate、information 呢?"

"智能、互联网、集成、信息,再加视觉引导,5个 i 啊。黑灯车间一步做不到,但 i5 车间还是做得到的。"

卫丞越说越兴奋,突然觉察到自己有些失态了,停下来准备去调试别的试验项。方锐舟叫住他，给他看了一段视频，正是卫冲之在培训学校给麓山重工的工人上培训课。

卫丞十分惊讶，他爸怎么去干培训了。方锐舟不无骄傲地表示，卫冲之现在是麓山职业技术培训学院的代理院长，正在为未来的 i5 车间培养操作机器、生产机器的工人。

卫丞盯着画面看。镜头中，在教室一角出现了金燕子的身影，她学得格外认真。方锐舟把视频发给了卫丞，便转身离开。卫丞拿着自己的手机，迟迟没有点开视频。

省总工会培训教室里，卫冲之正在台上讲课。胡登科在台下嚼着槟榔，金燕子躲在角落里记着笔记。

他的视线时不时扫向金燕子，目光一转又看向了胡登科，见胡登科学得认真，便当众表扬了他。

胡登科立刻说："看在可能涨工资的面子上也要认真啊。"

"什么叫可能？咱们学校的第一条校规是，能看懂并学会操作手册全部英文的一线工人，上调一档工资，能通过公司组织的外语考试认证的一线员工，每人可以凭考试成绩加工资 600 元到 1200 元不等。"卫冲之的话还没说完，下面立刻议论纷纷。

胡登科问他说的这些算数吗。

"卫校长说的，就是我说的，算数吗？"

明德江在众人惊愕的目光中走进教室，他看了看下面的职工，宣布："我再加一条校规，学会数控技术编程，再上调一档工资。"

整个教室都沸腾了。卫冲之感激地看着明德江。

"明董，有奖，那也得有罚，否则您出的钱，很多人不珍惜，甚至借机会来这里睡大觉啊。"

明德江指了指教室前后的摄像头："摄像头要是拍到有人上课打瞌睡，

罚款 400 块钱，抽烟、吃槟榔罚款 1000。比如胡登科。"

胡登科吓得赶紧把槟榔渣给吐了，嚷着："我吐了，不算啊。"

众人笑成一片。

马大庆站在窗外，看着教室里面卫冲之正拿着激光笔上课，又看着仔细学习的年轻工人，叹了一口气，转身往回走。没想到身后站着宋春霞，她问："来都来了，怎么不进去听听？"

马大庆摇摇头表示听不懂。宋春霞有些着急地说："那也得听啊，你要是不把自动焊机给拿下，将来它就可能把你拿下。"

"机器换人，我接受得了。"

"要是被你徒弟金燕子给换了呢？你还受得了吗？"

马大庆有些勉强地笑了："我这手艺，应该还轮不着被换吧。"

这时下课的电铃响了，马大庆赶紧低着头急匆匆往外走。

等人走得差不多了，金燕子才走出教室，推着自己的小电驴出来。车灯一开，她发现前面站着一个人，吓了一跳，竟然是卫冲之。

"这些课卫丞都教过你，你怎么还来蹭课啊？"卫冲之问。

金燕子先是撒谎说温故而知新，又搪塞说是为了偷师学艺，回去给焊装车间的青工补补课，最后承认是想看看公司"机器换人"是不是动真格的。

卫冲之这才点头笑了，金燕子长舒一口气。卫冲之告诉她，可以把看见的告诉卫丞。

金燕子调整着自己的情绪，说她跟卫丞就是很普通的朋友关系，请他别误会。

卫冲之并没有表现出太多惊讶，他看了看金燕子，又扭头看了看四周，终于在一个台阶附近看到了一小块干枯的苔藓。他弯腰把它拿在手里，递给金燕子看，问道："这块苔藓的生命结束了吗？"

金燕子不明所以地"嗯"了一声。

"苔藓在干旱环境下会自动停止生理活动，进入休眠状态，一旦外界环境重新变得湿润，它又能立即复苏。就好比你在高原留下的那几片没吃的干苔藓，现在长得很好。"他拿出手机，打开相册，给金燕子看了看卫丞精心养殖的那一小盆苔藓，还有卫丞给它喷水的照片。

金燕子转过头去，心底涌起一股暖流。

雨夜，玉衡麓山液压公司专家楼湿漉漉的玻璃透射着斑驳的光影。屋里，坐在地板上的卫丞久久凝视着手机里父亲上课、金燕子听课的画面。

卫丞关掉手机，四仰八叉地躺在地板上，耳边只有稀稀拉拉的雨声。他突然想到什么，从地上一跃而起，拉开窗户，从外面拿进来一个收集雨水的小盆子。他把盆子里面的雨水倒进小喷壶，给那盆苔藓喷水，手指不自觉地碰了一下搬家时被他抠掉的一块地方。

卫丞觉得手指打滑，仔细一看，手指上隐隐约约有些绿色，赶紧趴在花盆前，抄起放大镜仔细看，那些裸露的青石上已经长出了新的苔藓。

他放下喷壶，走到桌前打开电脑，瞟了一眼苔藓，敲下一行字："尊敬的郦董，尊敬的方总……"

玉衡麓山的测试机房内，方锐舟紧张地看着卫丞他们给新生产的麓山一号双联泵做测试。

卫丞指着监控电脑上的数据给方锐舟看，顺利的话，不久就可以上线生产了。

"这要感谢上次连续超载、连续满载的极限冲击试验数据对其进行的设计校正啊。"

方锐舟笑他："那也是只有你跟金燕子这俩冒失鬼才干得出来的事。冒失一下也好，至少矿机的'心脏病'无忧了。"

"但软骨病还要治。"卫丞话里有话地说。

方锐舟敏锐地觉察到卫丞有些不对劲，示意他出去聊。

大雨冲刷车间大门，形成了一道雨帘。方锐舟看着卫丞给他的报告，卫丞则呆呆地仰头看着雨。

"你想好了？"方锐舟问。

"好马配金鞍，鹅肝配骨瓷，再好的鹅肝摆在破碗里，也卖不起价。既然明董下定决心要'机器换人'，并开始大规模培训，自然会有解决工人就业和工资奖金发放的顶层设计。没有了这些制约，我有信心做成 i5 车间，赶上鄂尔多斯 8 号矿的招标。"卫丞早已经想好答案。

"放弃项目总师，回去干 i5 车间主任？一般人不会这么选择。太傻。"

卫丞看着凝视自己的方锐舟，接了一捧雨水擦了一把脸，好让自己清醒一下，然后说道："你和我爸、盛校长当年写'争峰'两个字的时候，海彼欧的一台臂架泵车卖 1500 万，而你们也敢做到同等质量下，价格只要 300 万—400 万，难道不觉得自己是傻子吗？"

方锐舟笑了笑："现在海彼欧的臂架泵车跟我们麓山的一个价，但市场份额已经远远低于我们，傻人有傻福啊。"

两人相视一笑。方锐舟承诺代他去跟郦董解释，只是担心他的团队不理解。

正说着，身后传来脚步声，两人扭头一看，是庄北辰带着团队成员围拢了过来。方锐舟下意识把卫丞的报告收了起来，却没想到庄北辰是来支持卫丞去推行"机器换人"的。卫丞有些不安，大家的支持令他有些动容，他的眼眶充满了泪水。

"齐头并进，会师峰顶。"

联合环卫焊装车间内，金燕子正在指导技术工人操作自动焊机，旁边围着不少新来的工人，脖子上都挂着培训的工牌。有个青工不认真，被金燕子敲了一下头盔教训道："上心一点，认真一点。农村来的，要学技术，早日把普工变成技工、技师，懂吗？"

众人纷纷点头。

金燕子瞟了一眼人群，却发现少了四个人。班长说那四个人嫌操作口令都是外语的，他们看不懂也听不懂，干点简单活就满足了。金燕子立刻问明他们的位置，怒气冲冲地走了过去。

钣金这边，两个新招来的工人正在用手掰夹在虎钳中的钢管，来调整一根钢管的角度，一个人力量不够，两个人便一起用劲。金燕子正好看见，急得大喊"住手"跑过去。就在她冲到两人身后时，钢管焊接处瞬间断裂，两名工人往后翻倒，手里的钢管脱手，把身后排扇的防护网打飞了，两个人在巨大惯性下朝没有防护网的排扇撞去。金燕子飞身将两人撞开，自己却被冲击力撞向了排风扇。她的左手撞上了排扇叶片，被打得皮开肉绽、鲜血直流。

卫丞从玉衡回来，便急匆匆走进麓山重工办公大楼，正好遇见出来的董孟实，说他回来是要报名参加智慧制造车间主任的公开招聘，兴致勃勃地邀请董孟实一起干。

董孟实问道："你想过为此付出的代价有多大吗？你错过了双联泵的定型，又失去麓山二号科研带头人的地位，这意味着你会失去学术背景，失去成为科学家的关键一步。"

卫丞坦诚地说："对，这些曾经是我的理想，也是我父母的夙愿。但此时，麓山重工不解决'机器换人'，不升级智能制造，就失去了争一流的关键机会。"

董孟实看着自信满满又不顾一切的卫丞，评价道："理论正确，实操冒险。"

"人这一辈子就是一场冒险，不妨胆大一些。况且，燕子说过，做自己想做的、爱做的事情就好，就开心。"

董孟实点点头。

卫丞突然接到电话，得知金燕子受伤了，开车疾驰而去。

此时，金燕子手上、胳膊上裹着厚厚的纱布，看着灯箱上的 X 光片。医生对她说，万幸没伤到骨头。

"是我骨头硬。"金燕子开玩笑说。

医生打量她的一身工装，问她长得也不难看，为什么要当工人，多危险。

金燕子立刻回敬："长得好看的医生也有吃饭被噎死的。"

医生眼一瞪，正要发火，卫丞冲了进来，笑着向医生道歉，并立马问需不需要做个头部 CT、核磁共振。

医生敲了几下键盘，两张检查单子开好了。卫丞接过单子，拽着满脸吃惊的金燕子往外走。

他搀扶着金燕子在走廊的椅子上坐了下来，想要看她受伤的手，却被拒绝。

"你不在玉衡待着，跑这里来干什么？"

卫丞半开玩笑地说："反正不是来跟你吵架的。"

他不顾金燕子的挣扎捂着她的手，心疼地看着说："无名指伤了，以后不戴戒指都遮不住这个伤疤。"

金燕子慌乱道："电焊工安全操作规程第五条规定，操作人员必须佩戴好劳动保护用品，不准戴项链、手镯、戒指等装饰品……"

卫丞打断她说道："如果我们有更安全、更先进的生产能力，你就不会受伤了，这就是我回来的目的。"

他仔细地擦干净了金燕子指缝里的血迹，又说："我只能给你买一个戒指，但你要是不支持我，再次受伤，我就只能给你买手套了。"

金燕子又羞又恼，站起来就走。

方霏拿着辞职报告走向校长办公室，可是还没到门口就听见里面传来争吵声。她顺着门缝往里看，只见校长靠在椅子上揉着头，两位女老师正在"抱怨"怀孕转岗的事。等她们说完，校长无情地表示她们要是不愿意转岗，就只能辞职。她们含着眼泪点点头，转身出了门，跟门口站着的方霏迎面交错而过。

屋里传来校长叫她进去的声音，她赶紧把手里的报告收了起来。

董孟实开车去学校接方霏回家，不时看一眼身边心事重重的方霏，问她是不是工作不顺利。方霏挤出笑脸，摇摇头说只是有点累。董孟实心疼地看着她说："要不那个教务经理咱们别干了，为了多那八万块，把你累病了不值。"

"那我真不干了啊？"

董孟实一脸轻松地说："好啊，反正我已回技术中心当副主任，收入还行。"

方霏正开心，卫丞打来了电话，董孟实瞟了一眼，赶紧挂了。可没过一会，他的电话又来了，董孟实只好接了。

电话里卫丞叫他别担心，燕子的胳膊没有骨折，只是皮外伤。董孟实有些尴尬，就要挂电话。卫丞继续说着"机器换人"的事，劝他机会难得，绝不能退。

董孟实飞快地挂断了电话，不敢看身边的方霏。方霏却说自己没那么小气，又问他不是一直想干"机器换人"吗，为什么不答应卫丞的邀请。

董孟实却摇摇头："卫丞回来，志在必得，我去给他打下手？再说了，这个职务只是车间主任，级别太低，收入也不高，万一干砸了，连退路都没有。还是你说得对，活得好比活出彩更重要。"

方霏看着言不由衷的丈夫，心里不是滋味。

摆好了一桌饭菜，等着娇女儿回家吃饭的金显贵看了一眼墙上的时钟，嘟囔起来："这都几点了。"听到门口有动静，他拉开门，看到金燕子正在用缠着纱布的手推卫丞。

金显贵顺手抄起扫把，指着卫丞，喝道："撒手！"

卫丞瞬间双手高举，金燕子扭头看见父亲怒目圆睁地瞪着他。显然，他是误会了什么。金显贵抢着扫把就要给卫丞一个教训。卫丞往后退了半步，又马上站住。金显贵质问他："我女儿胳膊上的伤，是你干的吗？"

金燕子急忙道："不是，是工伤。"金显贵不满地让女儿闭嘴。卫丞说自己只是碰巧遇上，送她回家。金显贵将信将疑地扔掉扫把，心痛地拉着女儿上下检查起来。

卫丞把医院的 CT 片递了上去，金显贵扭头诧异地看着他。眼看穿帮的金燕子上前一把夺过装 CT 的袋子，"怒斥"卫丞："你什么时候学医啦，还不走，等着我爸给你做饭啊。"

卫丞尴尬地朝金显贵点点头，又依依不舍看了看"瞪眼"的金燕子，灰溜溜跑向电梯。

金燕子长舒一口气，转过身来发现父亲正用奇怪的眼神看着自己。他问道："他是在医院碰巧遇见你的吧？"

金燕子赶紧往屋里走，金显贵疑神疑鬼地两头来回看。

傍晚，疲惫的卫冲之提着外卖回到家，把东西一放，就坐在沙发上，缓了一会才从包里拿出药瓶，倒出两粒药丸扔进嘴里。这时候他才发现没有水，赶紧起身倒水。突然，牛顿从卫丞的房间里跑出来，卫冲之像教育小孩似的对它说："跟你说了，没事别进那间房。"

牛顿用它的机械音答道："有事。"说完再次跑进房间。

卫冲之抬头一看，发现了摆在窗台上的那盆苔藓。目光扫到旁边贴着航空托运标签的行李箱，他眼眶发红。钥匙开门声传来，他赶紧擦了一把眼睛，用力把药给咽下去。

卫丞进门开了灯，便问："爸，你怎么不开灯啊？"

卫冲之说："太亮，显得房子太空，容易寂寞。"

"那我回来陪您啊。"

听到他的话，卫冲之缓缓转过身来，看着微笑的儿子，话语却有些无情："如果你回来是为了陪我，你明天就回去。"

卫丞连忙说自己是回来干"机器换人"的。卫冲之摇头直叹太难。

卫丞坚定地说："做难事，必有所得。"

卫冲之骄傲地欣赏着长大的儿子，伸手把外卖提了起来示意他凑合吃点。突然，他又问："金燕子知道你回来了吗？"

卫丞指了指屋里的苔藓，说："您都把这秘密告诉她了，我再瞒着，不合适吧。吃了饭，您帮我弄一下竞聘方案吧……"

父子两人笑着走进了厨房……

方霏来到省总工会的培训教室给麓山重工工人培训试讲。卫冲之坐在最后一排，拿着本子一边记录，一边欣赏地看着方霏上课。下课后学生们纷纷离开教室，刚才还挺自信的方霏略显紧张地看着向自己走过来的卫冲之，问他自己表现如何。

卫冲之没有回答她的问题，而是反问道："你放着好好的教务经理不干，来这教工人，且不说大材小用，收入都要少不少，你爸能答应吗？"

方霏说她自己能做主。卫冲之将信将疑地看着方霏。这时，董孟实从外面一头大汗地跑了进来。

省总工会的小花园里，落英缤纷，方霏和董孟实来到休闲长椅边坐下，镇定的方霏和着急的董孟实形成鲜明对比。

董孟实问道："方霏，这里肯定要比教培中心轻松很多，但你肯定不是为了轻松才选择这里的，对吧？"

方霏迅速地承认："对。因为我发现，日常的平淡，正一点点消磨你所有的激情和志气。我喜欢的孟实，是意气风发的，是不惧怕任何困难的。"

"你是想我跟卫丞竞聘智慧车间主任？"他惊讶地问。

方霏肯定地说："对，我相信你不比任何人差。你们培训工人需要人手，我能帮得上忙。"

董孟实感激地拉着她的手，把掉落在她头发上的花瓣捡起。

麓山重工办公大楼通知栏里贴了一溜"揭榜挂帅"的"招贤通告"，不少人围在那里窃窃私语。卫丞走上前伸手就要揭榜，另外一只手也伸了上来，两只手同时抓住了同一张榜。卫丞一扭头，发现竟然是精气神焕然一新的董孟实，欣喜地说："欢迎你回来。"

董孟实笑着说："没有人跟你竞争，怕你一个人太孤单。"

两人各自撕下一张榜单，并排走进了大楼。

远处，宋春霞正朝办公楼那边张望。金燕子骑着小电驴过来，揶揄道："主任，您怎么不拦着啊？"

"你都支持，我还拦什么拦啊。"

宋春霞扭头看了看开心的金燕子，又看了看她缠着纱布的手。金燕子赶紧把笑模样收起，脸一垮，故作悲伤，说："他从玉衡回来，没跟我打招呼啊。"

"他决定这件事，跟你说了，却没跟我打招呼。儿大不由娘，由你啦。"

说完，宋春霞用带着伤感的眼神瞟了她一眼。金燕子更加羞愧，手足无措赶紧下车赔不是，却没有支好车，车一斜，她们同时扶住了，但金燕子受伤的手一阵剧痛。

宋春霞支好车，抓起金燕子缠着纱布的手看了看，小声说道："燕子，谢谢你。"

金燕子如释重负，鼻子发酸，顷刻之间竟然说不出话来。宋春霞抬起头，疑惑地看着她。

金燕子掩饰说："是、是手疼。"

麓山重工大会议室内正在举行智慧车间主任公开竞聘答辩会，方锐舟也专程从玉衡赶回来参会。

卫丞先一步上台答辩。他介绍道："我设计的i5智慧车间不是缝缝补补，简单改进现有工艺流程的自动化，是对现有工艺流程进行重构后的全新的自动化。"

董孟实紧随其后，也介绍了自己的理念："既要保证生产利润指标，又要在有限的资金内，实现智能制造升级，摊子不能铺得太大，将现有各车间的数控设备进行技术整合是关键。"

答辩结束，已经是下午5点。坐了一天的明德江脸色苍白，揉着腰，接过万宝泉递来的打分统计表一看，卫丞和董孟实并列第一。他犯了难，对着喝茶不语的方锐舟做了个"请"的手势。

方锐舟点评了两人的表现。卫丞的i5车间突出整体设计的智能化，未来意识强，是全新的，但缺点也很明显，费钱。反观董孟实的，正好跟卫丞相反，将现有技术进行整合，很务实，花钱也少，但只属于过渡技术方案。

众人纷纷点头。

稳步推进？不破不立？各有理由，明德江还是难以决定，但他是那个拍板的人。

　　终于，明德江站起身来看着众人，深吸一口气，说："咱们干工程机械的，哪一个梦想背后不是厚厚的人民币？我……"

　　众人等着明德江发表最后的决定，却见他突然捂住腰，瘫软倒下。

二十七

万宝泉推着轮椅上神情疲惫的明德江从医院核磁共振中心的检查室走出来。明德江抱怨着，腰椎间盘突出的老毛病又是做CT，又是做核磁共振，太夸张了。万宝泉拿出手机想要通知方锐舟，但被明德江扭头瞪了一眼，只好收了起来。他赶紧推着明德江的轮椅向外走去。

公司的车停在急诊中心门口，明德江想站起来，却发现腰根本撑不住力，连忙叫万宝泉。万宝泉转过身来，正要去搀扶，一双大手摁住了明德江的肩膀。两人抬头一看，是方锐舟和医生从后面赶了过来。

方锐舟面色沉重地说："明董，医生说你还要住院检查。"然后又让万宝泉通知他爱人来医院。明德江不解地看了一眼方锐舟，又看了看他身边的医生，突然有些慌了。

方锐舟纠结半天也没有说出什么来，扭头看了看身边的医生。医生说："我们怀疑你的胰脏上面，长了一些不太好的东西。"

明德江的眼睛瞪大了，闪过一丝恐惧。

方锐舟努力让自己表现得更加轻松一些，但却适得其反。

明德江看着众人的反应，说："明白了，我跟锐舟谈个事再住院。"

"现在什么也别谈，你先治病。"

方锐舟急着夺过万宝泉手里的轮椅，不由分说地推着明德江返回医院。

一辆黑色轿车驶进了省政府办公楼门厅。车还没停稳，方锐舟夹着文件包就急着推开车门下车往里走。

正在办公的邱沐阳看见方锐舟进来，赶紧起身，满脸焦急地问起明德江的情况。方锐舟把手里一份病历递了上去，邱沐阳看了一眼，"胰腺癌中晚期"六个字刺痛了他的神经。他放下病历，心情沉重地坐在沙发上。

邱沐阳问："他自己知道病情吗？"

方锐舟点点头，说："知道。我来见您，也是他催我来的，一方面向组织报告情况，另一方面让我把这次智能制造'机器换人'的竞聘方案给您看看。"他一边说，一边从包里拿出了目前最有竞争力的两份竞聘方案摆在邱沐阳眼前，正是卫丞和董孟实的方案。

邱沐阳又问起明德江的手术安排，并表示自己要去看望。明德江对此早有预料，特地让方锐舟转告，请邱省长千万别去，有些事他要想一想，然后会主动汇报。

邱沐阳愣在那里，猜不透明德江的想法。

医院诊疗室里，护士拿着剪刀和镊子全神贯注地给金燕子拆线。一旁的卫丞皱着眉，闭着眼，表情痛苦万分，好像被拆线的是他。突然卫丞头上啪的一下挨了一巴掌，他赶紧睁开眼，金燕子正生气地看着他，叫他不要大惊小怪。

卫丞不好意思地看了一眼护士的镊子和剪刀以及金燕子的伤口，又赶紧把头扭开。他从小就晕针，为了陪金燕子，还是硬着头皮来了。

拆完线，金燕子放下袖子，站起身跟着卫丞往外走。卫丞捧着她的手看了看，心疼又庆幸地说："还好，疤痕不太明显。"

金燕子故意说："什么意思，不明显就不要买戒指了吗？"

"当然不是啦。疤痕明显，就要买指环粗一点、颜色深一点的，反之，就可以买指环纤细一点、颜色浅的啊，这叫视觉反差。我给你量一下指环的尺寸啊。"卫丞说着从自己衣服上揪下一根线头，缠在金燕子的无名指上。他认真的样子让金燕子挺感动，但她把手抽了回来，说："这事不急，竞聘没结果，你这么耽搁着，我真着急。"

卫丞从包里拿出一本董孟实的竞聘书递给她看，向她解释自己在学习董孟实的方案，虽然两人在方向上不同，但在细节上，他的很多想法是自己没有考虑周全的。

金燕子有些欣喜，这双从来都长在脑瓜顶上的眼睛也能向下看了。她试探着问，要是这次竞聘输给了董孟实怎么办，毕竟明董相比方总，要保守多了。

卫丞轻轻叹息，但马上又装成无所谓的样子，把她手里的方案拿回来，拉着她走了出去。

明德江手术在即。医生办公室里，主刀医生正在跟方锐舟说明手术难度很大。敲门声传来，万宝泉走进来，对方锐舟说："明董有事要跟您说。"

方锐舟怀着疑惑和忐忑的心情走进明德江的病房，关上了门。明德江这才说出了自己的担忧：智慧车间方案和负责人还没有确定，他这病就算手术成功了，也要休养许久，怕耽误了麓山重工的时间。

方锐舟不愿让一个即将手术的病人操心，但明德江非要在这时候问清楚他支持谁的方案，卫丞的还是董孟实的。看着方锐舟为难的样子，明德江提议学诸葛亮和周瑜，他俩谁也不说，各自将决定写在手心里，支持卫丞写"1"，支持董孟实写"2"。

方锐舟还在犹豫，明德江已经从床头柜上拿起了笔，在手心上写了一个数字。写完之后，他将笔递给方锐舟。方锐舟迟疑片刻，接过笔也在手心里写了一个数字。

明德江看着方锐舟，两人缓缓伸出手，一点点张开，掌心里都是"1"。两人对视而笑，满是惺惺相惜。明德江放心地说："这样我就可以无忧无虑地上手术台了。"

方锐舟订了最早一班回玉衡的机票，让董孟实开车送他去机场。

董孟实开着车行驶在机场高速上，他不时偷眼看坐在副驾驶的方锐舟。只见方锐舟一言不发地看着窗外，心事重重的样子。坐在后排的方霏则不断从反光镜里给董孟实使眼色。

董孟实干巴巴地问了两句明德江的情况就不说话了，方霏有些急，忍不住问："爸，方案定了没有？孟实天天闲得无事，快成'家庭主男'了。"方锐舟答还没有。方霏还想追问，方锐舟已经不愿再谈。

车子开到了候机楼门口停下来，方锐舟下车，董孟实赶紧到尾箱给他拿行李。接过行李的时候，方锐舟问他："你不想知道我的态度吗？"董孟实自信地说："以前我认为我跟卫丞胜负大概是五五开，但目前明董一病，稳健就是主基调了，我确信我能赢。"

方锐舟笑了笑没说话，提着行李往候机楼入口走去。

病房紧闭着房门，邱沐阳坐在明德江床边看着一份请辞报告。他的视线缓缓从报告上移开，看着脸色蜡黄的明德江，安慰他手术很成功，先养好身体。

明德江努力挣扎着说："我对自己的身体确实有些悲观，但我对麓山重工是乐观的。麓山重工正在进行智能制造的试点、升级，既朝气蓬勃又千头万绪，而我要化疗、放疗，还不能累，我使不上劲，急啊。"因为说话用力，他喘了起来，邱沐阳赶紧打断他说："不着急，慢慢说。其实大家都急，你有这么多副手可以分担嘛。"

明德江摇摇头，说："中国的企业有一个很特殊的情况，就是一把手的作用太大了，暂不论它是好还是不好，但事实上，一把手的思维、支配权甚至是性格秉性都起到关键作用。我想向组织建议接我班的人选。"

邱沐阳看了看关着的门，坐直了身子，郑重地点点头表示他有人事任免建议权。

听到明德江说出了方锐舟的名字，邱沐阳一愣。明德江似乎已经猜到了他的反应，从床头拿出一个笔记本打开，递给了他，说："我跟锐舟同志对于智能制造的方向性判断是一致的。"

邱沐阳看着笔记本，上面记载着手术前他跟方锐舟见面，通过掌心写字的方式交换了意见。明德江在一旁说着自己的担心：继任者万一不熟悉麓山重工情况，一旦在智能制造上有别的想法，麓山重工将失去登顶的机会。

他虚弱地竭力挺直腰，恳求地看着邱沐阳。邱沐阳承诺会把他的建议如实报告给韩省长。

明德江眼中闪烁着晶莹泪光，嘴里轻声念叨着谢谢……

邱沐阳陪着韩雨田来视察初见规模的麓山产业园。他指着产业园区的图纸，又指了指远方，未来的麓山重工智慧工厂就在那里。这个智慧工厂计划占地四千多亩，总投资约四百个亿，年产值规模将达到四百个亿。但前提是完成机器换人，实现智能制造。

两人随即商讨起麓山重工该由谁来接任一把手。邱沐阳直言支持方锐舟回来。韩雨田郑重地问他理由。邱沐阳指了指眼前这一片产业园区说："麓山重工这一仗，既然输不起，就需要一个既能披甲执锐打硬仗，又能温和化解内部矛盾的人。今天的方锐舟已经跟'重工换金融'时候的他，判若两人了。"

韩雨田认真听完，没有表态，转而看向了产业园……

明德江靠在病床上，看着墙上电视机播放的新闻。

"麓山重工日前披露，鉴于原董事长明德江因身体原因辞职，根据公司章程规定，经董事会提名并表决，选举方锐舟为公司第四届董事会董事长，任期自此次会议审议通过之日起至公司第四届董事会任期届满时止。"

他脸上绽放出笑容，接过护士手里的一把药，跟吃糖球一样一把吃了下去。

麓山产业园的一块空地上，方锐舟指着展板上标注的"麓山重工智慧工厂"对众人说："今天咱们的党委会在这里开的目的，就是让大家感受一下这片黄土坡未来五年、十年的样子。"

众人看着远处的黄土坡，不知是太阳照射的缘故还是心有千千结，个个都皱起了眉头。但方锐舟依旧豪情万丈地说着："未来这里将是我们麓山重工全系列挖掘机的生产基地，拥有近一百条智能化生产线，年产三万台。可为什么还没有动工呢？缺钱是一方面，最重要的是缺智能制造的能力，我们的'机器换人'都还没有做成啊。"

众人闻言都低下头，方锐舟又赶紧鼓舞士气道："我们今天先解决智慧车间竞标采用哪种方案的问题，打开突破口之后，这里就好办了。"他点了几位党组成员说说自己的看法。有的人看中董孟实方案的务实，有的人欣赏卫丞方案的前瞻性。两份方案再次打了个平手。

方锐舟拿出明德江在手术前对方案选取写的说明，念道："这几天躺在病床上等待手术，等待命运的不确定性，这挺悲凉的。我想，麓山重工要是再遇到一次2012—2016年这样的寒冬，命运还会眷顾我们吗？不眷顾我们，我们又凭什么能爬起来呢？麓山重工到了产业转型升级最关键的时候，上一步，眺望峰顶，下一步，俯视悬崖。大小，强弱，俯仰之间，想掌握命运，只能自己变强大，变成领跑者，我投卫丞一票。"

他把那张纸交给万宝泉，传给众人一一看过，每个人都心情沉重。

这时方锐舟说明德江在投这一票的时候还是董事长，这一票应该算数。众人纷纷表示赞同。

万宝泉说："党委做决策的原则是先民主后集中，方董，你这一票是拍板。"

方锐舟扫视了众人一眼，感到肩头的担子似千钧。

话题中心的卫丞对产业园会上的胶着状态一无所知，他捧着笔记本正在跟下料车间的工程师交流："现在等离子切割和激光切割的设备并没有满负荷运行啊？冗余不少。"

"主要是中大型设备产量没有跟上。"

卫丞扭头，发现董孟实不知什么时候站在自己身边。他接着董孟实的话说："这也就是你的竞聘方案中，挖掘现有设备潜能的原因。"

董孟实惊讶于卫丞真看了他的方案。卫丞承认董孟实更了解麓山重工，因此他依言调整了自己的方案细节。

董孟实看着似乎已经胜券在握的卫丞，问："你觉得公司会给你这个技术冒进派机会吗？"

卫丞却说："我不认为这是技术冒进，因为单个技术都非常成熟，我要做的是把它们集成在一起，进行最高创新优化。没有技术上跨越式的领先，我们永远只能跟跑、并跑，领跑不可能。"

董孟实不客气地说："领跑谁都想，但不是喊口号就能实现的，这要花钱，花很多钱。麓山重工的发展不能好高骛远。"

卫丞也毫不退让地说："如果前瞻三年被称为好高骛远，那么十年之后看今天的保守，那叫鼠目寸光。"

两人说着说着有些激动了，但谁也不示弱。

董孟实接到方锐舟的通知，飞快地跑进办公大楼。万宝泉早就在电梯口等候了。两人快走到门口的时候，董孟实停下了脚步，拦着万宝泉问："就找我一个人？没找卫丞吗？"

"没有。"万宝泉说完，就替董孟实敲门了。

董孟实走进办公室，看到方锐舟正擦拭着象棋，并不着急的样子。他忍不住主动问是不是智慧车间竞标方案有结果了。得到方锐舟肯定的回答，他竭力控制着自己喜悦的情绪不流露出来。然而方锐舟的话却如当头一棒，让他一下子僵住了，嘴唇都哆嗦了起来。

"党委最后决定，选择卫丞的方案。"

董孟实盯着方锐舟问："您投的是我这一票吗？"

方锐舟否认了，还要解释，却被董孟实打断："用不着安慰我，我在您这都快输成习惯了。"

他有些情绪失控，死死攥着拳头不等方锐舟说什么，微微点了一下头，转身就走了。方锐舟看着门一点点关上，有些无措地坐了下来。

正在工作的大型激光切割机旁，方锐舟正在跟工程技术人员商量着："要加强这里的数据采集能力，必须做到这里切割下来的每一块钢板都能查到它具体安装在哪一台设备上。"众人纷纷点头。

卫丞急急忙忙地跑了过来，临近放缓了脚步，静静站在方锐舟身后等待着。

方锐舟扭头看见了卫丞，便笑道："我回来这么久，也没看见你来找我一次。"又问起卫丞最近常来下料车间调研的事。

卫丞点点头承认："是。我看了孟实的竞聘方案后，发现我的方案中有缺陷，尤其是激光切割机、等离子切割机这一块，公司存在很大的技术冗余，是可以利用优化整合的，不需要一味用新设备。"

方锐舟欣赏地看着诚实的卫丞。卫丞赶紧把包打开，从里面拿出来一本厚厚的《智慧车间技术调整方案》递了过去，这是他参考了董孟实的方案之后做的调整方案。

方锐舟似听非听地翻着卫丞写的新方案，直到卫丞激动地说完，他才合上方案，轻轻地拍了拍，说："你中标了。"

"我赢了？"卫丞有些不敢相信。

"对，你赢了孟实。"方锐舟肯定地回答他。

卫丞并没有表现出开心的样子，而是低着头若有所思，略带惆怅。他有些苦恼地对方锐舟说，他没有做到让孟实认同，没有改变对手原有的想法，让他的胜利少了些什么。

方锐舟恳切地看着愈发成熟的卫丞，请他扶起董孟实这个对手，因为这比打倒对手更有力量。

金燕子既兴奋又紧张地从车间跑出来，看到相向而行的工友，赶紧放慢脚步，故作从容。

跟大家打过招呼，她便趁人不备快速跑进了远处的停车坪，找到了卫丞的车，闪身坐了进去。

卫丞被她这副地下党接头的样子弄得哭笑不得，她却说不想借卫丞项目总师的光。

"我一个车间主任，哪还有什么光啊。"

正在打理衣服的金燕子一下愣住了，猛地抬头问："你赢了？"

卫丞轻描淡写地点点头，伸手从后排取过来一个大塑料袋，里面是披萨外卖。

"太好了！你真了解我，中午时间短，我们就先以这个披萨为你简单庆祝一下吧。"

金燕子吃得满嘴流油，卫丞抽出一张纸给她擦拭。她条件反射一般往后躲，躲了一半，停住了，任由卫丞擦嘴，心里羞涩而甜蜜。

吃完披萨，两人说起正题。卫丞刚想说请金燕子帮个忙。她便说出了他的想法："你想帮董孟实，但是他不领情。"

看见卫丞惊讶的表情，金燕子有些得意地说："首先，党委会开了好几天，迟迟没有公布竞标结果，方锐舟在等什么呢？其次，你用了董孟实方案中的内容来完善自己的方案，你不会据为己有，你会感恩。再次，由对手变成朋友，董孟实有太大的心理障碍要跨越，再加上我跟你的关系，他就更难低头了。"

卫丞连连点头："所以我想请你出面，化干戈为玉帛。"

金燕子却说："男人和男人之间的战争会因为女人而起，但解决战斗，不需要女人。所以，你和董孟实之间想要解决问题，越光明正大越好，越不煽情越好。直截了当，直奔主题。"

卫丞也明白了："让他觉得这是在尊重他，而不是可怜他。"

金燕子笑着点点头。

董孟实从办公大楼里出来，有意无意地看了一眼门口的通知栏，依旧没有发现关于智慧车间竞聘结果的公示。他微微皱眉，往外走，迎面遇到了正往里走的卫丞。他故意装作没有看见，侧身往外走，没想到卫丞挡住了去路。

"咱们俩谈谈。"

董孟实不理他继续往外走。卫丞追上来，把那本《智慧车间技术调整方案》递到董孟实眼前说："新方案中我汲取了你的思路，你帮我看看。"

"没空。"

董孟实走到自己车边上，拉开车门坐了进去。卫丞从另外一侧坐在了副驾驶位置上，热切地邀请道："我想咱们俩应该从对手变队友，联手做成智慧工厂。"

董孟实依然拒绝："我不想和你联手。更不想被你拯救。"

卫丞却说:"联手是强强联合,你要没有两下子,我不会给自己找累赘。我不是救世主,没义务拯救谁。"

董孟实看着义正言辞的卫丞,气势有些收敛,但还是不愿再谈。卫丞拿过方案径直要求道:"你开车,我念给你听,同意的地方你点头,不同意的你就直说。"

董孟实看一眼牛皮糖一样的卫丞,一脚踩下油门,车子冲了出去。

一路上,卫丞抱着方案,特别认真地给董孟实念着。突然一个急刹车,卫丞差点撞在控制台上。董孟实盯着前方说起火了,卫丞这才抬起头。不远处的道路已经封锁,一幢30多层的高楼在25楼左右的位置燃着大火,窗口翻滚着浓烟,浓烟里不时吐着猩红的火舌,消防队的举高喷射车正在实施高空灭火作业,那臂架上"麓山重工"的标志十分醒目。

突然一声巨响,起火的楼层发生爆炸,整个铝合金窗户都被震了下来,随着爆炸产生的巨大气流一起砸在消防车的臂架上。臂架发生偏转,动不了,无法回位。

董孟实立即下车,先从后座上取出自己的工程电脑,又打开后备箱取出随车携带的安全头盔。卫丞不由分说也拿了一个扣在头上。两人朝着火灾现场冲去。

现场消防车周围落满了震下来的碎玻璃片,不少消防员也受了伤。正在操作车的消防员焦急万分:消防车的有线遥控操作盒失灵了。

消防员看着喷射水枪无法对准越烧火越大的窗户万分焦急,卫丞和董孟实冲了出来。两人你一句我一句解释自己是生产厂家的人,来解决故障。

还没等消防员同意,卫丞已经冲到车前,看了一眼死机的遥控器,又看了看操作箱,转头让董孟实指挥一下应急,自己去接入电脑查一下故障代码，确认是否是多路电磁阀被冲击了。

卫丞接过董孟实手里的电脑接驳在车辆的数字控制线上。而董孟实指挥众人先切断压力油，再按下急停开关让发动机熄火。

在董孟实的指挥下，消防官兵积极配合，迅速完成操作。卫丞也检查完毕，准备修改一下代码，重启一次。董孟实查出转换阀有点故障，中间位置不准确，要改手动控制。

他把事故点交给了一名消防员，自己来到座椅下操作液压手柄。

在两人的配合下，消防车重启成功，有线遥控屏幕亮了。消防员按下自动伸展臂架按键，但臂架运行缓慢，且不稳定，尤其是喷射不准确。董孟实判断，还是多路阀受到冲击后里面产生了碎屑。维修来不及了，只能启动应急手动配合。

卫丞为难地说："应急启动没有自动减速、安全控制，液压冲击会很大，动臂曲线很难掌握，稍有不慎，会出大事，我不行啊。"

"我来。"

董孟实换过卫丞，深吸一口气，开始一点点操作液压手动推杆，臂架缓缓地重新复位，将水准确地喷射到起火的房间里。待火势一点点变小，地面上相互配合的卫丞和董孟实已经被淋成了落汤鸡。

消防队的车库里，董孟实正在维修那辆受损的举高喷射消防车。卫丞拿着一个新的多路阀递过来，董孟实接过换上。卫丞依旧伸着手，见董孟实不动，便对他喊："拉一把啊。"

董孟实扭头看了看卫丞，又看了看自己满是油污的手，犹豫一下，伸向了卫丞。卫丞的手搭了上去，两人的手紧紧握在一起。

看着两人紧握的手，卫丞说："看来对手，也可以从握手开始转变的。"董孟实明白他还不死心。

卫丞还在说着："事实已经证明，我们俩联手是能牛皮哄哄的。"

他笑着看董孟实，但董孟实依旧没有点头，只是低头认真地维修起来。

卫丞恳切地说："孟实，麓山重工智能制造之路，不是靠我一个人可以踩出来的，是需要有你这样的一群人，向同一个方向前进。"

董孟实还是没有回答，转头呼叫消防员："车修好了，来试试。"

几个消防员从外面笑呵呵地走进来，对着两人竖起大拇指，称赞两人是他们见过配合最好的搭档。

"人家都看出来了，从了吧。"卫丞揶揄道。

董孟实终于松口，说："如果不能战胜对手，就加入对手中间。"

两人对视一眼，憋了半天才笑出来。

二十八

麓山重工的新厂房工地上一片繁忙。卫丞的车在工地道路上疾驰。车内金燕子打开一份聘书，看着上面"卫丞、董孟实"的名字，又看了一眼兴奋的卫丞，打心眼里替他高兴。她好奇地问："这排名有先后，以后谁管谁啊？"

卫丞说："我还是公司智能制造领导小组副组长。"

"那组长同志，你以后不能动不动就耍性子、发脾气啦。这不是搞科研，不能凭着感觉走，这是搞管理，'机器换人'，离不开人！"

卫丞看了一眼扮演主任角色的金燕子，两人都笑了。

"你带我来这里干什么？"金燕子问。

"看看我们的未来。"卫丞脸上阳光明媚。

金燕子看着正在施工的工地，无法理解这里有什么未来。

两人走进空荡荡正在装修的新厂房。

"这就是未来？"金燕子不解地问。听到卫丞肯定的回答，她忍不住说："你的未来够空虚的啊。"

卫丞拉着金燕子来到一侧的展板前，掀开了上面盖着的布。一张 i5 智慧车间的平面设计图出现在眼前。

金燕子惊道："全数字化！"

她问卫丞焊装有多少人。卫丞回答说要发工资的人，只有原来的三分之一，但多了十六个不发工资的自动焊接机器人。

金燕子看向卫丞问："你不用干活吗？"

卫丞递给她一副VR眼镜，然后说："我在FCC（工厂控制中心）干活啊。它是整个智能制造工厂的核心，也是串联起所有工序的指挥中心。"

这时，金燕子的VR眼镜上出现了模拟的FCC。卫丞接着解释道："我这里发出的指令，经过5G工业互联网，可以在20毫秒左右传递到上述8个中心、16条智能生产线、375台生产设备、上千台水电油气仪上，做到互联互通。"

金燕子不由感叹："你的未来真的很精彩。"卫丞笑了，伸手拉住了她的手，抚摸着那道伤疤，说："我们的未来也很精彩。"

方锐舟从i5智慧车间的平面设计图前缓缓转过头。卫丞和董孟实都期待地等他表态。"画得再好看，也没有真实触摸到机器的感觉好。"

卫丞急忙说，就盼着他早点拨款，早点购买设备，安装调试。

"填满这里需要多少钱？"方锐舟问道。

董孟实赶紧把《i5智慧车间投资预算以及设备整合、集成方案》递给了他："按照购买为主，整合一批，集成一批，优化一批原有设备的方案，总投资大约3.1亿元。"这个结果比卫丞原先的方案节省了不少，大家都松了一口气。

方锐舟抬头环视着空荡荡的厂房，若有所思。半晌，他问："未来麓山重工按照这个标准实现全面智能制造，需要多少i5车间？"卫丞回答他，至少要30个。

那就是100亿元。

方锐舟转身往外走，卫丞和董孟实对视一眼，赶紧追了出去。卫丞追上来道："方董，我们俩只要3.1个亿，不想那100个亿。"

"我得想啊。"方锐舟说。

卫丞努力争取道："我知道公司拿不出100个亿，但3.1个亿您是拿得出的。"

方锐舟看了两人一眼，拿着预算方案，快步上车，离去。卫丞不解地扭头看向董孟实。

方锐舟一边吃盒饭，一边端详着挂在墙上的全公司地图和麓山产业园规划图。万宝泉带着财务部蔡部长走了进来，汇报《i5智慧车间投资预算以及设备整合、集成方案》的审核结果。

蔡部长先是肯定了卫丞和董孟实功夫扎实，成本控制也不错，筹措3.1个亿应该没问题。

"如果是30个i5车间，100亿呢？"

方锐舟的问题让蔡部长一愣。他扭头看了一眼同样惊讶的万宝泉，不敢说话了。

方锐舟要同步启动智慧产业园。蔡部长却坚决摇头，借也好，贷也罢，算上政府"出城入园"补贴，要一次筹100个亿也不可能。

万宝泉用脚偷偷踢了蔡部长一下，被方锐舟看见了。他摆摆手，说要的就是真话，请蔡部长先回去了。

方锐舟端着饭盒凝视着厂区地图，突然问："宝泉，咱们周围楼盘多少钱一平方米？"

万宝泉还以为他要买房，说麓山重工所在的主城区，这两年房价翻了一番。

方锐舟没有理他，继续扒拉盒饭。

董事会上，方锐舟提议及早启动麓山智慧产业园项目，说出了100亿元的筹款目标。董事会成员纷纷反对，明明开始确定的是i5车间试点，怎么就变成大面积铺开了？

"先试点，再推广，确实是常用的稳妥模式。卫丞他们的 i5 车间建成投产，最快 8—10 个月，那时候我们再开始三平一通搞基建，再到投产，又要 3 年啊，我们等不起。"

即使方锐舟这样说，但他们又能从哪里弄 100 个亿呢？

方锐舟退了一步，陈述自己的计划：单做基础工程，大概 39 个亿，算上政府的入园补贴，还能省一点。

可这笔钱麓山重工依然拿不出来。

他示意大屏幕上播放公司的红线图，他比画着说："如果我们把厂史纪念馆以东，筹建的新办公楼以西，仓库以南的这片地卖了，应该够了。至于厂史馆，可以搬到产业园去重建。"

所有人都摇头反对，这让方锐舟十分不解。他双手扶着椅子就要站起来，但最后还是忍住了……

宋春霞连拉带拽地把黑着脸的马大庆，从车间工位上给推进了自己的办公室。刚关上门，马大庆恼怒地把安全帽重重砸在桌子上，吼道："忘记历史就等于背叛！"他对方锐舟要卖掉白鹤洞一事气得不行。

宋春霞劝他："他的想法也是好的，有了钱，早点实现产业升级。"

"缺钱你想别的办法啊，打白鹤洞的主意，没门，我马大庆第一个不答应。"

宋春霞为方锐舟的计划辩解："又不是拆了不要，只不过是换到产业园去。"

"那能一样吗？！白鹤洞是麓山重工的根，也是我爷爷牺牲的地方，当时他和战友被小鬼子的航弹给炸碎了，就埋在那里啊。你们现在把根刨了，换一个地方立块碑，那还是坟头吗？！"马大庆说着说着有些哽咽了。宋春霞也不好再劝，递了杯茶，让他冷静冷静。

马大庆没有接，有些抱歉地说："我知道这会影响卫丞的 i5 车间建设，但、但我没办法，这不是我一个人的事，这个厂七十多年了，三代、四代在厂里的多了，他们祖辈也在厂史馆里啊。对不起。"

马大庆看了眼为难的宋春霞，站起身来，拿着头盔走了。宋春霞端着那杯没有送出去的茶水，心里一阵茫然……

金燕子下班后朝着停车场匆忙走去。她拍开了卫丞的车门，着急地告诉他，马大庆和很多离退休老同志都反对拆厂史馆。要做通老同志的工作可是个难题。

卫丞不以为然道："老同志是喜欢回忆，可以理解，但光回忆，不发展不行啊。"

金燕子提议不如跟方董商量先做 i5 车间，产业园暂缓。

卫丞摇头："我原来也这么想，但方董是在下一盘大棋，他是对的。"

"那你也不能说老同志都不对吧？"金燕子将心比心，继续说道："数字化、智能化的麓山重工是很好，但老同志有几个会用智能手机啊？他们想象不出来 i5 车间到底是什么样子。"

她的话让卫丞陷入沉思。

厂史馆内，宋春霞指着墙上的一张老照片问方锐舟是否认识。照片上一群穿着新四军军装和工装的人正在干活。方锐舟指了指照片中左二的那个人，又指了指旁边一个生锈的老式台钻，说："他是马大庆的爷爷，麓山兵工厂第一代钳工，那个台钻就是他生前用过的，牺牲的时候马大庆的父亲才五岁。"

宋春霞对于方锐舟对厂史的了解程度大为吃惊。方锐舟又走到新中国建设时期的展览橱窗前，指着其中一张焊工的照片侃侃而谈。

"这是马大庆的父亲，一五计划时期进厂当焊工，最后是老八级退休的，如果再算上马炎，他们老马家是四代麓山人啊。"

方锐舟对宋春霞所说的一切表示理解，也明白老麓山人对厂史馆的情感，但这地还是得卖。

"我也很矛盾。按理说，我重新当董事长，该谨言慎行才对。但麓山重工要成为世界一流企业，不抓住智能制造这个互联网关键窗口期，一旦错过，再追就难了，有可能还需要一两代人的努力啊。"

方锐舟推心置腹的一番话，让宋春霞有了一些底气，她决定再去跟马大庆做做工作。

方锐舟感激地点点头。这时候，万宝泉慌慌张张跑了进来，说马大庆带着七八十名离退休老干部、老工人在厂史馆外静坐，反对把厂史馆这块地卖了。

方锐舟看了他一眼，眉头越拧越紧。宋春霞要去劝，方锐舟拦下她说："还是我去谈。"

宋春霞担心地说："马大庆和那些老干部、老工人都是天不怕地不怕的，您又坚决要卖地，这怎么谈？我担心会激化矛盾。"

万宝泉也劝道："宋劳模说得对，您还是别出去的好。"

"逃避解决不了问题。"

方锐舟从厂史馆里走出来，就见门口的台阶上整整齐齐坐满了老干部和老工人，他们穿着各个时期的工装，谁也不说话。

方锐舟推开了想拦在他前面的万宝泉，对他们说："各位老领导、老师傅，天挺热的，有什么事找我，可以去会议室谈。"可是所有人都没有动。马大庆摆了摆手，代表众人说："方董，道理很简单，这里是我们的根，至于在哪里谈，不重要，您就告诉大家一句话，这地卖还是不卖？"

"根在，大家就都知道自己从哪里来，但我们该不该问一问，我们要到哪里去。大庆，你爷爷那一辈想的是，自力更生，艰苦奋斗，赶走小鬼子；你父亲那一辈想的是，咱们工人有力量，改造得世界变了样；到了你这一代，追求'精于工、匠于心、品于行'的大国工匠。那么，下一代呢？是做世界一流企业啊。"

方锐舟说得很诚恳也很感慨，但是这些老同志依旧一言不发，无动于衷。在他们心中，方锐舟的信用已经因为搞"重工换金融"而所剩无几。有些坐在台阶上的老同志拿着拐棍开始戳地，发出砰砰的声响。

卫丞的车疾驰而来。他跳下车，打开后备箱拿出一筐 VR 眼镜，一边劝各位老同志不要上火，一边发眼镜。马大庆连忙表示大家并不是反对他那个 i5 车间，他们反对的是卖掉这里。

卫丞依然好声好气地劝慰着，请大家看看八个月后 i5 车间长什么样。说着他把手里 VR 眼镜举了举，身后的几个助手忙着给众人一一佩戴。马大庆想要拒绝，被卫丞给强制戴上了。

方锐舟不解地看着满脸轻松的卫丞，卫丞也把一副眼镜递给了他，说："最好的教育和改变是开眼界。赶紧戴上，五十块钱一台租的呢。"

方锐舟将信将疑地戴上了 VR 眼镜，卫丞按下了遥控器。马大庆跟很多老同志被眼前虚拟的画面吓了一跳。卫丞拿着小蜜蜂，看着手机里的画面，给大家解说道："一块钢板从最北边进入，经过数控激光、等离子切割机下料中心，变成零配件，往西进入自动除锈除氧化中心后，往南进入坡口铣边、卷板、变位中心；往东进入焊接中心，由你指挥焊接机器人负责所有焊装，最后再往南运往数控镗铣中心进行精加工，然后工件抛丸、喷砂中心，运往涂装中心，再回来之后，由南门进入最后总装中心。"

当卫丞的解说结束，人们摘下 VR 眼镜之后，都揉着眼睛感叹着刚才看到的逼真景象。马大庆想着 VR 眼镜中展现的车间，问："八个月之后，你那个车间就这样？看不到几个工人了？"

"日本 1984 年就有了实验用的无人车间了。"

听到卫丞这话，马大庆等人全都沉默了，有的互相看看，有的接着看 VR，越发纠结。

卫丞再接再厉劝说道："从时间轴上看，今天的竞争像是龟兔赛跑，乌龟想赢，不能寄希望于兔子会睡懒觉吧，只能搭上数字化这班快车。用两年时间，建成三十个 i5 车间，产能提高五倍，那时候，我们可以骄傲地跟前辈说，我们没有辱没你们的英名。但这需要钱，需要卖这块地。"

卫丞的话和刚才的 VR 眼镜短片让众人产生了触动，大家交头接耳议论着，但是依旧没有人说要放弃。方锐舟和卫丞的笑容和自信一点点消退了。正当焦灼的时候，一辆救护车开了过来，金燕子和护士把坐在轮椅上插着氧气管的明德江给推了过来，方锐舟一见赶紧蹦起来，跑上前去接应。

明德江的突然到来，让老同志们心里咯噔一下，不少人站了起来。明德江请大家坐下，说："我也就不站起来了，也站不起来了。咱们麓山重工凭着大家身上那股子'狭路相逢勇者胜'的劲头，走了七十多年，但到今天，互联网时代，狭路相逢勇者胜就变成智者胜。我今天来就是跟方锐舟和卫丞提个要求，我努力活两年，你们能让我看到三十个 i5 车间吗？"

方锐舟和卫丞看着殷殷期待的明德江，一个劲地点头。

明德江转过头，对着老同志们说："各位老哥哥、老姐姐，咱们能不能也给他们两年时间，让他们帮着我们，帮着我们的先辈，做个好梦，做个大梦。"

空气瞬间凝固了，现场没有一丝声响。半晌，老同志们缓缓站了起来，马大庆带头鼓掌。

卫丞紧紧悬着的心终于落下来。

朱可妮推着一辆尾座上挂着大菜筐的二手电动车在菜市场穿梭，不时停下跟菜贩子讨价还价、上货。她从鱼贩手里接过装鱼的袋子，突然愣住了，眼睛发直地看着远处。人群中，站着同样凝视着她的马炎。朱可妮眼泪夺眶而出。她把车靠边一放，不管不顾冲了上去，可是到了面前，却站住了。

她看着马炎说："你再不回来，我就真撑不住了。"

马炎也看着她说："你不用再撑了，永远不用再撑了，现在有我了。"

朱可妮一下子扑在马炎的怀里，痛痛快快把委屈都哭了出来。

夜深人静。马大庆独自一人背着一个双肩包，手里拿着一把小铲子来到了厂史馆外。他闭着眼，嘴里嘀嘀咕咕几句之后，放下包，拿着铲子就要铲土。突然，铲子被一只手给抓住了。他扭头一看，竟然是马炎！他立刻紧张地问："你怎么出来了？刑期未满啊。你不会是……"

马炎忙说自己减刑了。马大庆手里紧紧握着的小铁铲耷拉了下去，松了一口气。

马炎看出父亲是想带点这里的老土铺在新厂史馆的地基里。他从父亲手里硬夺过了铲子，在厂史馆的墙根处铲了几铲子土，放进了父亲的背囊之中，自己背着，跟父亲一起往回走。

马大庆问起他今后有什么打算。马炎说还没想好。马大庆提议他去卫丞的i5车间试试。

"我能自己养活自己。"

马大庆不太相信地看着自信满满的马炎。

朱可妮拽着有些拘谨的马炎走进了一家出租车公司。经理看完马炎的简历后直摇头，不愿意聘用有犯罪记录的人当司机。

两人垂头丧气地走出来，马炎两眼发直，朱可妮心痛地拍了拍他的手背说："我给你买车，咱们干网约车，不受他们的气。"可开网约车也要跟第三方平台签约，马炎拿出那份简历，苦恼一笑。"刑满释放"四个字，永远跳不过去了。

马炎愣了一会神，伸手把简历给撕了，下定决心说："那就不跳了，守着老婆，守着'金饭碗'好了。小猪老板，收不收我这个伙计啊？"

"先试用一个月。"

两人脚下互相踢着，幸福地笑了。

落日余晖长长地映照在i5车间新厂房内，给各种正在紧张调试的设备镀上了一层金。金燕子骑着小电驴飞驰而来。她停下车，急急忙忙跑到焊接机器人调试平台，气还没喘匀就拿出一袋槟榔递给技术员，然后拿起本子和笔准备记录。

她刚问了技术员两个问题，发现卫丞不知道什么时候站在了身后。卫丞让调试技术员走了。

见金燕子一脸不悦，卫丞笑道："哎，你这么想学，干脆你调过来得了。"

金燕子看着卫丞轻松愉快的样子，不禁为他着急。车间现在铺了几百台设备，可干活的人却还没有。这时，董孟实从外面走了过来，但他注意到金燕子也在的时候，停下了脚步，转身往回走。卫丞叫住他，信心满满地请他给金燕子"透露"一下人员招聘的情况。董孟实却宣布了一个坏消息，他说："截止到刚才，主动来报名的就只有几个。我看中的那些技术骨干，各个分公司、车间都不放。"

刚才还挂着笑的卫丞，一下子惊了，完全不能理解这种状况。无论从环境还是技术能力来说，这里都要好得多。但他们看中的那些骨干在原来的部门拔尖，升职加薪的机会大，把他们这些人都圈到这里来，竞争就太大了。卫丞急得要去找方董搞强制调动。金燕子劝住了他，并给他指了条路：卫冲之负责的职业技术学院马上就有一批学员毕业了。

麓山职业技术学院里，第一批学员的毕业仪式正在进行。在热烈的掌声中，学员们从卫冲之手里接过了毕业证。卫冲之与他们一一合影，握手。很快就到胡登科了。

胡登科发现卫冲之正看着自己，赶紧跑上前接过毕业证。他大喇喇地问："校长，上次明董说毕业了，拿到技师资格证了，调一级工资，现在方董还认吗？"

卫冲之笑道："地都敢卖，这点账他能不认？"胡登科满意而回。

等学员们都领完毕业证，卫冲之对他们说："虽然大家毕业后不用找工作，但我还是跟大家推荐一个地方，下面请 i5 智慧车间主任卫丞同志来给大家介绍一下情况。"

卫丞走进来介绍道，i5 车间提供的岗位除 6 名普工外，剩余 60 人全部要求是技师以上，在座的都符合要求。胡登科质疑，这个人数相比试验车间减少了 60%，产能想必也高不到哪里去。技师的主要收入都是计件工资，这样没钱挣。卫丞承诺 i5 车间第一年的产能比原有要翻一番，第二年翻两番。大家都不敢相信。

卫丞打开投影仪播放 i5 车间模拟视频，说道："胡登科，你是见过数控镗铣工作站的，我车间里有 4 套，共计 16 条智能生产线、375 台生产设备，它们的保证算吗？"

"算。"胡登科也承认智能生产的效率。

"既然都是有手艺的人，比谁快不是本事，要比质量，从 i5 车间开出去的挖机，必须达到 3000 小时无事故，否则，追查到人，从我到当事人一律重罚。"

卫冲之闻言有些担心，问："是不是标准太高了，处罚也太严了？"

卫丞却坚持说："质量不能妥协，要么 100 分，要么 0 分。我这里有报名表，大家可以来领取。"

绝大多数人都低下头，没有人上台来领表格，胡登科也溜走了。

精神病院院子里的长凳上，胡登科从双肩包里一样一样往外拿着保温盒，打开全是他做的餐食。

胡登科把一本自动镗铣机床操作证和麓山重工职业技术学院的外语结业考试成绩单亮给妻子看，使劲挤出八颗牙齿的笑脸，说："我毕业了，拿证了，涨了两档工资，还发了1000块钱，我现在有本、有证了，今后的日子只能越过越好，咱们家的这点事你就别老放在心里了啊。"

肖月琴放下刚刚端起的碗，沉默地看着胡登科发了下呆，又从口袋里拿出两个隔音耳塞，说："议论太多，听多了吃不下饭。其实这东西，就是一个掩耳盗铃的心理安慰。真要别人看得起，还得咱们自己够强大。我听说卫丞那个i5车间是全公司最先进的地方，你到那里不是能学更多本事吗？"

胡登科却以那里的压力太大为由拒绝了。

肖月琴想说什么又忍住了。她无意间看见一辆驶过的车窗户里扔出来一个抽完的烟头，赶紧放下碗就去扫地，突然一台车冲出来，一声刺耳的急刹后，肖月琴被撞倒了。胡登科瞪大双眼，冲了出去，一边查看肖月琴的情况，一边拨打120。

肖月琴额头上裹着纱布，正在接受医生给她的手戴夹板，一旁的胡登科心疼得要命，埋怨着临时工怎么不能算工伤。这时护士小陆来看望他们，说院里给肖月琴认定了工伤，院长问她还有什么要求。胡登科趁机说应该恢复肖月琴的护士工作。小陆答应去跟院长说，却被肖月琴阻止了。她谢过医生，说："让人尊重是件很难的事，靠卖惨换，只会更惨。咱们回家吧。"

二十九

卫丞一边吃着饭，一边跟董孟实视频通话。视频里，董孟实面有难色地说车间目前采用"人工组焊＋机器人满焊"的焊接工艺，确实只是部分自动化，转台的焊接合格率不足也在所难免。

卫丞问焊装负责人有什么建议，董孟实无奈地摇摇头："他说，他只是按指令干活的，修改技术方案的事，不归他管。"

"那他跟机器有什么区别，他……"

卫丞刚要发火，旁边的金燕子踹了他一脚，他这才压住火挂了电话，完全没有心思吃饭了。金燕子不搭理他，看着设计手册出神，指着上面的图纸，说："原来一直就是这么干的，他干的也没错。"

卫丞眼一瞪，那是他干设计的错了？金燕子还真点头说是，并指出他在设计之初没有多征求焊工的意见。人工组焊多是因为自动焊机的定位轨迹不能太复杂，而大型工件变换位置之前没有协调好。

卫丞被她说服了，这才凑过来看着她指的图纸，示意她接着说。金燕子继续道，应该改成"边抓边焊＋自动输送"，抓是关键，抓准是难点。

卫丞对着笔记本电脑一顿操作之后，追问道："在这里，我要是增加一台搬运机器人，配合两套变位机呢？"

金燕子瞟了他一眼后，端起碗开吃，不再搭理他。

i5 车间里，到处都在安安静静地进行调试工作。卫丞、董孟实和金燕子以及工程技术人员正在焊装机器人处做转台焊接的改进。

董孟实对卫丞将机器人、变位机和AGV小车集合以实现边抓边焊的改进称赞不已。卫丞却道这是金燕子的主意。

她连忙摇头道："这些东西我哪里懂啊，我只是把焊工的经验、痛点和解决思路说了啊。"

卫丞却说这恰恰是最关键的一点。他想从今后i5车间工资定级入手，规定能操心、能着急、能解决问题、出手快的多涨工资。金燕子和董孟实都泼了他冷水：工资体系是全公司一盘棋，他没资格搞特殊。

"那我有权力把金燕子挖过来吧？"卫丞有些不甘地说。

金燕子瞪着眼睛看他，他看着董孟实，董孟实迟疑片刻还是点了点头。卫丞终于满意了。

金燕子打岔说还要把电流参数改一下，便拉着董孟实一起去调整自动焊机的参数。待两人调试好参数，按下开机键，转台焊接生产线开始启动。

卫丞见机器调试完毕，便对助手说请供货商来人对调整的这几台设备进行技术升级。他保持着谨慎，拒绝了金燕子关于远程升级的提议，坚持请厂家上门升级。金燕子对他这番操作很是不屑。

联合环卫的焊装车间里，金燕子正在检查焊装工件。她不时看着手表，略显焦急。终于电铃响了，她通知车间今晚厂家要升级系统，不加班了。大家纷纷按照她的指示收拾好设备。

待一切都准备好，金燕子这才拿出手机给厂家工程师打电话，得知对方工程师因航班取消今晚来不了了。她扭头看了一眼正在往外走的工人，急道："您早说啊，我都通知大家下班了，我的生产进度耽误了谁负责啊。大家拿不到超额奖金，会骂人的。"

电话那头，工程师提议要不今晚用远程升级的办法来操作。金燕子迟疑了一下。会不会有风险啊?

"理论上有一点,但你们就是生产环卫设备的,又不是航天飞机,谁要黑你们啊。"

金燕子一想也是,便一边接着电话,一边往控制中心的机房走去,按照他的指示把控制中心服务器的网线连接到了外网路由器上。

金燕子在车间控制中心紧张地盯着服务器升级的进度条。突然的敲门声让她一惊,赶紧扭头,发现是提着一塑料袋外卖的卫丞,不知道什么时候已经站在门口对她微笑。

看到她不安的样子,卫丞便说:"别紧张,我知道在这里不能吃饭,会罚款,我等你弄完,外面吃啊。"说着把宵夜放在外间桌子上,不请自来地往里走。突然他发现主机正在升级,四下一看,屋里就只有金燕子一个人,他立刻问是谁在做设备升级。得知是厂家技术员在做远程升级,他心头一紧,上去就把网线给拔了。

金燕子急得去推他,却被他教训道:"我跟你说过没说过,远程升级存在技术风险,存在漏洞,存在被黑的可能性啊!不要以为机器生产机器,只要电脑,不要人脑了!人脑不行,什么都不行!"

卫丞的指责让金燕子的火气也起来了,她一把夺过网线,正要插回去,被卫丞再次制止。两人一番争执后,卫丞放话说黑这个系统真不难。不等金燕子回答,他坐下拿出自己的笔记本电脑,操作起来。他看了看金燕子,让她去开一下 3 号焊机,看看是不是偏移了原来的轨迹。金燕子将信将疑地跑出去开机,试了一会,竟然真的偏离了 10 个毫米。

卫丞把电脑转过来,给机房外的金燕子看页面上 10 毫米的数值。金燕子大吃一惊,同时又感到疑惑。这里并没有什么核心机密数据,黑客为什么要黑呢?卫丞回答不了这个问题,先专心恢复校准参数。不一会儿,他对着外面的金燕子做了一个手势。

"回位了。"金燕子惊喜地说。然后她按照卫丞的指示一台台检测其他机器。突然其中一台机器人手臂胡乱地动了起来，差点打在她身上。两人试图关机却关不了。

机械臂打在工件上，擦出一串火星子。

卫丞急忙喊她拔掉电源。

趴在地上躲避机械臂的金燕子瞅准一个空，一下子拔掉电源，机器人停止了。

卫丞长长出了一口气，跑到外面把金燕子扶起来。金燕子看着眼前一片狼藉，脸都吓白了，声音微微有些发抖，她真的害怕了。卫丞也心有余悸，说："如果这事发生在明天上班时候，你就得抬几个人进医院了。"

卫丞看了看快要吓哭的金燕子，既生气，又心痛。他拉住她的手，交代她先给公司领导报备，然后报警。自己今晚跟警察一起，争取边查案，边恢复生产。

收到安慰的金燕子点点头，颤抖着拿出手机报了警。

操作室的玻璃外，金燕子和经理看着卫丞配合警察一起边追查黑客边恢复系统。经理着急地连连擦汗。

黑客是两名网络技术专业的大二学生，不懂相关法律规定，出于无聊和好奇攻击了厂里的系统。众人得知后都气愤不已。警察找到他们，顺着他们发的攻击代码，将隐匿的病毒一一清除，在卫丞的配合操作下终于将系统恢复了正常。

卫丞试着问警察："我这里全部恢复了，您看能试机吗？工厂的生产不敢停，损失太大。"

见警察同意，卫丞笑了，金燕子和经理也大喜过望。

天刚蒙蒙亮，卫丞、金燕子和经理把忙了一个通宵的警察送上了警车，并连连道谢。

金燕子对这次事故愧疚不已，主动找经理要求处分，经理却只顾着感谢卫丞。卫丞把经理拽到一边，说金燕子脸皮薄，你不处分她，她自己都要处分自己，不如让她去i5车间，换个环境。

戴着老花眼镜的宋春霞正趴在办公桌上填写《延迟退休申请表》。敲门声传来，她头也没抬，说："没关门，敲什么敲。"门口胡登科蹑手蹑脚走进来就要关门，宋春霞见状问他有什么话要背人说。

"我想去i5车间。"

听到他的话，宋春霞一愣，把眼镜摘下来放在桌子上，打量着他，说："那地方对技术工人的要求很高啊。"

胡登科立刻挺直了腰杆，一本正经地念道："与虎狼同行，必是猛兽。卫丞说得挺有道理。"

宋春霞饶有兴致地看着有些唐突和冲动的胡登科，问他豺狼虎豹，想当哪个。

胡登科拿出手机，递给宋春霞。他指着一张截图说："我查了一下，这句话前面还有一句，与凤凰同飞，必是俊鸟，我当那个俊鸟。"

宋春霞站起身来，围着有些反常的胡登科看。胡登科被她看得有些别扭，便说这些话是肖月琴教的，说他要想被人看得起，就要学真本事。但上次卫丞去学校招人时他拒绝了，所以，请师父帮忙说句话。

宋春霞欣然承应。

董孟实和卫丞走出车间，正说着金燕子要调过来一事，就见宋春霞和胡登科走了过来。

宋春霞把胡登科往前一推："他明天开始到你这里来上班啊。"

卫丞犹豫着不愿接收，董孟实却道："反正到现在也没有什么人报名，胡登科能来，还往外赶啊？"

胡登科喜得对他连连道谢。

宋春霞听卫丞说 i5 车间招不到人，便到方锐舟办公室找他了解情况。卫丞想去各处"掐尖"，人家自然不愿放人。方锐舟也很无奈，他总不能下行政命令逼着人家去。

看宋春霞也满脸为难，方锐舟按下这个话题，问起她怎么迟迟不交延迟退休申请。

"你是全国劳模，又是带括弧的副处级车间主任，你只要申请，可以干到 60 岁的，完全不违反政策啊。"

宋春霞看着方锐舟，郑重地提出了她的想法："方董，其实 i5 车间就是未来的试验车间。能否将试验车间整体划入新的 i5 车间？这样人手问题、建制问题，全都解决了。"

方锐舟一听，先是赞同，随即又迟疑道："那你怎么办？"宋春霞说自己要按时退休，方锐舟执意挽留。宋春霞给他分析情况，说："试验车间有 166 人，i5 车间只剩下 50 个空缺，剩下这 116 人要分流、转岗，甚至辞退，牢骚怪话肯定少不了。我光让人家理解'机器换人'，服从大局，自己延迟退休，这工作没法做啊。"

谁都不想来当这个恶人，宋春霞也不想争，但她必须这么做。

宋春霞一个人躲在办公室里捧着试验车间的花名册，站在二楼看着打卡下班的工人，嘴里一个个念叨着他们的名字：小五子，老孙，江跃龙，徐永富，曹淑珍……

她有些念不下去了，于是转开视线，就看到马大庆正在跟徒弟邓二民发火。

"这焊缝丑得我胃疼挛啊，还没有懒婆娘用脚丫子夹着焊条弄出来的好看。重焊！"

邓二民争辩说检验员都让合格了。马大庆寸步不让，一定让他重焊。

"手工焊得再好，也没有机器焊得好看。"邓二民不服地说。

"手艺就是脸。"

邓二民指着不远处好几台自动焊机，摇摇头说咱们都要被机器干掉了，就别说脸不脸的了。马大庆火一冒，抡起大锤就要砸焊件，被冲上来的宋春霞拦住了。

宋春霞把邓二民赶回了家，看马大庆依旧气愤不已，她劝道："虽然说焊缝就是焊工的脸，可你这么大声地训人，全车间都能听见，他也没脸啊。焊缝不漂亮就多打磨一下喽。"

马大庆啐道："手上没本事，就脸蛋子光，有屁用啊。早晚都被机器干掉。"

他放下大锤，看了看焊缝，叹了一口气，拿起打磨机要干活。宋春霞犹豫着要不要跟他说"机器换人"的安排。这时，金燕子跑了过来，请他帮忙加工一个急件。她那里的自动焊机最薄只能焊50丝（0.5毫米），而这个工件的厚度只有10丝。

听到这个厚度，马大庆将信将疑地转过身，拿着工件看，果然比A4纸还薄。他又接过工艺图纸看了一会，带着跃跃欲试的表情转身要走。宋春霞抓住他，瞪着金燕子说："干砸了，你师父没责任啊。"

金燕子讷讷地说，那让厂家发新的货。她上前要接过马大庆手里的工件，马大庆不撒手。

他推开金燕子，往精密焊工房走去。金燕子看着一脸为难的宋春霞不知如何是好，就听见马大庆叫她："还不过来打个下手，顺便偷师学艺啊。"

金燕子拔腿就跑了上去。

马大庆戴着老花眼镜，反复看着工艺图纸，又举着薄薄的板型材料看，身边的金燕子仔细整理着冷焊机和焊枪，不时担忧地看向师父。

焊工是个精细活。干活的时候就是一口气喘得不匀，都有可能烧穿材料。即便是小电流、低气压的控制，引弧的方法，距离的把握，手法的稳定都是挺大的考验。尽管马大庆是个老焊工，但这样的活他其实也没正式地干过，只是私下里练过。

金燕子安慰他自动焊机都干不成的，他不干也没人说闲话。

"啥叫工业，啥叫工厂，没有工人，啥也不是。"

马大庆活动了一下手的各个骨关节，深吸一口气，接过金燕子递上的焊枪和极细的焊丝看了看，把面罩戴在头上，但没有合上。他对徒弟说："今天这课的主题是，无论成败，咱们当焊工的，有委屈，有眼泪，只能在面罩里面流，摘下面罩就必须笑。"见他对着另外一副面罩努努嘴，金燕子赶紧戴上。马大庆瞟了一眼站在门外忧心忡忡看着里面的宋春霞，憨厚地一笑之后，合上了面罩。他娴熟地按下焊枪开关，先把里面的氩气放出来，然后拿着焊丝在瓷嘴上一划，啪的一声，起弧了。

两个人的面罩上，倒映着炫目的火花……

站在精密焊工房外的宋春霞看着马大庆起弧之后，更加紧张了。她想看又不敢看，转过身去看着静悄悄的厂房，调整着自己的呼吸，手又开始抖了起来。她用另外一只手抓住了发抖的手，一点点控制着……

闭上眼睛的宋春霞靠听力感知屋里电流声和焊接的"啪啪"声响。突然声音停止了，她没敢睁开眼睛，竭力用耳朵搜索"可疑"的声响。

"吱"一声，门开了。宋春霞快速地转过身去，问："怎么样？"

马大庆摘下手套，给宋春霞按摩发抖的手。金燕子拿着工具和图纸满面春风地跑出来，激动地说："别说烧穿，就连变形都很少，太漂亮了！"

宋春霞挣脱开马大庆的手，上去仔细查看工件。漂亮的焊缝，没有变形的工件堪称完美。

她赞叹马大庆三十多年的焊枪没白拿。马大庆骄傲地说："只要手上有本事，这饭碗机器它就抢不走。"说完，他突然想起马炎让他们今晚去金饭碗吃饭，说有重要事情要说。他脱下工作防护服，扔给金燕子，拉了一把宋春霞就走了。

马大庆和宋春霞从出租车一下来，就被金饭碗餐厅前围着的人群给吓了一跳。担心又出了什么事，马大庆紧张地要往里面走，宋春霞一把拽着他，微微摇着头。

"人扎堆，能有什么好事啊？"马大庆说着就往人群里挤了进去。

朱可妮站在店门口，对着人群一挥手，然后把手机支架立在门口，开始直播。

顶着绣有"马大勺"三个字的厨师帽的马炎，拿起一瓶酒洒在一辆小挖机的挖斗上，用火柴点着了，火苗一蹿老高。他对着镜头吆喝道："各位老铁，消毒完毕，开干。"

马炎点着了前方一个巨大的煤气炉灶，两个店员抬着一口大锅搁在上面，朱可妮提着油桶往里倒油。马炎启动挖掘机，在挖斗前绑着一个大号马勺，开始往锅里下配料，八角、桂皮、葱姜蒜、辣椒下锅。他操作的挖机在大锅里翻炒配料，把挤进来的马大庆和宋春霞都给看傻了，一时弄不清这是在干什么。

马炎把挖机上的大马勺给去掉之后，店员把一大盆小龙虾倒进锅里。马炎开着挖机用挖斗在大锅里炒起来。

马大庆惊呼："胡闹，这不把锅底给弄穿了啊。"宋春霞指着周围让他看，只见人人拿着手机好奇地拍摄着，围观的人越来越多。马大庆不解地看着儿子，又看看周围拿手机拍摄的人们，他们脸上全是笑容，就连宋春霞也拿着手机开始拍摄了。

随着马炎一声有板有眼的吆喝，挖机在他的操作下将大锅里的油爆小龙虾盛出来装在大盆里。马大庆还在对这锅小龙虾将信将疑，马炎向围观群众宣布：金饭碗餐厅正式开始做宵夜了，今晚每桌客人免费一份马大勺做的挖机小龙虾。不好吃，全桌免单！

马大庆对他的大方急得够呛，但身边很多人，尤其是年轻人都往店里走去。摆在外面的桌子，还遭到哄抢。

马大庆摇摇头，老了，看不懂了。

马炎推着马大庆往店里走，说："爸，那个焊工咱不干了，您到我这里帮忙吧。"

"工人阶级领导一切，到这里来被你领导？乱套了。"

宋春霞跟在身后没有说话，眼中流出一丝隐隐的忧虑。

金燕子和卫丞在车间外的小桌子上吃盒饭，盯着手机看小猪的"马大勺"直播秀。

两人一边为马炎的想法叫绝，一边也为他操控挖机的功夫叫绝。卫丞突发奇想：邀请马炎来当试车员。

金燕子劝他别打人家主意了，人家这恩爱秀得就是开夫妻店了。

卫丞扭头看了看车间里满是设备，却没有人的现状，叹了一口气。零打碎敲地找人、挖人，不是办法。

试验车间里，马大庆拿着工艺图纸边看边走，迎面过来了穿着白衬衫、皮鞋锃亮的胡登科。他说自己是来办调动手续的，去i5车间。

马大庆诧异地打量着胡登科。胡登科赶紧把手里的调动报告给他看了一眼，让他看宋春霞的签名。马大庆不禁问："我看过他们的动画片，真有那么好吗？"

胡登科扯扯自己的白衬衣领子，说："吃了烤鸭，你让我再说窝头好吃，那就有点昧良心了。别的不说，在那里工人可以穿白衬衣。"

此时，有一名职工从宋春霞的办公室骂骂咧咧走出来。她门口还聚集着几名愁眉不展的工人，都在为转岗的事闹着，还有人嚷嚷着宋主任把名额都留给了关系户。

马大庆不解地扭头问胡登科怎么回事。胡登科却一脸为难，不知如何给他说。

办公室里边，宋春霞正在和青工邓二民进行转岗培训的谈话，马大庆砰的一下推开门就进来了，把他赶了出去。迎着宋春霞不解的目光，他拉过凳子，坐在了她身边，柔情似水地看着妻子。宋春霞一下子有些不适应，躲避他的目光，说自己确实有点以权谋私了。

马大庆接过话说："为此，你把合规合理还合情的延迟退休都放弃了，大家可不会领你的情。老宋，你真想退休吗？"

宋春霞说自己只是累了，想回去给他做饭了。马大庆有些心疼，她没有必要做恶人。

宋春霞说："一代人有一代人的使命，试验车间是咱们的，i5 车间是孩子的。交棒的时候，能给孩子们减少点障碍，孩子们能少为婆婆妈妈的事劳神费力，咱们就算是站好最后一班岗了。"

这时，马大庆提出想去 i5 车间看看。

宋春霞陪着马大庆来到调试中的 i5 车间参观，一辆装货的 AGV 小车对着马大庆驶过来，他好奇地看着，AGV 小车竟然在他面前停住了。宋春霞介绍说以后搬运重物、零配件什么的，就不需要人工了。

马大庆发现自己的眼睛不够用了，全是新东西，全是他以前没有见过的，甚至工人的人数都非常少。他看见底盘安装竟然是无人化操作，激光自动对齐，以前两个小时才能装上，现在只用十分钟。走进喷淋室、烘干检查房，他被密密麻麻的灯管吸引了，惊叹道："如果没有挖机，别人还以为这是造高级小汽车的呢。"他摸了摸设备，吃惊于它的干净程度。

两人随后来到焊装部分，金燕子正在跟技术员调试设备。一排焊接机器人在金燕子输入的指令下，有条不紊地干着活。马大庆习惯性地看了看焊缝，满意地点点头。这时金燕子发现了他们，刚要放下手里的工作，被马大庆制止了："设备再先进，当工人的规矩不变，干活不聊天。"金燕子点点头，继续干活。

马大庆环视现代化的车间，不禁对宋春霞感叹："老宋，原来咱们进厂时讲究的'一门手艺，端一辈子饭碗'，到今天可真有点不适用了。"他决心和宋春霞一起退休，这样处理起问题来就没有那么多顾忌了。

两人对视一眼，心迹了然。

落日余晖映照在宋春霞脸上，她闭着眼，嘴里嘀嘀咕咕念着什么，又缓缓睁开眼，把眼前试验车间的人员花名册缓缓合上。她拉开抽屉，从里面拿出来那个錾刻着自己名字的铣刀，用手摩挲着，略略感伤。

她拿着铣刀，站起身来，环视一下办公室，离去。

她走进试验车间，此时早已无人了，到处安安静静，偶尔传来外面一两声鸟叫。

身后传来马大庆的声音："我还怕你拿不下东西，特地来帮你搬呢。"

宋春霞举起手里的铣刀，说："一辈子都留在这里了，没有什么可拿的啦，只把这个带回去吧，未来谁也不会再用这样的铣刀了。"马大庆想了一下，转身就往自己的工位走去。他打开柜子，从里面把自己那顶老式焊工的防护面罩给拿了出来，拍了拍上面的灰，说："这种老面罩，以后他们也不会用了。"

宋春霞想起这是马大庆父亲留下的，上面还有一排字。马大庆把手柄翻过来，露出刻在上面的那排字"做人做事，骨正心平"。

"做人做事，骨正心平。咱们做到了。"

宋春霞微笑着点点头，挽住了马大庆的胳膊。两人靠着工作台看着安静的车间和那些不会说话的机器。

"马炎和卫丞赶上好时代了，啥梦都敢做，最关键的是梦做了，还都能实现啊。"宋春霞不无羡慕地说。

"他们有他们的美好，咱们也有咱们的光荣。拍张照吧，咱们这一代工人，没白活。"

马大庆拿出手机，在夕阳里跟宋春霞一起自拍了一张甜蜜的照片……

设备全部调试安装完毕的 i5 车间内，穿着崭新工装的卫丞和董孟实从列队整齐的全体职工面前走过。卫丞注视着每一张陌生而熟悉的脸，站定后说："从试验车间转来的 55 名同志请举一下手。"

胡登科第一个举起了手，其他人也跟着举手。

卫丞看着他们，说："为了我们 55 人，试验车间有 111 人作出不同的'牺牲'，尽管我们是技术尖子，是承载麓山重工梦想的人，但不知感恩、不通人情的梦想，不值得称为梦想。"

金燕子带头鼓起掌。

卫丞又说："我再请问大家，我们劳动的目的是什么？"

胡登科立刻嚷着"挣钱啊"。大家哄笑，卫丞也笑了，他接着道："挣钱没错，生产好车、一流的车也没错，但核心目的是生产身份。"

这话让众人有些摸不着头脑。董孟实上前解释道："是每一条焊缝，每一个镗孔，每一次下料、装配都零差错的工匠身份；是人机协同'不是精品，就是废品'的极致身份。"

金燕子提议说："我去过南京，看过 600 年前明城墙，很多墙砖上都铸有生产地、时间以及工匠姓名等信息，我也见过我师娘那把錾刻名字的铣刀，我们可不可以在每一道工序完成后，也在工件上用激光打上自己的名字或者工号。"

董孟实故意问，是否为了方便追责。金燕子举起胸前的工号牌说："是为了告诉所有人，这车是我造的，我骄傲。"

麓山产业园内鞭炮齐鸣。邱沐阳、方锐舟和麓山重工一众董事会成员，拿着铁锹来到"麓山重工智慧产业园"奠基处。待万宝泉宣布培土奠基开始，大家拿着铲子正要培土，方锐舟举起了手。

"等等，还有东西呢。"

万宝泉赶紧提了放在一边的一个袋子跑了过来，送到方锐舟手里。方锐舟打开袋子，露出黄土，众人的脸上都是疑惑。方锐舟解释说马大庆委托他把白鹤洞老厂史馆的土带到这里来，他答应了各位老同志，这个位置是未来新厂史馆的地基。

邱沐阳立刻赞扬道："做得好。历史从来就不是我们的包袱，是财富，没有一代代麓山人坚定不移地突破高端制造，中国制造的'脊梁'是挺不起来的。"

邱沐阳和方锐舟把老厂史馆的土均匀地洒在基座上，众人一起培土，为这片承载了麓山重工历史的新土地奠基。

三十

金饭碗餐厅外围了很多人，随着马炎一声"起菜"响起，掌声也响了起来。

很多慕名而来的年轻人跟"马大勺"马炎在挖机前合影留念。马炎两只手始终放在身前，露出职业微笑。在不远处看着的朱可妮笑了一下，走到他跟前说："笑得挺好看啊。"

"塑料花也挺好看的，没办法，生意啊。"马炎无奈道。

朱可妮劝他别干"马大勺"了，店里生意已经比以前好做多了。马炎却说："答应你的房子还没买呢，不挣钱行吗？"朱可妮还要劝，但又有人上来要跟马炎合影。

到了休息时间，马炎坐在餐厅的角落里等着吃饭。他看着桌上的筷子筒，便拿出两根替代操纵杆进行训练。小臂向外、大臂举升、斗铲倾倒……他的动作迅速而干练。

朱可妮端着饭菜走了过来，看着马炎这么着魔地练习，有些心痛和不忍。她知道马炎每天作为"马大勺"过得不开心。

她放下饭菜，抓起马炎的手说："你这双手不适合干厨师，你还是去i5车间当一名试车员吧，干你喜欢干的事，那里有你的理想。"

"我这身份，人家也不会要啊，就算要，又有什么理想可言呢？还不是单调、重复，没有挑战性。"

"有挑战性的就是不知道你敢不敢去干啊。"

马炎扭头，看到卫丞提着一个袋子站在身后，朱可妮赶紧站起来打招呼。卫丞对她笑了笑，坐在了马炎身边，然后从袋子里拿出一个遥控挖掘机玩具摆在桌子上，操作两下之后把遥控器递给马炎。马炎对这个幼稚的玩具嗤之以鼻，却听到卫丞说："如果把门口那台挖机变成遥控的呢，而且距离是 1000 公里，遥控施工，你想玩吗？"

马炎看了看玩具，又看了看门外面那台挖掘机，将信将疑。

卫丞解释说他们现在正在跟华为合作，准备为危险、污染等工况研发无人挖掘机，需要熟悉挖机又能将挖机潜能发挥到最大程度的操作手配合，邀请他加入。

马炎踌躇着，担心自己的前科。卫丞却早就做好了准备，说："我、你爸给你做保，方董批了。"

在大家的努力下，马炎顺利加入了 i5 车间。这天，他正操作机器配合华为工程师还有卫丞在挖掘机上安装传感器。卫丞见绿色的激光线落在铲斗下方，便问："马炎，这是传感器感知的铲斗距离，提前判断铲斗落点位置，对吗？"

马炎探出头来瞟了一眼，估计下铲点偏了 20 厘米，随后把挖机挖斗落下，果然跟绿色激光的落点有偏差。卫丞拿出尺子一量，果真有 22 厘米。

华为的工程师和卫丞都很疑惑，调试参数都对，为什么还会有这么大偏差呢？马炎跳下车，踢了踢铲斗，说："我觉得铲斗姿势选择有问题，应该以铲斗垂直地面的位置为基准点。"

卫丞和华为工程师顿悟，对着马炎直挑大拇指。这时金燕子走了过来，催众人去吃饭。

卫丞自然而然地说："吃完饭，午休一下，咱们两点接着来。"马炎欲言又止，苦笑一下，跟着华为的工程师走了。

金燕子看着不开窍的卫丞道："你是真傻还是假傻啊，你让马炎在哪里午休啊？"

见卫丞一脸疑惑，她把卫丞拽到车间外。他看到在避阳处的墙根下，几十名工人横七竖八地躺在破木板、纸盒子上午休，有些惊讶。

金燕子开始替工友们诉苦："看到了，这就是大部分工人的午休。白领还能在办公室吹着空调，靠在椅子上，或者趴在桌子上午休。工人就这样，你让谁以后还想干工人啊？"

卫丞被工人们的休息条件震住了，立刻和金燕子商量要给车间添置一批行军床。可全公司没有一个车间买行军床，而且现在车间管理都是定点定位制度，买了床往哪放啊？

"有碍观瞻，违反整洁是吧？好看是生产力啊，还是工人休息好是生产力啊？卫大主任，这个钢铁林立的世界，是属于人的世界。"

金燕子眼巴巴看着依旧犹豫不决的卫丞。他支支吾吾："可、可行军床也没法算固定资产啊。"

金燕子见他态度软化，立刻转过身来对着午休的工友喊了起来："哎，跟大家商量一个事，卫主任同意让大家在车间里午休，但150元的行军床需要大家自费，同意吗？"

"同意！"

卫丞急道："谁说自费了，公司买。"

金燕子"阴谋得逞"，带着大家使劲鼓掌。

i5车间内，一台刚下线的挖掘机旁围了很多人，其中就有鄂尔多斯矿业集团的王总，大家的视线都落在挖掘机上。鄂尔多斯矿业集团的技术员正里里外外做超声波探伤检查。

金燕子嘀咕道："有这样参观的吗？"

卫丞说："咱们敢请人家来，就敢请人家看。怕了？"

"没闲工夫怕。只是几百道焊缝都查完了，领导的腿也怕会软喽。"

金燕子自信的发言引起方锐舟和王总的侧目。这时候，有技术人员招呼王总过去看，大家都有点紧张，原来他们看到很多工件上都打着工种的代码。王总一看也很是疑惑。

方锐舟看了一眼王总指着的"焊-JYZ-i500W001"，笑着招呼金燕子过来："把工卡给王总看看。"

金燕子摘下工卡递给了王总，方锐舟示意他比对一下车身上的代码。一比对竟然一模一样。把工人的名字打在产品上，没有足够的自信是不敢的。这时，技术员把检查报告给王总看，他连连点头。抽检部分全部达到国际一流产品的质量标准。3000小时这一关，肯定没有问题。

方锐舟见进展顺利，便想敲定合同。王总却表示竞标可以，但签合同，还不行。

"王总，您看完这个项目，再做决定不迟。"

卫丞一招手，马炎跟华为的技术工程师将信号切到LED大屏幕上，画面中一辆挖掘机停在一块正正方方的黄土地上，但驾驶室里没有人，马炎就站在人群前面对着两个监视器拿起了操作杆。

卫丞向王总解释，矿山施工环境恶劣，特别是夜间施工及采空区施工，其安全隐患很大，导致管理成本高，有些年轻司机吃不了苦，招聘留存率也很低，如果实现作业面无人化，安全性将大大提升。

卫丞示意众人看大屏幕。挖机驾驶室里空无一人，屏幕前的马炎开始操作。大屏幕中的挖掘机随着马炎的操作，开始挖掘，扩音器还原了现场声音、振动环境，身临其境的感受让所有人都瞪大了眼睛。

王总也瞪大眼睛，看着大屏幕上的无人挖掘机在马炎的远程操作下，奇迹般地挖出了一个二维码。他们在卫丞的提醒下，拿出手机开始扫描，扫描结果竟然是鄂尔多斯矿业集团手机客户端。人们惊叹起来，但王总还是将信将疑：真的有这么高的挖掘精度？方锐舟也不多言，请王总去现场看一看。

挖掘机试验现场，王总好奇地看着无人驾驶挖掘机挖出来的真实二维码，简直不敢相信，他又看向无人操作的挖掘机。卫丞在一旁介绍，在 5G 网络接收器、高清摄像头、防撞雷达、倾角仪、陀螺仪配合下，挖掘精度误差在 5 厘米以内，而且几乎没有延迟。

马炎和工作人员抬过来操作器，把一副 VR 眼镜递了过来，请王总戴上试试。王总将信将疑地戴上眼镜，稍微碰了一下操作杆，挖掘机真的开始挖了。他先是吓了一跳，然后哈哈大笑起来。

"太好了，太好了！方董，我看可以签合同了。"

安静的 i5 车间内，只有焊装中心亮着微小的焊花。有人戴着面罩拿着焊枪正在笨手笨脚地焊东西，旁边堆了一堆焊坏了的树叶状的不锈钢片。金燕子悄然走了过来，大喝一声："干私活是吧！"

这一声把焊东西的人给震住了，手里的活也停了下来。她走上前，啪的一下掀开了此人的头罩，竟然是卫丞。卫丞一边把焊工台上的东西往金燕子视线范围外拿，一边搪塞着说自己在焊着玩。金燕子不由分说地把他推开，只见桌子上摆着焊得歪七扭八的类似树枝的东西。卫丞上前就要去拿回来，金燕子不给，盘问他这是干什么。

"明天说行吗？"卫丞恳求道。

"不行，就现在。"金燕子偏要问个清楚。

卫丞便让她在这里等五分钟。金燕子一脸疑惑地把不锈钢枝条还给了他，他接过之后，转身就跑了。

卫丞跑进职工休息间，从蚊帐上剪下来一块纱布，又跑到车间外，趁浇水的工作人员不注意，拔了几枝花坛里的花。他跑进自己的办公室，打开柜子，拿出一套西装。

金燕子瞟了一眼手机便喊："时间到！"

她转过身那一刻，愣住了，呼吸还没喘匀的卫丞穿着一身西装，正把蚊帐穿在不锈钢枝条上。

金燕子惊呼："你把我的蚊帐给剪了！"

卫丞没有回答，将穿上蚊帐的枝条弯成一个圆圈，竟然变成了一个经典的新娘橄榄枝头冠。然后，他走到金燕子身边给她戴在头上。金燕子的嘴已然惊得合不上了。

卫丞带着歉意说："本来准备明天的，是你突然提前发现了，质量是差了一点，但还挺好看。"

金燕子激动得说不出话，只是微微点着头。卫丞从裤子后面的口袋里扯出一束皱了吧唧的花，递了上去。

"嫁给我好吗？"

金燕子接过花，哭了，卫丞傻笑起来。

卫丞一个人直愣愣地看着车间里面有序忙碌的设备，无人搬运 AGV 小车穿梭其中。

董孟实从他身后兴冲冲地走了过来，顺着他的视线看着车间，但没有发现什么异常。

"世间至美，是钢铁之美，工业之美，工人之美。"卫丞用迷醉的语气说着。

董孟实来是为了和他聊聊下一步该干什么。智慧产业园马上就要安装设备、调试生产了，需要招聘副总，他们两人都是候选人，但只能上一个。

董孟实认真地说："我跟你说这件事，不是请你让给我，是提前跟你打招呼。这回竞选方案，我会做得非常认真，你别大意了。"

卫丞看了一眼董孟实，微笑着点了点头。

试验场上，两台臂架泵车展开臂架，水平搁置着做臂架疲劳试验，臂架随着联动圆台旋转，上下摇摆震动。卫丞看着试验员采集的技术参数思索着。金属疲劳是不可避免的，所以最多也就10年无故障。目前最好的纪录是，500万次疲劳试验验证，臂架8年50万方0开裂。

方锐舟检查工作正好经过这里，看见了捧着笔记本思索的卫丞。卫丞见到方锐舟，犹豫片刻，说："我想放弃产业园副总经理的候选人资格。"

方锐舟道："i5车间你干得非常好，扩大版的，你一定也能干得精彩。"

卫丞摇摇头。他还是喜欢搞研发。他真诚地推荐了董孟实。

方锐舟欣喜地看着依旧有些木讷的卫丞，说："专注、有胸襟是当下最宝贵的财富。但我要提醒你一下，玉衡那边已经任命了新的总师，你回去干泵，没位子了啊。"

卫丞对此并不在意："我喜欢的不是位子是科研，即便不干泵，我还可以干这个。"他指了一下身边做试验的臂架泵车，开始阐述他对这项研发的思考。

虽然现在的臂架泵车已经用上了造航母的超强钢，但想做得更高，车底盘就必须跟着做大，整车就越重。目前绝大部分桥梁和公路都限制60吨，也就限制了臂架高度80米的极限，但如果换成碳纤维呢，则还有很大的空间。碳纤维的重量是钢铁的1/10，强度是钢铁的4倍，使用寿命是钢铁的2倍。这样算下来，100米只是起步。而卫丞的第二个博士学位论文就是碳纤维技术在工程机械上的应用研究。

方锐舟有些担心，全公司没有一个是搞碳纤维研究的，从全国来看，碳纤维在工程机械方面的应用研究也寥寥无几。

卫丞提起了海彼欧前任高管欧文斯。他被海彼欧解雇之后，去了混凝土泵车世界排名第三的欧星公司当CEO，而欧星的核心技术就是碳纤维臂架。现在欧星的控股公司需要现金偿还一部分债务，决定出售欧星的股权。

方锐舟看了看卫丞电脑屏幕上的资料，又看了看对自己点头的卫丞，陷入沉思……

欧文斯站在欧星公司办公室的落地窗前，认真地看着手里一块碳纤维布料，身后的马修正在向他汇报各家公司的收购意愿。这一轮市场衰退，让同行不敢扩张，也拿不出现金来收购。

欧文斯叮嘱马修："就是降价也不能把欧星再卖给投机商了，否则，这块碳纤维复合布就会被他们当破布卖掉，我要跟董事会去说说。"他把碳纤维布料扔在桌子上就往外走，马修紧追上去拦住他说："董事会不会听你的。"

"听钱的。"欧文斯拍了拍自己的座椅，苦笑道，"反正公司卖了之后，这里要坐新人。反正要滚蛋，说几句真话，不怕。"他把座椅旋转了一圈，自己走出了办公室……

方锐舟正在跟邱沐阳打羽毛球。邱沐阳连续杀球，终于得分，于是举手示意休息。

两人来到休息区，邱沐阳拍着手里的球拍，赞叹碳纤维球拍虽然很轻，但弹性和韧性好，受力后变形不大，打起来手感不错，击球时震感也平衡。方锐舟顺势问："如果我们的臂架泵车也使用碳纤维技术会是什么样啊？"

邱沐阳瞟了他一眼，把球拍放下，从自己包里拿出一份资料，递给了他。

方锐舟接过资料一看，竟然是有关欧星公司出售股权以及相关技术的，连连点头。

"说说你的想法。"

"我想并购欧星。"方锐舟直截了当地说。

邱沐阳擦着汗的手停住了："智慧产业园还没投产，你是不是有点吃着碗里看着锅里啊？"

"是吃着国内的，看着国际的。"方锐舟接着解释道，"智慧产业园投产后，我们90%的市场还是在国内，并没有国际化，并购欧星，除了获得技术外，也是麓山重工走向海外的必然要求。"

这份野心需要2.5亿欧元支持。方锐舟希望通过联合"重工换金融"时接触到的投行和基金，甚至是国外的基金一起做。这需要省里批准。

邱沐阳拿起一瓶水，缓缓喝了一口，调整自己的思路和情绪，片刻后开口道："你用这么多钱进行国际并购，从来没有搞过，稍有不慎，瞬间就能把麓山重工拖垮，其后果会比'重工换金融'还糟。"

要获得更大的国际发展空间，麓山重工要带头顶着风险走出去，方锐舟的态度很坚决。

欧文斯正在车间里跟技术员研究碳纤维的试验，马修急急忙忙走进来通知他董事长请他陪同收购方参观公司。欧文斯冷冷地拒绝了，但马修并没有走，他踌躇着，说："收购方是中国的麓山重工。"

欧文斯愣住了，缓缓摘下老花镜，不敢置信地看着马修。随后，他低下头，说："以前得罪他们太狠了，还是不见的好。"他戴上眼镜，继续干活。

欧文斯把签好名的辞职信装进信封放进了抽屉。此时敲门声响起。门开了，马修领着方锐舟和卫丞出现在门口，弄得他有些尴尬。

方锐舟把手里的礼品袋子举了举，欧文斯只好站起身来走上去跟他们握手。

"来而不往非礼也，你们的礼物，我能猜出个八九来。"欧文斯走到桌前，从抽屉里面拿出那封刚刚写好的辞职信给卫丞和方锐舟看，"君子报仇，十年不晚。不需要你们动手，我自己滚蛋。"

方锐舟没有回答，示意他先看看礼物再说。卫丞赶紧上前从袋子里拿出一个锦盒，取出一把折扇。扇面展开后，上面写着一个"和"字。

"和？"欧文斯不敢相信对方是要跟自己和解。

"不在餐桌旁，就在餐桌上，这是你们的丛林法则，赢者通吃。但中国的和字，除了和解的意思外，还有和而不同的境界，以和为贵的处世之道。我们尊重商业规则，但竞争不只有你死，我才能活。"

卫丞把扇子递过去，但欧文斯并不敢接。方锐舟承诺如果并购成功，除了卫丞带领麓山重工科研团队参与高碳材料技术创新外，麓山重工做到"三不"，不裁员、不派驻一名中方高管、不更换现有管理层。

"谢谢麓山重工，谢谢'和'。"欧文斯感叹道。

9个月后，由麓山重工跟欧星联合研制的7桥111米碳纤维复合材料臂架泵车通过专家评审，成为迄今为止世界第一高度的泵车。由于采用碳纤维阻燃复合技术，泵车臂架重量减轻40%以上，解决了传统钢材臂架疲劳开裂的问题，使用寿命长达20年以上。

方锐舟和卫丞仰着脖子看着全部臂架展开的111米臂架泵车直插云端。两人凝视半晌，感慨万千。原本只专注于技术的卫丞不由感叹："没有当时顶着风险进行海外并购的思维高度，企业的高度、技术的高度也高不到哪里去。"

方锐舟回忆着邱沐阳的话："当一个企业的自主创新发展能力真正置于国家战略的高度，就不止你一个肩膀来扛了。"

他看着卫丞说："中国马上就要成为世界装备制造业第一大国了，你们年轻人攀登的高度将决定未来国家的高度。"

卫丞点头表示明白。

这时万宝泉急匆匆跑了过来，走到方锐舟身边递上一个文件夹，说：

"屿鹤岛核电公司发函，求助咱们这台臂架泵车驰援。"

会议室里，大家神情凝重地看着大屏幕上播放的屿鹤岛专题视频，万宝泉在一旁做解说：地震造成屿鹤岛核电站 2 号机组发生核泄漏，为了给机组降温，他们用消防车灌水，可是高度不够，又改用直升机洒水，但效率太低，准确性也不高。只能用长臂的泵车，但他们没有超过 100 米的泵车，所以请求我们的泵车驰援，多少钱都可以。

灯光亮起，方锐舟和卫丞的视线依旧盯在大屏幕上，残破的核电机组上冒着蒸汽。

考虑到核辐射的危险性，卫丞计划将目前泵车的有线遥控改为无线遥控，距离延伸至 4 公里。

方锐舟慎重地问："你的意见？"

卫丞坚定地回答："国家战略是和平崛起，雪中送炭的事一定要做。"

方锐舟环视会议室，众人纷纷点头附议。但他依旧没有表态，他看了看手表等待着什么。突然会议室的门开了，喘着气的董孟实从外面快步走进来，告诉他邱省长表态："远亲不如近邻，邻居家有事，伸手相助才见真伙伴。"

方锐舟当即决定回复屿鹤岛核电公司，麓山重工即刻安排 111 米臂架泵车启程增援。

十天后，卫丞团队在屿鹤岛遥控 111 米臂架泵车，成功对受损的核电站实施喷水降温。

监控现场一片欢呼声响起。穿着防护服、戴着麓山重工头盔的卫丞放下望远镜，回望大海另一边祖国的方向，会心一笑。

图书在版编目（CIP）数据

重中之重 / 王成刚著. — 长沙：湖南人民出版社，2022.9

ISBN 978-7-5561-3029-0

Ⅰ. ①重…　Ⅱ. ①王…　Ⅲ. ①电视文学剧本－中国－当代　Ⅳ. ①I235.2

中国版本图书馆CIP数据核字（2022）第152599号

重中之重

ZHONG ZHONG ZHI ZHONG

著　　者：王成刚

出版统筹：陈　实

监　　制：傅钦伟

产品经理：田　野　揭盖子

文字统筹：田　野　揭盖子

责任编辑：田　野

责任校对：谢　喆　夏文欢　杨萍萍

封面设计：刘　哲

版式设计：谢俊平

出版发行：湖南人民出版社［http://www.hnppp.com］

地　　址：长沙市营盘东路3号　　邮　　编：410005　　电　　话：0731-82683313

印　　刷：长沙超峰印刷有限公司

版　　次：2022年9月第1版　　　　　　　　印　　次：2022年9月第1次印刷

开　　本：710 mm × 1000 mm　　1/16　　　印　　张：27.5

字　　数：350千字

书　　号：ISBN 978-7-5561-3029-0

定　　价：79.80元

营销电话：0731-82683348（如发现印装质量问题请与出版社调换）